LES VACHES DE STALINE

Sofi Oksanen est née en Finlande en 1977, d'une mère estonienne et d'un père finlandais. Son troisième roman, Purge, est un best-seller dans le Nord de l'Europe où il a obtenu tous les prix littéraires avant de conquérir le cœur d'une trentaine de pays, dont l'Estonie et les États-Unis. *Quand les colombes disparaissent* paraîtra aux Éditions Stock en mai 2013.

Paru dans Le Livre de Poche :

PURGE

SOFI OKSANEN

Les Vaches de Staline

ROMAN TRADUIT DU FINNOIS PAR SÉBASTIEN CAGNOLI

STOCK

Titre original :

STALININ LEHMÄT

ISBN : 978-2-253-16736-5 – 1re publication LGF

Première partie

MA
PREMIÈRE
FOIS, c'était différent. Je croyais que ce serait atroce, compliqué, sale et gluant. Je croyais que mes entrailles cracheraient du sang et que j'aurais deux fois plus mal au ventre. Je croyais que je n'y arriverais jamais, que je ne pourrais pas, que je ne voudrais pas, mais quand les premiers craquements de mes abdominaux me sont parvenus aux oreilles, mon corps en a décidé pour moi. Il n'y avait pas d'alternative.

C'était divin.

La flamme du briquet a fait scintiller mes yeux à l'éclat fatigué. Ma première cigarette après ma première fois. Ça aussi, c'était divin. Tout était divin.

La seule chose qui l'emportait, c'était la satisfaction et le triomphe. J'avais peut-être la voix un peu rocailleuse et éraillée, mais bon.

Et j'ai su qu'il y aurait une deuxième fois. Une troisième. Une centième. À chaque fois, bien sûr, ça ne se passerait pas comme ça. Pour certains, la première fois reste la dernière, mais pas pour ceux qui sont bons à ça et bons pour ça.

Moi, j'ai été bonne à ça tout de suite.

Certes, mon inexpérience m'a fait vomir dans le lavabo, la première fois. La deuxième fois encore.

Peut-être que la lunette des WC était un peu trop basse, humiliante. Devant le lavabo, au moins, on n'a pas besoin de s'agenouiller ; par contre, il faut toujours veiller à ne pas engorger le tuyau. Comment se dépatouiller d'une situation pareille, surtout en visite ? Avec du vomi qui flotte dans le lavabo, pas moyen de déboucher les canalisations et rien à faire pour écoper la purée. En général, on trouve bien des verres à dents, dans les salles de bains, mais les nettoyer sans laisser de traces, c'est une autre affaire, le goût du savon ou de l'émulsion nettoyante n'échappera pas au propriétaire du gobelet, et d'ailleurs ça ne viendra pas à bout de l'odeur de vomi.

La douche, c'est pas mal, bien sûr, ça atténue les bruits et en général la bonde est amovible. Mais on ne peut pas aller sous la douche à tout moment. Alors qu'aux WC, on peut. C'est tout à fait normal d'aller se poudrer le nez. Et tout le monde comprend que les femmes passent toujours un peu plus de temps aux WC ; en général, on n'a donc pas besoin de se dépêcher, on peut faire tout sortir tranquillement puis nettoyer comme il faut.

J'ai été bonne à ça pendant quatorze ans, et personne ne l'a remarqué, sauf quand j'en parle moi-même, mais malgré cela on ne veut pas voir ce que je raconte. Ou si on le voit, on se sent impuissant. Telle est la force de mon Seigneur et Créateur, et tellement je suis propice à mon Seigneur, dans les bras robustes duquel ma chair de femme s'épanouit dès lors que je lui obéis et l'honore. Alors mon Seigneur me donne ce que je veux : un corps féminin parfait, parfait pour moi, parfait pour mon Seigneur, parfait pour le monde. Et un corps féminin parfait, ça fait de moi une femme parfaite. Une femme bonne. Une femme désirable. Intelligente et enviable. Une qu'on regarde. Une qu'on admire. *Beauty hurts, baby.*

1971

Katariina arrive à son premier rendez-vous avec plus d'une demi-heure de retard, mais il l'attend encore. Le Finlandais. Celui qui ne s'est pas laissé démonter quand elle a refusé ses invitations à danser la semaine dernière, qui a continué d'aller la chercher jusqu'à ce qu'elle ne puisse plus ne pas accepter. Il a seulement demandé en finnois « mais pourquoi pas ? », et Katariina n'était pas sûre de ce que l'homme comprendrait si elle répondait qu'elle n'était pas d'humeur à danser, qu'elle était fatiguée, qu'elle était juste venue pour tenir compagnie à sa copine qui voulait tellement venir et qui disait que Katariina pourrait bien s'amuser au Rae, carrément, allez viens ! En arrivant, elle s'était rendu compte que le Rae n'était pas un café, comme elles l'avaient cru, mais un restaurant, or les filles comme il faut ne vont pas au restaurant entre elles, sans être accompagnées par un homme. Après s'être d'abord lamenté sur leur méprise, le groom, toutefois, ne les avait pas renvoyées, il les avait fait asseoir dans un lieu convenablement discret et il était revenu à plusieurs reprises, par la suite, voir si tout allait bien. Raison de plus pour que Katariina ne veuille pas danser. Vraiment.

Mais le Finlandais venait chercher Katariina encore et encore, après la première danse il a dit merci, reconduit Katariina à sa table, puis de retour sur la piste de danse il voulait encore et toujours danser une nouvelle danse et Katariina recevait merci sur merci en finnois quand un morceau se terminait. Merci fut le premier mot finnois appris par Katariina.

En nage et à la hâte, Katariina s'assied à la table du Finlandais qui l'attendait et dit qu'elle prendra un café avec du cognac. Le Finlandais n'est pas du tout agacé par le retard de Katariina, mais le sera-t-il en apprenant que Katariina n'a qu'un instant à lui consacrer ? Tandis qu'elle fouille dans son sac à main tout en cherchant une façon de l'en informer gentiment et avec tact, de son sac à main s'échappent deux robinets et une poignée de porte huileux enveloppés de papier journal, et ceux-ci précipitent la présentation de l'affaire, car la mine du Finlandais requiert une explication au fait que le sac à main d'une jeune femme en minijupe déverse des équipements de construction qui souillent ses mains et ses vêtements féminins en arrivant à un rendez-vous galant.

Katariina raconte qu'elle doit aller les échanger contre des pièces de plomberie dont on a besoin sur le chantier de Katariina.

Le chantier de Katariina ?

Oui, Katariina est conductrice de travaux. Ne l'avait-elle pas mentionné au moment où le Finlandais avait dit qu'il travaillait sur le chantier de l'hôtel Viru ? Katariina constate à la mine du Finlandais que, sans les robinets et la poignée de porte, il ne la croirait pas. Katariina trouve ça énervant, elle relève le front et annonce qu'elle doit partir tout de suite procéder à l'échange. En fait, dans le restaurant juste en face. Un ingénieur d'une autre société y attend Katariina avec un filet à provisions plein de raccords de tuyaux. De toute façon, Katariina n'avait donné rendez-vous au Finlandais à cet endroit précis que parce que c'était sur son chemin. Peut-être qu'en Finlande une femme ne peut pas travailler comme conductrice de travaux, mais dans le pays de Katariina, si.

Mais alors ici on ne prend pas de pauses-café ? rit le Finlandais.

De pauses-café ?

Le Finlandais promet de lui parler des pauses-café si Katariina se rassied et boit son cognac.

Katariina s'assied au bord de sa chaise.

La pause-café est un quart d'heure obligatoire pour boire le café.

Katariina trouve cela étrange. Pourquoi faudrait-il qu'il y ait un quart d'heure obligatoire pour boire le café ? Et qu'on travaille le samedi ?

Katariina a déjà entendu parler du chantier de construction de l'hôtel Viru : avec ce premier grand projet commun entre la Finlande et l'Estonie, la renommée des ouvriers finlandais s'est propagée dans toute la ville. On n'a pas entendu dire de mal de la main-d'œuvre finlandaise, tandis que les hommes de son pays à elle seraient incapables de jamais achever l'hôtel. Il paraît que les Finlandais font tout de suite ce qu'il faut, qu'ils le font bien et avec soin, que les matériaux ne disparaissent pas, que le résultat ne se dégrade pas dès le lendemain, c'est comme s'ils avaient sept bras et jambes, et leurs bleus de travail ont des poches et des boucles pour les outils, afin qu'ils n'aient pas besoin de courir les chercher à tout bout de champ. Les ouvriers finlandais sont tout à fait différents de ceux du pays, lents, le nez rouge même le matin en semaine, avec leurs *buffaikad* maladroits, qui ralentissent forcément les mouvements.

Katariina renonce à se rendre au restaurant où elle devait procéder à sa transaction, elle aura le temps d'échanger les robinets contre les raccords de tuyaux le lendemain, ou de trouver une explication pour les pièces manquantes.

Le chômage en Finlande n'est pas aussi important qu'on le prétend, même si c'est un méchant *kapmaa*, « pays capitaliste ». En plus, le Finlandais fait du sport de façon très régulière, de la natation et du ski. On n'aurait pas cru que chez les ennemis des gentils *sotsmaad*, chez les *kapmaad*, les jeunes avaient le loisir de faire du sport plutôt que du travail obligatoire. Qu'ils avaient des raisons de sourire, et de rire.

Katariina, à son tour, parvient à convaincre le Finlandais qu'elle n'a pas suivie l'école en russe. Absolument, ici on reçoit une éducation en langue estonienne, si si ! Et il y a la garantie de l'emploi, oui, on ne peut pas être sans travail, il n'y a même pas de chômeurs. Katariina cherche son livret de travail dans son sac à main et elle le montre au Finlandais : tout le monde en a un, on le reçoit dès l'école, au moment du premier stage, et on y écrit alors où on travaille, et quand on revient à l'école, on écrit qu'on a repris les études. Quand on quitte l'école pour aller travailler, on indique dans le livret de travail le nom de la société, le titre et la date d'entrée en fonction. Quand on s'en va, on écrit de nouveau l'événement dans le cahier. Il ne peut pas y avoir de date vierge, pas une seule.

Les allocations de chômage, Katariina n'en a jamais entendu parler. Non, ça n'existe pas : ça ne peut pas exister, puisqu'il n'y a pas de chômage. Qu'est-ce que c'est que ces absurdités finlandaises ? Il est tout aussi inconcevable qu'on ait tant de vacances en Finlande, et que, le jour de la paye, le salaire arrive sur le compte en banque et non en billets remis en mains propres comme chez nous.

On dirait que le Finlandais commence à l'intéresser : Katariina veut peut-être le revoir ?

Katariina jette un coup d'œil à cet homme. De son âge, à peu près, bien habillé, qui sent le propre, et qui sent bon. Oui, Katariina veut le revoir.

Mais si on travaille tout le temps, et qu'il n'y a pas de « pauses-café » ?

Et pourquoi ne travaille-t-on pas le samedi ?

JE
VAIS
JUSTE aux toilettes.

Et mon tour de hanches est de 93 cm.

Le mètre ruban rose ne pèse que quelques grammes. Il tient dans n'importe quelle poche, sac à main, portefeuille, on peut même s'attacher les cheveux avec, on peut l'enrouler autour du poignet comme un bracelet ou autour du doigt comme une bague, on peut le faire tourner et ça détend, un peu comme un chapelet.

Je vais juste me poudrer le nez.

Tour de taille 92 cm.

Excusez-moi, où sont les toilettes pour dames ?

92 cm.

Fume ta cigarette digestive, pendant ce temps je vais aux toilettes.

Toujours 92 cm.

Mon amour, il y avait une de ces queues aux toilettes pour dames, ça a duré une éternité.

91 cm.

Non maman, je ne prends rien maintenant… Ah, tu sors ? Pour toute la soirée ? Et papa non plus il ne rentre pas ?

93 cm.

Bien sûr que je vais finir l'assiette, maman.

93 cm… Qu'est-ce que tu crois ? Quand j'aurai assez remué mon plat, maman s'en ira et je viderai tout de suite l'assiette dans la poubelle ou dans un sac en plastique.

Oui, voilà, on fait un goûter, il faut acheter des gâteaux pour une cinquantaine de gamins.

91 cm. Je répéterai mille fois merci.

Non merci, pas maintenant, j'ai déjà mangé.

Si seulement je pouvais manger plus tard.

90 cm ?

Je promets oui je promets de le manger mon amour.

92 cm.

J'ai déjà mangé plusieurs fois aujourd'hui.

J'ai déjà mangé oui vraiment plusieurs fois.

J'ai déjà mangé.

J'ai déjà mangé à l'école.

J'ai déjà mangé chez mamie.

J'ai déjà mangé à la maison.

J'ai déjà mangé chez Irene.

J'ai déjà mangé à l'école et chez Irene et à la maison.

J'ai déjà mangé oui vraiment.

Et ça suffit ! Sérieusement !

… Enfin, sans doute. Me croie qui voudra.

1971

Le deuxième mot finnois appris par Katariina est *mercredi*, parce que le premier rendez-vous a été fixé un mercredi et qu'il a fallu un certain temps pour se comprendre sur la date. On a vérifié sur un calendrier qu'on parlait bien du même jour. *Kolmapäev* en estonien, « le troisième jour », c'est donc le finnois *keskiviikko*, « le milieu de la semaine ».

Bientôt Katariina achète un manuel de conversation finnois-estonien avec lexique, et le Finlandais le lit à voix haute lors de sa première visite chez Katariina. Les *s* finnois sont bizarres, larges et chuintants. Et la négation *älä* est incroyable, parce qu'en estonien c'est *ära*, et *älä* ressemble à un défaut de prononciation d'un enfant qui ne sait pas encore dire la lettre *r*.

Parmi les premiers mots qu'on ne trouve pas dans le dictionnaire, il y a le finnois *juustosukka*, « chaussette qui pue le fromage ». En Estonie, il n'y a pas de mot spécifique pour les chaussettes masculines portées à longueur de journée. Pourquoi Katariina n'a-t-elle pas le souvenir que les hommes de son pays aient jamais particulièrement pué des pieds, ou qu'ils aient pris la peine de changer de chaussettes ? Tout de même, Hugo, son ex, aurait sans doute fait un commentaire à ce sujet d'une manière ou d'une autre. Hugo n'avait pas tant de chaussettes que ça. Et il n'en changeait sûrement pas tous les jours. Est-il possible que les pieds des Estoniens transpirent moins que ceux des Finlandais, ou que leur sueur sente moins ?

DANS
LES
LIVRES, on affirme que mes glandes salivaires gonflent tellement que je devrais ressembler à un hamster.

Mais A. Hukka me qualifie de chat. De petit chat.

Dans les livres, on dit que je me sens répugnante et démoralisée après avoir vomi.

Mais je me sens on ne peut plus splendide et guillerette.

Dans les livres, on dit que l'émail de mes dents se détériore.

Mais dans ma bouche, mes dents sont étincelantes et immaculées, peut-être qu'elles font un peu mal, peut-être que les gencives sont un peu rétractées, à part ça il n'y a pas de problème.

Ils disent que les boulimiques évitent de sourire à cause de leurs dents abîmées.

C'est du pipeau.

Ça me fait bien marrer.

Quatorze ans, et je suis toujours là.

Qu'est-ce que vous dites de ça, messieurs les charlatans je-sais-tout ?

Qu'est-ce que tu dis de ça, honorable médecin Joan Gomez, selon qui la peau des boulimiques ne peut pas porter de maquillage parce que ce serait épouvantable ? Qu'est-ce que tu en dis, docteur Gomez, quand tu regardes mon visage ?

Et mes cheveux, Joan Gomez, qu'est-ce que t'en dis ? Je devrais être chauve comme une survivante des camps de concentration, avec des selles suspectes et une haleine fétide, avec des hanches creusées par la mort entre lesquelles la vie ne peut plus naître, et dont le cœur ne pompe plus de sang mais des calories. Comme une rescapée de Vorkouta ! Je devrais être un de ces autoportraits de l'artiste à la veille de sa mort, avec des traits estompés, des yeux enfoncés dans les orbites, des os qui transparaissent sous la peau. Ma bouche devrait prononcer les mêmes paroles que les écrivains lors de leurs derniers jours, mes mains devraient écrire de la même façon évanescente pour finir en lettres tellement minces que ce ne serait presque plus qu'une ligne droite, comme un électrocardiogramme après l'arrêt du cœur. N'était-ce pas cela, Peggy Claude-Pierre, n'était-ce pas ainsi que se caractérise l'écriture des anorexiques, petite au point d'être quasiment illisible ? Hein ? Il faudrait donc que ce soit ainsi ?

Bon, alors dis-moi voir pourquoi j'ai l'air si radieuse et joviale ? Pourquoi mon ventre est plat au lieu de gonfler, pourquoi il est silencieux au lieu de produire des bruits fâcheux et très embarrassants, comme tu l'indiques ? Pourquoi j'ai toujours la cote dans les restaurants, pourquoi mes amants ne veulent pas me lâcher ? Ils ne sont donc pas dégoûtés par mes baisers qui puent le vomi ? Comment est-il possible que j'aie les meilleures notes aux examens, alors qu'entre deux épreuves je passe aux toilettes pour prendre soin de moi en vomissant les viennoiseries du déjeuner ? La belle affaire, si j'ai un petit vertige, ou la bouche sèche !

Pourquoi il faudrait que je renonce à mon merveilleux amant, mon Créateur et mon Seigneur ?

1972

Katariina connaît 1 680 mots finnois.

Le Finlandais félicite Katariina pour sa connaissance du finnois.

LA GRAND-MÈRE PORTE sur la tête une permanente ratée en forme de lichen, sa joue qui a l'air couverte de champignons est tournée vers la blancheur glaciale de la triple fenêtre, et c'est comme si la fenêtre lui refroidissait la joue, elle ressemble plus à du champignon que celle qui est tournée vers l'intérieur. Mes blanches joues de fillette devraient être déjà pareillement grisâtres, puisque mon Seigneur provoque un vieillissement précoce – c'était comment déjà ? Ah oui, de l'hypogonadisme. C'est la seule chose en quoi on devrait se ressembler, la grand-mère et moi, car cette grand-mère n'est pas la mienne. Mais elle m'aime bien quand même, elle habite toujours dans l'immeuble où nous étions avant, et on se connaît depuis cette époque. La grand-mère qui est la mienne, comme tous les Finno-Finlandais, ne sait pas comment se comporter vis-à-vis d'une personne engendrée par une étrangère. La mère de mon père n'avait jamais vu d'étranger avant ma courageuse petite mère d'un pays balte. Mais elle avait rencontré des Caréliens, quand ils étaient arrivés en Finlande, et du coup elle commençait une phrase sur deux en disant que les Caréliens ils font comme ci ou comme ça. Si ma mère prenait du café, la grand-mère disait que les Caréliens aussi ils boivent du café. Si ma mère faisait à manger, la grand-mère disait que les Caréliens aussi ils ont des goûts bizarres dans leur cuisine. Si ma mère se mouchait, la grand-mère disait que les Caréliens aussi ils font comme ça. Plus d'un an avait passé avant que ma mère comprenne pourquoi on faisait toujours référence à ces fameux Caréliens à propos de ce qu'elle faisait.

Peut-être que les paroles de la grand-mère qui est la mienne se voulaient une maladroite tentative pour lier connaissance, peut-être qu'elle était vraiment contente qu'on ait trouvé un sujet de conversation qu'elle pensait commun. Peut-être que la grand-mère n'était pas sûre que ma mère comprenne le finnois comme il faut, vu qu'elle ne connaissait même pas un autre dialecte que le sien. Peut-être, mais les Caréliens, la grand-mère ne les aimait pas. Ils auraient mieux fait de rester là d'où ils étaient venus, ces ruskovs. Comme ma mère ne croyait pas à l'hypothèse des bonnes intentions de la grand-mère, elle ne préparait jamais rien à manger qui risque de sentir le Finno-Finlandais. Pour sa belle-mère, en tout cas. Rien d'estonien, mais surtout rien de finno-finlandais non plus, pour que la belle-mère n'aille pas reprocher à son fils d'avoir ramené là une épouse étrangère qui était piètre cuisinière.

La grand-mère qui m'aime bien me tend une pomme, tiens, prends-la, et elle cherche quelque chose dans son sac à main. Je sais quoi. Son porte-monnaie. Elle ferait mieux de ne pas faire ça, pourquoi elle fait ça, je ne veux plus de cette pomme, qu'est-ce que j'en ferais maintenant que je sais qu'il y a de l'argent et que je pense à tout ce qu'on pourrait acheter avec, de quoi vomir toute la soirée et toute la nuit, maintenant il n'y en aurait jamais trop. Gentille mamie, range ton sac, je t'en prie. Mais la mamie n'est pas gentille de la façon dont il faut l'être avec moi, elle ouvre son porte-monnaie d'une main tout en continuant de me tendre la pomme de l'autre, mais je ne la prends pas, et la mamie lève la tête, étonnée : pourquoi je ne la prends pas ? C'est une belle pomme brillante, et moi j'aime bien les pommes, la mamie le sait, mais la mamie ne sait pas que je n'aime bien les pommes qu'en tant que nourriture saine pour les jours de nourriture saine. Puis la mamie demande où est le problème, et il faut que je prenne la pomme très très vite, mais pas trop vite, ce serait suspect, juste assez vite pour que la mamie ait l'impression que je viens de réaliser que j'avais oublié de prendre la pomme, qu'il n'y a pas de problème. Que je n'hésitais pas, je n'étais pas du tout tendue, je n'étais pas du tout en train de faire un choix terrifiant, alors que c'était précisément ce que je venais de faire dans cette fraction de seconde en attendant que la main sorte le porte-monnaie du sac. Si la mamie m'avait donné la pomme plus tôt, et non pas au moment où elle attrapait son porte-monnaie, j'aurais pu dire seulement « ciao ciao, j'ai oublié un rendez-vous, je dois filer », avant même que la mamie ait pris son sac, et j'aurais évité cette situation de choix, j'aurais pu garder mon calme toute la soirée ou assez longtemps pour pouvoir présager que la nuit serait calme. Mais la mamie ne comprend pas ces choses si simples, ni le fait qu'il ne faut pas me tourmenter en me donnant de l'argent, quand je n'en ai pas et que je sais quelle sera fatalement l'issue. J'aurais dû partir en courant, inventer un prétexte, m'enfuir, mais je reste assise, j'observe les doigts de la mamie qui sortent un billet lisse et me le mettent dans la main, laquelle le fourre dans ma poche. Dans ma poche, je sens une brûlure jusqu'à l'os. Du papier-monnaie… Parfaitement lisse. Je voudrais jeter la pomme, mais je ne peux pas faire ça devant elle. Je me mets à la tripoter jusqu'à la cabosser. Et la mamie veut encore bavarder. Je hoche la tête comme si j'écoutais. Mes jambes me démangent. Il faut absolument que j'arrive à partir. Il est déjà je ne sais quelle heure. Les magasins vont bientôt fermer. Après, il ne restera plus que le kiosque, où les prix sont plus élevés. À quoi bon avoir un gros billet si on ne peut même pas acheter assez à manger ? Ce serait insupportable. Je me balance d'avant en arrière. Je serre la pomme, ne sachant où la mettre. Pas dans ma poche : il y a déjà le billet. Je ne peux pas en avaler une seule bouchée. J'ai déjà choisi ce que je vais faire ce soir. Alors je ne peux pas manger une pomme. À l'instant où j'ai reçu le billet, la pomme est passée sur la liste interdite. Elle est devenue inutile. Je n'en ai pas besoin aujourd'hui. Pourquoi, en la tenant à la main, je dois me rappeler sans cesse que je n'aurais pas dû rester pendant que la main de la mamie cherchait le porte-monnaie ? La mamie croit m'aider, vu que je suis fauchée. Elle croit que ça me procurera toutes les affaires de première nécessité, café et cigarettes, savon et shampooing, les produits de base comme le pain et le beurre, qui pour les autres durent plusieurs jours, pour moi une heure à peine.

Je souris à la mamie, je hoche la tête comme sur une balançoire pour arriver à me détacher, à partir. Sortir par cette porte, lentement, comme si j'étais insouciante, décontractée, au coin de la rue je pourrai me mettre à courir, j'aurai encore le temps d'aller je ne sais où. Mais la mamie parle, parle, et elle change lentement la position de ses pieds. Le sol grince. Je compose une mine calme et intéressée. Je bois une autre tasse de café. Comment me détendre ? Je remarque que retenir ma salive est un moyen efficace de me concentrer sur autre chose que sur l'heure qui tourne, sur mon départ, sur le billet qui brille dans ma poche, apaisant au toucher. Finalement, je reconnais au grincement de sa chaise qu'elle va bientôt se lever.

J'ai une demi-heure.

J'essaye de ne pas courir sur le chemin du magasin. Mes talons galopent à la vitesse d'un film muet, crissant par intermittences lorsqu'ils dérapent sur les trottoirs de Helsinki. Les talons de ma mère faisaient le même bruit sur les pavés de la Vieille Ville – mais pas dans la petite ville finno-finlandaise de mon enfance, où seules les rues du centre étaient pavées… Il fallait se dépêcher, on devait toujours se dépêcher à Tallinn, car le temps était compté et la moindre broutille pouvait prendre une éternité, de sorte qu'il fallait presque courir, mais sans éveiller l'attention, il fallait courir de la même façon que maintenant, surveiller les environs, des fois qu'on serait suivi – ce type-là ne ressemble-t-il pas à celui qui se tenait derrière nous dans la file d'attente du grand magasin ? ou peut-être qu'il avait seulement la même veste ? me demandait maman, je n'étais pas sûre. La surveillance incessante était énervante et angoissante. Ma mère avait peur. Moi je ne savais pas encore.

Là-bas c'était le quotidien. Ici c'est le quotidien. Mon quotidien. De la même façon qu'alors à Tallinn, je veille maintenant à ne pas croiser une connaissance qui me ferait perdre du temps sur le chemin du magasin, à ce qu'il n'y ait personne dans le magasin qui m'aurait déjà accompagnée pour faire des courses de nourriture saine et qui sache donc que pour rien au monde ce genre de produits n'aurait sa place dans mon chariot. Ni personne qui m'aurait vue à peine deux jours plus tôt rentrer dans mon studio de célibataire avec des œufs dans ces mêmes packs familiaux, croulant sous les pots de glace. Dieu merci, ma nourriture de séance comprend autre chose que du sucré, de nos jours, et elle n'attire pas autant l'attention qu'un panier de gâteaux, de chocolat et de flans. Je manque de trébucher, mais je me rattrape sur le même pied, exactement comme le faisait ma mère, là-bas, jadis… À la fin des années soixante-dix, elle a cessé de porter des talons à Tallinn. Une Finlandaise était plus crédible, dans son rôle d'étrangère et de Finlandaise, avec des chaussures plates. Ma mère n'est pas passée non plus aux baskets, peut-être qu'elle craignait de tomber sur de vieilles connaissances du temps de ses études. Les « radis » sont impitoyables avec les « rennes » du Nord. Les « radis », dont la façade rouge de membres du parti communiste, plus rouge que ça tu meurs, cache un sang blanc de patriotes. Ma mère allait les trahir en épousant un Finlandais. Impardonnable, même si ma mère était une des rares de sa promo qui refusaient d'adhérer au parti et qui ne chantaient pas avec les autres : *Vive, grande et puissante, l'Union soviétique… Toi qui fus créée par la volonté des peuples, pour toujours durera ta puissance et ta gloire !* Ma mère recevait assez de mépris de la part des « radis » sans y graver encore l'empreinte de la Finlande avec des semelles de baskets. Les Finlandais portaient toujours des chaussures de sport sur le bateau de Tallinn, flambant neuves, mais soi-disant à eux et pour leur usage personnel – ce dont ils tâchaient de convaincre les douaniers. Et avec leurs baskets, les Finlandais faisaient le pied de grue près de l'hôtel Viru ou à la porte du même nom, jusqu'à ce qu'un trafiquant vienne leur demander le prix des godasses, après quoi les Finlandais partaient picoler les roubles ainsi obtenus.

Le vigile du supermarché se tient déjà à côté de la porte d'entrée avec une cigarette, comme s'il était sur le point de fermer. Je sais qu'il y a encore du temps, mais la peur m'oppresse la poitrine. Et si j'étais arrivée trop tard ? Je me glisse à l'intérieur. L'essoufflement me fait bourdonner la tête. Mais maintenant il n'y a plus de danger. Je suis entrée. Personne ne me jettera dehors avant que j'aie fait mes courses. Je prends un chariot. En passant devant le rayon des fruits, je ralentis, mais sans m'arrêter comme je le ferais un jour de nourriture saine, je continue tout droit vers le pain. C'est l'essentiel. Du pain tiède, qui sort du four, dont la vapeur se condense sur le sachet. La croûte du pain, chaude à me faire tourner la tête. Avec ça il faut du bon beurre qui fond comme de l'or liquide. À l'heure de la fermeture, on ne trouve plus de pain qui fume, mais je ne laisse pas la vertigineuse vapeur du pain s'évaporer de ma tête, il en reste un sur l'étagère dont la fraîcheur attire irrésistiblement mes doigts dès que je le caresse. Et je pourrai toujours le passer au four, chez moi, pour obtenir à la fois la vapeur et le fondant du beurre.

Je continue de cheminer entre les rayonnages jusqu'à la dernière minute. Je ne manque jamais de flâner longtemps, au magasin d'alimentation. J'examine les nouveaux produits. Je savoure. Je lis les contenus nutritionnels. L'ennui, c'est que je n'aurai pas assez d'argent pour tout. Je laisse négligemment la nouvelle boîte d'Hermesetas sous mon sac au fond du chariot. J'y glisse aussi les tomates séchées – ou plutôt c'est le bocal qui a roulé là-dessous tout seul. Mon Dieu, qu'est-ce que je suis bonne à ça. Peu importe le vigile. Un regard scrutateur. La caisse du supermarché, c'est comme la douane. Sauf que la caisse sourit et dit bonjour, contrairement à l'éthique soviétique.

La liste des marchandises interdites dans le formulaire de déclaration en douane restait la même d'année en année. Non, on n'a pas d'armes ni de munitions, pas d'antiquités, pas de stupéfiants ni d'accessoires à leur usage, pas de billets de loterie soviétiques. À chaque endroit, il faut réfléchir à nouveau et écrire à nouveau que non. En plus, *je déclare savoir que, outre les produits mentionnés sur le formulaire de déclaration, les marchandises suivantes sont soumises à des taxes douanières : imprimés, manuscrits, films, disques et bandes magnétiques, timbres-poste, illustrés, etc., de même que les plantes, fruits, graines, animaux et oiseaux vivants ainsi que les produits d'élevage crus et le gibier.* Et toute marchandise ne peut être destinée qu'à un usage strictement personnel pour la durée du séjour. Sur nos lignes individuelles, on note les médailles de valeur et pierres précieuses. Ma mère déclarait chaque année les mêmes alliances, les mêmes boucles d'oreilles, chaque fois elle les montrait au douanier… Voici mon alliance… Voici mes pendants d'oreilles… Voici mes espèces… À côté de nous, un type doit ouvrir ses paquets de café et ses tubes de dentifrice devant le douanier : il a eu la bêtise de vouloir passer des bibles en fraude… À chaque fois aussi, quand mon sac passe aux rayons X, on voit la silhouette grise de mes lectures de voyage. Parfois on regarde de quels livres il s'agit, parfois non. Mais le type à la bible a eu la bêtise d'imaginer qu'il pourrait tromper la douane en emballant ses bibles dans du papier alu, alors que ça se voit encore mieux aux rayons. Quel crétin. Je ne ferais jamais une erreur pareille. Pendant que ma mère règle les déclarations et met les valises sur le tapis, j'observe les douaniers et les bagages des autres passagers. Plus d'une fois, des inconnus laissent entendre à ma mère que je pourrais apporter ceci et cela dans ma valise, une petite fille, au-dessus de tout soupçon, on ne fouille pas un petit bagage de petite fille, qui contient une flûte à bec et des comprimés de fluor, et où on pourrait mettre n'importe quoi. Mais ma mère refuse.

La première fois, à l'aller, je glisse dans mon sac un joujou de plus, un petit lapin en plastique rouge. Ma mère a répété une infinité de fois qu'on ne devait rien emporter qui ne soit tout à fait indispensable : les bagages étaient bien assez lourds comme ça. Uniquement ce qui est monnaie courante après le passage de la frontière. Ce n'est certainement pas le cas de ce lapin en plastique, même si j'en suis folle ; pour le prendre avec moi, il faut donc recourir à un peu d'intrigue et de ruse, à des regards innocents. Au retour, je glisse sous mon chemisier un bréviaire baptiste imprimé au siècle dernier que j'ai déniché dans le grenier de ma grand-mère… Il faut s'en sortir, il faut réussir… Et j'arbore ce même sourire, éclatant et rusé à l'intérieur, innocent à l'extérieur, mon sourire de qui joue avec le feu. Il y a toujours une tête qui tombe, mais ce ne sera pas celle d'Anna ou de sa mère… C'est le même sourire que lorsque je reparais en public après avoir vomi ; dans ce cas, il est juste un peu plus las, mais à part ça c'est le même… Ce sourire qui danse en mon for intérieur et qui chante : « Nananère ! »

1972

Katariina participe au transport des machines à écrire de l'entreprise pour le contrôle annuel ; son rôle consiste à surveiller que tout se déroule comme prévu et que ce sont bien les mêmes machines qui reviennent. Le bureau de contrôle examine l'empreinte des lettres de chaque machine et note ces informations afin de pouvoir retrouver ensuite, dans le cadre de crimes éventuels – politiques ou autres –, la machine qui a écrit tel ou tel pamphlet, ou quoi que ce soit. L'oncle de Katariina a encore une machine à écrire d'avant-guerre, qui n'a pas été confisquée, avec laquelle il tape ses lettres ; mais les particuliers, en principe, n'ont pas de machines à écrire. Et pourquoi leur en faudrait-il, dans le fond ? Tout ce qui doit être tapé à la machine, on peut parfaitement l'écrire au travail.

Katariina pense au Finlandais. Il a télégraphié de Finlande qu'il arrivait dans trois jours. Est-ce qu'en Finlande aussi toutes les machines à écrire sont contrôlées chaque année ? Il faudra lui poser la question.

CHAQUE
ÉTÉ,
QUAND on passait un certain temps chez ma grand-mère maternelle, ma mère prenait plusieurs kilos. En déplacement de travail et d'interprétariat, elle n'en avait pas la possibilité – toujours en train de parler et de traduire, elle n'avait jamais le temps de finir son assiette –, mais lors des autres voyages, les courts comme les plus longs, elle ne manquait pas de revêtir une nouvelle enveloppe de nourriture, pour l'effeuiller ensuite kilo après kilo, à notre retour en Finlande, jusqu'à peser environ cinquante kilos comme avant, et comme moi aujourd'hui.

On a exactement la même taille, ma mère et moi, on a la même constitution, les mêmes mensurations, les mêmes épaules fluettes, les mêmes poignets d'oiseau et la même pointure quarante. La même taille de soutien-gorge et le même tour de tête. Pendant quatorze ans, j'ai oscillé autour de ces cinquante kilos, mais j'y reviens toujours, j'y reviens que je le veuille ou non, j'y reviens même sans essayer, je retombe toujours sur le même poids. J'ai atteint ma taille adulte il y a quatorze ans, et ma mère et moi aurions pu porter les mêmes vêtements si on n'avait pas eu des goûts aussi radicalement opposés. On ne mange pas les mêmes aliments ; bien que ma mère m'ait initiée à la cuisine finlandaise, elle ne me l'a jamais imposée. J'étais déjà tellement impossible, à table, que ma mère se pliait à mes désirs. Elle me réservait toujours les desserts et les tablettes de chocolat : en Finlande parce qu'il y en avait assez peu, en Estonie pour la même raison mais aussi pour que je fasse des réserves en vue de l'hiver finno-finlandais. Comme je ne voulais pas boire de cacao finlandais, ma grand-mère envoyait du cacao d'Estonie dans des paquets de papier kraft parmi des bonbons au chocolat.

Pour des raisons financières, en Finlande, ma mère ne pouvait pas me servir autant de chocolat et de babas de Runeberg que pouvait en absorber mon ventre interminablement avide de sucreries ; mais là où c'était possible, elle me donnait tout. En plus, elle-même ne courait pas particulièrement après les mets sucrés, elle aimait mieux prendre un peu de salé et d'autres saveurs estoniennes dont son corps faisait des réserves en vue du retour en Finlande. Tout le sucre me revenait, sans exception. Les boîtes de chocolats entières… pour moi… les fournées de ceci et cela… pour moi… les kilos de bonbons les paquets de biscuits les gâteaux les meringues pour moi tout entiers pour moi : dans ces conditions, comment apprendre la modération ?

Bien entendu, je n'ai jamais acheté une simple banane, ou une orange. Il m'en faut au moins un kilo. Aujourd'hui encore, au supermarché, mon chariot a l'air de contenir des provisions pour une famille nombreuse, comme si je partais vivre avec mari et enfants au milieu d'un lac pendant une semaine et qu'aucun de nous n'avait l'intention de revenir une seule fois pendant le séjour. Je ne sais pas acheter une poignée de réglisses au détail, non, j'en prends un sac. Ou sinon, rien du tout. Je cuisine deux litres de soupe aux choux par jour, que je mange nécessairement le jour même. Pareil pour le potage de tomate. Je ne sais pas partager les deux litres pour les faire durer trois jours, ni même en faire plusieurs repas dans une même journée : il faut les manger d'un coup. Ou sinon je ne mange rien. Je ne sais pas mettre juste un peu de rimmel, il faut que je me farde complètement les yeux. Je ne sais pas fumer une cigarette, je les fume à la chaîne. Je ne sais pas vaporiser le parfum comme il faut, ça sent tout de suite jusqu'à la cage d'escalier. Je ne sais même pas parler un quart d'heure au téléphone : c'est cinq heures ou cinq secondes.

La graisse ne se prend pas en petites quantités : une goutte, et c'est la rechute. Quand on fait la fête, c'est pour de bon. Le pain, bien sûr, le fromage le plus gras, la marmelade d'oranges, les biscuits d'avoine, les biscuits au chocolat, les tablettes de chocolat, les pizzas, les tartelettes caréliennes, le gâteau Ambrosia, les brioches à la cannelle surgelées, la glace mangue-melon… Le four en marche, le café qui infuse, le beurre sur la table, pour que ce ne soit pas trop dur… Il faut qu'il y ait du beurre, du bon, rien que du bon beurre, toujours, dans une séance de bouffe… La musique allumée, le téléphone coupé, et la séance peut débuter. J'aime bien commencer par la glace. J'ai appris par expérience qu'il ne faut pas attaquer par le pain, si on a passé trop de jours sans manger… Après un jeûne, en effet, le pain ne peut plus ressortir, même si on s'enfonce la main entière dans la gorge. La glace est le lubrifiant idéal : elle fait ressortir à la perfection la masse de nourriture du ventre, après quoi c'est simple comme bonjour. En plus, la glace convient aussi à des séances vite fait bien fait : vomie tout de suite, elle a bon goût et conserve son parfum. Sinon, après la glace, on continue avec le pain et le beurre, mais sans boire, parce que boire avec le pain complique le vomissement, contrairement à ce qu'on pourrait croire… Tralalalalala… Padapampampa… Super… Un deux trois pains, un deux trois fromages… Les pizzas sont déjà prêtes dans le four… Alors pizza et une deux trois dans la bouche et dans la bouche et dans la bouche et on met les brioches à cuire…

Comment donc aurais-je jamais pu faire preuve de modération dans une relation humaine, dans ma relation avec Hukka, dans l'intimité, au lit, n'importe où ? Je peux coucher sans aimer, aimer sans coucher, mais je ne peux pas aimer et coucher. Et m'attacher, je ne le peux que trop, et il n'y a là rien d'excitant ou de romantique, c'est sans doute la raison pour laquelle j'ai fait le choix de ne rien ressentir, de veiller à ce qu'aucune sensation ne vienne troubler la surface, et avant tout c'est moi qui décrète si je mange deux litres de soupe aux choux là maintenant tout de suite, car ça n'a rien à voir avec la faim ou avec la dernière fois que j'ai mangé, je ne sais même pas quand j'ai faim ou non. Je décrète si je vomis deux kilos de chocolat maintenant ou jamais, si on s'embrasse passionnément avec ce mec-là tout de suite ou jamais. Mais je ne sais pas si je veux embrasser ou non, de même que je n'ai jamais eu de vomissements incontrôlables sous le coup d'une indigestion : j'ai toujours vomi de mon propre chef. Si je décide d'embrasser, j'embrasse. Si je décide de manger, je mange. Si je décide de vomir, je vomis.

En séance, je fais aussi une razzia sur les aliments qui sont dans le placard à l'intention de Hukka. Ils font même l'ouverture, parfois : quand je me dispute avec lui, je me venge en mangeant la nourriture qui lui est destinée et en la vomissant. Il trouve ça marrant, tellement c'est saugrenu ; mais à mon sens, rien ne saurait être plus logique et inéluctable. Je me venge de Hukka au moyen de ce qui lui est le plus cher, à savoir moi. C'est archisimple. Par exemple, j'ai vomi le gâteau d'anniversaire que j'avais fait exprès pour lui, que j'avais déjà apporté dans son frigo, mais on a eu un petit différend ; pendant qu'il était à la salle de bains, j'ai filé chez moi avec le gâteau. Les invités, qu'il avait déjà alléchés en parlant du gâteau de la pâtissière hors pair que j'étais, se sont pointés une heure plus tard. Je ne sais pas ce qu'il a trouvé comme explication.

Si Hukka m'offense, Hukka n'a pas besoin de ma pâtisserie. Si Hukka offense ma pâtisserie, Hukka n'a pas besoin de moi. Ou bien il nous veut toutes les deux, ou bien il n'a ni l'une ni l'autre, et il serait d'autant plus perdant que je lui fais les meilleurs de tous les gâteaux. De même que ma mère me faisait les meilleurs, à moi qu'elle chérissait par-dessus tout. Et sa mère à elle. Pour que ma mère puisse manger des plats préparés par sa mère, il fallait bien sûr que nous voyagions en Estonie ; alors là-bas, chez ma grand-mère, tous les plats possibles mijotaient régulièrement sur la cuisinière et dans le four. Ma grand-mère était trop souffrante pour venir nous voir à Tallinn, seule zone où notre invitation était valide.

Nous devions donc nous échapper clandestinement dans la campagne hors des frontières de Tallinn. À l'époque, les ressortissants étrangers ne pouvaient aller en Union soviétique que sur invitation – à l'exception des voyages touristiques de quelques jours, lesquels étaient limités à certaines villes, essentiellement Moscou et Leningrad, Riga et Tallinn, ou encore Vyborg. Sur invitation, il était possible de rester plus longtemps. La réponse à une demande d'invitation était incertaine et dépendait de nombreux paramètres inconnus des candidats. En outre, la demande ne pouvait être déposée que par un parent proche : frère ou sœur, père ou mère, fils ou fille ; autrement dit, la procédure d'invitation concernait les parents de sang résidant à l'étranger. Par la suite, il est devenu plus facile de voyager, et même les simples connaissances ont été admises dans le cercle des bénéficiaires potentiels de visas étrangers.

Les voyages étaient toujours angoissants. Je me rappelle surtout les années où nous passions d'abord la nuit à Tallinn chez Juuli, une vieille connaissance de ma mère, puis au réveil ma mère allait faire la queue à la station de taxis, on y passait un temps absolument imprévisible, les files d'attente étaient souvent interminables. Finalement, le moteur du taxi vrombissait dans la cour et nous chargions les sacs. Lorsque le chauffeur se rendait compte qu'il était sur une affaire juteuse, il sortait pour aider à porter les bagages dans l'espoir d'un bon pourboire et de contacts à l'étranger. C'était l'exception. Autrement, les chauffeurs de taxi n'ouvraient pas la portière à leurs clients, même quand elle était coincée aussi bien de l'extérieur que de l'intérieur, jamais au grand jamais un chauffeur ne portait de bagages, sans parler d'ouvrir le coffre. Ma mère en venait donc à traiter le chauffeur de tous les noms, ce qui n'était bien sûr d'aucune utilité, même si ça ne faisait pas de mal non plus. Le chauffeur ne bronchait pas. Plus tard, quand les taxis privés ont fait leur apparition, il fallait penser à demander avant de monter si le chauffeur était prêt à aller là où on voulait. En effet, ce n'était pas sûr du tout. En posant préalablement la question, on s'épargnait les nerfs et les jambes. Le plus simple était encore de parler finnois. Dans ce cas, on pouvait obtenir n'importe quoi, même si le chauffeur, dans un premier temps, ne comprenait rien hormis que le client était étranger. Une fois à bord, on pouvait passer au russe pour être sûr d'arriver à destination.

Les trains et les cars étaient des options qui n'entraient même pas en ligne de compte, à cause des bagages. En effet, il fallait acheter tout le nécessaire à Tallinn : à la campagne, nous ne pouvions aller et venir n'importe comment, de sorte qu'il était plus compliqué de s'y procurer des affaires. Quant aux trains, c'étaient aussi des lieux par trop publics : trop de gens, trop de voleurs, trop d'attention.

Bien sûr, en taxi aussi, l'arrivée éveillait un peu trop d'attention pour que ce soit vraiment une bonne solution : il ne circulait pas de taxis tallinnois dans les campagnes, seulement des véhicules du kolkhoze, mais on n'avait pas le choix. Rares étaient les connaissances qui avaient une voiture, et ma mère ne faisait pas assez confiance à ces rares-là pour leur demander de nous prendre en stop. Aucun pot-de-vin ne leur aurait suffi : ils en auraient voulu toujours plus. Au demeurant, il était tout à fait inutile d'informer une personne supplémentaire de notre localisation exacte. Le plus sûr et le plus simple était donc de prendre un taxi et de gratifier le chauffeur d'un bon pourboire, c'est-à-dire de doubler le prix de la course. Le chauffeur donnait alors un coup de main pour décharger les valises et les sacs au milieu de la cour de ma grand-mère, en promettant de venir nous chercher pour nous ramener à Tallinn le jour convenu, et en incitant ma mère à le rappeler plus tard pour n'importe quelle autre affaire. L'enthousiasme d'avoir un contact occidental se lisait sur son visage.

Voilà le monde d'Anna.

Le monde d'Anna est celui où la mère d'Anna est heureuse.

Au pays du bonheur, toutes les femmes portent des jupes. C'est pourquoi Anna enlève son pantalon pour enfiler une jupe ou une robe dès qu'elle rentre de l'école. Parce qu'en jupe elle se sent mieux. Dans les années quatre-vingt, les Finlandaises ne portaient pas de jupes, y compris les filles à l'école, aussi Anna doit-elle, en Finlande, mettre des jeans pour se déguiser en Finlandaise, se fondre dans la masse, même si ce n'est pas ce qu'elle souhaite. Une fois, Anna va à la maternelle avec sa jupe de maison, et la maîtresse lui demande immédiatement si c'est son anniversaire, pour qu'elle ait de si beaux habits.

Au pays du bonheur, Anna doit aussi garder le pantalon en public, mais pour d'autres raisons : pour se distinguer, pour passer pour une étrangère. Une jupe n'est seyante que si elle a l'air suffisamment *import*, ce qui est le cas d'une jupe en jean. Mais elle ne doit pas être trop courte et serrée : ce serait là un modèle au goût des filles de là-bas. C'est pourtant le genre qu'Anna préférerait, c'est d'une beauté tellement fascinante, mais ce ne sera possible en public que quinze ans plus tard, quand les adolescentes estoniennes seront passées entre-temps aux mêmes pantalons stretch qui moulent les hanches des filles de leur âge à Helsinki, et que le pays du bonheur, le monde d'Anna, ne sera plus qu'un souvenir.

C'est pas juste. Qu'on ne puisse nulle part porter une jupe en public, alors que c'est comme ça qu'Anna se sent bien. Anna n'aime pas ça du tout.

Ma mère aussi a renoncé à la jupe en Finlande, quand elle a remarqué que les enfants écarquillaient les yeux et que leurs mères devaient alors leur expliquer ce qu'était cette étrange pièce de tissu. Au pays du bonheur non plus, ma mère ne peut pas porter de jupe en public, puisqu'elle aussi doit avoir l'air d'une étrangère.

La jupe, on la porte à l'endroit où on se sent bien, à l'aise, où on se sent le mieux... Où il y a des rues pavées, des rayons de soleil et des éclats de rire malgré les jurons et les files d'attente. Des cerises qui mûrissent et des forêts de lilas. Des manoirs délabrés et des moulins à vent, des toits de chaume couverts de mousse, des casseroles en aluminium cabossées sur des dessous-de-plat aux arômes de genièvre, et des collecteurs de lait blanchis par les intempéries au bout d'allées de frênes.

Maman, maman, retournons là-bas.

1976

Katariina avoue être allée à la messe du matin de Noël. Il s'ensuit un silence pesant, où elle est au centre de tous les regards. Comment a-t-elle le culot ? Comment en a-t-elle même l'envie ? C'est Noël, et il y a peut-être un peu moins de travail que d'habitude, mais à part ça c'est un jour ouvré comme les autres. Soudain, quelqu'un s'exclame que Katariina faisait une blague, et il éclate de rire ; aussitôt, tous les autres se mettent à rire aussi, le plus vite possible, pour rattraper le premier qui a ri, de peur de passer pour des idiots, et pour montrer sans équivoque qu'eux aussi la trouvaient très amusante et cocasse, la blague de Katariina.

Le Finlandais est rentré en Finlande, pour Noël. Katariina aussi aurait bien aimé aller chez ses parents, mais elle ne peut pas, parce qu'il faut travailler, aussi bien à la Saint-Sylvestre qu'à Noël ou à la Saint-Jean, et les cars et les trains ne vont pas assez vite pour qu'elle soit de retour à temps à Tallinn. Comment fêter Noël, quand au travail et à l'école c'est un jour ordinaire ? Et, de fait, les jours de Noël sont des jours ordinaires : aux anciens jours sacrés se sont substituées de nouvelles fêtes, à des époques complètement différentes et pour de tout autres raisons. Katariina veut récupérer son Noël. Katariina veut avoir droit à Noël. Aux nouvelles chemises de nuit disponibles à Noël et aux cantiques de Noël. Au sapin, aux bougies et au loisir d'être chez soi.

QUAND
JE
SUIS toute seule chez moi à Helsinki, je cherche *Eesti Televisioon* et je laisse la télé allumée, même si je ne capte pas l'image, le son me suffit. Quand Hukka est chez moi, bien sûr, je ne fais pas cela : je serais obligée de lui expliquer ce que je regarde sur ETV, or je ne voudrais pas lui parler de tout ça, ni répondre à ses questions, même si j'en étais capable.

Ma mère ne m'a jamais dit un mot d'estonien, même par mégarde. Pas un mot ne lui a échappé à mon adresse, alors que par ailleurs elle peut parler pêle-mêle finnois et estonien. Si elle parle à d'autres personnes en estonien, ou s'il y a autour de nous des gens qui parlent estonien, elle interrompt la conversation pour me demander à part si j'ai compris, elle me le demande encore et toujours, d'année en année, alors que l'estonien est l'une de mes langues maternelles et que je l'ai appris en dépit de la résistance de ma mère, toute seule, je me suis emparée de cette langue qui m'était morte, et j'ai refusé de l'abandonner, malgré ma mère qui punissait chacun de mes mots estoniens, à notre retour en Finlande, par une chiquenaude de reproche – ou en me tirant les cheveux, si nous étions seules. *Mä kyllä tahaksin.* Un coup. *Pianoläksyt oskasin hyvin.* Une gifle. *Syön yhden õunan*. Une baffe. C'est d'autant plus dur que, pendant un voyage en Estonie, je baigne dans la langue estonienne et je l'entends partout. Au début, je parle en pesant mes mots, réfléchissant d'abord, énonçant ensuite. Finalement, je cesse complètement de parler estonien en Estonie, ce qui ne me prend pas beaucoup d'années, et du même coup la confusion des langues disparaît, mais de temps en temps je pense encore en estonien, et ma compréhension de l'estonien ne se perdra jamais, contrairement à ce que croit ma mère. Comme elle n'a pas entendu la langue estonienne dans ma bouche depuis dix ans, elle s'adresse aux Estoniens en estonien, puis à moi en finnois, et lorsqu'il y a des choses dont elle ne veut pas qu'elles tombent dans mes oreilles, elle ne les traduit pas et elle s'imagine que je n'ai rien compris. Je la laisse croire et je fais l'idiote. Ça me permet d'entendre beaucoup de choses amusantes, sur moi et sur les autres.

Quand des visiteurs viennent en Estonie, je reste longtemps silencieuse, puisque je n'ai pas le droit de parler l'estonien, ni l'envie de parler le finnois, que ma mère est seule à comprendre. On demande alors à ma mère si je parle estonien. Parfois on me pose la question directement, mais ma mère répond à ma place par la négative. Elle explique cela par la confusion de ces deux langues qui se ressemblent. Ensuite, en Finlande, c'est tellement épouvantable, dit-elle, si on laisse échapper quelque chose en estonien dans le bac à sable. Elle ne veut pas que son enfant se fasse remarquer : en Finlande, une ruskov sera toujours une ruskov, même si on fait rôtir le jambon de Noël et qu'on sert de la moutarde de Turku. Être estonien n'est pas à la mode en Finlande. Elle raconte ce qui s'est passé la fois où nous avons passé une année entière à Tallinn, toute la famille. Là-bas, je ne parlais que finnois avec ma mère ; pourtant, en revenant en Finlande, j'avais complètement oublié la langue. À peine on passe la douane finlandaise, je me mets à parler estonien. Cette situation, ma mère ne permettra pas qu'elle se reproduise.

La tante de ma mère n'approuve pas sa politique linguistique, mais les autres ne font que l'applaudir, bien qu'elles trouvent ça un peu bizarre et qu'elles ne comprennent pas bien pourquoi elle a peur d'étiqueter son enfant comme Estonienne en Finlande. Elles ne la contredisent pas : on ne veut pas mettre en porte-à-faux les contacts étrangers. Mais personne n'y croit, quand ma mère raconte que le Finlandais considère l'Estonien comme un Russe, un ruskov parmi les ruskovs. Là, pourtant, ma mère a raison. Pour les Finlandais, les Estoniens sont bel et bien des Russes. Pour longtemps. Une grande partie des écoliers finlandais n'ont entendu parler de l'existence des Estoniens qu'à l'occasion d'une leçon sur les peuples finno-ougriens, à l'école. Ils en restaient ahuris, ils avaient du mal à croire qu'à quatre-vingt-cinq kilomètres de Helsinki habitait un peuple dont ils ne savaient rien. Certes, les familles de gauche amenaient leurs mômes à Tallinn, Sotchi et Leningrad ; mais pour les autres, ces villes auraient pu se trouver aussi bien au fond de la mer ou sur la Lune.

S'il arrivait qu'en Finlande on apprenne mon origine estonienne, on me demandait toujours aussitôt si j'étais russe, si dans mon enfance je jouais avec des enfants russes, à quels jeux je jouais avec eux. Mais qu'est-ce que ça a à voir avec le fait d'être estonien ?

Pourquoi personne ne me demandait si je jouais avec des Estoniens ? Moi je ne m'attends pas à ce que tous les Finlandais sachent parler same ou suédois. Ces questions étaient inconcevables ; moi, qu'on regardait en Estonie comme une apparition encore plus bizarre qu'ici lorsque je parlais à moitié estonien en rentrant de voyage ! Et pourquoi j'aurais joué avec des Russes, quand ma famille et mes connaissances étaient estoniennes ? Personne de la famille ne parlait russe et ne présentait de connaissances russes, car on n'en avait pas. Ça m'aurait paru vraiment insolite, si ma mère avait parlé russe à la maison en Estonie, ou n'importe qui d'autre, d'ailleurs. En outre, ma mère ne m'aurait jamais appris le russe et ne m'aurait même pas laissée l'apprendre, encore moins que l'estonien, même si elle ne pouvait pas me tenir à l'abri de *spassiba*, *pajalousta*, *kharacho* et *nitchevo*. *Ladna*…

Il est vrai que pour quelque raison, du côté de l'Estonie aussi, les Russes auxquels nous avions affaire – fonctionnaires ou chauffeurs de taxi –, en me voyant, demandaient toujours à ma mère en premier lieu si je parlais russe. Il arrivait aussi qu'ils demandent si je parlais estonien, mais c'était comme une remarque en passant, pas une vraie question, contrairement à leur intérêt pour ma connaissance du russe. Ma mère se fâchait toujours. Sur la banquette arrière d'une Volga jaune. En enregistrant les passeports sur des sièges de velours vert. Sur les fauteuils de skaï rouge de la salle d'attente. Sous le portrait d'une grosse légume du parti. Sa colère sautait aux yeux, même si elle ne répondait que par un mot négatif face au visage tout souriant de petit Père Soleil du milicien ou du chauffeur de taxi.

Dans les familles rouges finlandaises, on ne pouvait pas comprendre que je ne parle pas russe. Quel enthousiasme sur leur visage, s'ils apprenaient que ma mère était estonienne ! Quelle passion, même. À présent, plus de dix ans plus tard, je me rends compte qu'ils s'imaginaient que ma mère et moi partagions les idées politiques officielles de l'Estonie soviétique, d'où toutes ces questions bizarres et cette exaltation incongrue. Ils n'auraient jamais imaginé, par exemple, que l'Estonie soviétique puisse être autre chose, pour nous, qu'une partie du premier État socialiste au monde, destiné à donner l'exemple au monde entier. Que les hourras retransmis à la radio lors du rattachement de l'Estonie à l'Union soviétique n'avaient duré ni plus ni moins que ce que le signal indiquait, que la liesse populaire n'était pas spontanée mais scrupuleusement mise en scène, jouée conformément au scénario. Qu'il en allait de même pour tout ce qu'il y avait de gai et de bon en Union soviétique.

Ils ne voyaient pas que ma courageuse petite mère d'un pays balte, quoi qu'il advienne du grand et puissant berceau de l'amitié entre les peuples – l'Union soviétique –, demeurait une patriote de sang blanc, de la même espèce que le petit pionnier qui ne mettait pas à son cou son foulard rouge comme il devrait, dans les petites classes, mais qui disait que ça l'étranglait, ce qui terrorisait son enseignant. Et si quelqu'un faisait un rapport signalant qu'on parlait de ces choses-là dans la classe de cet enseignant ? Que l'enseignant encourageait à l'antisoviétisme, qu'il formait une génération dangereuse pour le communisme ? L'enseignant ne voulait pas se retrouver en Sibérie.

C'est pourquoi ma mère avait fait de moi une enfant taciturne. Parce qu'un mot mal placé pouvait être fatal. Mais le silence que ma mère m'inculquait, ce n'était pas celui d'une petite fille sage avec des nattes : ces deux silences n'ont en commun que l'absence de mots.

Selon ma thérapeute, il était vraiment étrange que ma mère n'adresse pas le moindre mot de sa propre langue à son enfant, même nourrisson, aucun babil, rien qu'une langue étrangère qui n'est pas encore adaptée à sa bouche et à ses sentiments, étrange et étrangère, si bien que la parole même semble à l'enfant étrange et étrangère. Sa remarque m'a étonnée. C'est étrange ? Je n'avais jamais pensé que ça devrait être autrement, mais, en y réfléchissant et en faisant le compte, j'ai réalisé que je ne connaissais pas une seule famille multilingue qui ne veuille pas apprendre aux enfants les langues des deux parents. On enseigne volontiers une langue parlée comme langue maternelle depuis plusieurs générations.

Et la première fois que j'ai entendu des enfants qui parlaient couramment à la fois français et finnois en Finlande, je me suis rendu compte qu'il n'y avait rien de curieux à ce qu'un enfant bilingue mélange dans ses phrases des mots de ses deux langues maternelles. Je n'étais pas une exception. Ça ne venait pas de la similitude des langues. Et ça n'empêchait pas qu'on maîtrise ensuite chacune des deux, à l'âge adulte, contrairement à ce que prétendait ma mère.

Ma mère décréta aussi que je n'avais pas besoin, ayant grandi en Finno-Finlande et donc présumée finno-finlandaise de cœur, de me souvenir de ce pays d'où elle était venue, non, même si nous y allions de temps en temps, et même s'il lui manquait. Ces voyages n'existaient pas, pour ainsi dire, vu qu'on n'en parlait à personne en Finlande. Je devais devenir finlandaise. Je devais parler, marcher comme une Finlandaise, avoir l'air d'une Finlandaise, même si je ne me sentais jamais au bon endroit, en quelque sorte jamais à ma place, comme dans un manteau avec des manches de longueurs différentes et trop petit pour moi, dans des chaussures qui m'écorcheraient à chaque pas.

En plus, j'étais physiquement dans une mauvaise tranche de poids. *Tu vois bien qu'il faudrait commencer à faire un peu attention, là.* Anna ne voit pas, mais l'infirmière spécialisée lui demande encore et encore les mensurations de ses parents, et elle l'invite à présenter à sa mère un papier où figurent la taille et le poids d'Anna ; mais Anna n'a pas besoin d'essayer pour savoir que sa mère ne comprendrait pas le papier et qu'elle dirait seulement que plus la chose est officielle, plus grand est le mensonge.

J'ai mis quatorze ans, toutefois, à en arriver à ma situation actuelle. Quatorze ans de courses alimentaires, d'emplois du temps nutritionnels, de calendriers diététiques, de temps passé à compter les kilos et les calories. Elles ont réponse à tout, les calories. Il paraît que monter une marche brûle deux calories, et la descendre, une calorie. Une journée d'école dure en moyenne trois cents marches. Je me suis mise à mesurer le temps en kilocalories l'année où ma croissance s'est interrompue et où l'infirmière s'est alarmée. Je faisais alors un mètre soixante, et aujourd'hui encore. Ma pointure était déjà stabilisée depuis des années. J'étais la plus lourde de ma classe – la fillette la plus lourde de sa classe à l'école primaire. Cinquante-trois kilos pour un mètre soixante, la taille de ma mère, alors que j'avais dix ans. Maintenant je pèse moins, mais même à l'époque ce n'était pas excessif, je ne me suis jamais sentie en surpoids ou trop petite, juste mal taillée pour mon environnement. Un cas classique de cette maladie féminine qu'on appelle aussi trouble du comportement alimentaire. Le corps d'une femme adulte, l'esprit d'un enfant, et les seuls seins de la classe. C'est peut-être à cause de cela que je ne me dépensais pas autant – physiquement – que les filles de mon âge. Il fallait faire attention. Être tout le temps sur ses gardes. Rentrer les épaules. Croiser les bras devant. Mes chemisiers devaient être assez amples, plus ils étaient grands mieux c'était, pour ne pas attirer l'attention sur ma poitrine, car on ne savait jamais de quel coin allait surgir Oskari. Et les potes d'Oskari. Parfois Oskari était aux aguets. Parfois on tombait sur lui par hasard. Parfois Oskari attendait juste Anna en toute tranquillité, et les enseignants plaisantaient : il doit bien aimer cette fille, Oskari. Sacré Oskari. On se refait pas. Éloge approbateur. Clin d'œil entendu.

Anna n'ose pas nouer ses lacets près du portemanteau, elle prend ses chaussures à la main et sort furtivement de la classe en premier, elle court à l'étage inférieur, dans les WC des filles ; là, elle enfile ses chaussures, noue les lacets, écoute sortir les autres... Entend-on la voix d'Oskari ? Est-il parti ? La chemise rouge drapeau d'Oskari traverse-t-elle la cour ?

Oskari est-il resté en embuscade ? Sûrement, à moins qu'il croie Anna déjà sortie de l'école, auquel cas il s'est peut-être hâté de lui courir après, de tenter de rattraper Anna.

Anna scrute sa montre et attend un quart d'heure. Personne de la bande d'Oskari ne saurait attendre plus longtemps en rôdant dans la cour. Il n'y a plus personne dans la cour… Anna essaye de voir sur la route, le plus loin possible, s'il y a encore quelqu'un qui pourrait remarquer Anna. Anna choisit un itinéraire où il est le moins probable qu'elle croise Oskari ou ses copains.

Alors qu'on peut tomber sur eux n'importe où. Dans la petite ville finno-finlandaise, Oskari ou un autre peuvent surgir à tout moment au coin de la rue. Et si Anna était seule, alors ? Elle pourrait encore en réchapper. Mais si cela se passait en ville avec son papa, ou sa mère ?… Non, impossible. Cela ne peut pas se produire. Anna ne tolérerait pas que ses parents voient ce qu'Oskari fait à Anna, les mains d'Oskari qui empoignent, pénètrent, étreignent et font toutes sortes de choses. C'est pourquoi Anna ne relâche jamais sa vigilance pendant qu'elle fait ses courses, elle prend note de chaque nouvelle personne qui entre dans son champ de vision, tressaille devant chaque garçon de son âge, se paralyse instantanément, les paumes froides de sueur, lorsqu'elle aperçoit au loin une tête blonde comme celle d'Oskari… Mais ce n'est pas Oskari. Le garçon se retourne pour regarder des affaires de sport avec son père. Une tête trop ronde, trop longue pour Oskari. La mère ne remarque pas qu'Anna s'est figée comme une statue, qu'elle s'est immobilisée pour se faire le plus invisible possible. Car c'est honteux. Ce que fait Oskari. Ce que font les amis d'Oskari. À Anna. C'est pas ma faute ! Vraiment ! Je n'y peux rien, si j'ai les premiers seins de toute l'école ! Et même si c'était dans mes gènes, ça ne veut pas dire, non, pas du tout, que tout le reste soit aussi dans mes gènes, ça n'y est pas, ce que vous croyez tous, non ! Vous croyez faux ! Restez à distance ! Il ne faut pas ! Je vais jeter cette pierre, si vous ne vous en allez pas ! Pour de bon, je la jette ! Arrêtez ! Non ! Il ne faut pas… Il ne faut pas !

LES
SABOTS
ONT dégringolé sur le plancher, faisant un bruit sourd l'un après l'autre, ma mère me les a jetés sur la poitrine, mes seins sont petits et sensibles, comme des bourgeons, obscènes, ma mère sort en claquant la porte, les sabots me sont tombés dessus trop vite, sans avertissement, j'étais dans ma chambre en toute tranquillité quand les sabots m'ont frappée par surprise à la poitrine. J'avais déjà mal avant. Depuis deux semaines, mes mamelons sécrètent un pus jaune, je ne sais pas ce que c'est, mais je ne peux le demander à personne, c'est trop gênant, même si je ne sais pas ce que ça a de gênant. Je conclus en silence que c'est provoqué par la matière dont est fait mon tricot de corps. Ou peut-être que cette purulence aussi, elle provient des gènes. J'intercale du coton entre les seins et le tricot, car il est déjà arrivé que le liquide colle en séchant, après quoi décoller le tricot est un supplice. Aïe. Les coutures aggravent les douleurs, et je commence à marcher avec les coudes un peu serrés pour que le tricot frotte moins les seins. Aïaïaïe. Pendant un an, j'évite de courir et de sauter, mais à cause d'Oskari je suis bien obligée de courir, des fois. Car ce que fait Oskari me fait deux fois plus mal, avec mes seins dans cet état.

Je lave mes tricots en cachette, je vais seule au sauna, je ne change d'habits que toute seule ou dans le noir, personne ne doit voir ce qui m'arrive aux seins. Les tampons d'ouate doivent être changés fréquemment, sinon ils commencent à sentir, mais les changer fait mal, il faut les faire tremper et les bouger lentement avant de pouvoir les enlever pour placer les nouveaux. Les vieux cotons ratatinés, je les cache derrière l'armoire ; de temps en temps, je les inspecte et je les sens, notamment les plus épais, et c'est sans doute aussi excitant que pour un enfant de manger sa morve. Ça dure longtemps. Je ne peux plus aller à la piscine avec la classe. Je fais l'école buissonnière, ce jour-là et bien d'autres, mais je ne pourrai jamais avouer pourquoi. Puis je trouve dans l'armoire à pharmacie une pommade dont la notice signale qu'elle est indiquée aussi pour les lésions mammaires, et je me l'approprie. Quand la suppuration s'arrête, je sors les vieux cotons de leur cachette pour les jeter en plusieurs fois et je m'achète un soutien-gorge. Mes mamelons gardent des cicatrices pendant longtemps. Mon dos se redresse peu à peu et, avec un pantalon moulant à motif léopard, je déploie complètement ma poitrine : je suis fière, d'autant plus que j'ai maigri, fière de mon corps merveilleux, qui écoute bien mes ordres, je trouve, et qui incite tout mon entourage à m'obéir.

J'AI DOUZE ANS. Nous sommes à la campagne chez ma grand-mère. C'est l'année où ma mère me jette les sabots à la poitrine. Quelqu'un est en train de faire la vaisselle. Ça doit être grand-mère. Les assiettes s'entrechoquent. En général c'est ma mère qui fait la plonge, c'est son boulot ici à la campagne, mais maintenant elle a autre chose à faire, la voilà dans la chambre de devant, en colère. Je viens de m'habiller pour l'accompagner chercher du lait chez la voisine avec un bidon de cinq litres, mais sa main me projette à terre et le bâton de rouge à lèvres me tire un trait rouge en travers du visage. Je suis trop grande pour ces jeux-là. J'ai l'air d'une vraie salope, paraît-il. Elle ne peut pas m'emmener avec elle, parce que je n'ai pas un aspect convenable pour une étrangère – autrement dit, je n'ai pas un style vestimentaire suffisamment étranger, fût-ce pour aller remplir un bidon de lait.

Je croyais que cet été-là serait identique aux précédents. En ville, je jouais à la Finlandaise, dans les restaurants, en visite et dans les magasins. Nous faisions de longues courses et j'avais des ballots, des boîtes, des rouleaux de tissu, des chapeaux et du maquillage pêle-mêle dans lesquels fouiller ici, à la campagne, où il n'y avait en général que moi, ma mère et ma grand-mère. Entre nous, je m'amusais chaque été avec le rouge à lèvres, le parfum, le vernis à ongles, auxquels ma mère ne me laissait pas toucher en Finlande, parce qu'à ce prix-là ce n'étaient pas des jouets. De ce côté-ci du golfe, on avait pour une poignée de roubles un grand sac de toutes sortes de merveilles : rouges à lèvres, bas, jarretelles, épingles à cheveux, larges chapeaux blancs à bordure argentée. Ces accessoires féminins du monde perdu de Tallinn, j'en étais absolument folle. C'était pour moi la plus grande attraction du voyage, faire sans cesse de nouveaux achats, attendre au comptoir que les dentelles boutons barrettes soient emballés dans du papier, et les gens dans la queue observaient cette fillette de cinq ans qui achetait des jarretelles, des peignes et des boutons brillants pour une somme qui représentait le quart d'un salaire mensuel, et cette somme qui était écrite sur l'emballage de papier, ou bien sur un ticket séparé, dont un exemplaire était glissé dans l'emballage tandis que l'autre m'était remis. À certains endroits, le premier ticket sortait même de la caisse enregistreuse, mais à part ça le paiement se déroulait de la même manière : après avoir obtenu le reçu, il fallait passer dans une autre queue, celle de la caisse, où l'on piétinait en direction d'une machine bruyante pour payer la somme qui figurait sur le ticket, alors on recevait un autre ticket, avec lequel on retournait au comptoir d'où on était parti au tout début et où, en échange de ce deuxième ticket, on pouvait enfin recevoir ses achats. Dans tous les magasins un peu grands, on procédait de cette manière. Ces pratiques absurdes allaient bien avec ma façon de jouer à la dame élégante qui fait ses courses, et vu la quantité de nos roubles on me laissait jouer avec ces vrais billets, jouer à la marchande dans un vrai magasin et à la dame élégante qui faisait ses vraies emplettes. C'est ainsi que, lassée des sempiternels collants de Finlande, j'avais pu acheter cent paires de jarretelles et de bas, et revêtir, chez ma grand-mère à la campagne, tous ces accessoires achetés par pur plaisir, en y ajoutant même, pour compléter la tenue, une vieille robe de danse et des chaussures à talons de ma mère que j'avais dénichées, les talons étaient si pointus qu'ils étaient sans doute en métal pour tenir le coup, et ils faisaient un joli bruit, je faisais les cent pas avec, sur le sol en ciment de la cuisine et sur les pavés de la cour, je dansais dans la chambre de devant face au miroir que ma grand-mère avait eu en cadeau de mariage, je m'imaginais en train de trotter dans les rues pavées de la Vieille Ville, les talons qui résonnaient dans les ruelles exiguës et dans les églises.

Les modèles soviétiques se maintenaient d'année en année, que ce soit pour les jouets ou les vêtements. Le prix restait le même : il était imprimé à l'usine, voire directement moulé avec le produit. Même si les chapeaux et épingles à cheveux restaient inchangés au fil des ans, je ne m'en lassais pas, contrairement aux éternels joujoux en mousse synthétique de l'Urss. Les jouets du rayon jouets, avec leur plastique soviétique fortement odorant et leur surface dure, n'avaient rien de passionnant. En Finlande, j'avais assez de Barbies et compagnie. Les accessoires féminins de l'ancien temps, derrière la frontière, demeuraient disponibles dans le magasin même aux époques où tout le reste manquait : outre les dentelles, boutons et épingles à cheveux, le rayon des chapeaux offrait des modèles avec une bordure argentée ou un ruban de soie bleue. Et rien d'autre dans tout le bâtiment. Seulement ces absurdes chapeaux à bord que personne ne prenait la peine d'envoyer dans les campagnes, où presque tout faisait défaut. Notre situation, avec des roubles, était toujours excellente.

Cette fois, je pouvais me promener dans les magasins comme avant, mais je n'avais plus le droit de jouer avec mes courses à la campagne. Qu'est-ce qui avait donc changé ? Pourquoi je devais jouer à la princesse finlandaise ici aussi, maintenant, m'habiller en tenue d'apparat de princesse finlandaise, en baskets turquoise et bustier jaune fluo avec des motifs en relief ? Pourquoi je n'étais plus mignonne dans les vieilles robes de danse de ma mère trouvées à la campagne ? À quel moment elles ont commencé à me donner l'air d'une salope, et mon nouveau maquillage aussi ? Quand est-ce que ces robes sont devenues des haillons et des serpillières, alors que je m'y sentais comme la comtesse du manoir voisin dans la splendeur du siècle passé, au sang bleu comme le plus bleu des émaux sur les bols de ma grand-mère, ou une tasse à thé russe plus bleue encore ? Pourquoi je n'ai pas le droit d'être mignonne ? Pourquoi il faut que je sois aussi laide que toi maintenant, maman ? Ma mère a des chaussures en caoutchouc, mais son coupe-vent rayé rouge et blanc donne à sa tenue la bonne touche *välismaalanen*, « internationale », même pour la campagne.

Le moment où mon jeu devait prendre fin, c'était quand mes seins ont poussé ? Ou bien c'était juste un concours de circonstances ? Si je voulais que ma grand-mère soit bien traitée, et qu'elle reçoive de l'aide quand elle en avait besoin, si je voulais moi-même qu'on me rende service, il fallait que j'aie l'air finlandaise et que je porte les habits les plus *välismaalanen* possible, des jeans ou des vestes en jean troués, ou au moins délavés. Eh bien, n'importe quels pantalons longs achetés ailleurs avaient l'air assez *välismaalanen*. Et surtout pas de grands nœuds sur la tête comme les *plikad* russes, ni de chignons et d'épingles à cheveux, grand Dieu !

Car est-ce que je veux que tout aille bien pour ma grand-mère, oui ou non ?

1973

Au travail de Katariina, en l'honneur de l'anniversaire de Lénine, on a apporté des bouteilles de vin et tout le monde s'est bien amusé. La bonne journée de Katariina se prolonge par une soirée où elle va danser avec le Finlandais au bar Kadriorg. Le groom flatte le Finlandais, sourit comme jamais et demande si le Finlandais aurait un chewing-gum.

À la sortie, le groom ne tend son manteau qu'au Finlandais, comme s'il ne voyait même pas Katariina, et il retourne à ses affaires. Le Finlandais dit finalement « eh bien ? », alors le groom va chercher le manteau, mais il n'aide pas Katariina à l'enfiler et ne le donne même pas au Finlandais, il le jette sur la balustrade en disant « voilà pour elle ».

Katariina fond en larmes dès qu'elle arrive chez elle, raccompagnée en taxi par le Finlandais qui, cette fois, ne l'a pas embrassée. Elle lui interdit d'apporter en cadeau ne serait-ce que de l'alcool, quand bien même la bouteille serait belle. La bouteille de Finlandia qu'il avait apportée précédemment, maintenant vide, Katariina l'offre à une amie qui en réclamait depuis longtemps, de même que quelques autres bouteilles dans lesquelles elle a versé de la gnôle du coin après épuisement du contenu d'origine. Chaque visiteur a voulu goûter sec l'alcool importé de l'étranger et tout le monde était unanime à s'écrier qu'il était incomparablement meilleur – même lorsque la bouteille ne contenait que de la banale Stolitchnaïa.

Katariina a acheté au Finlandais de la pâte d'amandes et du caviar pour qu'il les emporte en Finlande, mais elle refuse ses cadeaux à lui. Et même si elle porte une minijupe, elle se débrouille avec des bas et des jarretelles, du moment que les bas sont assez longs. Non, elle n'a pas besoin de collants. Et le tissu pour les habits, elle s'en procure via une connaissance, en échange de livres qui font leur apparition dans la « bibliothèque » de l'entreprise. Celle-ci a été fondée pour pouvoir se procurer des livres en estonien directement auprès des éditeurs, les tirages étant trop petits pour qu'on puisse les obtenir autrement. Le guide sexuel traduit du finnois en estonien *Du mariage sans fausse pudeur* coûte, selon la quatrième de couverture, 57 kopecks, mais en ville on le vend déjà 25 à 50 roubles : sur un tirage de 80 000 exemplaires, pas un seul n'atteindra un comptoir de magasin. Un *Du mariage sans fausse pudeur* à 57 kopecks se change en tissu de robe tchèque à cinq roubles, lequel devient une minijupe sur la machine à coudre de Katariina.

L'INDÉPENDANCE DE L'ESTONIE n'a pas causé de grands remous, chez nous. Je ne me rappelle pas ce qu'en ont dit les médias finlandais. Je me souviens seulement des inscriptions *Estonie libre* sur les T-shirts des punks. Je crois bien que ma mère ne voulait pas entendre parler de tout ça. Ce n'était pas important, ça ne l'était plus. Ma grand-mère avait eu un deuxième infarctus, elle ne pouvait pas bouger de chez ma tante. Ma mère voulait désespérément aller lui rendre visite, mais elle ne pouvait pas, car on était sans nouvelles de papa depuis quelque temps.

Papa aurait déjà dû être rentré de Moscou, mais on n'avait rien entendu, rien vu, peut-être qu'il y avait des problèmes avec les visas, qui sait ? Maman ne voulait pas me laisser seule, ni m'emmener avec elle, car elle n'avait pas assez d'argent, et on ne demandait pas de l'argent à papa *pour une affaire comme ça*. Et il n'y avait personne, dans l'ensemble, à qui on aurait pu parler de la situation. Chez qui j'aurais pu aller. Pas *pour une affaire comme ça*. Dans la grande maison finno-finlandaise, ma mère se faisait du mouron toute seule, écrivait des lettres et attendait des réponses, qu'elle lisait en sautant les passages relatifs au rationnement alimentaire toujours croissant, aux coupons et aux queues qu'il fallait faire pour avoir ne serait-ce que ce à quoi on avait droit.

Ma tante allait attendre à la porte du magasin avant le travail, à la pause-déjeuner et encore après le travail.

La farine, la viande, les pâtes, le beurre, la semoule, tout était rationné.

Ma grand-mère avait perdu l'appétit : dans ces conditions, elle se moquait éperdument de ne pas pouvoir aller faire la queue.

Ma mère voulait quand même savoir ce qui ferait plaisir à ma grand-mère : elle la forçait à écrire de quoi elle rêvait, oui oui je pourrai te le trouver, absolument n'importe quoi. Sois gentille, maman, maman chérie, s'il te plaît écris tout ce que tu voudras, tout ce qui te passe par la tête, je te l'apporterai, ce que tu as toujours voulu goûter mais que tu n'as jamais eu, qu'est-ce qui te ferait plaisir ? Et dans les magasins de devises, il y a tout ce qui est disponible, tu enverras quelqu'un faire tes courses là-bas : je t'apporte des marks finlandais, tu pourras les lui donner. Avec des marks finlandais, on peut se procurer n'importe quoi. Maman, ma petite mère, maman chérie, il faut que tu manges ! Le porridge, ça ne suffit pas !

Ma grand-mère ne savait pas quoi écrire, car elle n'avait aucune idée de ce qui lui ferait plaisir.

Ma mère entassait dans les valises tout ce qu'elle pouvait imaginer que ma grand-mère serait capable de manger. Tout ce qui pouvait faire obstacle à l'acheminement de la nourriture la mettait en colère et, en même temps qu'elle ordonnait à ma grand-mère de manger, dans ses lettres, elle décrivait aussi les plats qu'elle concoctait, imaginant sans doute réveiller son appétit, et elle racontait comment Anna accueillait tout ça, Anna était aussi mauvaise mangeuse que sa grand-mère, absolument impossible. Le mercredi, ma mère a préparé du saumon – serait-ce cela qui lui plairait ? Anna n'en a pas mangé, vu qu'elle n'aime pas le saumon. Elle a fait cuire en même temps des biscuits d'avoine, elle pourrait en apporter, et Anna aussi en mangerait une fournée. Et ce genre de pâté qui est dans un bocal facile à ouvrir, en conserve, on pourrait en apporter, en tout cas ça se garde longtemps. Il y a d'autres conserves, dans des petits bocaux pratiques, on a le temps de les manger jusqu'au bout sans qu'elles se gâtent. Il y a aussi du saumon, en conserve. Et les potages qui ne demandent rien d'autre que de l'eau chaude, Anna aussi en consomme souvent, elle peut en prendre plusieurs par jour. Si elle en apportait, la grand-mère pourrait goûter et dire si ça lui plaît ou non. Et des pastilles, c'est agréable à suçoter.

Ma grand-mère est morte deux mois après la proclamation d'indépendance.

Et ma mère n'avait plus de raison de retourner dans ce qui avait été son chez-elle.

La première fois que ma mère et moi avons mis le pied en Estonie indépendante, nous sommes allées sur la tombe de ma grand-mère.

Quand papa a fini par rentrer en Finlande, nous avons appris que les visas étaient réellement restés coincés dans un bureau. Le central téléphonique avait été complètement saturé. Papa avait passé des soirées entières à côté du téléphone dans sa chambre d'hôtel, soi-disant, en attendant que sa communication longue distance soit établie, mais sans succès.

T'as pas été assez entreprenant avec les Russes de ce bureau-là ? a dit ma mère.

Papa a fait comme s'il n'entendait pas.

1972

Le Finlandais de Katariina est le premier Finlandais dont Katariina ait fait la connaissance. Pendant ses études, seuls quelques touristes finlandais étaient venus en Estonie, les premiers au milieu des années soixante. Ils portaient des costumes marron à carreaux et des chapeaux à plumes. Les résidences d'étudiants étaient louées aux touristes finlandais, puisque l'hôtel Viru n'existait pas encore et que l'hôtel Tallinn était complet. Mais Katariina n'avait pas eu le temps de les voir : pendant que sa chambre était occupée par des touristes finlandais, elle se retirait à la campagne dans la ferme familiale.

Après la fin des études, Katariina était allée à la foire du bâtiment à Pirita en qualité de « jeune patriote spécialiste » – ainsi l'avait-on appelée dans le discours donné à cette occasion. Il y avait aussi des Finlandais qui exposaient des matériaux de construction ; ils étaient polis, propres sur eux. Mais elle les avait juste aperçus en passant. C'étaient les seuls spécimens provenant de ce dangereux *kapmaa* que Katariina avait vus de ses yeux.

De plus en plus de rumeurs se répandent en ville au sujet des Finlandais qui travaillent dans le bâtiment. Ou plutôt au sujet de leurs petites copines qui s'imaginaient épouser des millionnaires ; une fois en Finlande, à cause de l'épouse estonienne du mari, on se retrouvait avec des familles abandonnées et des pensions alimentaires. Les achats à crédit ne mettaient pas l'homme en joie, ni la femme, mais en rage. Katariina ne voulait pas devenir l'objet de tels ragots. Tout le monde connaissait la vendeuse du Grand Magasin de Tallinn qui s'était mariée avec un trésor exceptionnel, un jeune Finlandais célibataire. Travailler au Grand Magasin de Tallinn était une situation professionnelle très prisée et importante, car toutes les marchandises passaient entre les mains du personnel, et les vendeuses étaient conscientes de leur position, qui faisait d'elles des connaissances précieuses pour leur entourage. L'importante mademoiselle Vendeuse en question s'imaginait qu'elle obtiendrait un poste encore meilleur grâce à ce garçon finlandais, mais le jeune mari n'emmena pas l'importante mademoiselle Vendeuse vivre à Helsinki : la Tallinnoise échoua à la campagne avec son premier seau dans les mains pour aller traire les vaches. L'importante mademoiselle Vendeuse rentra bien vite à Tallinn, où elle fut la risée de toute la ville. Tout ça pour ça !

Katariina a discuté personnellement avec Ella, la copine du colocataire officiel de son Finlandais. Le colocataire habite en fait chez Ella alors qu'il a une femme et quatre enfants en Finlande. Ella parle finnois et travaille à l'Intourist, par où elle peut avoir des voyages de vacances. Un aussi bon poste implique bien sûr qu'Ella soit… enfin, de ces gens-là, les *koputajad*, les « informateurs ». En voyage en Finlande, l'homme avait emmené Ella chez lui, il avait présenté son amie d'Estonie à sa femme. Ella ne voyait rien de bizarre à dormir dans des draps repassés par l'épouse, à manger les plats préparés par l'épouse. Katariina sait bien qu'« il fait bon vivre en Union soviétique si on a une voiture, un logement et un amant finlandais ». Après sa mission, toutefois, l'homme rentrerait en Finlande et Ella retournerait chez son ancien mari. Ça n'irait pas plus loin.

Et si le Finlandais de Katariina était comme ça ? Katariina ne fait pas part de ses doutes à Ella, elle ne lui demande rien ; elle pourrait, pourtant, car Ella aurait sans doute un avis, mais non, ce serait humiliant. Ça fait assez longtemps que Katariina sort avec son Finlandais pour l'inviter chez elle, ce qui va lui donner la possibilité de vérifier s'il l'a embobinée avec son célibat. Pendant qu'il dort sur le canapé, Katariina consulte son passeport pour contrôler l'authenticité des données. En effet, en arrivant à Tallinn, les ouvriers finlandais reçoivent un passeport soviétique en échange de leur passeport finlandais – pour les autorités russophones, il faut des papiers d'identité en russe –, et le passeport soviétique mentionne toujours le statut conjugal, ainsi que le nombre d'enfants avec leurs dates de naissance et leurs noms.

Le Finlandais a dit la vérité. Il est célibataire et sans enfants. Katariina a eu peur pour rien.

En outre, le Finlandais de Katariina est un professionnel, non un apprenti, contrairement au Simo de mademoiselle Vendeuse, là. Un professionnel a la sécurité de l'emploi, et travaille en ville et non dans une étable. Ça aussi, c'est curieux, que les Finlandais aient des apprentis distincts – les charpentiers, les plombiers, les électriciens et tout –, alors qu'ici tout le monde est charpentier, plombier ou électricien : aucun d'eux n'est apprenti, et aucun d'eux n'a d'apprenti.

Peut-être que tout se passera bien entre Katariina et le Finlandais.

BIEN
SÛR,
TOUTES les femmes, dans une certaine mesure, sont des putes. Mais certaines sont plus putes que d'autres. Certaines ont ça dans le sang ; les unes le sont devenues par l'instruction ou par l'éducation, les autres le sont de nature. *Pourquoi toutes les Estoniennes sont-elles des putes ? Est-ce que c'est dans leurs gènes ?* Ainsi s'étonnait ouvertement le quotidien *Helsingin Sanomat*, dans la chronique de Kirsti.

À quoi cela servirait-il que ma mère explique que oui, elle est estonienne, mais ingénieur diplômé de profession, alors que tout ce qu'on voulait connaître, lors des entretiens d'embauche, plus que son sens professionnel, c'était la profondeur de son « désir de travail en commun », notamment pour aller dîner, ça vous dit ?

Ma mère me faisait du chantage, elle faisait pression, je devais jurer de me taire sur ma double origine, malgré les preuves accablantes, malgré ma mère qui parlait à mes enseignants en finnois et en estonien tout en vrac, cela pourrait toujours se contourner d'une manière ou d'une autre ; mais ma façon de parler, la couleur de ma peau ou mon nom ne révélaient rien, pas plus que le prénom de ma mère, Katariina. On l'a souvent prise pour une Suédoise de

Finlande, à entendre son accent. Les voyages transfrontaliers pouvaient toujours s'expliquer par le travail de mes parents, s'ils étaient découverts ou si quelqu'un tombait sur mon passeport. Les visites familiales pouvaient être qualifiées de visites familiales, il n'y avait pas besoin de s'appesantir sur le lieu de résidence de ma tante. Ou bien la tante chez qui on allait pouvait être prise pour une des sœurs du père, lesquelles habitaient fort à propos aux quatre coins de la Finlande. Pour l'arbre généalogique, il était largement suffisant de connaître la branche du père. Et ceux-là aussi, on les côtoyait le moins possible, seulement lorsque papa venait en vacances en Finlande.

J'ai bien compris que si on apprenait ma double origine, je ne saurais être un objet de désir qu'en tant que pute russe, et que si je n'étais pas désirée, ce serait parce que j'étais une pute russe, une petite chatte baveuse de ruskov. C'est ce que me disait ma mère. Je serais quelqu'un avec qui les gens se comporteraient d'une façon et, s'ils savaient, ils se comporteraient autrement, discuteraient de choses différentes, m'interrogeraient sur d'autres sujets. *Alors personne ne te voudra vraiment.* Ils glisseront leur main entre mes cuisses, parce qu'au final je suis et je reste une pute estonienne et une gosse de pute estonienne, quand je dis NON et quand je refuse une bière au bar Kaivotorppa de Kallio, non mais je me prends pour qui ? Je me crois peut-être supérieure aux autres ? Comment je me permets, moi, de repousser un Finlandais honnête et sincère, dont le pays est tout le temps à la pointe du progrès ?

Peut-être que ma mère avait raison. L'Estonie n'était pas du tout l'Estonie, ni même une entité de l'Union soviétique, c'était tout simplement la Russie. Tous les Estoniens se faisaient traiter de ruskovs, et il fallait se rendre à l'évidence : comme toutes les Russes, l'Estonienne est une pute. Une pute russe sur le marché finlandais avec une pancarte autour du cou qui dit *50 marks la chatte* ou qui fait le trottoir à Tallinn en roulant des hanches avec des yeux brillants à rendre raide dingue un gars de Finlande, car… psst, des femmes comme ça y en a pas en Finlande ! Les filles de Finlande ne faisaient pas le poids face aux Russes, en tant que femmes, mais elles pouvaient se consoler en s'apitoyant sur leur nation sœur et en organisant des collectes de vêtements, en parrainant une famille à qui envoyer les habits trop petits de leurs enfants et toutes sortes de trucs inutiles ou en mauvais état. Pitié et charité. Une admirable consolation, en vérité. De même, les entreprises se plaisaient à envoyer leurs pièces détachées défectueuses en Estonie, car bien sûr là-bas ça leur manquait.

Quand les autorisations de visite vers la Finlande se sont assouplies, on a pu inviter la famille parrainée, afin de l'amener admirer les merveilles de la Finlande et sentir comme on peut être fier d'être finlandais. On pouvait bien faire appel aux Estoniennes pour cueillir les fraises dans les fermes, puisqu'elles étaient une main-d'œuvre moins chère et plus travailleuse que les filles du cru moulées dans leurs Levi's. C'est comme ça que le père d'Irene a pris sa troisième femme estonienne – ou bien la quatrième ? –, une fille de vingt et un ans ramassée dans un champ de fraises, laquelle, une fois mariée, utilisa bien gentiment un vieux survêtement du père d'Irene, puisqu'il estimait qu'elle n'avait besoin de rien d'autre. Irene la trouvait idiote, elle l'appelait donc l'Idiote et elle refusait de se rappeler son vrai nom, que je n'ai d'ailleurs jamais entendu. Elle devait être une des nôtres… Trois ans de plus… Elle devait être comme ça. L'Idiote.

Irene, c'était ma meilleure amie.

OFFICIELLEMENT,
IL
N'Y avait pas de prostitution au pays des Soviets, ni organisée ni inorganisée. Le citoyen soviétique ne pouvait pas être prostitué, trafiquant, spéculateur, souteneur ou voleur, puisque le citoyen soviétique ne désirait être rien d'autre qu'un citoyen soviétique, et que la morale du citoyen soviétique ne saurait concevoir ce genre de choses. Et nul citoyen soviétique ne souhaitait quitter l'État soviétique, passer à l'Ouest pour participer aux magouilles occidentales des capitalistes qui fomentaient l'oppression de la classe ouvrière par les bourgeois. Impensable. Sous le soleil des Soviets, on ne connaissait pas la faim, la pénurie, la corruption ni le crime, sans parler de meurtres en série : aucun milicien ne perdait de temps, de papier ou de rayonnages d'archives à enquêter sur ces aberrations. Et qu'est-ce que c'était, si on prétendait avoir trouvé un corps vidé de son sang ici ou là ? De la propagande occidentale, qui cherchait à traîner dans la boue l'honneur soviétique ! Ces rumeurs n'étaient-elles pas répandues justement par les espions de l'Ouest ? Par les sbires des espions de l'Ouest ? Par des traîtres occidentalistes ? Par un Estonien un peu trop blanc ? Quoi, des prisonniers politiques ? Ça n'existe pas, en Union soviétique ! Dites un peu, qui

prétend cela ? Nous aimerions nous entretenir avec lui, juste une petite discussion sympathique autour d'un thé ou d'un café.

Ma mère n'a sans doute jamais employé le mot *pute*. Peut-être qu'il était trop « gros » à son goût. Elle employait des locutions indéfinies, comme « celles-là », « ces gens-là », « il y en a qui » ou « en voilà qui ». Elle utilisait aussi le mot estonien *lits*, « traînée », mais ça ne désigne pas particulièrement une profession en soi. En fait, le mot *pute*, je l'ai entendu pour la première fois vers l'âge de huit ans, en Finlande. Ma mère m'a dit alors ce que ce mot signifiait : une femme à vendre. La plupart des enfants de mon âge l'ignoraient et ils appelaient pute n'importe quoi, alors moi, comme une petite adulte, je disais que non, on ne peut pas dire ça, on n'emploie pas ce mot pour un homme, non, pas non plus pour une chaise, et le plus risible, à mon avis, c'est quand les garçons, une fois qu'ils ont commencé à y voir plus clair, se sont mis à traiter de putes les cuisinières et les enseignantes, que ce genre de mot mettait dans l'embarras : elles n'étaient tout de même pas à vendre.

Derrière la frontière, il s'agissait d'un métier parmi d'autres ; mais du côté de la Finlande, la prostitution était quelque chose de plus abstrait, qui ne rapportait pas beaucoup d'argent, qui était moins un travail qu'un trait de caractère ou de la nature de la femme. Quelque chose qui faisait rougir les femmes et les embarrassait, au lieu de marcher fièrement de ce pas triomphal comme les prostituées derrière la frontière, dans leurs habits étrangers, avec dans la poche ce qui était pour beaucoup de gens un an de salaire, même si l'on ne pouvait pas dire non plus que c'était une catégorie véritablement respectée. Ces signes ostentatoires suscitaient l'envie et les honneurs, et faisaient d'elles en quelque sorte… des intouchables. Leurs habits étaient une armure qui les signalait aux yeux de ma mère. Pour elle, il était très important que je sache faire la distinction entre les femmes de cette profession et les autres. Celles-là sont comme ça. Celles-là, celles-là. Celle-là, là. Experte ès putes, ma mère désigne les femmes de ce milieu, d'une voix sévère de juge accompagnée d'une moue ; Anna est tout le temps aux premières loges, dans le vacarme du train pour Moscou, chez papa, le train sent le Russe et dans les compartiments on boit du thé dans des verres, ou à Leningrad, ou en bateau pour Tallinn, à cause du travail de ma mère ou de papa, à cause de la famille ou de n'importe quoi, et là-bas la mère et Anna vont de restaurant en restaurant, prennent place dans les mêmes restaurants que « ces femmes-là », au fil des jours. La mère dit qu'elle peut faire cuire bien assez de pommes de terre à la maison en Finlande, ici elle veut un repas servi sur une nappe blanche, avec du cognac en digestif, cinq ou dix centilitres. Que pourrait-on faire d'autre avec l'argent dont disposent Anna et sa mère ? Les roubles du marché noir, on ne pourrait pas les changer en marks. En plus, là où il y a des putes, il y a le meilleur service, les meilleurs plats, tout est mieux. Et là où il n'y a que des locaux qui font la queue, on trouve tout ce qui est aux antipodes.

Aussi, devant une nappe blanche au restaurant de l'hôtel Viru, parmi de minces volutes de fumée, Anna regarde passer les bas résille, les bas de dentelle, les collants, les jambes nues, les chaussures à talons, les permanentes, les sacs à main, les doigts qui tiennent une cigarette étrangère, souvent une More, et leurs ongles rouges, les lèvres rouges qui susurrent en russe, les chemisiers à jabot, les ceintures larges et les tailles fines. Anna écoute le rire affriolant, le doux rire aguicheur, le rire des femmes qui patrouillent au bar de l'hôtel Viru en remuant leur chevelure, elle suit les regards insolents, des regards de toutes sortes, pour tous les goûts. Après avoir envoyé sa famille dans sa chambre, un type rubicond va s'entretenir passionnément avec une tatiana qui agite sa jambe de telle sorte que le client aperçoit le prix écrit sous la chaussure. Pour le type rubicond, les prix de la tatiana sont raisonnables : le couple disparaît dans les ténèbres de l'hôtel Viru, mais pas plus de temps qu'il n'en faudrait pour aller se promener tout seul et changer de l'argent. C'est que ce service prend une éternité, par ici. L'épouse qui attend dans la chambre le connaît, ce service soviétique, n'est-ce pas ? Il y a du monde, dans un hôtel de l'Intourist, et tous les clients sont des étrangers avec des devises…

Au café de l'hôtel Viru, au bar à devises, au bar, au grill, au lounge et au restaurant, c'est toujours aussi captivant. Derrière sa coupe de glace, Anna suit des yeux ces femmes singulièrement flétries qui attendent, assises. Les vendeuses de chair peuvent être flétries. Ou est-ce que c'est son regard, habitué à la monotonie des Finlandaises, qui trouve que les couleurs des visages professionnels sont criardes et que leurs cheveux emmêlés, noirs et gras à la racine, décolorés à la pointe, sont des signes de flétrissure ? Anna agite ses jambes sur le tabouret de bar trop haut. Les gracieux talons aiguilles vont et viennent sans cesse, font un tour pour un café et une cigarette, les femmes flétries s'assoient de temps en temps – mais au final, aucune de celles qui étaient à leur poste quand Anna et la mère sont entrées dans le bar n'y est encore quand elles ressortent. Ces femmes flétries sont-elles de si brillantes espionnes ou bien payent-elles tellement au videur pour pouvoir entrer ? Combien ? Dans le bar à devises, un local ne peut entrer que sur invitation d'un étranger, et accompagné par celui-ci. Anna voudrait savoir, mais elle ne demande pas à sa mère, parce qu'Anna n'est pas une enfant qui pose des questions. Peut-être que ça s'expliquera, si elle observe ces femmes assez longtemps.

Anna est si petite qu'on ne vient pas encore lui demander le prix.

Le milk-shake à la mandarine est bon.

Anna a un pantalon en coton bleu clair acheté chez Seppälä, un T-shirt rayé et une veste en jean. Avec ça, elle peut aller n'importe où.

1971

Comment c'était là-bas, au juste ?

Toomas rentre d'un voyage de trois jours en Finlande. Il a eu la chance d'obtenir un visa touristique aux frais du syndicat.

M'en parle pas ! C'est silencieux, les voitures ne font que siffler en passant, les rues sont si propres, les magasins bien approvisionnés. Et dans les hôtels on sert des plats où les pommes de terre ont une couleur de pomme de terre ! On ne pouvait pas se promener tout seul, bien sûr, un surveillant nous accompagnait toujours, on nous a fait faire en groupe une visite guidée de la ville et des lieux politiquement importants, mais…

Leur margarine est meilleure que notre beurre !

Au retour, sur le bateau, l'atmosphère était déjà redevenue familière, et les pommes de terre bleues.

Les pommes de terre bleues sont des « super-pommes de terre », engraissées au superphosphate. Pour atteindre la quantité réglementaire de pommes de terre, les kolkhozes sont obligés de se consacrer à la culture de super-pommes de terre. La récolte est abondante et riche en tubercules, mais les pommes de terre, en cuisant, deviennent spongieuses, nauséabondes, et elles virent au bleu en refroidissant. Et ce goût… On ne peut pas servir cela aux meilleures tables, de sorte que les restaurants se tournent vers des particuliers pour tâcher de se procurer des pommes de terre cultivées avec du fumier. C'est ainsi que la mère de Katariina, Sofia, peut s'acheter une bicyclette et payer les études de Katariina, parce que avec une simple bourse Katariina ne s'en sort pas. Dans le lopin de terre qui entoure sa maison, Sofia cultive des pommes de terre pour les vendre, et elle espère que le progrès ne rendra pas les super meilleures ou équivalentes. Eh quoi, le reste ne leur a pas réussi, alors pourquoi l'engrais ? Un *vene värk* – une saloperie russe – sera toujours un *vene värk*.

1975

L'épouse de Voldemar a placé une table contre le mur du séjour, où elle a exposé toutes les affaires rapportées par son mari, à commencer par les billets de voyage et les reçus bien alignés. Il y a un rouleau de papier hygiénique sur la rangée de reçus, et tout le monde va le tripoter. Il est fleuri ! Vous vous rendez compte, du papier hygiénique doux comme une fleur, avec des motifs de fleurs ! Katariina a honte, heureusement que son Finlandais n'est pas là pour voir ça. La femme de Voldemar invite Katariina à s'approcher de cette table érigée en autel, et Katariina ne peut refuser.

Katariina, ne reste pas à la porte, viens donc ici, n'aie pas peur, regarde, il y a des fleurs sur le papier hygiénique, tu te rends compte !

Toutes les connaissances ont été conviées pour admirer les affaires rapportées par Voldemar et entendre comment c'était vraiment LÀ-BAS. Danseur de compétition, Voldemar participe à des championnats à l'étranger, non seulement dans les pays du bloc de l'Est, mais carrément à l'Ouest. Ah ! le fils de Voldemar veut devenir sportif, lui aussi, pour aller à l'Ouest.

Katariina a une autre connaissance qui a pu se rendre en Finlande, un sportif bien sûr, Erik Brunmeister, champion d'Estonie de course de demi-fond. Erik avait apporté dans ses bagages deux bouteilles d'alcool, que la femme de ménage de l'hôtel est tout de suite venue acheter, de même qu'un peu de tabac – il avait appris ce genre d'astuces par d'autres personnes qui étaient déjà allées en Finlande. Elles rappliquent tout de suite, les femmes de ménage. Erik a ramené douze vestes en nylon qu'il avait enfilées les unes sur les autres, grand et mince qu'il était. Les douaniers n'ont rien remarqué, Erik a bien rigolé.

Un ami d'Erik, Kaarel, pas plus grand que lui, n'a pas réussi à revêtir plus de trois chemises en nylon. Et ce n'est pas faute d'avoir essayé, mais ça se serait vu. Dans ses chaussettes, Kaarel a caché un jeu de cartes porno et des capotes finlandaises : importer les premières était formellement interdit, comme tout autre matériel pornographique ; quant aux secondes, il aurait pu les rapporter en toute légalité pour son usage personnel, les douaniers n'auraient rien trouvé à redire, mais ils auraient dû soit ouvrir les paquets, soit les crever avec des aiguilles pour savoir ce qu'il pouvait bien y avoir dans ces petits paquets opaques. Tandis que les capotes soviétiques sont emballées dans des sachets en papier. Elles sont vraiment bon marché, quelques kopecks, mais sèches et quasiment impossibles à utiliser sans les déchirer. De toute façon, personne n'osait se présenter au comptoir de la pharmacie pour en acheter, et on n'en vendait pas ailleurs.

Kaarel a donné une capote à chacun de ses plus

proches amis, de la marque Sultan. Les amis mariés en ont reçu deux : une pour la femme, l'autre pour les fraises. Il était interdit de parler aux copines de cette merveille en forme de crête de coq ; Katariina, qui a eu vent de la chose par le plus grand des hasards, a dû prêter serment de ne pas dévoiler le secret, en particulier aux copines des garçons. Vu que les crêtes de coq n'étaient pas destinées à être utilisées avec ses propres copines, mais avec les fraises. Une fraise est une fille de première classe pour une nuit, mais pas pour une relation de couple. Une myrtille, de son côté, est une fille de deuxième classe, déjà un peu ratatinée, plus âgée, voire un peu plus portée sur la bouteille. Les COPINES, c'est différent.

On a fait circuler les cartes à jouer porno. Chaque garçon a pu les avoir à tour de rôle, mais bien sûr il ne fallait pas les montrer aux copines, ni parler à quiconque de la provenance du paquet, de peur que Kaarel soit viré de l'école pour diffusion de matériel pornographique.

Après avoir fini son tour, le paquet de cartes est revenu à Kaarel, mais certains avaient déjà eu le temps de polycopier les images, et les copies faisaient alors leur petit bonhomme de chemin. Katariina aussi a eu les siennes, comme elle était déjà au courant, mais il ne fallait pas le dire !

On montre ça, dans les pays capitalistes ? En Finlande ? Comme ça ? Ils sont comme ça, les *kapmaad* ?

Les épouses, paraît-il, ont dit le plus grand bien de ces crêtes de coq. Quant aux fraises, personne ne leur a demandé leur avis.

L'ATTENTE, QUAND ON arrive en haut de l'escalier qui conduit au terminal portuaire. La joie et l'excitation qui tordent les entrailles. Quand on a passé la douane, les premières putes qui apparaissent. Derrière le cordon. Celui-ci circonscrit la zone du terminal accessible aux étrangers et non aux locaux. Avant, à la place du cordon, il y avait une porte battante, du même vert pois que tout le reste sans exception : l'uniforme des gardes-frontière, les véhicules de l'armée, toujours à proximité. Vert vert vert, mais sans espérance.

Avec l'assouplissement des frontières, il a fallu d'abord un cordon en plus de la porte, puis un simple cordon dont l'emplacement variait ; finalement, les locaux n'étaient plus du tout admis dans le terminal. À présent, ils devaient attendre dehors ; au fur et à mesure que le nombre de ressortissants étrangers augmentait, la foule qui venait les accueillir devenait ingérable. Tout le monde avec des fleurs à la main, des asters et des bouquets d'asparagus, des œillets, des marguerites, des cyclamens, beaucoup de cyclamens. Les petites amies des Finlandais n'y étaient plus qu'une goutte d'eau. Avant l'apparition du cordon, il était quasiment impossible de sortir du terminal. Les gens en sueur serrés les uns contre les autres dans le hall, sans climatisation. Tout le monde le cou tendu le plus haut possible : quand va-t-elle arriver, la personne qu'on est venu chercher, la tante d'Amérique ou le cousin de Suède ? quand ? quand ? là-bas ? ou bien là ?... Pour louvoyer à travers le flot des cous tendus et des fleurs flétries, on s'en sortait mieux à la force de plusieurs personnes, et c'est d'ailleurs ainsi qu'il était nécessaire de se faire accueillir à l'arrivée.

En Finlande, personne n'a autant de valises qu'Anna et sa mère. Pour Anna, c'est excitant. Les grandes piles de bagages font penser aux locomotives à vapeur, coffres bruns et boîtes à chapeaux, la sensation d'un grand voyage, d'une grande aventure, d'une véritable aventure – de la même façon que derrière la frontière on peut jouer à faire les courses en faisant de vraies courses. Pour les premiers voyages, la mère avait déjà acheté un sac rouge gigantesque, très léger et donc parfaitement adapté à ce genre de déplacement. Puis il y avait le très grand sac noir, les sacs à main, et le petit sac d'Anna, qui contenait les comprimés de fluor et la flûte à bec. Dès trois heures et quart du matin, la mère et Anna se démenaient tant bien que mal avec leurs sacs sur l'obscure route gravillonnée finno-finlandaise qui mène de la maison froide et propre, étrangère à Anna, à la ville et à la voie ferrée. Même le journal n'était pas encore arrivé. La mère n'a pas d'argent pour le taxi, parce qu'elle n'a pas encore son passeport finlandais, il ne lui a pas été accordé pour je ne sais quelle raison, elle n'a qu'un visa, et cela tracasse tout le temps Anna. À cause de cela, la mère ne trouve pas de travail, ni d'argent, seulement quelques travaux de traduction par l'intermédiaire du boulot de papa, alors qu'elle travaille bien, mais cela n'a aucune importance dans ce pays de lumière étrange et froide, aucune valeur. C'est pourquoi il faut aller en ville à pied. À Helsinki, on sera obligé de prendre un taxi. On ne peut pas se payer deux trajets en taxi, en Finlande.

Il faut se dépêcher, parce que le train quitte la gare finno-finlandaise sur le coup de 4 heures du matin, et c'est le seul qu'on puisse prendre. En effet, celui-là permet juste juste d'attraper le bateau. Impossible de passer la nuit dans un hôtel de Helsinki, on n'avait pas les moyens. À 6 heures on est à Tampere, où il faut changer de quai à toute allure, foncer dans le souterrain avec tous ses bagages, pour ne pas rater le train pour Helsinki. On n'a que cinq minutes pour la correspondance. Tout doit se dérouler selon les plans, car on ne peut pas se permettre de rater le train ni le bateau : passer la nuit à Helsinki reviendrait trop cher. Et le bateau ne fait qu'une traversée par jour. En arrivant à Helsinki, il faut sauter tout de suite dans un taxi et rouler à tombeau ouvert. Jusqu'à la rue de l'Usine, pour retirer les passeports et les visas avant d'aller au port. Anna attend dans le taxi pendant que sa mère est à l'ambassade d'Union soviétique. On ne peut jamais savoir combien de temps cela prendra, et si on arrivera à temps pour le bateau. L'incertitude et les files d'attente commencent dès qu'on entreprend de franchir la frontière orientale avec l'Urss. On ne peut même pas savoir si les visas seront prêts rue de l'Usine. En général oui, mais on ne peut jamais en être certain. Anna n'est pas sûre que sa mère ressorte même de l'ambassade. Il n'est jamais arrivé qu'elle reste à l'intérieur, mais comment savoir, après tout ?

Avec l'essor du tourisme de part et d'autre du golfe, les files d'attente à l'ambassade sont devenues démesurément longues, jusqu'au portail et au-delà du coin de la rue de l'Usine ; alors ma mère n'attend pas, elle se faufile devant les autres et dans l'ambassade, ce qui suscite bien sûr du mécontentement, mais pas au point de ne pas réussir à obtenir leurs papiers et à rejoindre Anna et les bagages dans le taxi. Ça leur fait une belle jambe, aux fonctionnaires, que ma mère resquille. Et personne dans la file n'ose faire trop de vagues, sans doute de peur de rester là sans papiers.

Le chauffeur de taxi ne prend pas la peine de sortir du coffre ne serait-ce qu'une des grosses valises, quand on arrive au port. Dans le terminal, il y a tout de même des chariots sur lesquels tous les bagages tiennent juste juste, et on zigzague comme ça dans la file pour les billets, ce qui prend un temps insupportable. Les douaniers finlandais ne posent jamais de questions, ils se contentent de jeter un œil aux passeports. On embarque rapidement. Le *Georg Ots* est le seul navire à passagers qui desserve Tallinn. Pendant le trajet, Anna fait des courses au *duty free* et regarde avec sa mère, sur les murs du paquebot, les photos d'Ots dans différents rôles, de Tchaïkovski et de Mozart, en mangeant des Fruit Drops, en les suçotant lentement sans jamais croquer – cela, Anna l'a appris plus tard.

Quand le navire approche du port de Tallinn, la mère veut passer au bar. Toujours, quand les tours de Tallinn commencent à poindre, la mère prend un verre de quatre centilitres de Kirsberry, dans lequel Anna a le droit de tremper les lèvres. La mère est impatiente, elle boit à petites gorgées, agite sa liqueur, suit le mouvement des glaçons, toujours au même moment, une heure avant l'arrivée au port, une heure avant le port c'est le moment d'aller au bar croiser les bras encore et toujours et faire tournoyer les glaçons. Anna et sa mère s'assoient d'année en année à la même fenêtre, quand elles voient les clochers de la Vieille Ville, les grues et les tas de charbon du port. Bientôt on sera à terre. Bientôt on fera la queue pour le contrôle des passeports puis pour le dédouanement. Les gens ivres essaieront de se ressaisir en fredonnant. Les chemises des hommes déborderont des pantalons et les baskets blanches brilleront. Tout le monde se plaindra de l'attente, de la lenteur et de l'air vicié. Bientôt la sueur s'écoulera le long du dos dans le terminal torride et Anna espérera que les douaniers se contenteront de passer les bagages aux rayons X, autrement ils trouveraient dans le sac le poste de radio destiné à la grand-mère, et la mère devrait le rapporter ensuite en Finlande – car si on le trouvait, il fallait qu'il soit déclaré, ce que ma mère n'avait pas fait. Seulement les rayons X, s'il vous plaît, n'ouvrez pas les bagages. Grand-mère est alitée et ne peut plus lire, grand-mère a besoin d'une radio, vraiment, n'ouvrez pas les bagages. Et la cafetière, il faut l'apporter à Juuli, pour qu'elle transmette les lettres de grand-mère à ma mère.

La mère parcourt du regard les hommes d'un certain âge qui se tiennent avec des chariots dans le terminal avant le contrôle des passeports. Les Finlandais n'ont pas l'habitude de faire appel à des porteurs, ils ne savent pas à quoi ça peut bien servir. Mais la mère est rusée. Avec un peu de chance, ça se passe comme ceci. Un vieillard empile les bagages sur un chariot et franchit le contrôle des passeports sans faire la queue. Anna et la mère passent en même temps et se retrouvent ainsi directement à la douane. Après les rayons X, le vieil homme remet les valises sur le chariot, qu'il pousse à travers la porte battante au milieu de la foule en sueur, et il laisse là Anna et la mère.

Les douaniers n'ont pas ouvert une seule valise. Ouf. Juste les rayons X et le contrôle des bijoux, de l'argent et des passeports. C'est tout.

La mère donne au vieillard un pourboire de dix marks finlandais, mais ensuite il faut qu'elles se débrouillent toutes seules avec les bagages. Les chariots ne doivent pas quitter le terminal. Et les taxis ne peuvent pas venir jusque-là, ils doivent rester à distance, dans la zone réservée.

La mère confie les bagages à Anna pendant qu'elle va négocier avec un chauffeur de taxi en espérant le convaincre d'avancer jusqu'au terminal, mais bien sûr ça ne marche pas, même si la mère se déverse en jurons extrêmement désobligeants. Et il ne vient pas à l'idée du chauffeur, naturellement, de sortir ne serait-ce qu'un cheveu de la voiture pour aider à soulever les bagages, même une fois qu'on a traîné les sacs jusqu'au taxi.

Le chauffeur ne change d'attitude qu'en cours de route, une fois que les gardes-frontière et leurs képis verts sont loin derrière.

DANS
LE
MONDE d'Anna, on n'avance jamais. Pour avancer, il faut faire la queue, partout attendre et faire la queue, pour le taxi l'administration le café le magasin de tissus la douane, pour arriver où que ce soit il faut d'abord faire la queue, quand on veut quelque chose il faut faire la queue, fût-ce pour atteindre le comptoir dégarni d'une boucherie dont la vitrine réfrigérée bourdonne à vide, peut-être qu'au fond il y a des *pelmeni*, de la saucisse pour enfants et des pieds de porc, ou une autre fois peut-être d'autres morceaux, plus tard, le porc estonien ayant été amélioré par sélection pour donner une race dont on tire autre chose que la queue, les pieds et les oreilles dans une cuvette émaillée blanche au fond de la vitrine réfrigérée, derrière laquelle le vendeur vêtu d'une blouse élimée observe d'un air aigri, immobile devant son boulier. En effet, les autres morceaux de porcs élevés en Estonie sont acheminés *Moskvasse*… Tout est toujours emporté pour être acheminé à Moscou… *Moskvasse*… Rien ne reste ici… À Moscou… À Moscou… Ou seulement dans les magasins fermés à la populace.

Quand les mots *glasnost* et *perestroïka* sont dans l'air du temps, d'autres voitures se substituent aux Volga pour servir de taxis. Les files d'attente vont plus vite. On voit arriver des Lada : ce sont des taxis privés où on s'assied les genoux dans le nez, ils vont à toute allure sans aucune limite et rebondissent nonchalamment sur les routes bosselées, faisant de petits décollages à chaque bosse ou caillou. On ne croise guère d'autres voitures sur la nationale, il y en a encore peu, sporadiquement, la plupart des véhicules sont des camions des kolkhozes, qui sautillent tout autant, parfois quelques cars, qui sautillent un peu moins.

La mère traite les gens de moutons et se demande comment ils peuvent passer leur temps à faire la queue sans s'insurger, rester debout, passer de l'avant d'une file à l'arrière d'une autre, à la queue leu leu comme si c'était inéluctable, dociles et sans poser de questions. Bande de limaces !

La mère ne supporte pas cela. C'est pourquoi elle a tout bonnement quitté le pays, ce pays de moutons, ce pays de gens transformés en moutons. C'est pourquoi elle passe devant tout le monde et se fait rabrouer, mais elle continue, jusqu'à ce qu'elle soit obligée de capituler et de faire la queue. Pendant ce temps, Anna regarde les gens, les dents en or et les jambes poilues des femmes russes sous les robes en chintz. Une fois, Anna a vu une femme aux jambes minces avec une jupe archicourte et des sandales dont les talons hauts étaient métalliques et dont le pas était un pas aussi féminin que possible. Cette dame portait un chemisier à jabot blanc et un petit sac à l'épaule, mais elle avait les jambes poilues, et les cuisses encore plus. Anna n'avait jamais vu une femme avec des cuisses et des genoux aussi poilus. Comme la toison d'une poitrine d'homme, mais qui tapisse une cuisse de femme.

1972

Les Finlandais boivent de l'alcool sans rien se mettre sous la dent – soit sec, soit avec du Jaffa ou du Cola. Katariina n'en finit pas de découvrir de nouvelles choses saugrenues, avec les Finlandais. Dans une soirée estonienne, quand on boit, il y a toujours quelques petits *suupisted* sur la table, des amuse-gueules. Les Russes non plus ne boivent pas sans manger : au restaurant, ils apportent leur propre vodka, mais ils commandent à manger en grande quantité. Les plats restent peut-être accessoires par rapport à la boisson, pour les Russes, on touche à peine aux assiettes et on verse la gnôle dans les verres à thé, avec la bouteille sortie du panier, et on boit *po stakan*, cul sec – n'empêche qu'il doit y avoir à manger, dans une beuverie. Ne serait-ce qu'un morceau de pain pour faire passer la gorgée. Le Finlandais de Katariina, lui, ne comprend pas que les bouteilles d'eau-de-vie restent sur la table. Pour le Finlandais, on met sur la table la nourriture qu'on mange, mais pas l'eau-de-vie qu'on boit. On planque la gnôle. Pour le Finlandais, la vodka-cola n'est pas un alcool fort, contrairement à ce que pense Katariina, puisqu'il contient du soda. Ça fait rigoler Katariina, quand son Finlandais dit qu'il ne faut pas gâcher une bonne boisson avec de la nourriture. Décidément, il est bizarre, ce Finlandais : il met les cigarettes dans sa poche chaque fois qu'il invite Katariina à danser ou, plus généralement, chaque fois qu'il se lève de table.

Katariina le voit venir de loin, son Finlandais qui se sépare de ses amis et qui, pendant que les autres s'éloignent, continue de venir vers elle, la lumière dans les cheveux et la veste ouverte, et même pas de foulard. Le Finlandais se reconnaît de loin parce que personne d'autre ne se promène tête nue en hiver : une tête blonde parmi des toques de fourrure et des manteaux d'hiver, et même pas de foulard… Mais ça a belle allure, un jeune homme tête nue. Le Finlandais s'est rasé avant de rejoindre Katariina, elle le remarque en l'embrassant, et il sent le propre : il a dû prendre une douche, par la même occasion. Les locaux ont beau porter un costume avec cravate, la fraîcheur est de la veille. Et comment fait-il pour ne pas sentir le tabac, le Finlandais, alors qu'il fume ? Katariina n'en finit pas de s'étonner.

Katariina ne peut pas s'empêcher de demander au Finlandais pourquoi il met toujours son paquet de cigarettes dans sa poche, pourquoi il ne le laisse pas sur la table…

Le Finlandais répond qu'il n'a ni le temps ni le courage d'aller acheter un nouveau paquet après chaque cigarette : un paquet étranger disparaît tout de suite, si on le laisse sur la table, ou sinon c'est toute une file qui se forme pour venir taxer des clopes. Katariina veut voir ? Elle n'y croit pas ? Hein ?

Le Finlandais pose le paquet au milieu de la table, et il n'a pas fait deux pas qu'une file commence à se former. Katariina observe.

C'ÉTAIT
GÊNANT,
TOUT ça. De voir tous ces Finlandais dans le port de Tallinn. Comme si après tant d'années il était gênant de parler finnois dans ce même endroit. Tous les Finlandais étaient des touristes de vodka et de putes. On n'en voyait pas d'autres. Est-ce qu'il y en avait ? Une classe entière de correspondants finlandais vomissait à la fête d'accueil de l'école, et la ville de Pärnu ne pouvait pas fermer l'œil de la nuit, les parents des familles d'accueil cherchant les élèves restés faire la fête et brailler en finnois. La législation estonienne qui permettait d'acheter de l'alcool à toute heure sans avoir à montrer ses papiers était certainement grisante. Ça devait encourager. Inciter. On ne devrait pas vendre de l'eau-de-vie dans chaque kiosque et station-service, chez tous les crémiers et fleuristes. Une irresponsabilité qui était inconcevable pour quiconque était au courant de ce qui se passait en Finlande. En Finlande, au moins, on pouvait être sûr que cela n'arriverait pas aux mineurs. Naître en Finlande, c'est gagner au loto !

Cette gêne était enfouie dans la même cachette que mon origine estonienne. Elle s'était développée dès l'utérus, si bien qu'elle a toujours fait partie de moi, même si je n'ai mis un nom dessus que beaucoup plus tard. Elle était tellement intégrée en moi que je proclamais partout ne pas comprendre ce que la honte voulait dire, à quoi ça ressemblait. Moi ? Jamais au grand jamais je n'ai eu honte de quoi que ce soit.

Anna est devenue une fille qui n'a honte de rien, elle qui n'était que honte et silence, silence de la honte et honte du silence.

Je m'efforçais de venir à bout de la honte, de la flageller, jusqu'à ce qu'elle s'échappe en un vomissement sanguinolent où surnageait du pain français cuit au beurre avec des lambeaux de ma honte, des fœtus avortés que je jetais dans la cuvette des WC, parmi les saucisses et le suc gastrique qui dissout tout. Ma honte n'était même pas comme celle que procure une maladie grave, dans laquelle on peut se complaire et se mortifier. Inavouable, ma honte devenait inachevée, difforme, rachitique, quelque chose d'insaisissable, même en essayant de rationner mon alimentation. Elle me glissait des mains, parce qu'elle n'existait pas. Elle n'avait pas de nom. Il fallait la faire sortir, il fallait m'enfoncer dans la gorge une bûchette ou un cintre, un crochet à tricoter ou une brosse à dents, n'importe quoi. La force de croissance du fœtus est inconcevable. Dès que j'avais raclé le précédent, il revenait dans le ventre, nouveau et pourtant le même. Et je recommençais à le violenter, le frottais contre les arbres – on aurait pu croire que j'étais amoureuse ! – afin d'avorter de cette larve, je trébuchais dans les escaliers, me faisais des bleus avec mon anorexie, me déchirais les entrailles avec ma boulimie, afin d'avoir un peu de répit. Afin que, dans le laps de temps où j'en étais vidée, je puisse regarder ce qu'il y avait d'autre en moi, s'il y avait quelque chose, s'il y avait la possibilité de quelque chose.

Ou est-ce que c'était bel et bien de la peur ?

Est-ce que c'était de la peur que provenait la honte, quand tout ce qui m'était limpide et naturel devait être caché sans que j'en comprenne véritablement la raison ?

Derrière la frontière, un secret était excitant ; en Finlande, c'était de la honte. Et lorsque, par la suite, ma double origine est même devenue exotique en Finlande, de l'autre côté de la frontière elle était devenue de la honte.

J'avais honte que ma mère n'ait jamais demandé le divorce.

J'avais honte quand papa mettait les infos finlandaises si fort qu'on les entendait dans tous les coins de la maison et qu'il répétait à voix haute ce qu'il avait pu entendre aux nouvelles, mais avec des mots estoniens. Jamais en russe, langue qu'il connaissait bien. Il trouvait ça très amusant. De temps en temps, papa criait des mots estoniens, même s'il n'avait rien dit d'autre de toute la journée, et je l'entendais d'un étage à l'autre. Et de temps en temps il se mettait à employer l'estonien comme ça. S'il voyait une pub de vêtements à la télévision, papa répétait « des *kalts*, des *kalts* » ; s'il avait trop chaud, il ouvrait les fenêtres en criant qu'il avait besoin d'*õhk*. À part ça, en vacances, papa cultivait des banalités qui m'horripilaient. Il fait beau, aujourd'hui. Tiens, il se fait tard. Il faudrait penser à aller se coucher. Il pleut à verse. Bien sûr, il ne pouvait pas se demander tout haut comment faire discrètement un tour en ville pour acheter des Tampax à sa tatiana, ou penser à la brune charnue qui entrait sans frapper dans sa chambre d'hôtel quand maman et moi étions en visite à Moscou et dont on retrouvait les cheveux bouclés entre les coussins du canapé. Peut-être n'avait-il rien d'autre à dire, parce que rien d'autre ne lui trottait dans la tête.

Pendant toutes les vacances, les yeux de papa étaient tournés vers la fenêtre, même s'ils ne voyaient rien dehors.

Il fait beau, aujourd'hui.

N'essaye pas, je sais bien ce qu'il y a dans le sac au fond du garage.

Je ne le regarde pas en face. Pas dans les yeux.

J'ai arrêté de manger à la même table vers ma dixième année. L'odeur dominicale des steaks aux pommes de terre bouillies me donnait la nausée. Après le repas, ma mère emballait les vêtements de papa, que celui-ci emportait ensuite en partant pour Vyborg au petit matin. Ou bien c'était déjà Leningrad ? J'entendais ma mère passer sur le balcon pour le regarder partir dès que la porte d'entrée s'était refermée.

J'étais contente de ne pas avoir à me réveiller pour dire « salut papa » en faisant un signe de la main.

Et pourtant, j'étais tellement fière d'être originaire d'un pays balte. D'une façon douce et gentille, douloureusement et amèrement, comme d'un enfant handicapé de naissance.

1974

Comme l'Union soviétique désire protéger ses citoyens du genre de monstre qu'une femme soviétique pourrait engendrer avec un sale criminel d'étranger, l'État doit s'assurer que l'épouse soviétique aspire à la perfection. Le fiancé finlandais de Katariina doit donc produire un certificat attestant qu'il est célibataire et que son casier judiciaire est vierge. Ensuite, il faut des formulaires, toujours très simples : nom, âge, profession, nationalité, citoyenneté. Et puis encore un visa touristique pour le jour du mariage, afin que le fiancé finlandais de Katariina arrive à temps à Tallinn pour ses noces, car il a été envoyé en mission à Moscou pour la rénovation de l'ambassade. Commence alors le délai réglementaire de trois mois pour la municipalité. Le certificat est valable trois mois.

Personne ne demande rien à Katariina, personne ne souhaite « s'entretenir » avec elle. Aucune difficulté majeure ne se présente, il faut juste espérer que tous les papiers seront valables en même temps. Sinon il faudrait recommencer tout le tintouin depuis le début.

Au milieu de ces trois mois, le père de Katariina, Arnold, est convoqué à un interrogatoire. Dans de vieilles archives, on a retrouvé une information selon laquelle il a tiré sur un soldat russe en 1945 lorsque le service de sécurité assiégeait une troupe de frères de la forêt dont le père de Katariina faisait partie. Arnold, soixante-quatorze ans, nie les faits, naturellement, mais le crime est grave, les preuves solides, et il y a même un témoin. Qui ça ? Arnold doit bien savoir qui était là. Non ? Ah bon, Arnold devrait connaître le témoin ? Eh bien, le témoin connaît Arnold, en tout cas. Il ne voit pas ? Bon, tout s'éclaircira le moment venu. Cela débouchera sur la Sibérie, bien sûr. Les travaux forcés. Dix ans, ça suffirait ? Ou bien cinq ? Pas moins, non, pour avoir versé le sang d'un soldat soviétique on ne s'en tire pas sans une peine en bonne et due forme. Une bonne peine, c'est 25 + 5. Vingt-cinq ans de travaux forcés, cinq ans d'exil. La mère de Katariina, Sofia, ne sera pas envoyée là-bas avec son mari, comme elle l'aurait été deux ou trois décennies plus tôt du temps des déportations, ni les enfants, déjà adultes. À condition qu'ils ne se rendent pas coupables de destruction de preuves ou de protection de criminels. On ne sait jamais, les petits enfants peuvent être de véritables malfaiteurs. Sinon, ils s'en tireraient bien sûr à meilleur compte.

Toujours pas d'aveu ? Hein ?

On va continuer d'enquêter sur ce crime.

Arnold sait bien qu'il y a des choses qui ne vieillissent pas, et que le meurtre d'un soldat soviétique en est une, hein ?

De retour à la maison, Arnold ne parle pas en détail de l'interrogatoire.

L'affaire est toujours d'actualité ? demande Sofia.

Oui.

À la table de la cuisine, Sofia ordonne à Katariina de quitter le pays, par tous les moyens. Va-t'en. Pars. Nous sommes vieux, toi tu peux encore partir, pars. Pars ! Ton père n'a rien fait...

Comme si cela servait à quelque chose. Katariina le sait bien.

De la chambre de derrière, Arnold crie à Katariina de se barrer de cet enfer rouge.

Terrorisée, Sofia ravale ses derniers mots. Il ne manquerait plus qu'un *nuhk* soit tapi derrière la fenêtre, précisément à l'affût de ce genre de propos.

Quand Katariina va rendre visite à son Finlandais à Moscou, dans l'avion, Katariina est assise à côté d'un siège vide. Au dernier moment, un homme vient s'y glisser, qui commence à papoter familièrement avec elle. Elle ne répond pas mais se contente de hocher la tête ; or l'homme n'attend pas qu'elle prenne part à la conversation, il continue de papoter pendant tout le vol. Il raconte qu'il a été chercheur d'or en Laponie, puis il enchaîne sur la Grande Guerre Patriotique, à laquelle il affirme avoir pris part, en cette époque où il vivait dans les environs de Haapsalu.

Katariina ne dit rien.

L'homme raconte qu'il avait un bon ami russe qui a trouvé la mort à ce moment-là, et qu'on vient à peine de retrouver la trace de l'assassin. Il s'agit d'un bandit estonien qui a eu une chance de cocu, car l'incident était tombé dans l'oubli, après la guerre, dans les profondeurs des archives parmi d'autres dossiers qui s'accumulaient par-dessus, si bien qu'on n'avait jamais eu le temps de tirer ça au clair et que le meurtrier avait réussi à vivre tranquillement pendant des années, camouflé en travailleur de kolkhoze, allez savoir ce qu'il mijotait là-bas. Un témoin de l'incident est encore en vie, un certain Richard, un vieil ami d'enfance du bandit qui avait été dans la forêt en même temps que celui-ci et qui avait personnellement assisté à l'incident. Selon le récit de Richard, il était sacrément violent, le camarade Arnold.

Katariina ne parle à personne du type de l'avion, mais le simple fait qu'on l'interroge et que l'enquête reprenne son cours suffit à Arnold : il cesse d'aller au village, de parler avec les villageois, il arrête presque de parler avec Sofia. Il préfère s'asseoir en silence dans la chambre de derrière avec une bouteille d'eau-de-vie. Il ne veut pas sortir, même pour les indispensables travaux de la cour et des champs. Si des visiteurs arrivent et qu'Arnold se trouve alors dans la cuisine ou dans la chambre de devant, il ne dit rien, il reste assis, assis, fumant sa cigarette maison.

Dans l'album photo à couverture noire sur l'étagère de la chambre de derrière, Arnold et Richard, les meilleurs amis qui soient, sourient en se tenant par l'épaule. Sur l'une des photos, c'est le mariage de la sœur d'Arnold, Aino. Le frère de Sofia, August, pointe des ciseaux vers la braguette du marié ; l'autre frère, Elmer, rigole à côté. Les lunettes de Richard pendent complètement sur ses joues, on dirait que les branches ne tiennent qu'à une oreille. Le sourire de Sofia sous les pommiers en fleurs est destiné à Richard, non à l'appareil photo, et on dirait qu'elle rougit. L'usure du temps a rendu le regard de Richard aussi livide qu'il l'est aujourd'hui.

NOM ?
ÂGE ?
ADRESSE ?

Profession ?

Enfants ?

Et le nom et la profession de votre mari ?

Où l'avez-vous rencontré ? Quand ?

À quel âge êtes-vous entrée chez les pionniers ? Et au Komsomol, ensuite, bien sûr ?

Ah bon, vous n'avez pas été chez les pionniers ? Vraiment ? Ni au Komsomol ?

Vous n'étiez donc pas membre du parti ?

Mais pourtant, vous avez fait des études supérieures ?

Comment est-ce possible ?

Vous n'avez jamais adhéré au parti ?

Vous avez donc fait et des études secondaires et des études supérieures, vous avez eu votre diplôme, avec les félicitations… et vous n'étiez pas membre du parti communiste ?

Pouvez-vous expliquer comment c'est possible ?

Vous n'avez jamais souhaité adhérer ?

Qu'est-ce qu'ils en disaient, au travail ?

Et votre père, il était bien à la Garde civique, n'est-ce pas ?

Que pensez-vous des activités de votre père ?

De quelle façon voulez-vous agir pour le bien de votre pays ?

Que vous a raconté votre père sur l'Estonie d'avant l'Union soviétique ?

Que pensent vos parents de votre mariage ?

Et vos amis ?

L'Union soviétique ne vous manque pas ? Ou vos parents, votre famille, vos amis ?

Croyez-vous en Dieu ?

Allez-vous à l'église ?

Avez-vous une bible, chez vous ?

Qui sont vos plus proches amis ? Dites-moi leurs noms.

Comment gardez-vous contact avec eux ?

Pourquoi vous êtes-vous séparée de votre ancien petit ami ?

Qui étaient vos camarades d'études ?

Avez-vous toujours affaire à eux ?

De quoi parlez-vous, quand vous vous retrouvez ? Allez, vous avez bien une conversation intéressante qui vous vient à l'esprit !

De quoi avez-vous parlé la dernière fois que vous avez revu un camarade d'études ?

L'un d'eux a-t-il voyagé à l'étranger ?

Qu'avez-vous raconté sur l'Union soviétique aux gens que vous avez rencontrés ?

Votre père était à la Garde civique, n'est-ce pas ?

Ce qui fait de vous la fille d'un membre de la Garde civique, n'est-ce pas ?

Combien de temps cela fait-il que votre père en fait partie ?

C'est-à-dire, de la Garde civique, hein ?

Mais vous étiez membre du parti communiste depuis le début, non ?

À quelles activités se livrait le Komsomol ? Quelle part y preniez-vous ?

Ah bon, vous n'en étiez pas membre ? Comment est-ce possible ?

Vous affirmez donc que, tout en étant diplômée de l'université et à un poste élevé, vous n'étiez pas membre du parti communiste ?

Et vos collègues ? Ils en étaient membres, non ? Que pensaient-ils du fait que vous n'étiez pas membre du parti ?

La mère était calme, elle faisait l'imbécile et ne se laissait pas démonter par les insinuations du type de la Supo, la police secrète finlandaise, quant à d'éventuels entretiens à venir, qui seraient d'une nature différente de celui-ci. Cependant, ces « entretiens » avec la Supo devaient se dérouler bien des années après l'arrivée en Finlande. Les mêmes questions encore et toujours, heure après heure. La Supo pouvait appeler à toute heure du jour et de la nuit. Ils voulaient toujours vérifier quelque chose qui les tracassait, et ma mère racontait pour la millième fois comment elle avait rencontré papa. *Oui, au restaurant… Exactement, dans ce restaurant-dancing. Je l'ai déjà dit… Voilà, dans ce restaurant, il est venu m'inviter à danser…* À 4 heures du matin, à 9 heures du soir, à 7 heures à l'aube le téléphone sonnait, et toujours les mêmes questions.

J'écoutais les entretiens téléphoniques derrière la porte, la gorge serrée. Le lino était froid ; la chemise de nuit en flanelle rapportée de Tallinn, chaude. Ils ne vont pas renvoyer ma mère, hein ? Ma mère pourra continuer d'avoir des visas ? Maman, dis les vraies réponses. Ne dis pas de bêtises. Ne t'énerve pas. Ne perds pas ton sang-froid, même si tu es très bonne à ça. Même quand tu iras rencontrer ces gens en vrai. Soyons parfaitement silencieuses et dociles, c'est tout. Que tu aies un passeport finlandais et du travail. Et papa non plus ne sera pas en colère.

Ma mère a raconté que papa s'était indigné qu'elle ne travaille pas et qu'elle n'ait pas la citoyenneté finlandaise. Ou peut-être son indignation provenait-elle seulement du fait que, si ma mère avait un travail et un passeport finlandais, elle n'aurait eu de comptes à rendre à personne en Finlande, et papa n'aurait pas eu à mentir sur la profession de sa femme. Peut-être qu'il aurait parlé davantage, n'étant pas sans cesse en train de se méfier des réactions. Personne ne va parler de la femme qu'il aime, bien sûr, quand il a peur qu'on la traite de pute, qu'on lui demande où il a déniché la poulette et si elle suce bien. Papa a dû se trouver dans cette situation des milliers de fois. On tomberait dans le mutisme pour moins que ça. On aurait honte de ses compatriotes pour moins que ça. Et du coup, ici, il y a de quoi avoir honte de venir de « là-bas ».

IL
NE
FAUT pas parler au téléphone.

Pas à l'intérieur.

Chut, Anna, allons parler dehors.

Ou attends, je t'écris ça sur un papier.

Ne fait-il pas un temps magnifique, aujourd'hui ? Juste ce qu'il faut de soleil et de vent.

Dès que le papier a été lu, la mère le glisse entre les bûches du poêle. La conversation sur le temps qu'il fait continue jusqu'à ce que la grand-mère aussi soit prête à sortir.

Les mêmes pratiques de l'autre côté de la frontière. Nous vivions en Finlande depuis peut-être cinq ans quand notre téléphone est tombé en panne. Ma mère a appelé le réparateur. Le réparateur a demandé pourquoi il devrait se déplacer, pourquoi on n'allait pas brancher l'autre téléphone à la place, tout simplement.

Quel autre ?

Ben, le deuxième appareil.

Nous n'avons pas de deuxième appareil.

Non ?

À côté de chez nous avait emménagé une famille dont le père travaillait aux télécommunications finno-finlandaises. Coïncidence ?

La mère découpe dans le journal un article qui parle d'une femme russe noyée dans un lac finno-finlandais, dont le fils russe de douze ans a été retrouvé étranglé à la maison. Le mari finlandais n'est au courant de rien.

CHEZ
LA
GRAND-MÈRE à la campagne de l'autre côté du golfe, ce n'était pas différent. Les nuits étaient si noires qu'on n'osait pas regarder dehors. Je voulais veiller contre la venue d'éventuels voleurs, v-v-vaillamment, et je tremblais… *Le chien a aboyé toute la soirée. Je n'aime pas ça, je n'aime pas ça du tout…* Parfois je m'endormais, parfois je veillais les bras croisés jusqu'à ce que j'entende grincer le lit métallique de ma grand-mère et sa canne tapoter par terre, le matin, quand elle passait dans la cuisine pour allumer le poêle… *Il faut que tu nous laisses le chien ici à la campagne, il le faut…* En ville, on oublie facilement ce que veut dire l'obscurité. J'étais la première à vérifier, le soir, que le *riiv* était à sa place – une barre de fer faite par grand-père, qu'on mettait derrière la porte intérieure. Ma mère allait placer une autre barre de fer derrière la porte extérieure, une extrémité appuyée au linteau, de sorte que la porte était impossible à ouvrir même si l'on parvenait à faire sauter le verrou… *Vise un peu, le chien veut pas s'éloigner de la cuisine, il reste à renifler avec le museau tendu vers la chambre…* Grand-père avait toujours dit que les verrous n'avaient d'effet que sur les animaux.

Je vérifiais aussi les crochets de la porte menant de la cuisine à l'étable, et les fenêtres. Je n'osais pas dire à ma mère de tirer les rideaux, car je ne voulais pas la laisser penser que je croyais que quelqu'un était là dehors à nous espionner, enquêter, observer, prêt à entrer… *Le chien aboie encore…* C'était une vraie peur, je dis « vraie » parce que ici et maintenant, en Finlande, on peut penser qu'il y a toujours des solutions, il y a des caméras des téléphones des alarmes des lampadaires, on apprend le numéro des urgences à l'école, si on ne le connaît pas déjà, mais là-bas il n'y avait rien, pas de téléphone, aucun contact avec l'étranger, aucune espèce de protection contre les autorités, aucune arme sinon la fourche et le pieu à sécher le foin, nous-mêmes pouvions vivre en toute illégalité dans la ferme, alentour la nuit noire et la terre pleine de voleurs qui s'intéresseraient au seul fait qu'il y ait là un spécimen de mère d'Estonienne expatriée. Comment leur expliquer que nous étions de pauvres gens ordinaires, quand chaque doigt d'étranger était à lui seul tout un eldorado ? Certes, nous avions des habits, qui pouvaient se revendre pour une somme non négligeable. Mais je ne voulais pas me faire tuer pour une paire de chemises vert fluo, ou parce que ma mère était une personne politiquement suspecte, qui avait épousé un étranger et qui pourrait être une espionne capitaliste, prête à injecter du poison, si ça se trouve, dans les restes de nourriture de l'hôtel Viru, qu'on donnait à manger aux cochons, lesquels devenaient de la viande, et ainsi le poison se propagerait partout. C'est pourquoi les restes du Viru étaient détruits au lieu d'être donnés aux cochons, contrairement à ce qu'on aurait fait sinon. Enfin, pas seulement à cause de ma mère, mais plus généralement parce que n'importe quel agent d'une puissance étrangère aurait pu en faire autant.

AUCUNE D'ENTRE NOUS ne fumait, chez ma grand-mère à la campagne. Pourtant, il régnait souvent une odeur de tabac derrière la fenêtre. Nous étions quatre dans le potager derrière la maison : moi, ma mère, ma grand-mère, et le chien. Nous n'y restions pas longtemps, mais quand nous revenions devant la maison, quelqu'un venait d'y fumer. Et sur la lirette de la chambre de devant, il y avait des traces d'une chaussure boueuse, d'un modèle qui n'était à aucune de nous, des baskets locales, des *botased*.

Je vérifiais le *riiv*, la barre, les verrous, les fenêtres, les crochets, tout et le reste, plusieurs fois, le soir, chaque soir.

Et malgré tout, je veux y retourner.

Mais je n'y retournerai pas. Qu'est-ce que je ferais après ?

... Je suis sûre que je n'avais pas laissé ces dessous de verres au bord de la table, je les mets toujours au centre, et je ne me suis absentée que deux heures, je n'aime pas ça, je n'aime pas ça du tout... Ma mère bavardait avec grand-mère dans la cuisine, tout en écoutant s'il y avait des parasites à la radio, signe qu'un orage approcherait et qu'il faudrait veiller toute

la nuit en se tenant prêtes à sortir en courant au cas où la foudre frapperait la maison. Comme si on n'avait pas assez de problèmes avec les gens… *Ce type était un parfait inconnu. Il est venu dès que vous êtes sorties. Je l'ai vu par la fenêtre, il a essayé la porte et il a fait le tour de la maison. Je me suis fait toute petite. Il ne m'a pas remarquée. Il a eu le temps de trafiquer le verrou, mais il n'a pas réussi à en venir à bout, de ce verrou finlandais, heureusement que tu as apporté ce verrou Abloy…* Dans les parages rôdait un gang de brigands venus directement de Russie, appâtés par les richesses de l'Estonie. Ils circulaient en camion, et quelqu'un leur avait sans doute signalé notre présence à cet endroit, avec nos affaires *defitsiit* de l'étranger. Mais peut-être que ces voyous, les *sulid*, n'étaient pas au courant. Peut-être que personne ne leur avait dit que la fille expatriée de la grand-mère était de passage. Ou peut-être qu'on leur avait seulement dit que la grand-mère avait une fille à l'étranger : il n'en fallait pas plus pour que la maison de la grand-mère soit présumée pleine de marchandises *import*, exactement comme on présumait que c'était chez tante Linda, la sœur de la mère. Anna est certaine que Linda a honte que ce ne soit pas le cas. Et c'est la raison pour laquelle Linda, de temps en temps, se met dans une telle colère contre la mère et la grand-mère. Ou elle est peut-être seulement gênée. Maria, en tout cas, elle est en colère. La mère dit que Maria est pile dans la tranche d'âge où on attache de l'importance aux vêtements et aux opinions des copains. Maria, c'est la fille de Linda. Maria ne joue pas avec Anna. Maria fait peut-être la gueule à Anna. Vu qu'Anna est une *Soome preili*, « une mam'zelle de Finlande ».

Quand un camion inconnu, fortement pétaradant et bringuebalant, arrive dans la cour, grand-mère emmène Anna avec elle dans la cachette – le *sahver*, chambre froide entre l'étable et la cuisine –, et elle ferme les crochets des deux portes, du côté de l'habitation et du côté de l'étable. Le crochet de la porte de l'étable est lourd et gros, fabriqué par un forgeron. Celui de la porte qui donne sur l'habitation, lui, est petit, acheté en magasin ; la porte aussi a un verrou, mais Anna ne l'a jamais vu utiliser, le bouton en est tellement usé qu'il ne fonctionne plus – du *vene värk*. Anna et la grand-mère se taisent, aux aguets. Qui sont ces types ? Que fait grand-mère accroupie dans le *sahver* entre les verrous ? Mais la grand-mère ne laisse pas Anna demander ce qui se passe, et elle ne le dit pas. Il faut se tenir coi.

Anna vient d'apprendre des gros mots en estonien et elle essaye de marmonner des *kurat* de temps en temps, mais la grand-mère le remarque et la réprimande en chuchotant, elle craint que ça tourne mal maintenant qu'Anna vient d'invoquer le diable. Si seulement Anna pouvait y voir ! On sent le sol en ciment froid et fissuré à travers les pantoufles. Le local à pommes de terre se trouve derrière la chambre froide, aussi petite, Anna se demande si elles ne feraient pas mieux d'aller se cacher dans cette cave à patates... Mais là-bas, bien sûr, il risque d'y avoir des rats.

Où est ma mère ? Pourquoi elle n'est pas venue avec nous dans le *sahver* ? Hein, grand-mère ?

Les cris retentissent jusque dans la chambre froide. Anna fixe des yeux les armoires dans la pénombre de l'ampoule vingt watts. Ça sent la terre. L'ampoule est couverte de crottes de mouches et bien sûr elle n'a pas d'abat-jour. Grand-mère, pourquoi maman elle crie là-bas dans la cour ?

Les *sulid* s'en vont. C'est tout. Ils remontent dans le camion, démarrent et s'éloignent.

Anna et la grand-mère ressortent. La mère se tient toujours à l'entrée de la route, une brique à la main, prête à la lancer en direction du pare-brise.

Le camion était un modèle kolkhozien classique. Les hommes assis à l'arrière portaient des uniformes de travail brun-gris, certains avaient des bérets noirs, d'autres des chapeaux à la Lénine : on aurait pu les prendre pour des ouvriers ordinaires. La cabine du camion était bleu clair, bleu kolkhoze, les phares ronds comme des yeux vides. Les types avaient sauté de l'arrière du camion – à ce stade, Anna et la grand-mère étaient déjà cachées – et la mère était allée à leur rencontre, elle s'était arrêtée à cinq mètres du véhicule, une brique à la main.

Mis te pagana bandiitit siin teette ? Kas te saate siit minema !

Et puis elle était passée au russe.

Elle portait une vieille tenue d'intérieur, du même genre que toutes les femmes du kolkhoze, mais à fleurs, une robe en coton boutonnée de haut en bas, qui arrivait au mollet – elle était en train de faire la lessive et d'aller chercher des bûches. Si c'était la tante, les cousins ou d'autres visiteurs qui s'étaient pointés là, elle aurait enfilé à la hâte une robe d'extérieur, ou un pantalon et un T-shirt, ça ferait assez *import* pour la campagne. Elle n'avait pas de véritable uniforme bleu de vachère kolkhozienne, juste cette robe de chambre, *kittel*, ou plutôt *kittelkleit*, une blouse, en flanelle pour les temps plus froids et en coton à manches courtes pour les beaux jours. C'était la protection la plus simple, mais aussi la plus efficace.

Pas un des *sulid* à l'arrière du camion n'aurait imaginé que cette bonne femme criant et braillant était une dame de Finlande en visite. Peut-être qu'ils n'avaient jamais vu de Finlandais ni d'autres ressortissants de pays capitalistes. Ils n'avaient jamais vu d'images ou d'émissions sur le shangri-la qu'on appelle Finlande. Ils se seraient plutôt attendus à ce que les pieds de la mère soient revêtus de baskets dorées à l'or fin, et sa sueur aromatisée à l'ambroisie par du déodorant Fii sur sa petite robe noire. Anna et la mère devaient avoir quelque chose de magique, quelque chose de merveilleux, quelque chose d'inouï ; bien sûr, ça devait se voir dans leurs yeux, qu'elles se nourrissaient de bananes et de véritable café au lieu de succédané.

Par provocation, lors de nos voyages en Estonie, ma mère boit du succédané de café, mais sert du Presidentti ou du moka Juhla aux visiteurs : avant leur arrivée, elle remplit les paquets vides avec du succédané ordinaire, n'ayant pas la force de rapporter de Finlande des paquets de café à tout le monde, seulement à ceux pour qui c'était indispensable. Tout le monde s'extasie devant le bon goût du café finlandais. Rien à voir avec ici. Bien meilleur. Tellement différent que c'est à vous couper le souffle, quand on a passé sa vie à boire des succédanés en tous genres et que soudain on a du véritable café.

Ceux qui ont tout vu, tout éprouvé, qui ont connu les rats des prisons, ainsi que ceux qui ont des yeux de martre, des tatouages sous la blouse et des hommes de main simplets, ils ont dû être tellement étonnés qu'ils n'ont rien pu faire d'autre que battre en retraite. La maison de la grand-mère est du même genre que les autres maisons du village, un auvent de tôle au-dessus de la porte d'entrée, autrement un toit de chaume, que le grand-père taillait en automne pour qu'il tienne bon. Des pivoines et des gueules-de-lion. Sur le bord de la route, des pierres calcaires. Dans la cour, une cuvette en aluminium avec de l'eau pour se laver les pieds, et un seau à ordures en zinc que l'on vide dans le fossé. La mère avec des chaussures en caoutchouc. Devant l'écurie, le traditionnel *koogukaev*, où l'on puisait de l'eau en faisant descendre un seau dans le puits à l'aide d'un levier, l'étable et l'écurie dans le prolongement de la maison, et en dernier la grange, où l'on ne pouvait pas se rendre par l'intérieur. Faite des mêmes planches grises que les autres granges. Pour l'étable, le même soubassement de pierre que dans n'importe quelle autre étable. Le même genre de jardin enceint d'une clôture, et les pommiers. Et le puits à pompe devant la porte de la maison.

J'achète une robe de chambre à fleurs à Haapsalu en 1994 ou 1995, je l'utilise à la maison en Finlande. Aujourd'hui, ça a complètement disparu des magasins estoniens. On n'en voit plus qu'à la campagne, sur les mémés courbées.

1974

Plus qu'un mois avant la fin de validité du certificat d'autorisation de mariage. Bien sûr, on pourrait se procurer un nouveau certificat, qui serait de nouveau valide pour une durée de trois mois, et bien sûr on pourrait retourner attendre son tour pour le mariage civil. Et bien sûr on pourrait encore espérer que les dates du certificat d'autorisation de mariage, du visa du fiancé et du rendez-vous à la mairie coïncideraient. Comme le fiancé finlandais ne comprend rien à la paperasse et aux certificats à n'en plus finir, Katariina doit s'en occuper pour lui, corriger les fautes et faire la chasse aux formulaires mal remplis. Les choses les plus simples sont compliquées, et le Finlandais envoie à Katariina des cartes postales de Moscou qui disent : « C'est vraiment un endroit de fous. Ici les téléphones ne marchent pas, il n'y a pas grand-chose qui marche. »

L'affaire d'Arnold est toujours d'actualité.

Katariina veut envoyer des lettres d'amour à Moscou, mais ses doigts gèlent autour du stylo, elle a du mal à écrire. Peut-être qu'on ne s'habitue jamais à penser à autre chose qu'à ce qu'on écrit.

Si le père est condamné, Katariina ne pourra pas se marier avec son Finlandais, ni s'en aller. Si le père est condamné, Katariina ne le reverra plus jamais. Si le père est condamné, il mourra de travail, de froid, de faim ou de mauvais traitements – ce qui serait encore la solution la plus simple. Il ne faut pas que le père soit condamné.

NOUS OBSERVIONS LES instructions aussi bien du KGB que de la Supo en ceci que nous faisions tout pour ne pas fréquenter de ressortissants du bloc de l'Est.

En effet, ils étaient tous « comme ça ».

Et on n'entendait pas par là ce que ma mère appelle des femmes « comme ça », mais des *nuhid*, des espions, des « informateurs ».

Et il valait mieux ne pas fréquenter de Finlandais non plus, parce que la Supo irait les interroger aussi.

Je n'ai jamais demandé à ma mère ce qu'il ne fallait pas dire à la Supo. S'il y avait quelque chose de tel.

De toute façon, ma mère n'aurait pas voulu. Fréquenter qui que ce soit. Ou bien nous ne voulions pas, ma mère et moi. C'était mieux. Ou plus sage. Ou plus raisonnable. Pour moi. Pour elle. Pour notre bien à toutes les deux. Quand il n'y a pas de fréquentations, il n'y a pas de trahisons. On n'en laisse pas la possibilité. En même temps, on évitait de dévoiler notre sang étranger, on se dérobait à la curiosité des voisins et aux échanges sur comment on a passé les vacances, aux commérages avec les connaissances et aux explications avec la famille, aux causeries assommantes autour d'un café, aux étonnements sur le fait que ma mère ne travaille pas. Et comme les adultes posent toujours des questions aux enfants, parce que la vérité sort de leur bouche et qu'ils laissent traîner leurs oreilles sans oser interroger franchement, il était hors de question que j'amène des gamins à la maison ou que j'aille m'épancher chez quelqu'un en buvant un jus de fruits. Du jus de fruits, j'en avais à la maison, et des biscuits aussi.

Cependant, le KGB et la Supo étaient partout. N'importe qui pouvait être un agent du KGB, n'importe qui pouvait suggérer qu'on apporte quelque chose dans une valise ici ou là. Ce pouvait être un homme qui parlait de la pluie et du beau temps à un arrêt de bus à Tartu. Ou une fille qui venait s'asseoir derrière vous dans un bar de Tallinn et ouvrait un journal, sortait son porte-monnaie et allait se chercher une glace, rangeait le porte-monnaie dans un sac en plastique, en sortait un mouchoir à fleurs orange, se mouchait, rangeait le mouchoir dans le sac en plastique jaune-vert constitué d'un emballage de terreau Turba en guise de sac à main, dont les motifs avaient déjà perdu leur couleur et qui contenait, en plus du mouchoir, le porte-monnaie – l'un de ces milliers de sacs similaires faits de plastique à emballer la tourbe, dont les rues de l'époque étaient jaunissantes, quelqu'un ayant lancé l'idée que le plastique dont on emballait le terreau à exporter en France devait être tellement costaud qu'il ferait des sacs parfaits, qui pouvaient durer des années et servir de monnaie d'échange. Comparés aux sacs en tissu ordinaires, les sacs Turba étaient même relativement occidentaux.

Ce pouvait être l'homme qui fumait la pipe, assis dans sa voiture devant la maison d'en face depuis des heures. Ou quelqu'un qui vous bousculait et vous faisait tomber dans la rue, se confondait en excuses et voulait absolument payer la blanchisserie. Ce pouvait être la femme aux cheveux bouclés assise à côté de ma mère sur le vol Moscou-Tallinn, qui essayait de lire ce que ma mère notait dans son agenda, qui lui demandait ce qu'elle pensait des nouvelles dans le journal, du journaliste, du secrétaire général du parti, de l'épouse du secrétaire général et de la robe de celle-ci, qui se pâmait devant l'arôme de l'eau de toilette de ma mère et lui demandait où elle l'avait eue, le rouge à lèvres de ma mère avait une teinte rose pulpeuse, de même que les chaussures de ma mère, quelle couleur ! Où les avait-elle eus, et aussi la calculette de ma mère ! Ce genre de choses n'était disponible nulle part en Union soviétique, et pourtant ma mère était soviétique, n'est-ce pas ? Ce n'était quand même pas quelqu'un qui lui avait apporté ça ? Elle n'aurait quand même pas un petit ami étranger ? Si ?

Et la femme appréciait tellement ma mère qu'elle l'a invitée pour le café le lendemain et lui a donné son numéro à Tallinn, car c'est si rare qu'on rencontre ce genre d'âme sœur, n'est-ce pas ? Ma mère n'avait même pas confirmé qu'elle habitait à Tallinn, mais elle a laissé entendre d'un signe de tête qu'elle viendrait dans le café convenu.

La femme a pris congé en l'embrassant de tout l'éclat de ses dents en or, et ma mère croyait s'en être enfin débarrassée, mais revoici cette femme une semaine plus tard en train de bavarder dans l'épicerie à proximité du logement de ma mère à Mustamäe, quelle coïncidence ! Si c'est pas incroyable ! Elle habite à deux pas d'ici ! La femme rit de mille feux et dit que ce n'est pas grave que ma mère ne soit pas venue au rendez-vous, on n'a pas toujours le temps de s'amuser, mais une autre fois alors, tiens peut-être tout de suite, ce serait sympa de voir la maison de ma mère. Si elle apporte les pâtisseries, est-ce que ma mère fera le café ?

Ils n'avaient pas inventé la poudre, les espions du KGB.

Le *koputaja* pouvait être cette femme à la voix mielleuse qui appelait en Finlande et de Finlande, depuis le centre de la même ville finno-finlandaise, et qui disait avoir eu le numéro de ma mère par la Supo en allant se faire faire un passeport finlandais, ils lui avaient suggéré de faire sa connaissance, comme on venait du même pays, tu viendras bien prendre un café, n'est-ce pas ?

Ma mère convient poliment d'un nouveau rendez-vous, mais bien sûr elle n'y va pas.

Plus tard, la fille de cette femme à la voix mielleuse se retrouve dans la même classe qu'Anna. De but en blanc, la fille dit à Anna que sa mère est estonienne. Ce n'est qu'ensuite qu'elle dit son nom. Irene.

Anna se réjouit, elle éprouve une secousse comme si un soleil se levait en elle, mais elle ne dit rien. Une sœur.

Anna et Irene deviennent les meilleures amies.

Anna ne dit jamais rien qui mettrait sur le tapis son origine estonienne. Et elles n'en parlent jamais.

Mais elles ont un autre secret commun, tellement gros qu'il faut bien en parler ; toutes les fillettes ont leurs petits secrets, bien sûr, mais celui-ci est d'une tout autre catégorie. Il s'agit de l'alimentation. Manger. Lire des recettes ensemble. Chiper des livres de cuisine à la bibliothèque. La course aux cafés-brioches et aux plateaux de gâteaux dans les boutiques, la tournée des magasins en décembre derrière les pères Noël qui distribuent des bonbons aux enfants.

Au début, Irene pèse moins qu'Anna, celle-ci n'étant encore qu'une mangeuse débutante, bien qu'elles aient la même taille, qui fait d'elles les plus grandes de leur classe. En trois ans d'art de manger, Anna perd assez de poids pour descendre en dessous d'Irene, ce qui amène celle-ci à lui demander conseil. Irene a encore grandi, et elle se sent grossir de plus en plus. Ça ne peut pas continuer comme ça. Irene veut maigrir, et il faut qu'Anna lui dise comment elle a fait. Penchée sur l'encre et les pinceaux, Anna se fait la conseillère personnelle d'Irene, dans les couloirs de l'école, dans la cour, au téléphone, partout. Anna exulte. Irene est vraiment une sœur. En même temps, Anna a peur, aussi. Et si Irene finissait par peser moins qu'Anna ?

Il faut qu'Irene reste plus grande.

Pourtant, Anna ne ment pas, lorsque Irene lui demande la valeur énergétique d'une boîte de pâtes, puis celle des steaks de poisson. Irene manque tellement d'initiative qu'il ne serait pas difficile de l'embobiner, comme tous les gens qui n'ont pas le sens des calories. Anna trouve ça absolument inconcevable, qu'une femme puisse ne pas avoir le moindre sens des calories.

ANNA
CESSE
DE manger des pommes de terre avant même son école du cirque alimentaire. Quand ça commence, le désir de sucre remplit le ventre d'Anna jusqu'à ce qu'il n'y reste plus de place pour autre chose. À part le sucre, tout est non seulement désagréable, mais complètement inutile. Les plats chauds ne sont pas des nourritures saines, mais de toute façon ils n'éveillent pas d'envies comme le ferait la nourriture saine. Manger chaud n'a simplement aucun sens : à quoi bon manger de la purée, si on peut manger quelque chose qu'on désire et qu'on veut vraiment, ou quelque chose avec quoi on maigrit vraiment, des concombres et des tomates ?

À quinze ans, Anna ne mange peut-être pas comme les autres, et alors ? Elle ne vomit pas, et elle a un poids suffisant. Elle ne peut donc pas avoir ces troubles du comportement alimentaire ressassés par les magazines. Anna a seulement trouvé un moyen de manger ce qu'elle veut – du moins, de temps en temps – sans grossir pour autant.

EN COURS DE finnois, chacun a dû dresser son arbre généalogique, Irene et moi avons été interrogées l'une après l'autre. Irene a d'abord dit que son grand-père était de Biélorussie. Son grand-père biélorusse était arrivé seul en train, et je n'ai pas demandé à voix haute pourquoi toute sa famille biélorusse ne l'avait pas suivi ; j'aurais dû, pourtant, c'était vraiment étonnant, parce que tous ceux qui venaient de Russie débarquaient avec leur famille. Peut-être que personne de la classe ne s'en rendait compte, mais moi je voyais bien que le récit d'Irene ne tenait pas debout. Je ne lui ai pas fait part de mon étonnement en tête à tête, ça nous aurait menées trop près de… quelque chose. Il y a simplement des sujets dont on ne parle pas.

Après l'arbre généalogique d'Irene, c'était mon tour. J'ai inventé un certain Matias, qui tenait une épicerie de village au fin fond du Häme, et Alma, sa femme, ainsi que leurs trois enfants, qui étaient devenus postière, pompier ou autre chose dans une ville suffisamment ordinaire et suffisamment grande, Helsinki m'a semblé un bon endroit pour faire disparaître ou naître la plus grande part de ma famille.

Rien en Irene n'a révélé qu'elle savait que mon arbre généalogique était mensonger. Et quand je l'ai regardée, sa confiance en moi m'a fait raconter mon histoire comme si elle était vraie, ce que j'aurais fait quand même, mais avec l'aide d'Irene c'était encore plus sûr, plus sûr que jamais.

Les autres avaient des anecdotes sur leur famille, l'enseignant en redemandait et animait le débat ; j'ai réussi à être si moyenne, pour une fois, qu'on ne m'a plus interrogée.

La nuque lisse et inébranlable d'Irene.

Mes mains fermes et sèches sur le pupitre.

Et quand en cours d'histoire on parlait de l'Union soviétique, je ne levais pas le regard de mon pupitre, ni la main quand on parlait des rouges et des blancs de Finlande et qu'on demandait si quelqu'un avait quelque chose à raconter, par exemple, sur sa famille. Personne. Dans la classe entière, personne n'avait rien à dire. Que signifiait cette question ?

Personne ne s'y intéressait, personne ne savait. Ils étaient d'une indifférence tout à fait sincère. Je ne pouvais pas comprendre qu'ils aient pu oublier, qu'ils aient pu ne pas savoir. Derrière la frontière, les événements d'il y a cinquante ans sont contemporains, les traces des bombardements sont toujours apparentes au cœur de la ville, la Sibérie a englouti la moitié des familles pour en semer de nouvelles, enracinées dans la peur. Mais ici, la Seconde Guerre mondiale, c'est Ribbentrop et le débarquement de Normandie – même pour les garçons passionnés par la Seconde Guerre mondiale qui savent à quoi ressemblent les pistolets Makarov et les fusils des hommes de troupe.

Quelques fois seulement au cours des années d'école, sous une pluie de blagues contre les ruskovs, je me suis laissée aller à prendre la défense des Russes et des Estoniens, et des cent trente différents peuples de l'Urss, et j'étais un peu trop enflammée pour quelqu'un qui ne serait pas concerné, sensiblement trop agressive et consciente de la supériorité de mes connaissances, et j'ai failli me trahir. À cinq ans, je savais déjà que le plus grand État à la surface du globe était l'Union soviétique, car j'avais un ballon de plage où l'Union soviétique arborait son drapeau rouge, mais il ne fallait pas qu'on apprenne pourquoi je savais ce que les autres ignoraient, et du coup il valait mieux passer sous silence toute cette connaissance jusqu'à l'existence même du ballon. Je savais que sur le blason de l'Estonie il y avait trois lions, car mon grand-père avait un étui à cigarettes comme ça et je savais qu'il devait rester caché dans le tiroir à foulards de ma grand-mère, car posséder un tel objet était un crime. J'étais au courant des piqûres qu'on faisait à tout le village après l'occupation, mais mon grand-père était trop soûl pour aller où que ce soit. Est-ce que cette piqûre inoculait une substance du même type que le calmant qu'on utilisait à l'armée pour que le pénis des garçons se tienne tranquille ? Ou bien la peur suffisait-elle pour que les gens qui restaient se changent en un troupeau de moutons qui n'osent même pas bêler ? Je n'employais pas le mot « occupation », bien sûr, et personne d'autre non plus : c'était seulement l'« arrivée des Russes », la propagation de la racaille rouge et « leur » arrivée, à « ceux qui venaient de derrière Narva », voire à « ceux qui venaient de Sibérie ». Les *venelased.*

Quand je m'emportais un peu trop, la réserve d'Irene me rappelait à ma place, il suffisait de sentir la proximité de son corps et je parvenais à garder mon calme.

AVANT
D'APPRENDRE

LA table des calories, Anna élabore différentes règles pour son alimentation. D'abord, elle cesse de manger après 6 heures du soir. Ce serait facile si elle ne veillait pas si tard. À 6 heures moins cinq, Anna manque de s'étouffer en engloutissant les dernières parts de tarte et le muesli. Le petit déjeuner, à cette époque, est encore un repas où elle peut manger autant qu'elle veut, jusqu'à ce qu'elle se rende compte que le petit déjeuner est le plus facile à laisser tomber, puisque ensuite on va à l'école, où on ne peut pas aller voir toutes les cinq minutes ce qu'il y a dans le frigo, à savoir les mêmes fromages et yaourts que cinq minutes plus tôt. À l'école Anna se concentre sur l'école, si bien qu'il n'est pas question d'y prendre un petit déjeuner. Et comme Anna ne raffole pas des plats chauds de l'école sinon par bluff, elle commence à manger juste après l'école, jusqu'à l'époque du collège, où elle passe au moins une heure à traîner en ville avec Irene après l'école, après quoi il est déjà presque 6 heures et elle se dépêche d'aller au frigo.

LES JOURS DE pesée, Anna soutien Irene moralement. Pour Irene, le jour de pesée est un jour de peine. C'est là qu'elle apprend combien elle est lourde. La mère d'Irene note le poids d'Irene dans un carnet. Sur la couverture du carnet, il y a une photo d'Irene avec des couettes et le nombril gonflé.

La date, la taille, le poids. Une fois par semaine. Irene n'a pas été sage. Pas bien, Irene. Irene est vilaine. Voilà ce que disent les chiffres que la mère reporte dans le carnet de santé d'Irene. Irene a encore trop mangé. Où Irene a-t-elle bien pu trouver la nourriture excédentaire ? Sa mère a surveillé chaque bouchée d'Irene, chaque gorgée, la mère d'Irene n'arrive pas à comprendre comment c'est possible. Elle ordonne à Irene de répondre. Le poids d'Irene est important : la mère d'Irene a de l'embonpoint, il ne faudrait pas qu'Irene devienne comme elle. Il faut qu'Irene attende de se marier. Après, elle pourra manger. Comme a fait la mère d'Irene. Jeune fille, elle était si fine ! Puis elle s'est mariée avec le père d'Irene, elle a emménagé en Finlande, elle a eu quatre enfants, et elle a commencé à manger. Et le divorce n'y a rien changé.

Parfois, Anna cache Irene dans sa chambre et va chercher dans la cuisine de la tarte aux pommes et des biscuits faits par sa mère. Quand Irene a peur, Irene mange, même les jours de pesée. La mère d'Anna fait de la bonne tarte aux pommes et de bons gâteaux. La mère d'Irene ne fait pas de pâtisseries : Irene s'en fait toute seule, si elle en veut, ou bien elle va chez Anna. Anna a toujours quelque chose, au moins au congélateur. La première fois qu'Irene vient chez Anna, elle dit qu'elle n'a jamais vu un frigo aussi plein, et elle demande à Anna si elle n'a pas peur que, si elle ne mange pas la tarte tout entière et qu'elle en laisse dans le frigo, il n'y en ait plus quand elle reviendra la chercher. Non, Anna n'est pas inquiète. D'ailleurs, la tarte est faite principalement pour elle, et ses parents n'y touchent pas avant d'avoir la certitude qu'elle n'en veut plus. Papa pourrait bien en prendre un morceau, mais la mère l'interdit. Papa ne doit pas écouter tous ses petits plaisirs, paraît-il.

Irene raconte ce qui lui est arrivé quand elle était trop petite pour atteindre le pain sur la table. Irene a demandé à sa mère de lui tendre le pain, mais la mère lui a dit de se prendre une chaise. Irene est allée chercher un tabouret, l'a apporté et a grimpé dessus, mais la table était vide. Entre-temps, le copain de la mère s'était fait une tartine avec la dernière miche.

IRENE
ET
ANNA dansent avec les mêmes garçons et s'achètent les mêmes vêtements, les mêmes gants bordés de fourrure artificielle, les mêmes bottes en daim, elles achètent ensemble des bonbons au détail et font de la balançoire pendant des heures tous les jours après l'école. Au collège, à la place de la balançoire, elles traînent en ville. Elles fixent des rendez-vous téléphoniques sur les lignes de rencontre, et aucun homme au bout du fil ne leur refuse un rendez-vous, elles demandent à l'interlocuteur de venir sur le parking du Siwa d'à côté, puis elles vont voir au coin de la rue et elles rigolent à se rouler dans la neige. L'amour c'est du pipeau ! Il n'y a pas de couple sans tromperie ! Chaque père de famille qui se branle au téléphone et rapplique sur le parking en est la preuve. Chaque homme qui réclame des culottes par la poste confirme tout ce que nous avons toujours su. Qu'avec le sexe on obtient tout, trêve de beaux discours sur l'amour, et qu'il faut toujours vérifier les antécédents et les ressources de l'homme, car un homme trompe à tout bout de champ, ne serait-ce qu'en pensée.

La même joie fait bouillonner Anna quand elle va en visite avec ses parents dans la maison de campagne d'un collègue de son papa. Jussi, c'est le parrain d'Anna. Sa devise : « À côté de moi, une femme ne dort pas. » La mère dit qu'elle n'a jamais vu un homme aussi laid. Petit et laid. Et des putes aussi grandes, jeunes et belles qu'au bras de Jussi dans les rues de Moscou. Jamais la mère ne l'a vu deux fois avec la même fille, et pourtant elle l'a vu souvent, quand elle habitait encore de l'autre côté de la frontière, car Jussi est le meilleur ami de papa.

Dans le jardin de la maison de campagne, la femme de Jussi grille du cervelas et se plaint que Jussi soit toujours si fatigué en vacances, ses voyages d'affaires sont tellement épuisants, il n'a même pas la force de s'occuper des grillades, alors que d'ordinaire c'était à lui de le faire. Quel cinéma ! Jussi est vautré dans un hamac après son épuisant voyage d'affaires et la mère essaye de prêter l'oreille aux bavardages de l'épouse sans sourciller. Assise à quelques mètres, Anna voit monter sur le visage de sa mère le désir de demander à la femme de Jussi si elle n'est vraiment pas au courant, elle ne peut quand même pas être assez conne pour ne pas savoir ! Ce n'est pas possible que la femme de Jussi ne se rende pas compte que la fatigue de son mari n'est autre que la gueule de bois consécutive à des semaines de beuverie, et que les remontants naturels qu'il achète ne sont pas du tout dus à la rude cadence de travail au boulot mais destinés à raffermir sa virilité vieillissante, car elles sont irrésistibles, les petites Russes de Moscou.

La visite à la maison de campagne de Jussi est l'exception. Peu à peu, la mère coupe les ponts avec les amis de papa après avoir emménagé en Finlande. Elle dit qu'elle ne peut pas supporter le mufle de leurs épouses, ces vaches idiotes. Ou en tout cas elle ne mettra plus les pieds chez elles, et leurs bœufs de maris ne viendront pas ici. En vacances, papa et ses collègues ne se voient quasiment pas, mais il arrive toujours qu'on tombe sur quelqu'un qui était sur le même chantier que lui quelque part en Union soviétique, et alors ça tchatche tellement dans les allées du Prisma que la mère va attendre dans la voiture pendant qu'Anna met les marchandises dans le chariot.

Aucun de ces types ne tourne les yeux vers Anna ou sa mère, on ne fait jamais de présentations, Anna et sa mère ne parlent avec personne, et Anna comprend que papa ne le souhaite pas, puisqu'il ne peut pas amener ses vieux copains à la maison, mais ça vaut sans doute mieux pour lui, avec le temps. Ces hommes faisaient partie d'une autre vie, d'un autre environnement, de soirées passées avec d'autres femmes, et quand papa nous rejoint dans la voiture, il est grincheux et conduit bruyamment, freine brutalement, ne dit pas un mot, puis il s'assied devant la télé à fond pendant qu'Anna et sa mère déballent les courses.

Irene et moi ne parlions pas de tout ce que nous savions si bien au sujet des maris qui trompent leur femme et des pères qui couchent avec des natachas.

Cela nous aurait amenées à évoquer ce dont nous ne parlions pas.

On se concentrait sur l'alimentation, scrupuleusement, en éludant et contournant tout le reste.

Mais on savait, toutes les deux. Des sœurs.

QUAND DES ESTONIENS qui connaissaient ma mère étaient en visite en Finlande, ils passaient chez nous, mais ma mère ne leur ouvrait pas. Nous les regardions s'en aller depuis le balcon. Nous ne savions même pas qui c'était. Auparavant, nous étions protégées par la rigueur des restrictions de voyages, mais l'ouverture des frontières a amené toutes sortes de gens frapper à la porte, à commencer par un petit-cousin du mari de ma cousine Maria et un garçon que ma mère n'avait plus vu depuis l'école primaire. Et des gens que nous n'avions jamais rencontrés, mais qui connaissaient quelqu'un qui nous connaissait.

Si quelqu'un que nous connaissions vraiment annonçait son arrivée, ma mère trouvait un déplacement à faire au moment du séjour de la personne en question, quelque chose qu'on ne pouvait pas annuler. Malgré cela, on était parfois obligés d'accepter une visite qui pouvait tourner à notre avantage. Ma mère avait horreur de cela. Parler estonien dans la petite ville finno-finlandaise. Marcher dans la petite ville finno-finlandaise en compagnie d'Estoniennes. Elle détestait leur façon de se faire remarquer en roulant des hanches, avec leurs sandales à talons et leur rouge à lèvres brillant, quand la plupart des Finlandaises se promenaient en cycliste et T-shirt, en jean et baskets, sans maquillage apparent. Ma mère avait horreur de cela, elle en avait une horreur épouvantable. Heureusement que je n'avais pas besoin de les accompagner en ville, dans les magasins et pour leur montrer les lieux. On aurait pu croiser des gens qu'on connaissait. Et après ? Je ne sais pas. Ou Irene ! En aucun cas je ne voulais prendre le risque de tomber sur Irene. Ou sur la mère d'Irene. Ç'aurait été la fin du monde, le déluge.

Quand la mère était dehors avec ses connaissances estoniennes, je trépignais à la maison. Et si ma mère tombait sur quelqu'un que je connaissais, quelqu'un qui connaissait ma mère ? Comme par exemple Irene. Mais ma mère n'a jamais mentionné personne, et personne ne m'a rien révélé de tel. Pendant que les visiteurs étaient chez nous, j'étais crispée à en avoir des crampes. Et s'ils apercevaient dans la cour quelqu'un qui viendrait me chercher pour sortir ? Ou si Irene passait soudain, elle qui avait tendance à faire ce genre de sauts à l'improviste ?

Je débranchais la sonnette. Des fois que.

Et pourtant j'étais contente des invités, dans un sens, lorsqu'ils contemplaient notre aspirateur centralisé et faisaient tinter les tasses de café. Non pas que je veuille, à la finno-finlandaise, exhiber notre chauffage qui marchait à la perfection ou la télécommande de notre magnétoscope, nos routes bien goudronnées ou le sol bien blanc de notre Seppälä. J'étais contente d'une autre manière. Comme si je regardais mon enfant handicapé de naissance qui apprenait à marcher.

ANNA
AYANT
RENONCÉ aux plats chauds en Finlande, elle fait de même ailleurs, elle qui appréciait pourtant le poulet à la Kiev et la *solianka* des meilleurs restaurants de Tallinn, le Viru, le Gloria et l'Astoria. À la place, lors des séjours en Estonie, elle commence à dévorer des pâtisseries comme le feraient une douzaine de bouches sur une seule tête. Plus tard, après l'indépendance, Anna mangera aussi du chocolat finlandais, qui sera disponible dans tous les kiosques d'Estonie, tellement moins cher qu'en Finlande, presque donné. Les meilleurs, c'est les barres Marilyn, qu'on ne fabrique en Finlande que pour l'exportation. Les biscuits Domino, Anna n'en raffole pas, même si les rallyes Domino font fureur chez les retraités finlandais. En plus du chocolat, Anna achète des collants, des Wolford, on les trouve à Tallinn pour un prix beaucoup plus raisonnable qu'en Finlande.

Voyant que l'efficacité de la règle des 6 heures laisse à désirer, Anna se met à compter les calories et à expérimenter le régime d'Hollywood, le régime de la soupe miracle, le régime Atkins, le régime de l'hôtesse de l'air, le régime à mille calories et celui à cinq cents, et elle élimine au fur et à mesure quelques items de la liste des aliments comestibles dès qu'elle leur trouve quelque chose de défavorable. Anna ayant consommé mille calories de pain par jour pendant deux semaines, rien d'autre, sans que son poids diminue, Anna arrête de manger du pain. C'est tellement… inutile. Grâce à ces régimes, Anna apprend à manger toutes sortes de choses à quoi elle n'avait encore jamais touché, le moindre aliment très pauvre en calories devient comestible, sain. Le concombre c'est bien, tant pis pour le goût, la ciboulette c'est bien, le radis c'est bien, et la choucroute. Le pain c'est mal, même si ce n'est pas mauvais, le beurre aussi c'est mal, et pas mauvais du tout, le fromage c'est mal, et les cacahuètes, même une seule, c'est mal. Anna n'en revient pas que des gens mangent de ces mauvaises choses. Comment peuvent-ils ? Comment sont-ils capables ? Plus on fait durer un régime alimentaire sans céréales, plus on prend de plaisir à manger du pain ensuite. Plus on savoure le délice de manger du pain. Mais après ? Anna peut se nourrir une semaine de chocolat, une seconde de concombre, une troisième d'eau – quelle importance ? Si Anna est dans une phase frénétique, personne n'a le temps de mettre la main avant elle sur les brioches à la cannelle, les gâteaux et les biscuits, quand bien même sa mère en fait toujours au moins des doubles portions. Sa mère est simplement aux anges dès lors qu'Anna mange autre chose que des tomates, pour changer. Anna est saine, belle, intelligente, douée. Anna n'a pas de problème. Ce sont les autres qui sont malades, celles qui vomissent et qui sont clouées à l'hôpital sous perfusion, pas Anna. Anna décroche des bourses. Anna a les meilleures notes, joue en soliste dans l'orchestre de l'école et tient les premiers rôles dans les spectacles de Noël. Anna est si brillante que l'enseignant élabore une double évaluation de ses devoirs : une première note calculée sur le même barème que les autres, et une deuxième sur un barème personnalisé pour qu'Anna puisse mesurer ses accomplissements par rapport à ses propres capacités. C'est sûr qu'elle ira loin, Anna.

LA MÈRE NE supporte pas Irene et elle ne veut pas qu'Irene vienne voir Anna. Chaque visite annoncée est immanquablement précédée d'un sermon rappelant qu'on ne peut pas faire confiance à Irene, jusqu'au moment où elle sonne à la porte ; les visites à l'improviste impliquent le même topo dès qu'Irene est partie. En présence d'Irene, la mère essaye de faire comme si de rien n'était, elle n'adresse spontanément pas la parole à Irene et elle reste à un autre étage que les filles. La mère ne dit pas un mot quand elle entend la voix d'Irene au téléphone, et elle se raidit tout de suite si Irene lui dit quelque chose en passant. Car elle sait, bien sûr. Pareille à sa mère.

Tu parles trop avec cette fille de salope. Qu'est-ce que vous pouvez bien avoir à vous dire ?

Tu ne peux pas te chercher des copines normales ?

Comment peux-tu être une gosse aussi bête ?

Tu te rends compte ? La fille d'une ancienne pute !

Et elle travaille pour le KGB, ça ne fait aucun doute. Comment savoir quels renseignements Irene vient chercher, consciemment ou non ? Anna ne croit tout de même pas que c'est par pur hasard qu'elles se sont retrouvées dans la même classe ! Et qui peut bien manigancer des choses pareilles, hein ? Je dis des bobards, peut-être ? Mais Anna, n'y avait-il pas largement assez de classes en sous-effectif, dans l'école ? Pourquoi Anna a-t-elle été parachutée dans une classe déjà pleine ? Anna ne trouve pas ça suspect ? Les femmes comme ça, c'est toutes les mêmes.

Tu n'as vraiment aucun instinct de conservation ?

Quelle idiote. C'est justement d'une crédulité pareille que le KGB a besoin.

La mère ne peut se faire à l'idée qu'Irene soit en train de fouiller les armoires les étagères les placards dès qu'elle a le dos tourné. Et, à coup sûr, de planquer des micros dans la maison.

Mais on n'a rien à cacher, maman, si ?

Cette gosse de pute ne mettra pas les pieds dans cette maison. C'est clair ?

La mère d'Irene était cette femme à la voix mielleuse qui l'invitait pour le café et voulait être son amie.

Et si c'était une erreur ? Si c'était quelqu'un d'autre ?

Des gens qui venaient de derrière la frontière, à cette époque, il n'y en avait pas une multitude dans l'ensemble du pays, alors encore moins dans une même petite ville finno-finlandaise.

Mais si maman se trompait quand même ?

Non. Cette femme à la voix mielleuse avait exactement les mêmes paroles, les mêmes histoires et tribulations à raconter. En même temps – un temps trop court – elle avait obtenu la citoyenneté finlandaise, et à peine une semaine plus tard elle recevait ses parents en visite… Alors qu'on ne pourrait même pas faire

faire les papiers en si peu de temps ! Cette femme à la voix mielleuse tenait exactement les mêmes propos.

Peux-tu affirmer que ce soit une simple coïncidence ? Anna ?

Mais Irene plaît à Anna, elle lui plaît par-dessus tout, et les sermons de la mère n'ont aucun effet, pas plus que les gestes et paroles de la mère d'Irene. Anna n'attache pas d'importance au fait que la mère d'Irene lui demande Ça, alors qu'Irene n'a jamais posé de questions sur Ça. En fait, Anna parlait à Irene de tout autre chose, et soudain la mère d'Irene demande Ça, dans la voiture où sont assis, en plus d'elles trois, le nouveau copain de la mère et la sœur d'Irene. Elle le demande comme en passant, mais assez clairement pour que la question ne puisse pas être éludée, qu'elle ne passe pas inaperçue. Elle le parle bien, Anna, l'estonien ?

Anna répond en se dérobant que oui elle a des notions, et on ne lui demande plus rien d'autre, on passe à un autre sujet. Les veines d'Anna sont comme saisies par le gel, sa peau est moite de sueur froide et ses lèvres sont engourdies. Est-ce qu'on va lui demander autre chose ? Est-ce qu'ils vont interroger sa mère ? Si Anna mentait, est-ce que la mère d'Irene connaîtrait les vraies réponses et dirait alors qu'Anna est en train de bluffer ? À quoi bon ? En Finlande, on ne croyait pas à tout ce qui était une réalité en Union soviétique : elle ne pouvait pas dire que la Supo leur avait interdit quoi que ce soit, ou que sa mère avait peur ou qu'elles pensaient que la mère d'Irene était un agent du KGB.

Même si dans la petite voiture on parle maintenant d'autre chose, de l'école et des enseignants, des voisins, conversations ordinaires, Anna se sent déshabillée, mise à nu, déshonorée, tripotée en public et en plein jour, car elle s'est fait pincer. La mère d'Irene voulait seulement qu'Anna et sa mère sachent qu'elle savait. Qu'elle était la femme d'autrefois, qui affirmait avoir eu le numéro de téléphone de ma mère par la Supo et qui avait donné rendez-vous à ma mère au café, où celle-ci n'était jamais allée.

Irene, en classe et dans la cour, devient la Chatteruskov et la Moule-à-la-russe ; aux réunions de parents d'élèves, sa mère parle à tue-tête avec un accent à couper au couteau et fait connaissance avec tous les parents présents. Irene ne paraît jamais soucieuse ou troublée que toute l'école la considère comme une ruskov. Et Irene ne trahit jamais Anna. Même quand elles se disputent, ni les pires jours, ni dans les moments de colère, jamais, alors que par ailleurs elle peut avoir la bouche mauvaise et l'esprit sournois. Même pas de regards éloquents ou d'insinuations à demi-mot, même si Anna pèse moins malgré les efforts d'Irene, même si la mère d'Irene fait des remarques sur le fait qu'Anna pèse moins, tu devrais en prendre de la graine, Irene.

Alors Anna a de la peine pour Irene, mais elle ne peut pas se permettre de répondre à la mère d'Irene, et elle ne sait pas non plus que dire à Irene, dont le visage est inexpressif. Anna ne trouve pas de mot juste, non plus, quand le père d'Irene demande à voir le bulletin d'Anna en plus de celui d'Irene et qu'il compte les dix d'Anna, elle ne sait pas que dire pour réconforter Irene.

Irene ne fait même pas d'insinuations quand Anna lui donne un grand parapluie en suggérant maladroitement qu'il sera plus utile à Irene. C'est en fait un parapluie d'homme, et on a beau le tenir n'importe comment, il est tellement grand qu'il cache toujours le visage. Anna a voulu exactement ce modèle, mais c'était cinq kilos avant le jour où elle propose le parapluie à Irene, qui a une si mauvaise peau que rien que pour ça elle devrait adorer ce parapluie. Quant à Anna, elle pourrait en prendre un autre, un rouge, elle ne l'a pas encore utilisé, il sent le pastique et on voit à travers. Même s'il pleut beaucoup, Anna restera visible. Anna pèse cinquante kilos et tout le monde pourra le remarquer. En plus, Anna veut pouvoir contempler son reflet dans les vitres et les miroirs : l'autre parapluie, il faudrait le soulever tellement que le vent et la pluie s'y engouffreraient et qu'elle serait emportée dans les airs.

La mère demande si Irene a l'air d'être au courant des occupations de sa mère. Anna dit non… Ah non ? Alors pourquoi Irene parle toujours de micros et d'espionnage ? Pourquoi son jeu préféré c'est « l'Espion », un jeu de leur invention, pourquoi Irene a décidé qu'elle ferait sa vie avec un homme riche, pourquoi Irene lit les petites annonces afin de pouvoir, le moment venu, en rédiger une bonne, meilleure que les autres ? Comment se peut-il qu'Irene déniche sans cesse toutes sortes de renseignements utiles dans les bureaux de l'école, dans les cahiers de l'assistante sociale, dans les papiers du psychologue scolaire, comment fait-elle pour être toujours là opportunément, pour savoir chercher dans les endroits opportuns ? Ce n'est pas tout le monde, à dix ans, qui a la curiosité de fouiller dans le sac de l'enseignant pendant que celui-ci a le dos tourné pour écrire au tableau. Non pas qu'Irene ait volé quoi que ce soit, mais il y avait peut-être là des lettres à des parents, ou autre chose…

Anna dit à sa mère que pour rien au monde on ne la fera renoncer à Irene.

Ah non ?

Anna ne nie pas que les soupçons de sa mère pourraient être fondés, mais elle ne quittera pas Irene pour autant. Irene est la meilleure amie d'Anna.

Anna, écoute, la mère d'Irene est entrée dans l'administration, là où on s'occupe du commerce extérieur et de l'industrie… Elle a changé de poste à plusieurs reprises et elle a toujours retrouvé rapidement du boulot.

Et après ? crie Anna.

Anna, la mère d'Irene est locataire dans un HLM, où elle élève toute seule quatre enfants, mais ça ne l'empêche pas de voyager avec toute la smala aux États-Unis, en Espagne, à Londres, à Paris, en Allemagne. Dans des hôtels cinq étoiles. En première classe. Parce que Madame ne veut pas se priver d'hôtels cinq étoiles. On peut bien s'offrir un peu de luxe, dans la vie. Anna… Voilà les voyages que fait cette famille pendant que le bureau d'aide sociale paye les lunettes des gosses.

Et alors ? Si c'est une coïncidence ?

Je ne veux pas que la gosse d'une femme pareille mette les pieds chez moi !

QUAND
IRENE
ET Anna vont ensemble à Tallinn, elles passent la nuit chez une amie de la mère d'Anna, Juuli. Tout ce que sait Juuli, c'est qu'Irene est une camarade de classe d'Anna. Mais voilà qu'Irene raconte qu'elle va voir sa grand-mère, aussi. Comme Juuli ouvre de grands yeux, Irene lui parle de sa mère estonienne. Anna ne pouvait pas empêcher Irene de parler, bien sûr, sinon comment lui expliquer qu'il ne fallait pas faire de telles frayeurs à Juuli ? Car il ne peut rien y avoir là d'officiellement effrayant. Anna ne tourne pas les yeux vers Juuli pendant qu'Irene s'épanche sur sa famille, mais elle devine son air... Étonnée, réservée, qui ne va pas tarder à téléphoner à la mère. Le lendemain, Juuli annonce à la mère d'Anna qu'il vaudrait peut-être mieux qu'on ne vienne plus lui rendre visite pour quelque temps.

... Et quand la mère d'Irene s'est-elle séparée de son mari, déjà ? N'était-ce pas quand on a commencé à enquêter sur les activités commerciales du père d'Irene et qu'on a remarqué... tiens tiens, exportation professionnelle de jeans en Estonie soviétique ? N'était-ce pas avant que le père d'Irene aille en prison ? N'était-il pas question du même homme dont l'épouse était cette femme à la voix mielleuse qui appelait la mère et l'invitait au café, ce dont la mère avait parlé à la Supo ? Et que lui avait-on répondu, à la Supo ? Vous avez bien fait de ne pas y aller, il faut qu'on aille voir ça de plus près. Qu'est-ce qu'elle peut bien répondre à ça, Anna ? Hein ? Anna prétend encore que sa mère se fait des idées ?

Mais Anna serre quand même la main d'Irene quand elles se tiennent en rang deux par deux en excursion scolaire, et dans la queue pour la cantine. Anna et Irene font une paire obligée à chaque cours d'éducation physique, et elles s'installent toujours côte à côte quand on change la disposition de la classe. Et quand la mère et papa sont en voyage d'affaires en même temps, Anna invite Irene chez elle et elles s'amusent vraiment bien ensemble.

Tout aussi naturellement, Irene enquêtera plus tard sur les antécédents de chacun de ses petits copains. Non, elle ne tombera pas sur un pauvre. Il faut s'assurer de sa fortune, bien sûr. Le métier dont rêve Irene, c'est maîtresse – celle qu'on amène dans les établissements balnéaires, voire à Vienne, qui boit le cognac le plus cher, qu'on invite dans les restaurants cinq étoiles et à qui on offre des parfums hors de prix. Qui se moque des épouses qui font la lessive. Et Irene sourit toujours quand elle parle de son métier à venir, ce sera super, la belle vie avec de belles fourrures, des soirées et des voyages.

Anna n'ose pas dire à Irene que manger en public ne lui fera aucun bien. Mais peut-être que ce sera différent quand elle sera maîtresse. Ou peut-être que ce qui compte, ce n'est pas tant de manger que de se faire voir au restaurant et de jouer le rôle de quelqu'un pour qui manger va de soi, sans difficulté. Et puis au restaurant, on peut lire la carte, tous ceux qui ont des troubles du comportement alimentaire aiment ça, ça pourrait bien devenir la nouvelle lecture de chevet d'Irene, quand elle aura fait le tour des livres de cuisine de la bibliothèque. Elle ne peut pas se contenter des recettes gratuites distribuées dans les magasins.

Dans les restaurants, d'ailleurs, il serait naturel d'avoir de longues conversations sur la nutrition. Peut-être qu'Irene serait contente, elle qui ne rate aucune émission culinaire à la télé. En tête à tête, Anna et Irene parlent plus d'émissions culinaires que de calories et d'amaigrissement. La crème, apparemment, contient plus de matière à parler. Et le véritable beurre de laiterie. Dans le restaurant le plus crémeux, Irene se sentirait mieux que partout ailleurs, quand bien même ce serait un enfer.

1974

Le Finlandais de Katariina – son fiancé, maintenant – a de nouvelles connaissances estoniennes, chez lesquelles il amène Katariina pour une soirée à son retour de Moscou, en vacances à Tallinn. Katariina n'aime pas cette famille, de même qu'elle n'a jamais aimé les Estoniens qui gravitent autour des Finlandais. Le type est doucereux et il se lamente des dizaines de fois : comment servir quoi que ce soit à des invités si chic, si seulement on avait quelque chose à offrir !

Katariina sait très bien que tout est à portée de main, il n'y a qu'à aller au magasin, que ce soit à la porte de derrière ou à celle de devant. C'est logique, d'ailleurs : il ne resterait rien aux Tallinnois, si les produits étaient sur le comptoir, car les touristes russes dépouilleraient les boutiques avant qu'un seul Estonien, ou bien un Russe du coin, ait le temps d'arriver. Et Katariina sait que ce type le sait aussi. Que c'est désagréable !

Écoute, si seulement j'étais une femme, et à ta place !

Katariina est dégoûtée par tant de servilité.

Vous les Finlandais bien sûr vous ne savez pas ce que c'est !

En fin de soirée, le type en vient au fait : il leur montre des médailles de l'époque de l'Estonie et – naturellement – il voudrait les envoyer à quelqu'un à l'étranger, sans doute à un parent, ce serait pas trop demander de les glisser au fond d'une valise, la prochaine fois qu'on va en Finlande ?

Katariina regarde son fiancé. Celui-ci promet d'y réfléchir, mais Katariina sait que c'est un non catégorique, et elle est contente. Ça sent la mise en scène, cette histoire. Tout le monde sait bien qu'on n'a pas le droit de faire passer des marchandises de l'autre côté de la frontière, surtout des affaires du temps de l'Estonie, ou ne serait-ce que de l'argent, des médailles, des métaux précieux ou de la littérature. Le type doucereux recevrait-il une somme rondelette s'il faisait coincer le fiancé de Katariina à la douane, privant celle-ci de visas par la même occasion ? Ou juste une plume à son chapeau, une promotion au parti, une meilleure situation professionnelle ? Quel intérêt le KGB avait-il à ce que le fiancé de Katariina ait des ennuis ?

Pas question que je me mette à votre service. Vous vous fourrez le doigt dans l'œil.

Le type déballe en long et en large l'histoire de ces médailles, pendant que Katariina s'évertue à détourner la conversation, elle ne veut pas parler de ces choses-là avec des inconnus, ni d'ailleurs avec des proches, mais le type n'en démord pas. Un officier estonien qui avait servi dans l'armée allemande avait voulu se débarrasser de toutes les traces qui pouvaient trahir qu'il avait appartenu à la Légion d'Estonie et qui témoignaient de son grade militaire. August, il s'appelait, ce gars. August s'était caché chez sa mère dans un cagibi de la taille d'un homme construit entre deux pièces. August avait demandé à sa mère de se débarrasser des médailles, mais celle-ci avait demandé à sa fille Anette, la sœur d'August, de les cacher. Or le mari d'Anette, Konstantin, était un communiste convaincu : à peine avait-il entrevu les médailles qu'il avait arraché à Anette des aveux sur leur provenance, afin de faire une déclaration. August était porté disparu, mais si ses médailles refaisaient surface aussi soudainement, c'est qu'il n'était donc ni disparu ni mort. Il pouvait très bien se trouver sur le sol même de son pays, bel et bien vivant ! Le salaud de fasciste ! L'épouse protège-t-elle un ennemi du peuple de cette pointure ? C'est de la trahison envers la patrie ! Et qu'est-ce qu'on fait à ces gens-là ? Anette tente désespérément de minauder. Konstantin ne pourrait plus protéger Anette, après un crime pareil. Anette ne peut trouver le salut qu'en se montrant une citoyenne soviétique consciencieuse, c'est-à-dire en révélant la cachette d'August. Ensuite, Anette n'aura plus besoin de tracasser sa mère avec cette affaire. Et ne va pas t'imaginer que tu emmèneras les enfants avec toi dans le train pour la Sibérie. Tu partiras là-bas, et nous on reste ici. Mes enfants n'ont que faire d'avoir pour mère la sbire d'un salaud de fasciste.

Anette n'a rien dit, rien avoué.

Les services secrets ont tout de même trouvé August.

Le type doucereux parle sans doute de l'oncle August de Katariina. Sa sœur Anette avait un mari communiste. Et on avait construit une cachette pour August, dans la maison de leur mère.

IRENE A D'ABORD quitté la ville finno-finlandaise pour la métropole. Je l'y ai rejointe deux ans plus tard. Dans cette cité du littoral d'où partaient les bateaux pour Tallinn. Dans cette ville où l'on embarquait toujours pour Tallinn, et où l'on débarquait toujours au retour de Tallinn. Dans cette banlieue du monde d'Anna, à Kallio et parmi les putes de Kallio, les lents pas de pute le long des voitures, les hommes épouvantés que je leur réponde en finnois, comme jadis en Estonie.

La première fois, ça s'était passé dans le port de Tallinn, j'avais onze ans. Je faisais la queue pour le taxi en attendant ma mère quand un Finlandais s'approcha, et je savais, avant même que l'homme arrive à ma hauteur, avant qu'il me demande quoi que ce soit, je savais ce qu'il pensait.

Ah bon, alors vous êtes finlandaise ?

L'homme prit peur et rougit, s'éclipsa.

Et les mêmes cas, de nouveau, dix ans plus tard à Kallio. À ceci près que je ne sortais plus autant avec ma mère, et qu'on ne la prenait plus pour ma maquerelle. Autrement, tout pareil, les hommes, les manières, l'éclat des yeux, l'épouvante qui éteignait cet éclat.

La demoiselle parle finnois de telle manière qu'elle pourrait être finlandaise ? Y a pas de mal, bon boulot, bon boulot.

Et de déguerpir, soi-disant relax.

Sur le bateau, ils croyaient que je ne comprenais pas le finnois et ils parlaient à voix forte, à côté de moi, de leurs expériences avec les putes de Tallinn. Pareil à l'hôtel Viru. Puis ils tombaient muets de peur quand ma mère arrivait et que je parlais avec elle en finnois.

Cette première fois, j'avais un chemisier noir cintré à manches courtes, un pantalon noir moulant, des chaussons noirs aux pieds. J'avais onze ans, je mesurais un mètre soixante et je pesais cinquante-trois kilos. J'avais des cheveux bruns et raides, aucun maquillage. Je n'étais pas assez fardée pour être russe, mais pas habillée assez à la finlandaise : j'en avais marre de devoir porter ces vêtements qu'on amenait pour les revendre, je voulais les miens. D'un autre côté, je ne passais pas non plus pour une Estonienne, car je n'avais rien d'assez nettement féminin, chaussures à talons ou minijupe. Et je n'avais pas ce que ma mère appelait « la carte de visite » des femmes en question, à savoir un enfant qui apprenait à marcher en compagnie de sa mère et de ses amies. En effet, il y avait toujours quelques enfants parmi ces femmes, peut-être leur apportaient-ils un alibi – une mère qui promène son enfant ne peut sûrement pas être une pute – ou peut-être qu'il n'y avait tout simplement pas de garderie ou de nounou pour le petit, et les autres filles le gardaient donc à l'œil pendant que la mère avait d'autres occupations.

Mais j'étais jeune et bien faite, et tout de même trop féminine pour une Finlandaise aux pieds plats, le chemisier un peu trop cintré pour la mode finlandaise de 1988, et je me trouvais en un lieu où passaient des étrangers.

Alors ça ne faisait pas de doute.

Combien ?

À Kallio, les voitures qui s'arrêtaient à côté de moi et les hommes qui cherchaient un contact visuel ne me dérangeaient pas, alors que les autres femmes, dans une telle situation, devaient être absolument outrées. Je ne savais pas. Il ne me venait même pas à l'esprit qu'on puisse s'en offusquer. Pour moi, c'était aussi normal que de se pencher sur le trottoir pour renouer ses lacets : je ne m'en souviens plus une heure après. Sauf qu'à Kallio je ne m'arrêtais pas, même pour refaire mes lacets.

Je ne regardais personne en face.

Je ne tournais pas la tête vers la chaussée.

Je marchais rapidement, le regard par terre.

J'avais toujours plus de sacs qu'un simple sac à main.

Je ne donnais jamais de rendez-vous dans la rue, et je n'acceptais pas d'attendre une voiture dehors. Je ne m'attardais pas par temps glissant. Je ne m'arrêtais pas si on m'adressait la parole. Je ne prêtais pas attention si quelqu'un me demandait la route, l'heure, n'importe quoi, si quelqu'un s'était soi-disant perdu en voiture ou voulait acheter une cigarette.

Je ne marchais pas trop près de la chaussée et j'empruntais des ruelles en retrait, qu'elles soient praticables ou non, car les prostituées déambulaient toujours sur la route principale.

Je rentrais chez moi.

Voici une connaissance, tiens, quelqu'un que je connais.

Je n'étais plus dans une ville étrangère.

Je reconnaissais les prostituées dans les rues de Kallio comme de vieilles connaissances avant d'entendre un mot de russe, parfois avant même de les voir, il me suffisait d'entendre leurs lents pas de pute, les talons traînants. C'étaient des femmes qui avaient l'air entre deux âges et qui marchaient par deux. L'hiver, certaines portaient une fourrure, mais la plupart un anorak. Elles passaient leur temps contre la rampe des marches du parc de Kinapori. Attendaient. Suivaient du regard les voitures qui passaient. Se remettaient à marcher à l'approche d'une voiture de police.

En voilà une. Peut-être que c'étaient ses cheveux. Trop longs pour les cheveux courts d'une femme finlandaise de cet âge, ou trop broussailleux pour les cheveux longs d'une Finlandaise de cet âge. Ou peut-être que c'étaient ses moustaches naissantes. Ou deux Russes marchant coude à coude. Peut-être que c'était vraiment dans leur démarche. Le balancement des hanches. Dans le souterrain de la gare, les jeunes filles russes se promenaient bras dessus bras dessous comme si elles étaient toujours à Moscou. Les filles de Kallio ne marchaient tout de même pas bras dessus bras dessous à la russe, encore qu'elles le faisaient peut-être d'une manière invisible. Peut-être qu'on devinait l'habitude. Peut-être qu'on sentait qu'elles marcheraient comme ça si elles n'étaient pas en train de travailler.

1973

Qu'est-ce qui est réellement arrivé à August ?

Comment ça, qu'est-ce qui est arrivé à Kust ? Sofia fait la cuisine sur le poêle. Arnold ne va pas tarder à venir manger. Et Linda à amener ses enfants à garder.

Pourquoi Anette n'a jamais parlé ? Quand Anette est-elle devenue muette ?

Anette n'était pas muette.

Mais elle ne disait rien d'autre que « oui », hochait la tête, « oui » à tout. Ou « oui, non ».

Anette avait un mari méchant. Rouge jusqu'à la moelle, même.

Pourquoi Anette ne l'a pas quitté ?

Qu'est-ce que c'est que cette question ? Anette n'aurait jamais quitté son mari. C'était pas ce genre de femme, Anette. Elle n'aurait pas osé. C'était un type tellement mauvais, Konstantin.

Mauvais comment ?

Mauvais.

QUAND IRENE AVAIT emménagé à Helsinki, j'allais la voir régulièrement, et de même Irene venait me voir en Finno-Finlande. Je manquais d'étouffer, tant Irene me manquait, seule dans la petite ville finno-finlandaise sans Irene. À cette époque, mes relations avec mon Seigneur et amant n'étaient plus aussi glorieuses qu'avant, elles ne me procuraient plus cette grande sensation de pouvoir et de défi de toutes les lois de la physique, couchée dans ma chambre en me tenant le ventre à chaque famine ou orgie alimentaire. En fait, mon insatisfaction provenait tout simplement du fait que je n'habitais pas seule. La vie en collectivité impliquait des règles de conduite, que ce soit vis-à-vis des gens ou de l'alimentation. Mon Seigneur exigeait un logement individuel. Il fallait donc que je déménage.

Mon studio n'étant habité que par moi, mon Seigneur s'est affranchi de ses dernières limites. Je faisais les courses seule. Je me faisais à manger seule. Pas uniquement de temps en temps : toujours. Je pouvais me défoncer avec la bouffe à gogo, sept jours sur sept et vingt-quatre heures sur vingt-quatre. J'aurais pu me défoncer avec n'importe quelle autre drogue, bien sûr ; mais pour moi, il y en a toujours eu une au-dessus des autres.

C'est alors que je l'ai fait pour la première fois.

Dans mes petits WC à moi, je me suis délivrée de cette règle incontournable qui voulait que les calories en trop s'accumulent dans mon corps sous forme de graisse, de cette règle à cause de laquelle, depuis l'âge de dix ans j'attendais de perdre un kilo avant de le remanger aussitôt.

Il était si facile de commencer, en habitant seule.

Il n'y avait personne pour s'étonner que je nettoie plusieurs fois par jour la cuvette des WC.

Il n'y avait personne pour écouter, voir, sentir.

Les gens de mon entourage menaient une vie aussi irrégulière que moi. Personne ne savait rien de ma façon de manger.

J'appelais cela la liberté.

Étudiante de première année. La première année loin de la maison. Jour et nuit, la possibilité de s'éclater avec la nourriture. J'ai alors perdu l'envie de passer des semaines à me nourrir de café noir et de chou. Je me suis lassée du concombre, des radis, des tomates, je détestais le bouillon allégé et les bonbons Dietorelle, l'idée même d'une feuille de salade m'écœurait. Les jus de fruits Fun Light me dégoûtaient tant que je ne pouvais pas les utiliser même mélangés.

Et je m'étais lassée d'Irene.

Bien trop d'années gâchées à mener cette petite vie.

Je voulais maintenant me vautrer comme il faut dans toute la nourriture convoitée. Il n'était pas trop tard. Pour me lâcher complètement. Me laisser aller.

Et je me suis laissée aller. Sans Irene.

Irene a échoué aux concours.

Moi, bien sûr, je suis entrée du premier coup, et où je voulais.

LA DEUXIÈME ANNÉE, j'ai perdu toute envie de me conformer à la liste de nourriture saine, fût-ce un jour par semaine.

Irene n'ayant pas été reçue aux concours, elle n'avait pas pu me servir de repère alimentaire pendant la première année. Nous ne nous voyions pas tous les jours, nous n'allions pas manger ensemble. Irene n'aimait pas sortir dans les bars le week-end, moi si. Irene ne voulait pas voir les autres copains reçus à l'université, moi si. Irene voulait habiter dans un quartier résidentiel, moi en centre-ville. Je voulais traîner dans les cafés et les magasins, Irene non. Je n'avais rien que des relations amoureuses éphémères, Irene sortait avec un garçon fortuné dont les parents habitaient du côté de la Finno-Finlande. Irene est allée camper avec son petit ami en Finno-Finlande, moi j'ai passé la Saint-Jean et le nouvel an dans des bars de Helsinki.

Irene n'était plus bonne à rien.

J'ai arrêté de faire des réserves de nourriture sûre. Avant, j'utilisais toujours des sachets à fruits en guise de sacs-poubelle, parce que c'étaient les seuls sacs qui me tombaient sous la main. À présent, j'étais obligée d'acheter de grands sacs en plastique pour les ordures. Les oranges qui restaient se sont mises à pourrir peu à peu dans l'armoire, les pommes à ratatiner, le couvercle des yaourts zéro pour cent se revêtait de taches de moisi. J'oubliais de manger, et je me consacrais à vomir ce que je mangeais ou à ne pas manger. C'était beaucoup plus facile que de rester en équilibre instable entre des jours entiers de nourriture saine et des jours de boulimie. Il est bien plus agréable de savourer une séance de boulimie de deux heures, ou ne serait-ce que d'une heure, plutôt que d'y passer un jour entier.

J'ai vite appris à vomir comme une pro. On pourrait presque dire que c'était inné mais que ce don ne se révélait que maintenant. Vomir sans bruit n'était pas compliqué, et si je le faisais assez vite après avoir mangé, ça ne puait même pas. Je pouvais même le faire en pleins lieux publics. Les gens soûls vomissent bien, par exemple, dans les bars. Et comme je n'alternais plus les jours de nourriture saine et de boulimie – je n'en faisais pas plus de quatre par semaine, en première année –, ma gorge s'est si bien habituée qu'on ne remarquait plus à ma voix si j'avais vomi ou non. De peur que mon Seigneur me cause un gonflement des glandes salivaires, comme on le prétend, et par conséquent une enflure des joues, j'examinais mon visage avec une méticulosité régulière, me prenant même en photo, mais je ne remarquais rien d'inquiétant. J'avais juste les pommettes un peu plus saillantes que quinze kilos plus tôt.

Certains disent que la boulimie ne fait pas maigrir, qu'il reste toujours assez de réserves dans l'organisme, et comme la nourriture de boulimie est globalement plus calorique, le poids reste stable. Dans un sens, ce n'est pas faux. Mais on peut aussi maigrir à merveille si l'on prend soin de ne rien garder dans le ventre après manger. Pas un seul boulimique de poids normal ne rejette tout ce qu'il a mangé. Le bon côté, c'est aussi que, si on a une tendance à la peau grasse et boutonneuse – que la nourriture grasse, les condiments et les fromages peuvent exacerber –, la boulimie permet à la peau de rester nette.

Une amie d'Irene a dû renoncer à sa boulimie, parce qu'au lieu d'un ventre plat elle s'est retrouvée avec des yeux rouges ; les vomissements lui faisaient éclater les capillaires, aussi bien sur le visage que dans les yeux. Cette Marisa a essayé toutes sortes de collyres, mais ce n'était pas assez efficace : à l'école maternelle où elle travaillait, on la soupçonnait d'avoir des problèmes de dépendance. Elle a connu une seule rechute. Il y avait de la tarte aux pommes pour les enfants, une part pour chacun, beaucoup trop grosse pour ces petits enfants, selon Marisa : elle a coupé les morceaux en deux et en a mangé la moitié, avant de se précipiter aux WC. Marisa qualifiait cela d'effondrement. Je n'ai jamais éprouvé les séances de boulimie comme cela. Ce n'est que de la détente. Comment la détente pourrait être un effondrement ? Et quand ça devient la façon quotidienne de manger, il n'y a rien d'autre à faire.

Le seul problème résidait dans mon Seigneur déchaîné qu'il fallait garder sous contrôle dans les lieux publics. Il devenait absolument impossible. Indomptable. Tyrannique. Tout le temps à me tenter, chuchoter, me mettre face à des situations inextricables. Me chatouiller le bas-ventre avec sa langue tendue. Viens, ma chérie, viens…

UN
SACHET
DE bonbons dangereusement froufroutant venait vers moi. Voyons voir, qu'est-ce qu'il y a là comme sucreries ? La main de Saara me l'a tendu, Saara était dans la même promo que moi, et la conversation s'est poursuivie comme si rien d'extraordinaire ne se passait, qu'on était juste là à papoter de choses et d'autres et que le sac s'approchait de moi après avoir fait le tour des autres, qui avaient pris négligemment une pastille ou une réglisse – incroyable, une seule ! – et l'avaient mise dans leur bouche, et maintenant ils la suçotaient, ou certains la croquaient de telle sorte qu'on entendait un craquement, et le sachet était déjà dans ma main, et j'aurais voulu refuser, car je serais incapable de m'en tenir à ce putain de bonbec riquiqui. Or le sachet contenait, parmi d'autres sucreries, du toffee à la crème, et le toffee à la crème, ça, c'était pour moi…

En plus, si j'avais refusé, on m'aurait demandé si j'étais au régime, alors que j'étais connue pour pouvoir manger de quoi faire rouler sous la table le mec le plus costaud tout en restant petite et mignonne, tout le monde pouvait me prendre sur ses genoux et je pouvais attendre les soldes pour m'acheter mes vêtements sans craindre qu'il n'en reste plus à ma taille. Et je n'ai même pas besoin d'essayage : de toute façon, tout me va à ravir.

Bref, il fallait que je prenne un bonbon. Un seul. Et que je rende le paquet à Saara. Sinon, tout le monde m'adresserait un regard moqueur, avec un malin plaisir. Lalalaaa, tu n'es pas un cas particulier, toi aussi tu vas devoir surveiller ton poids. Lalalaaa, toi qui t'es toujours crue bien au-dessus de l'angoisse des kilos, qu'est-ce que tu fabriques ? Tu es exactement comme nous.

J'ai vite pris un toffee à la crème, que je me suis mis dans la bouche plus vite encore. C'était trop rapide. Je le savais, mais personne n'y a fait attention. Je ne pouvais plus me concentrer sur la conversation, tous mes centres nerveux étaient aussitôt dans ma bouche, mes dents et leurs élancements, sous la langue, sur la langue, la langue qui faisait tourner le toffee, cette bonne vieille sensation, comme si j'étais de retour à la maison, le cours suivant qui allait commencer, mais cette bonne vieille sensation, ce bon vieux démon qui me fait des guili-guili et me susurre, viens, ma chérie, viens, qui me lèche la nuque, peu importe le prochain cours, il n'était plus d'aucun secours de fumer une cigarette ou de penser à autre chose, impossible, il n'y avait plus de concentration, seulement une frénésie qui ordonnait à mes jambes de partir en courant et d'aller continuer continuer sans fin continuer à manger à manger à manger à manger sans fin de bouger les mâchoires, d'avaler, d'ouvrir la bouche pour la bouchée suivante et de nouveau pour la suivante, encore et encore, jusqu'à ce que je m'endorme profondément, plus profondément que jamais nulle part au grand jamais, si profondément que tout ne serait plus que noir et tendre, d'une obscurité caressante où il n'y aurait rien à craindre, une pure et simple tranquillité.

Le toffee mettait un temps étonnamment long à fondre dans ma bouche. Il ne pourrait pas disparaître, non ? Impossible de mordre : ç'aurait été ma perte. Il me restait encore un choix, tout minus, mais quand même. Si je crachais le bonbon tout de suite et que je filais me laver les dents pour éradiquer ce goût délicieux de ma bouche, si je faisais cela très vite, je pourrais sans doute aller en cours avec les autres, m'asseoir fraîche et dispose, prendre des notes avec zèle, attentive, assidue, dynamique. Voilà ce qu'il faudrait faire, pour une fois. Je me suis prestement faufilée dans les toilettes, où j'ai craché ce régal et me suis brossé les dents avec acharnement, j'avais toujours une brosse à dents sur moi pour faire face à ce genre de cas, j'ai frotté à fond, malgré les élancements des dents qui me déchiraient la tête, puis je me suis mis dans la bouche une pastille de deux calories – édulcorée à l'aspartame, donc sûre –, rafraîchissante et mentholée, et me voilà en train de courir vers la salle de classe.

Le cours avait commencé, je suis allée à ma place et entrée sans préliminaire dans le vif du sujet ; après le cours, je me rappelais tout par cœur mot pour mot, j'étais triomphante et je suis rentrée chez moi moins en marchant qu'en dansant, traînant nonchalamment devant les vitrines, souriant à mon reflet, j'ai traversé le parc en humant l'air et en regardant passer les chiens près du parc à chiens, les jambes légères et libres comme celles d'une jeune amoureuse avant la première fissure dans son couple. Nananère. Moi je gérais. Le doute s'était immiscé, mais je l'avais maté !

Je pourrais même me permettre de penser à cet étudiant que j'avais regardé. Je ne connaissais pas encore son nom. Il haussait les épaules, l'une un peu avant l'autre, juste un peu, mettait les poings dans les poches et marchait avec les pieds un tout petit peu tournés vers l'intérieur mais sans du tout avoir l'air débile. Il était beaucoup trop rapide et vigilant pour ça. Il était pas mal, même si à la cantine et à la cafèt' on le voyait toujours en train de lire à table. C'était embêtant : un compagnon comme ça ne ferait aucun bien à ma façon de manger, il ne remarquerait même pas si je laissais toujours mon plateau intact ou si je le vidais dans mon sac à main, et j'aurais le sentiment que ça ne l'intéressait pas le moins du monde. Mauvaise pioche.

Une minute. C'était quoi là ? Un compagnon comme ça ne ferait aucun bien à ma façon de manger ! Un compagnon comme quoi ? Comme un qui me laisserait seule juge de ma façon de manger ? Mais n'était-ce pas exactement ce que je cherchais ?

C'était la dernière fois que je réussissais à renoncer à une séance après m'être mis en bouche un aliment de la liste noire.

LES
CHOSES
RELATIVES à mon Seigneur, dont je ne parlais pas à Irene, devenaient si nombreuses que nous n'avions finalement plus rien à nous dire.

Plus mon Seigneur devenait sans gêne et envahissant, moins je prenais la peine de le cacher hors du cercle familial. Je suis boulimique, et après ? Irene, bien sûr, je n'aurais pas pu le lui dire, et c'est la raison pour laquelle mon Seigneur et Irene ne pouvaient plus coexister dans ma vie. L'un des deux devait tomber. Si Irene avait passé plus de temps avec moi, je le lui aurais peut-être dit, mais nous nous voyions si rarement qu'il était plus simple de l'oublier, et au bout d'un certain temps le sujet devenait impossible à aborder.

Viens, ma chérie…

1974

Katariina se rappelle les mots de son amie Anne : son pays, on ne le quitte pas, on en est arraché.

Une autre amie, Monika, a emprunté de l'argent à Katariina, mais Katariina n'entendra jamais parler de remboursement, bien qu'elle aille le lui réclamer en personne. Monika estime que Katariina roule sur l'or, sous prétexte qu'elle sort avec un Finlandais et qu'elle déménage en Finlande. Elle n'a pas besoin de roubles, Katariina.

Chez Katariina, on ne dit rien en faveur du Finlandais, mais rien contre non plus. Katariina ne pose plus de questions sur Anette. Ni sur d'autres, comme par exemple August.

LE
RESTAURANT
UNIVERSITAIRE. Un monde fou – j'en connaissais beaucoup. J'aurais voulu manger seule, mais ce n'était pas possible. J'avais du mal à porter mon plateau, tant il y avait de choses à gérer à la fois. Il fallait faire la conversation tout en mangeant. Il ne fallait pas tout dévorer comme une boulimique, cela éveillerait sinon des soupçons, du moins l'attention, mais il était tout aussi impensable de mordiller comme une anorexique, de cacher de la nourriture et de tripoter le contenu de l'assiette. Il fallait manger le plus discrètement possible, pour avoir l'air naturel – c'est comme ça que ça se passe ?

Pour le rythme, je prenais modèle tour à tour sur chacun des autres à la table. Ainsi, aucun ne remarquerait que je mangeais en cadence avec lui. De temps en temps, je m'emmêlais les pinceaux et j'avais presque fini mon plat alors que les autres avaient encore la moitié dans l'assiette. Impossible. Soit je m'en allais tout de suite, soit je retournais en chercher. Et si je proposais qu'on sorte fumer une clope ? Mais les autres mangeaient encore. Je ne pouvais pas me séparer du groupe. Autrement, je risquais de rentrer chez moi et de continuer à manger toute seule. J'étais donc obligée de rester à table. Pourquoi ils mettaient tant de temps à manger, les autres ? Leurs fourchettes bougeaient si lentement que j'entendais leurs dents fendre l'air en grinçant. Les bruits incessants clic clac des lames de couteaux essayaient de me faire tomber de ma chaise. J'étais obligée de me lever et d'aller chercher du rab. Le poids rassurant de l'assiette pleine entre les mains. J'aurais voulu commencer à manger en marchant, avant même d'être revenue à la table, prendre toute une miche de pain sous le bras au lieu de quelques tranches, et une autre dans le sac pour ne pas avoir à foncer au magasin en sortant du restaurant, mais au moins la continuité alimentaire ne serait pas rompue et je pourrais continuer de discuter avec les autres.

Comment échapper aux cours de l'après-midi ? J'allais devoir rester assise et prendre des notes en faisant mine de rien, alors que mes jambes seraient tout le temps en train de partir vers la maison pour continuer le repas, ou vers les toilettes des femmes pour évacuer ce que j'avais déjà dans le ventre. Je suis retournée chercher du pain. Des gens avec qui j'avais pu avoir des affinités étaient assis à une table voisine, mais je n'ai pas osé regarder dans leur direction pour les saluer, avec mon pain à la main et mon ventre qui le tirait tout le temps à lui.

Je me suis curé les ongles énergiquement dans les toilettes de l'université. Je me suis sentie tout de suite plus résolue. Peut-être que c'était la dernière fois, du moins pour cette semaine. Du moins pour aujourd'hui. Enfin, pour l'instant. Le brossage m'a fait rosir le bout des doigts d'une belle couleur saine, puis je me suis lavé les mains encore une fois. Je me suis senti les ongles, reniflant chaque ongle séparément comme un petit animal, ainsi que les deux côtés de la main et la pointe des cheveux. J'ai vérifié aussi que mes vêtements n'aient pas été éclaboussés par quelque chose de suspect et nauséabond. Le désinfectant Bemina-Cuisine était la seule chose qui puisse enlever complètement l'odeur de vomi des mains, mais je n'en avais pas sur moi. Il fallait se contenter de savon ordinaire. Est-ce que j'étais prête à sortir ? Ou je devrais me laver les mains encore une fois ? Je m'étais déjà brossé les dents, rincé la bouche, fait des gargarismes, la totale. Il restait tout de même une odeur dans le nez. L'odeur de l'odeur. Mais je ne savais pas si ça sentait seulement dans mon nez ou sur moi, si c'était déjà devenu mon odeur. Je me suis mouchée encore par sécurité, et j'ai récolté dans le papier quelques graines de lin. Ça venait du pain. Du pain qui était si bon, tendre, tiède, à inhaler si profondément.

Sur une manche, j'avais une petite tache. Je l'ai reniflée. Je ne savais pas dire. Peut-être. Ou peut-être que c'était seulement une tache d'autre chose. De quelque chose qui ne sentait pas. Quelque chose qui ne trahissait pas ce que j'avais fait. Est-ce que je pouvais me fier à mon nez, ou bien je devais essayer de faire partir la tache ? Il fallait en avoir le cœur net, bien sûr. J'ai enlevé mon chemisier et je suis allée au lavabo pour le laver. C'est alors que quelqu'un est entré. Je n'ai pas levé la tête. Elle m'a saluée. J'avais le nez dans le chemisier. Je me suis écriée que je m'étais renversé de la soupe sur la manche. Tout en riant. C'est des choses qui arrivent. Je n'ai pas regardé dans sa direction. La porte de la cabine s'est fermée.

Je me suis regardée dans le miroir. J'avais l'air d'avoir pleuré. Il ne manquait plus que ça. Puis je me suis rappelé que je n'avais même pas mangé de soupe à table. Je venais de faire une gaffe. Le chemisier était mouillé, mais que faire ? Je me suis encore glissé une pastille dans la bouche. Je suis sortie avant que l'autre vienne se laver les mains – peut-être qu'elle se rappellerait que je n'avais pas mangé de soupe aujourd'hui.

Je ne devais pas laisser de traces de ce que je faisais, et je n'en laisserais pas. Personne ne devait le remarquer ni ne le remarquerait. Pour le bien de ma boulimarexie. Autrement on essayerait de me l'enlever. C'est pour ça que je suis allée chez le médecin. Pour pouvoir garder ma boulimarexie. Si je m'évanouissais, ou si mon indice de masse corporelle diminuait ne serait-ce que d'une dizaine d'unités, on m'emmènerait à l'hôpital, et je ne pourrais pas m'y opposer.

Voilà où on en est : il faut que je sauve mon bien, ma boulimarexie. Je ne peux pas m'en passer.

20/3/1999.

Le médecin m'a demandé comment ma mère avait réagi.

J'ai dit qu'elle ne savait pas.

Et mon père ?

Encore moins.

Le médecin s'est étonné. Comment était-il possible que même ma mère n'ait rien remarqué, alors que j'avais eu ces problèmes avec l'alimentation pendant onze ans, et que j'avais vécu la plupart du temps avec elle dans la même maison ?

J'ai répondu que j'ignorais que c'était un problème. Le docteur devrait quand même savoir que seuls les boulimiques sont conscients de leur problème, les anorexiques rarement, ou trop tard.

C'était la première fois que je franchissais la porte du Service Universitaire de Médecine Préventive, ma visite n'était pas du tout préméditée, j'étais juste infiniment fatiguée, interminablement fatiguée, si fatiguée que je n'avais pas la force de manger, ni de ne pas manger. Il fallait que j'y aille, pour ne pas y être amenée de force. En même temps, j'étais sûre qu'on ne me prendrait pas au sérieux, que j'aurais juste la confirmation que ce n'était là qu'un petit régime.

Mais le médecin m'a aussitôt pris rendez-vous avec un confrère, spécialisé dans les troubles du comportement alimentaire. Il m'a expliqué qu'au Service Universitaire de Médecine Préventive il y avait un groupe consacré aux troubles du comportement alimentaire, auquel appartenaient des généralistes, des psychiatres, des psychologues, ainsi qu'un diététicien. Mais qu'est-ce que j'ai à voir avec eux ? Je parie que j'en sais autant que cet éminent groupe de recherche sur les questions d'alimentation et de carences alimentaires, sur l'insuffisance chronique de sucre dans le sang, l'hypoglycémie, et sur le manque de calcium dans le sang provoqué par les vomissements, l'hypocalcémie. Il en résulte des troubles émotionnels, dépression, hypocondrie, hystérie, accès de colère, voire des états psychotiques. L'apathie augmente, de même que l'indifférence psychique (sauf pour ce qui concerne la nutrition), l'énergie et le tonus diminuent, la capacité de travail et les dispositions sociales déclinent. Les affamés s'isolent socialement et perdent leur appétit sexuel. Je continue ? On a dit aussi que, tels des réfugiés, ils ne peuvent pas s'empêcher de se sentir traqués par une force maléfique. La faim brutalise les sentiments, la sensibilité et les autres traits humains, elle détruit la personnalité. Ça va comme ça ?

D'accord, j'acceptais d'aller faire un examen somatique et tout ce qui pouvait être nécessaire, du moment qu'on ne m'enfermait pas. C'était l'essentiel. J'avouais tout. Je reconnaissais tout sur ma façon de manger. J'ai refait ma confession alimentaire à mon médecin alimentaire pendant de nombreuses heures.

J'étais consciente et consciencieuse. Mon seul but était de ne pas laisser mon Seigneur aller trop loin, autrement je finirais sous perfusion et ne pourrais plus me livrer à des activités importantes comme faire de la gym ou vomir.

J'ai promis d'aller faire une prise de sang.

J'ai commencé à jeter des coups d'œil à ma montre vingt-deux heures avant le rendez-vous au laboratoire d'analyses. Vers midi, Saara m'a proposé de sortir le soir et j'ai accepté, mais sans lui dire où j'allais le lendemain.

Avant de me préparer pour la soirée, j'ai quand même appelé Saara, et alors ma bouche a laissé échapper que j'avais rendez-vous au laboratoire le lendemain matin. Saara a tout de suite demandé pourquoi. J'ai répondu que c'était une visite de routine. Quelle routine ? Et je n'ai pas trouvé de réponse immédiate. Saara a dit que dans ce cas je ne pouvais pas sortir avec elles. Il fallait jeûner la veille à partir de 10 heures du soir, si j'allais faire des analyses le lendemain matin. On ne me l'avait pas dit clairement, en rédigeant l'ordonnance ? Et quelqu'un l'avait sûrement souligné au moment de prendre rendez-vous.

J'ai dit que je pourrais y aller un autre jour. C'était pas si urgent. Saara a voulu me demander encore quelque chose, mais je lui ai raccroché au nez. Je l'ai rappelée aussitôt et j'ai dit que ça avait coupé, je ne savais pas pourquoi, pourquoi donc, et tandis que nous nous étonnions elle ne m'a plus rien demandé qui ne la regardait pas.

Je pourrais très bien aller au laboratoire pour donner mon urine et mon sang une autre fois, même si j'avais promis à mon médecin alimentaire que j'irais au laboratoire cette semaine sans faute. Et demain ce serait vendredi. Il fallait régler cette affaire. Absolument. Irrévocablement. Comme la fois précédente. Et la précédente. Combien de fois avais-je promis de régler cette affaire de prise de sang ? Combien de fois j'y étais allée ?

Je ne voulais pas savoir à quel genre d'eau mon sang ressemblait après onze ans de cirque alimentaire, voilà tout, or c'était précisément ce qu'il convenait d'élucider ici.

La première psychiatre que j'ai rencontrée au SUMP n'était pas spécialisée dans les troubles du comportement alimentaire. Je ne comprenais pas pourquoi on m'avait envoyée chez elle. Son corps a été parcouru de frissons quand j'ai dit que oui, ma boulimie ça veut dire que je vomis.

Une autre psychiatre a écrit dans son rapport que j'étais une personnalité instable et que mon identité sexuelle était fluctuante. Ou floue. Ou confuse. Or, moi, j'essayais de n'écouter que moi, parce que personne d'autre ne pouvait le faire à ma place, pas même ma troisième thérapeute, qui ne disait jamais rien. Elle acquiesçait en marmonnant et en hochant la tête, mais elle ne disait jamais rien, ne posait pas de questions. À part ça, cette psychologue était quelqu'un de charmant, et elle se lavait les mains chaque fois après notre entretien, de même qu'après les autres patients et en raccrochant le téléphone. Depuis le couloir, j'entendais ses bracelets tinter un instant au milieu d'un bruit d'eau, énergiquement, puis elle se séchait les mains avec le même entrain et ses bracelets tintaient, même si elle n'avait pas d'autres bijoux et qu'elle était par ailleurs une femme plutôt masculine.

La quatrième était de la même catégorie, la cinquième ne m'intéressait plus.

J'AI
LAISSÉ
TOMBER la thérapie, et je n'ai plus pris la peine d'aller voir mon médecin alimentaire, sauf lorsque je n'avais plus de médicaments. Si j'avais pu renouveler mon ordonnance autrement, je serais allée encore moins au SUMP. Aller chez le médecin alimentaire ne me déplaisait pas, en soi. Je prenais seulement une rue à la fois, une marche d'escalier après l'autre, et jamais je n'ai eu à me dérober au dernier tournant, à ne pas y aller. La plupart des anorexiques boivent de l'eau avant la pesée pour augmenter leur poids, mais je ne pratiquais pas ça. J'étais toujours un peu anxieuse de voir ce que la balance afficherait. Pourvu que ce ne soit pas le même poids. Que ça change. Je savais que je n'en arriverais jamais à un stade où je pèserais trente et des poussières. Et ce n'était pas une fantaisie. J'étais tout de même boulimique à la base, l'anorexie étant juste la cerise sur le gâteau, même si j'avais eu la cerise avant le gâteau. Jamais de la vie je ne pèserais trente kilos, et par conséquent je n'avais pas besoin d'aller chercher du poids en plus avant la pesée. Je voulais seulement que mon poids rediminue un peu. Cette sensation. Ce plaisir. Bien sûr, cela impliquait qu'il y ait aussi des fois où le poids montait. Mais le plaisir n'en était que plus complet et stimulant.

Mon médecin alimentaire avait un doux regard de vache, et une voix bienveillante dont chaque mot me demandait en même temps comment j'allais, et il ne me bousculait jamais, même quand l'heure était passée. Souvent, la visite transformait un jour ordinaire en jour de fête. Par exemple la deuxième fois que j'étais venue chez lui, quand il avait lu le compte rendu de ma visite précédente, une consultation en urgence chez le médecin de garde. Après avoir lu, il avait réuni ses deux mains devant sa bouche et son nez, où il les avait laissées un moment avant de se tourner vers moi. J'étais contente. Cet air-là présageait un renouvellement à gogo de mes prescriptions préférées, par dizaines, et peut-être même des comprimés de dix – ceux de cinq milligrammes ne seraient-ils pas trop légers, en l'occurrence ? Diapam, Diapam, mon trésor, encore !

J'ai sorti le premier Diapam de son blister en quittant la pharmacie. Le soleil a cessé de me faire mal aux yeux. L'étau qui me serrait s'est aussitôt relâché sans un bruit. Qu'est-ce que je me sentais bien, bien et tranquille, si bien.

Je suis allée voir une amie qui habitait dans les environs et qui ne pouvait pas manger autre chose que du yaourt et de la glace ou lécher des sucettes, comme tout speedé qui se respecte. Pour ma part, ça faisait belle lurette que les glaces ne faisaient plus partie des nourritures saines. Mais je voulais quand même discuter avec elle de diverses marques de glace. De divers yaourts. Que faire, après une telle conversation, sinon aller au magasin ? Et faute d'argent, il faudrait voler, et puis aller à la maison, tout manger et régurgiter du vomi chaud et froid qui ne ferait pas mal à la gorge et au nez.

Bien sûr, les pams étaient censés tempérer la situation pour que je n'aie pas envie de faire cela. Mais d'un autre côté, une nouvelle ordonnance de pams, ça se fête, et je ne savais faire la fête qu'avec la nourriture. Certains ont besoin d'alcool, pour un banquet, ou bien c'est même l'alcool qui fait le banquet, pour d'autres il suffit de se mettre sur son trente et un. Il y en a pour qui c'est l'église qui désigne le jour de fête. Ma seule église, à moi, c'est la nourriture.

En plus, la glace était une nourriture « medium » : non une nourriture saine, mais pas vraiment dangereuse non plus, pas dangereuse au point qu'après avoir commencé à manger on ne sache pas quand ça se terminera. Je ne finirais donc pas sous perfusion.

FINALEMENT, J'AI ÉTÉ hospitalisée à la Polyclinique des troubles alimentaires.

D'accord, je suis prête à tenir un journal d'alimentation, même si c'est complètement débile – comme si je ne savais pas ou ne me rappelais pas ce que j'ai mangé, quand et pourquoi, bon Dieu ça fait onze ans que je compte les calories et que je calcule quel type de nourriture de séances je peux acheter avec mon budget, je le sais je le sais je le sais très bien moi-même. Mais d'accord, soit. Tenons un cahier de mes grignotages et de mes orgies, sans relever la moindre donnée calorique. N'importe quoi. Si je note les calories, c'est parce que leur quantité, la plupart du temps, révèle pourquoi j'ai mangé telle ou telle nourriture. Si vous voulez que ce journal d'alimentation vous apporte quelque chose, il faut y mentionner que deux bols de chocolat Options ont été bus sans vomir parce qu'un bol contient moins de quarante calories, tout simplement.

D'accord, j'irai chez un nutritionniste, même si c'est complètement ridicule, comme si je ne connaissais pas le monde de la nutrition sur le bout des doigts, comme si je ne connaissais pas les tables de calories par cœur, mieux que les tables de multiplication, et le contenu de n'importe quel aliment et les apports nutritionnels journaliers dont j'ai besoin compte tenu de ma taille. Bien sûr que je le sais, bande de nases.

Et puis ils disent qu'il n'y a pas moyen de faire autrement que manger régulièrement.

Pas question. Jamais de la vie.

Ridicule.

Selon eux, mon poids augmenterait alors de cinq kilos, mais je les reperdrais une fois que mon métabolisme serait stabilisé, et je mangerais vraisemblablement plus qu'avant, mais mon poids resterait adapté. Voilà ce qu'ils racontent, et ils s'imaginent que je vais les suivre dans ce genre d'absurdités.

Mon poids ne montera pas de cinq kilos. Pas du tout. Pas un instant.

La Polyclinique des troubles alimentaires ne m'intéressait donc plus. Car une alimentation régulière ne m'intéressait pas. C'était tellement absurde. Je n'allais pas me mettre à manger quand un Post-it me le dictait. Toutes les quatre heures, genre… Que je sois dans un bar, chez quelqu'un, en ville ou en train de dormir. Ou si j'avais prévu une séance plus tard ou le lendemain : dans ce cas, il ne faut rien manger avant, il faut seulement laisser monter le désir, jusqu'à n'en plus pouvoir. Et si je pouvais jeûner un peu sans penser à faire une séance tout de suite après, pour une fois, ça ne me ferait pas de mal. Mais je n'allais pas commencer à manger sans raison.

Je m'occupais de ma santé par d'autres moyens. Je me brossais la langue après chaque accès de boulimie, comme on le recommande dans l'hygiène buccale des boulimiques. Je me rinçais la bouche longtemps, parfois avec du lait ou de l'eau gazeuse, que je ne supportais pas en d'autres circonstances. Je ne me lavais les dents que deux heures après, conformément au dogme, pour laisser le temps à l'émail de se renforcer. En habitant seule, ça ne posait aucun problème. Je prenais des vitamines en boîte tous les jours après un accès de boulimie majeur. Je prenais des comprimés de fluor. Du chrome, censé calmer le désir de sucre. De l'extrait de chardon-Marie de chez Vogel pour favoriser la digestion, ainsi que de l'extrait de ginkgo biloba pour améliorer la circulation veineuse. Des jus de fruits Gefilus pour entretenir la flore intestinale. Beaucoup de calcium.

Certes, j'étais couverte de bleus à cause de l'anorexie comme une fille qui vient de tomber amoureuse et qui se heurte et se cogne partout ; mes muscles faisaient mal, sans que je sache si c'était l'effet de la boulimie ou du speed. J'avais essayé ce dernier plusieurs fois, juste essayé, rien de régulier. Mes seins me faisaient mal, ça venait sûrement du speed de la veille, et aussi de leur sensibilité actuelle. Mais le nez, lequel des deux me faisait couler le nez et, en conséquence de cet écoulement continuel, gercer les narines, était-ce la boulimie ou le fait d'avoir sniffé plusieurs rails, je n'en avais aucune idée, je me passais seulement de la vaseline sur le nez et j'expliquais aux curieux que j'avais le rhume des foins.

Il fallait passer à une étape supérieure. Les Diapam étaient bons, mais plus assez bons. Mon médecin alimentaire était bon, mais pas assez. Rien n'était assez. Pas même les amphètes, ce bon vieux remède amaigrissant. Ni les Oxepam, Xanor, Tenox, Alprox, ni le shit. Rien ne suffisait à tenir mon Seigneur sous contrôle. Il fallait que j'essaye davantage, que je cherche plus de moyens. Il devait y avoir encore quelque chose. Quelqu'un.

Non pas quelque chose ou quelqu'un qui me ferait manger excessivement.

Quelque chose de sain.

Quelqu'un de sain.

Quelqu'un qui a des problèmes avec la nourriture ? Ou quelqu'un sans problèmes ?

Que dit le Seigneur ?

Il fallait que je trouve quelque chose qui m'empêcherait de tomber plus bas. Quelqu'un qui prendrait soin de moi et qui me nourrirait, ainsi qu'Irene et moi nous nourrissions l'une l'autre, ensemble, quand nous ne savions pas manger, ainsi que nous nous soutenions l'une l'autre quand nous nous tordions de rire dans la cour de l'école et que nous nous donnions un coup de main pour acheter la nourriture et pour dissimuler l'excédent à la mère d'Irene. J'étais obligée de rencontrer Hukka pour contrebalancer mon alimentation, pour ne pas avoir le temps de manger à ma perte dans cet état où j'oscillais n'importe comment entre deux extrêmes alimentaires. Avant, pour ce qui était de la taille, il suffisait que je sois la plus petite des deux. En l'absence d'Irene, il fallait repenser toutes mes limites nutritionnelles. J'avais l'impression de ne pas trouver de règles, faute de repère pour évaluer ma taille. Il fallait donc que Hukka vienne, Hukka était absolument obligé de venir. Pour me dire comme je suis petite, comme je suis légère quand je suis couchée sur lui, ça alors il me sent à peine ! Que mon poignet est large comme un doigt et que ma délicatesse tout en sucre est comme une charmante décoration dans la vitrine d'une pâtisserie, qui fond dans la bouche, un régal.

1974

Katariina interdit à son fiancé de lui rapporter des cadeaux de Finlande. Pas un seul. Pas de vêtements ni de collants, pas de shampooing ni de déodorant. Rien de visible. Elle se débrouille très bien dans son pays, mais merci. Bon, d'accord, le café il peut en apporter, vu qu'il en boit lui-même, si ce n'est pas trop demander. C'est vrai que c'est quand même cher, ici. Mais c'est bien parce qu'il en boit lui-même.

Puis le pasteur demande à Katariina de lui trouver une nouvelle veste en Finlande – il payera, bien sûr. C'est le pasteur qui va marier Katariina, et il est content qu'elle souhaite une cérémonie religieuse en plus du mariage civil, d'autant plus content qu'elle déclare que l'événement pourra être ouvert au public. Les mariages religieux sont si rares, il n'y a plus beaucoup de couples qui en veulent, depuis que les pouvoirs publics ont mis l'Église plus bas que terre.

Et l'église est comble, pour la cérémonie. Il n'y a pas assez de place pour tout le monde. La requête du pasteur au sujet de la veste, Katariina n'y donne pas suite, elle n'ose pas. Il ne va quand même pas refuser de les marier à cause de ça ?

Pour les fleurs du bouquet de la mariée, une veste en nylon est nécessaire. En effet, les noces ayant lieu en hiver, toutes les fleurs sont officiellement introuvables. Mais Katariina connaît un importateur de fleurs, auquel elle apporte une veste en nylon finlandaise, et elle obtient en échange un grand bouquet d'œillets rouges.

DÈS NOTRE PREMIER petit déjeuner, A. Hukka m'a fait du café, alors que sa cafetière électrique était hors service et que seul le support de filtre était utilisable. Du haut de la mezzanine, j'ai regardé l'eau qui bouillait puis s'écoulait dans la tasse à travers un filtre de fortune fait de papier hygiénique, et la tasse que Hukka posait sur la table. Puis deux tartines qu'il plaçait à côté de la tasse. Deux ! Deux tranches de pain de seigle, et sur chacune il y avait du thon, du fromage et du concombre. L'odeur était étonnante. Je n'avais pas mangé de pain depuis huit ans – enfin, pas qui soit resté dans mon ventre. Selon ce qu'on entend par « manger ». Le pain, ça fait gonfler. D'une manière générale, je n'avais pas de pain chez moi, et cette combinaison-là me serait encore moins venue à l'idée. De mettre du beurre sur le pain, puis du fromage, et du thon par-dessus le tout. Le plus ahurissant, c'était ces rondelles de concombre. Dans cent grammes de concombre, il n'y a que douze calories. Une telle nourriture saine, c'est pas la peine de la manger avec une tranche de fromage aussi épaisse, qui contient cent calories à elle seule. Le thon non plus, environ quatre-vingt-quinze calories pour cent grammes, on ne peut pas l'associer au pain, où il y a environ soixante calories dans une tranche, et à une tranche de fromage comme ça, de plus de cent calories !

Les nourritures saines et les nourritures dangereuses, on ne doit jamais les réunir dans un même repas. Pourquoi, en même temps que des produits dangereux, manger de la nourriture saine, qu'on pourra de toute façon manger par kilos un autre jour ? Complètement inutile ! Quand on en arrive à une séance, il vaut mieux se concentrer exclusivement sur le dangereux, parce que c'est l'occasion ou jamais de s'en fourrer beaucoup plus dans le ventre.

Comme je m'attardais sur la mezzanine, Hukka a pris mon hésitation pour de la timidité. Il m'a demandé si je voulais une chemise. J'ai accepté, et je l'ai boutonnée le plus lentement possible. En même temps, je défaisais les boutons déjà boutonnés et je recommençais. Les boutons cliquetaient contre mes ongles. Hukka n'allait pas tarder à me faire remarquer que cette chemise n'avait pas tant de boutons.

J'avais déjà pris ma résolution : cette semaine, plus une seule fois. Et voilà le travail ! J'allais devoir descendre l'échelle qui grinçait et m'asseoir à table. Hukka m'a demandé si ça me dérangeait qu'il fume pendant que je mangeais. J'ai secoué la tête, la salive se sécrétait dans ma bouche, heureusement que le tremblement de mes mains pouvait être mis sur le compte de la gueule de bois, être assise si près d'un tel repas ! Comment je m'étais retrouvée dans cette situation ? Étonnant. Effrayant. Comment je n'avais pas eu la présence d'esprit de m'en aller avant, ou ne serait-ce que de dire que je ne pouvais rien manger dans l'immédiat, j'étais patraque, je serais sûrement incapable d'avaler quoi que ce soit ? C'est ce que je fais toujours, j'invente toujours un prétexte, alors pourquoi cette fois ça ne venait pas ? Pourquoi je n'avais pas eu la présence d'esprit de dire ça avant que Hukka prépare les tartines ? Mais je ne pouvais pas deviner ce qu'il allait faire. Ou bien est-ce qu'il a dit quelque chose, est-ce qu'il a demandé si j'avais faim, si je voulais manger, ce que je voulais manger ? Et je n'aurais simplement pas entendu ? Je me suis peut-être assoupie pendant la question ? Et comme je ne répondais pas, Hukka aura pris mon silence pour une absence d'objection.

Je me suis assise sur le canapé, alors que j'aurais voulu me réfugier hors de vue des tartines, et je me suis cramponnée à la tasse de café. Hukka m'a dit que j'avais sa tasse préférée et que c'était un honneur.

Pour couronner le tout, Hukka faisait les tartines du petit déjeuner avant midi. Alors que je ne mangeais rien avant midi depuis près de dix ans. C'est une vieille règle qui est toujours en vigueur. Avant midi on ne mange pas, on boit seulement du café.

Ainsi, Hukka me faisait manger des tartines avant qu'il soit l'heure de se mettre quoi que ce soit sous la dent. Quelle drôle d'idée.

Est-ce que j'avais l'air différente, maintenant ?

L'air de quelqu'un qui a mangé un aliment dangereux et qui le retient à l'intérieur ? Empoisonnée ? Perdue ?

Hukka me regardait en même temps que j'essayais d'échapper à la tartine, il ne me quittait pas des yeux.

Comment tu peux avoir des traits si prodigieusement brillants, un menton tellement net ?

Mais non.

Mais si. C'était pas une insulte, rit Hukka.

Je sens que mon visage a un air blessé. Du genre « te moque pas ».

Mais Hukka continue de me regarder.

Petit Chat, chuchote-t-il.

Et alors j'étais le Petit Chat.

1974

La mère de Katariina est venue à Tallinn pour les noces de sa fille. Il lui reste assez de temps avant le mariage pour faire un saut chez une connaissance, en ville. Arnold n'a pas voulu l'accompagner, il préférait rester à la maison. Sofia se dit qu'elle est soulagée : au moins, elle n'aura pas à craindre qu'Arnold boive trop ou qu'il entraîne son futur gendre dans une compétition de beuverie, ainsi qu'elle viendra le raconter plus tard à Katariina, alors qu'elle sait très bien qu'en réalité son soulagement provient du fait qu'il vaut mieux tenir Arnold loin des regards. Qu'il ne provoque personne. Que personne ne lui pose de questions. Qu'il n'aille pas ouvrir la bouche au mauvais endroit. Et en plus, aux noces, il y aura forcément des *koputajad*. La présence d'Arnold serait immédiatement signalée. Ça pourrait avoir un impact sur l'obtention des papiers de Katariina. Et sur sa décision. Ou sur le cours de l'affaire d'Arnold.

Dans la queue du grand magasin, Sofia remarque un homme qu'elle a l'impression de connaître, et elle l'observe un moment. Il ressemble à Richard en plus vieux. Est-il possible que ce soit Richard ? Elle va lui tapoter l'épaule. Oui, c'est bien Richard, le meilleur ami d'Arnold, ils avaient été tous ensemble dans la forêt, Richard, Arnold, August et Elmer ! On s'était étonné de sa disparition, on avait cherché son corps, en vain, on avait présumé qu'il avait réussi à s'enfuir à l'étranger ; mais si c'était le cas, il aurait sans doute donné des nouvelles, non ? Et puis voilà Richard qui se tient soudain devant Sofia, et en vie, avec tous ses membres, tel qu'on le connaît, Richard !

Richard, tu te souviens de moi ?

Richard se retourne.

Il n'a pas le temps de se ressaisir, il la regarde fixement, il ne peut plus nier l'identification, il ne peut plus dire que Sofia s'est trompée, qu'il est quelqu'un d'autre. La belle Sofia. L'odeur des foins. Les dents du râteau qui se cassent. Richard répare le râteau de Sofia. Elles sont mignonnes, les chevilles de Sofia. *Seigneur, viens à mon secours**[1] !

Sofia invite Richard aux noces de Katariina.

Richard ne refuse pas, il n'a pas la présence d'esprit de refuser, il se met en route avec Sofia en direction de la cathédrale. Il met un pied devant l'autre, bafouille des mots en estonien, des mots qu'il n'a pas prononcés depuis des années et qu'il croyait avoir oubliés, car Richard pense maintenant en russe, n'écoute que les émissions en russe et lit les journaux en russe. Il pourrait encore s'arrêter

1. Tous les passages en italique suivis d'un astérisque sont en estonien dans le texte.

là et s'en aller ailleurs, mais le voilà qui traverse la rue Pagari et monte à Toompea à côté de Sofia, il marche au pas comme un bon soldat.

Dans les murs de la rue Pagari, il y a ces petites cellules, dans l'une desquelles Richard a été séquestré, étriqué, en attendant l'interrogatoire.

Sofia bavarde de choses et d'autres, Richard est incapable de poser des questions, il ne pense même plus à tenter de faire quoi que ce soit, à se donner une contenance. Sofia l'observe en biais – est-ce à la guerre qu'il a perdu ses nerfs, ou bien de quoi s'agit-il ? Une idée effleure l'esprit de Sofia : et si l'attitude de Richard provenait du fait que Sofia, il y a très très longtemps, était d'abord tombée sous le charme de Richard, mais qu'elle avait fini par épouser Arnold ? Ça ne pouvait pas venir de là.

Sofia ne lui dit pas où est Arnold, ni pourquoi il n'est pas là. Richard ne le demande pas.

À la porte de l'église, Richard disparaît dans la foule, Sofia l'attend et le cherche, mais elle ne le retrouve pas, et elle entre parmi les autres invités.

Pourquoi Richard n'a-t-il pas posé de questions sur Arnold, son meilleur ami, qu'il n'a pas vu depuis des années ? Tant mieux, qu'il n'ait pas posé de questions, Sofia aurait été bien en peine d'expliquer pourquoi Arnold n'était pas présent aux noces de sa fille, ce qu'elle n'avait pas eu le temps de prendre en considération dans le grand magasin, tellement elle était étonnée de revoir Richard. Mais quand même.

ON
A
COMMENCÉ à regarder la télé ensemble, tous les deux, chacun chez soi : on était au téléphone en même temps, et pendant toutes les coupures pub on bavardait. Pendant le programme on ne disait strictement rien, s'il s'agissait d'un film ou d'une série, tout au plus un mot ou deux. Les débats et les documentaires, on les commentait davantage, et on passait en revue les coiffures des présentatrices. Pour moi c'était bien, parce que ça m'empêchait d'aller chercher à manger pour regarder la télé.

Au petit déjeuner, on commençait à lire le journal ensemble au téléphone. Je lisais le journal et j'en racontais le contenu à Hukka, comme il ne le recevait pas. Ça aussi c'était bien pour moi, parce que ça me dispensait de grignoter en lisant le journal.

Il devenait plus facile d'aller toute seule au magasin d'alimentation, maintenant que j'étais au téléphone avec Hukka : tout en discutant avec lui, j'optimisais mon itinéraire sans entasser des aliments de cirque dans le chariot. La voix de Hukka rendait la nourriture beaucoup moins intimidante. Hukka était tellement miraculeux, un vrai miracle, comme le vent sur la mer, familier comme les champs de pavot sur l'île de Saaremaa et le parfum du genièvre.

Irene ne me manquait plus.

JE
MANGEAIS
MAINTENANT en compagnie de Hukka, la plupart du temps. Prendre des repas devenait ainsi tout à fait simple. Des tartines au thon, au jambon, au fromage, des tartines de pain grillé et des tartelettes caréliennes, rien de trop, juste la quantité dont j'avais besoin.

Je pesais quarante-huit kilos. C'était parfait, je n'avais besoin de rien d'autre que la compagnie de Hukka et une cigarette avec un café. En son absence, les seuls aliments sains que je mangeais étaient des fruits. Mais je n'avais pas fait de cirque alimentaire en bonne et due forme depuis des semaines ! Incroyable ! Je pouvais bien suçoter des pastilles Mynthon toute la journée, elles chassaient efficacement l'odeur de la faim qui s'élevait de mon ventre à mon nez. Et comme il faut les sucer longtemps, le goût disparaît de ma bouche, le palais devient insensible, et tout va bien. En outre, un paquet ne contient que quatre-vingts calories. En fait, tous ne mentionnent pas la valeur énergétique, mais sur ceux qui contiennent de l'orange et de la vitamine C, c'est écrit, et c'est ceux-là que je mangeais.

Je mangeais aussi le classique de l'anorexie que j'avais appris par les jumelles de Birmingham : la pastille de menthe. Les photos des jumelles de Birmingham étaient les premières photos de patients anorexiques que j'avais vues. Dans le magazine *Sept jours*, si je me souviens bien. Michaela et Samantha Kendall rivalisaient de maigreur, et elles finirent par manger seulement des pastilles de menthe. En fait elles sont mortes tout récemment, Michaela en 1994, Samantha en 1997 – de complications de l'anorexie, bien sûr. Des chèvres coriaces, toutes les deux, il faut reconnaître, pour avoir tenu si longtemps dans un état pareil. Vraiment coriaces. Ou bien c'est leur Seigneur qui était coriace.

Je pense que tout le monde se rappelle la première anorexique ou la première photo d'anorexique qu'il a vue, ce sont des incontournables de la presse à scandale, comme tout ce qui touche au poids, bien sûr. C'est que l'anorexie est une maladie de princesse : chaque personne qui maigrit devient une princesse, et chaque princesse qui maigrit est un scoop du même ordre que la naissance du petit premier d'une personnalité de l'État ou que le mariage féerique d'une miss. Les centimètres du corps de la femme sont aussi importants que les frontières du pays. Ils sont définis avec précision, et leur moindre variation fait la une du journal.

Quand j'ai lu l'histoire de ces jumelles anorexiques, je n'ai pas pensé un instant que j'avais quoi que ce soit à voir avec elles, mais j'ai peut-être eu le même frisson que tout le monde, pour la même raison qui donne des frissons devant les photos d'anorexiques : le fait qu'un squelette, bien connu par les films d'horreur, les photos de camps de concentration des livres d'histoire et les tableaux sur le thème *vanitas vanitatum*, soit vêtu ici d'une robe américaine aux couleurs criardes, celle qui la porte arborant toujours un sourire éclatant, avec ce rimmel qu'on vient de voir dans les pubs à la télé, qui fait des cils longs comme ça. C'est aussi incongru que Mona Lisa tenant un fer à repasser. Ces deux mondes-là ne vont pas ensemble. Ils s'excluent l'un l'autre. Comme moi dans la petite ville finno-finlandaise.

J'ai toujours été certaine que je ne ressemblerais jamais à une princesse de camp de concentration qui meurt de faim à l'intérieur mais qui brille de mille feux sous les petits diamants collés à ses cils. Qui ne laissera même pas ce beau corps derrière elle.

1974

Une fois qu'il a semé Sofia, Richard attend que les portes de l'église soient refermées et que l'orgue retentisse, puis il se rend au belvédère à côté de la cathédrale, là-bas c'est convenablement désert, il grimpe sur la robuste rambarde, et il saute dans le vide.

HUKKA
ÉTAIT
TROP bon avec moi.

En fait… c'était trop facile pour moi d'être avec Hukka, ça l'était depuis le début et ça durait maintenant depuis six mois.

Je n'avais jamais été confrontée à cela. La facilité ne faisait pas partie de la vie en société. Avec Irene, ma sœur, le temps que je passais était bon, tant le sentiment de ne faire qu'une était puissant. Mais ce n'était pas facile. En compagnie de Hukka, la vie était particulièrement facile. Et cela signifiait que quelque chose de mal était en train de se produire. Non ? C'était toujours comme ça. Quand la vie était facile, la vigilance se relâchait. Et ça ne me faisait aucun bien, car dans ce cas on finit toujours par faire quelque chose par quoi on se trahit, on laisse des traces qu'on devrait effacer si on veut rester à l'abri. De quelque chose.

J'écoutais le silence chez moi, après six mois de facilité. J'allais dans la cuisine. Je commençais à manger. La même situation de nouveau. À part l'alimentation, tout était angoissant ; dans le silence, on ne pouvait rien faire d'autre que manger.

J'étais trop en sécurité.

J'avais commencé à parler imprudemment. Je n'avais jamais fait cela auparavant. Entre mes pensées et les phrases prononcées tout haut, il y avait toujours eu un délai à peine perceptible, je n'avais jamais eu besoin d'y réfléchir, en compagnie d'Irene ça allait de soi, mais maintenant ce délai diminuait, disparaissait, et il fallait que je mette un terme à son rétrécissement, ce délai devait exister, ce délai pendant lequel j'avais toujours eu le temps de me demander si je pouvais dire la chose tout haut, si je pouvais la dire ainsi, si je pouvais la dire à cette personne-là en particulier, si j'étais vraiment sûre de ne pas me trahir, si j'avais déjà raconté telle autre chose à cette même personne, de sorte que je pourrais lui raconter aussi cette chose-ci, ou si je ne l'avais pas racontée. Je me rappelais toujours ce que j'avais dit à qui, et qui savait quoi, il fallait toujours être vigilante, afin de rester au courant de ce qui se passe, qui sort, qui dit des choses fausses, qui sera bientôt parti, il fallait seulement être vigilante pour me tirer de toutes les situations, toujours prête à tout. Pourquoi Hukka mon petit Hukka ne comprenait-il pas cela, il ne comprenait pas du tout combien j'avais changé pendant ces dix kilos, à force d'osciller de quelques kilos pendant un semestre de facilité, dix kilos au total, j'avais été de plus en plus imprudente, j'avais même commencé à me laver les dents selon une méthode différente de celle du temps de l'école du cirque alimentaire : je commençais parfois par les dents du haut, parfois du bas, tantôt à droite, tantôt à gauche, et je ne savais jamais la veille de quel côté je commencerais le lendemain.

Sans parler de mon programme de gym, que je ne faisais plus que quand j'avais envie, c'est-à-dire de moins en moins souvent. J'avais pratiqué le même programme de gym pendant dix ans. Au début il durait dix minutes, puis je l'avais développé de telle sorte qu'il avait fini par durer deux heures. Si je n'avais pas fait la gym la veille, ça faisait autant de travail à rattraper le lendemain, en plus de la gym du jour. La gym de rattrapage était impérative, même si ça impliquait de faire les abdos le matin avant de partir pour l'école, les cuisses à la pause dans les WC – c'était un peu acrobatique, mais je m'en tirais à merveille –, le fessier après l'école dans les toilettes de la bibliothèque, puis le reste à la maison, et la nouvelle série le soir. Personne n'avait jamais su que je faisais chaque jour au moins deux heures de gym. Je ne l'aurais jamais avoué. C'était comme si j'avouais que j'étais au régime. Je n'avais pas besoin de ça, moi. Il se trouvait juste que tout en moi était tellement magnifique – mon squelette, mon métabolisme et tout – que je n'avais pas besoin de me soucier de ces choses-là. Si les autres devaient se tracasser sans cesse, eh bien soit. Ah là là. Si c'est pas malheureux. Je riais sous cape.

Quel pot j'avais que Hukka ne remarque pas ces changements. Je ne les lui révélais pas directement, je lui disais seulement que le délai entre mes pensées et mes paroles avait commencé à diminuer. Que je ne devrais pas être si confiante, mais Hukka n'avait pas l'air de comprendre la cause de mon souci.

J'étais persuadée que Hukka n'allait plus tarder à me démasquer, sans que je sache exactement comment ni pourquoi. Parce que je glissais des commentaires par trop révélateurs sur mes voyages à Tallinn ? Parce que le voyage chez ma tante n'était pas un voyage à Lempäälä mais à Haapsalu ? Parce que j'avais la mauvaise taille au mauvais endroit, que j'étais en train de voler un pantalon trop petit dans une cabine d'essayage, de foncer au magasin d'alimentation à la dernière minute, de débrancher le téléphone pour me préparer une grande bouffe ? Parce que je prétendais être autre chose que ce que j'étais ? Ou bien en raison de ce que je faisais parfois au lit, quand je ne jouissais pas alors que Hukka estimait que j'étais obligée de jouir ?

Quelque chose me trahirait, c'était certain. Il fallait l'empêcher. Il fallait trouver quelque chose. Encore. Quelque chose ou quelqu'un ?

L'UN DE NOS matins en commun, dès que j'ai ouvert les yeux, Hukka a voulu deviner quelque chose. Il peut deviner, il peut ? J'ai répondu oui. Hukka a dit qu'il pariait que je n'avais pas très souvent couché en état de sobriété. Comment ça ? Je voulais des explications, mais uniquement pour avoir le temps de préparer ma réponse. J'étais sur le qui-vive, j'avais besoin de temps pour rassembler les choses et démêler l'écheveau, mais Hukka ne continuait pas, il me regardait. J'aurais pu dire qu'en effet c'était ma première fois au lit sans ivresse, justement, avec lui. Mais ça ne se fait pas. On ne peut pas dire ça. Je me serais retrouvée toute nue. Plus nue que jamais. Plus nue encore que sans vêtements. Ou plutôt je ne suis pas nue, sans vêtements. Je n'étais pas encore maigre au point de devoir me cacher.

Moins j'ai de vêtements, plus on me regarde. Je sais exactement ce qu'on regarde en moi, et plus il est facile d'être moi-même, mieux je devine ce qu'on pense de moi. Moins il y a de choses dont je doute : je comprends chaque regard qui tombe sur mon corps nu, je suis sûre du sens de chaque instant, je sais ce qui se passe, je suis en sécurité à l'intérieur de mon corps, quelque part au plus profond. On y est en sécurité, quand on parle de soi à la première personne du singulier.

Hukka m'a soufflé de l'air dans les oreilles. Ça m'a fait du bien. Et sa façon de caresser mon ventre. Du bout des doigts. Les mains de Hukka me donnaient ma silhouette, et je ne risquais pas de me noyer, pas en sortant de mon corps pour lui échapper, pas en m'élevant au plafond pour regarder mon corps couché à côté de lui. À l'époque où j'étais avec Hukka, je ne quittais pas mon corps. Je ne faisais qu'être. J'écoutais ses mains sur ma peau, j'écoutais sa peau toucher ma peau, je me sentais miraculeusement bien, j'étais miraculeusement devenue le Petit Chat de Hukka. Son Petit Chat tout particulier.

Pareille imprudence tourne toujours à l'humiliation. Cours, Anna.

1975

L'affaire d'Arnold est classée sans suite. À quoi bon tracasser ce vieil homme ?

1976

Pour changer de pays, il faut que le mari s'engage par écrit à subvenir aux besoins de sa femme, il faut un rapport sur les parents proches qui habitent à l'étranger, et une attestation de l'employeur certifiant que l'employé qui s'en va n'a rien emporté qui ne lui appartienne en propre – outils, livres ou autres. Et puis aussi une description de caractère, que le secrétaire du parti de l'entreprise aura préparée. La description de caractère est approuvée, outre le secrétaire du parti, par le chef comptable et par le directeur. Katariina, depuis ses noces, continue de travailler comme d'habitude et sa situation au travail s'est déjà stabilisée. Son mariage n'est plus le principal sujet de ragots, et il ne s'est produit aucun changement en elle après le mariage, elle a toujours l'air d'être la même personne, elle travaille de la même façon et s'habille avec les mêmes habits.

Katariina a de bonnes relations avec le secrétaire du parti de l'entreprise, bien qu'elle ne soit pas membre du parti, et elle n'oublie jamais de lui apporter du cognac et des roses pour son anniversaire ou à d'autres occasions. Avec le chef comptable aussi, Katariina s'entend bien. La marraine de Katariina travaille au café Maiasmokk, et Katariina reçoit toujours par son intermédiaire des pâtes d'amandes et les meilleures confiseries ; le chef comptable est très content de pouvoir goûter aussi aisément à de telles raretés grâce à Katariina.

Le congrès du parti de l'entreprise traite encore le départ de Katariina séparément, mais là non plus ça ne pose pas de problème.

Et tout fut accepté.
Ce fut accepté.
Accepté pour de vrai.

Dans le bureau de la section des visas étrangers, l'homme contrôle les papiers de Katariina, sourit, aimable, c'est qu'il est question de quelqu'un qui part pour l'étranger, il bavarde de choses et d'autres et termine son bavardage-de-choses-et-d'autres en disant à Katariina : quoi qu'on vous demande, dites seulement ce qui est vrai.

L'homme dit adieu à Katariina et la raccompagne dans le couloir, mais il continue de la suivre, ferme la porte de son bureau derrière eux et marche avec elle vers la porte extérieure par des couloirs déserts – à cette époque, il était si rare qu'on se procure un visa étranger que c'était beau si le service voyait passer un client par jour –, et près de la sortie, à côté de la fenêtre ouverte, il serre la main de Katariina et dit en la regardant droit dans les yeux : surtout n'allez pas fréquenter d'autres personnes qui viennent d'ici. Il ne dit pas au revoir, laisse en suspens ses bavardages de choses et d'autres, sa voix est ferme, ses mots lents et clairs, sa poignée de main forte, le vent manque de couvrir sa voix. N'allez pas les fréquenter, elles sont… bah… vous savez bien.

J'ÉTAIS
BLOTTIE
AU creux du bras de Hukka quand la télévision s'est mise à déverser une émission sur le tourisme à Tallinn. Je voulais m'écrier que le terminal qu'on voyait à l'écran n'était pas comme ça, dans mon enfance, quand nous prenions le *Georg Ots*. Que les murs du terminal étaient en tôle verte, que ma mère avait peur de s'en approcher. Les gardes-frontière en uniforme vert. Les chiens. Les tapis de désinfection. Maman, tu t'en sors avec les bagages ? Vraiment ? Ma mère essayait de rester dans la file. En bas on aurait quand même des chariots pour les bagages. Les escaliers interminables pour débarquer, en tôle ou je ne sais quoi, à travers lesquels on voyait la mer.

Hukka mon petit Hukka, on était là-bas chaque année, de nombreuses fois, ma mère et moi.

Mais A. Hukka fumait une cigarette comme s'il n'y avait rien de spécial à la télé, et je n'ai rien dit, j'ai seulement bu mon éternel café.

Là ! À la télé ils ont dit « Haapsalu » ! Hukka a voulu changer de chaîne. J'ai dit que je voulais regarder ça, mais le film avait déjà commencé sur la quatre. Haapsalu. C'est là qu'habite ma tante. Hukka imaginait qu'elle habitait à Lempäälä.

Quand Hukka est allé à la salle de bains pendant les pubs, j'ai vite changé de chaîne, mais l'émission sur Haapsalu était finie.

Hukka n'avait pas fait disparaître ma nostalgie. Je voulais rentrer chez moi. Chez moi avec Hukka.

Pourquoi je voulais soudain parler de choses que je n'avais jamais racontées à personne ? Qu'est-ce qui me prenait ? Pourquoi je voulais montrer à Hukka la chambre dans la maison de ma grand-mère, où on avait caché un soldat qui avait servi dans l'armée allemande ? Et l'immeuble de Tallinn où on avait emmené mon grand-père pour l'interroger. L'endroit où il y avait jadis une pâtisserie qui vendait les meilleurs de tous les *glasuurkoogid*. Les cigarettes Priima que fumait mon oncle. La pelle à jouer sur le rebord de la fenêtre, avec laquelle ma tante ramassait les mouches mortes. Les fines jambes des Estoniennes dans la rue Pikk. Le sol de la crèmerie, où il n'y a plus de trous ni de boue. Ces choses ne regardaient pas Hukka, elles ne regardaient pas les autres non plus.

Ou est-ce que c'était encore mon Seigneur qui insinuait sournoisement ce genre de pensées dans ma tête ? Est-ce que c'était mon Seigneur qui essayait de me faire quitter Hukka parce que celui-ci me faisait manger trop bien, tout en camouflant ses intentions sous mon aspiration à quelque chose que je ne réaliserais jamais ? Est-ce que mon Seigneur sentait son emprise sur moi affaiblie par les mains de Hukka ? Est-ce que c'est pour ça que les bras de Hukka, apparemment, ne me suffisaient pas ici en Finlande, que je voulais sentir ces bras ailleurs, fût-ce dans mon Moscou, où la vue d'une voiture étrangère faisait tourner la tête à se la dévisser, où les routes avaient dix-sept voies dans une même direction, et le métro des escalators en bois ? Je voulais aller là-bas, même si dans les restaurants il n'y avait rien d'autre à boire que du Pepsi ou du Fanta, qui avaient un accord avec l'Union soviétique depuis les Jeux olympiques de Moscou, et le serveur ne comprenait pas pourquoi je ne voulais aucun des deux. Ils m'inspiraient de l'aversion, et de l'inquiétude pour le slavisme qui était en train de s'américaniser sous la forme des lettres bleues de Pepsi et des clowns Ronald McDonald. Le premier McDonald's de Moscou avait suscité une queue de trente mille personnes, laquelle avait donné lieu par la même occasion à une nouvelle activité commerciale : pour de l'argent, on pouvait faire passer une commande à un faiseur de queue professionnel.

Je voulais me perdre à Haapsalu derrière l'abattoir où ma tante avait reçu un jambon sur la tête, une fois, tard le soir, quand on en lançait sur la route pardessus la clôture de l'abattoir – le passage de ma tante avait sans doute valu la déportation au véritable destinataire. Je voulais retourner dans cette boutique de souvenirs au bord de la *Raekoja plats*, la place de l'Hôtel-de-Ville, où je me faisais presque emporter en l'air par les plantureuses poitrines russes, tellement on y était serré. À côté, ma mère s'adonnait sans scrupule à sa technique de piétinement : elle écrasait les orteils de tous ceux qui essayaient d'avancer en force dans le magasin plein à craquer. Devant le comptoir, il y a à la hauteur des cuisses des adultes un genre d'étagère pour poser les sacs, mais Anna y met ses genoux de telle sorte que ses pieds font un peu de place derrière elle. La mère aussi met son genou sur l'étagère pour maintenir les svetlanas à une jambe de distance. Elle se fait foudroyer du regard, et chaque pas sur les orteils nus débordant des sandales provoque, en plus des regards, un juron en russe, mais jamais rien de plus.

À cette époque, il n'y a pas de vigile dans les commerces. Toute la marchandise se trouve derrière le comptoir. Les vigiles n'arriveront qu'avec la privatisation, jusqu'à ce qu'il y en ait partout au tournant du millénaire. La boutique de souvenirs est toujours bondée, il n'est pas rare de faire une heure de queue, dans une si petite boutique. Tous ne sont pas des acheteurs, beaucoup sont juste là pour regarder. Chacun demande qui une boîte en cuir, qui un marque-page en cuir, qui une pantoufle avec des fleurs brodées, juste pour voir, tourne et retourne l'objet un certain temps et s'interroge avec son amie, demande à la vendeuse encore autre chose à examiner. Après une discussion approfondie avec son amie et sa fille, la sveta décide finalement de ne pas l'acheter. Pendant tout ce temps, la vendeuse attend à côté. Souvent les nerfs de ma mère se tendent à un tel point qu'elle dit qu'elle va acheter ceci et cela, qu'elle sait ce qu'elle veut acheter, est-ce qu'elle pourrait faire son achat tout de suite ? Les deux vendeuses qui ne se pressent pas, si elles sont bien lunées, auront l'amabilité de nous servir entre deux présentations de marchandises.

Et ces poils aux jambes, ces talons durcis et crevassés, ces grains de beauté poilus, ces moustaches, ce rouge à lèvres de la couleur du drapeau, et tout cela sur une seule et même femme.

Bousculer est le moyen spontané d'avancer, personne n'attend jamais en retrait, non, le groupe entier veut être en même temps devant le comptoir.

L'air vicié.

Les bouliers.

Les soucoupes qui ont perdu leur tasse, où on lance la monnaie.

POURQUOI
NE
PAS parler à Hukka de tout ce qui appartenait au monde d'Anna, quand je lui racontais tant de choses sur ma façon de manger ? Si j'en avais envie. Pas tout, bien sûr, mais une partie considérable. Plus qu'aux autres en tout cas. Cette perspective était inouïe. Personne n'était au courant de mes habitudes alimentaires à part Irene. Et si parler du monde d'Anna était du même ordre ? Est-ce que ce serait aussi dangereux ? D'en parler à Hukka ? Mais peut-être qu'il ne comprendrait pas l'importance de ces choses. Peut-être qu'il n'entendrait pas un mot. Peut-être qu'il irait juste regarder la télé.

Et si Hukka déployait le journal au moment où je parlerais de cette boutique de souvenirs, des talons crevassés, des dents métalliques et des poitrines qui m'emportaient en l'air ? Et s'il allumait la télé à cet instant ? S'il ouvrait la bouche, pour bâiller ou juste pour parler, ne serais-je pas découragée à tout jamais ? À personne. Ouvrir ma bouche à nouveau. Si Hukka se tournait vers n'importe quoi d'autre que ma bouche, coupant court au flot de mes paroles ? Alors plus jamais, peut-être. À personne.

La crainte que Hukka joue ce tour à la fierté que m'inspirait tout ce qui appartenait au monde d'Anna, et à ma honte – cette idée m'était insupportable. Je ne pourrais courir un tel risque. J'étais trop petite pour un risque aussi grand. Je ne faisais pas le poids, avec mes quarante-cinq kilos.

Mais quand même.

Ne serait-il pas merveilleux de partir à Tallinn avec Hukka, de regarder la mer depuis le bateau et de se promener sous les lilas ? Ne serait-il pas merveilleux de s'embrasser dans le parc de Kadriorg ou dans les champs de la région du Läänemaa au soleil couchant sous la stridulation des criquets ? Ne serait-il pas merveilleux de lui montrer le cimetière où toute ma famille est enterrée depuis des siècles, ne serait-il pas merveilleux de lui montrer que c'est de là que je viens ? Que c'est ça que j'aime ?

Si seulement j'avais pu montrer à Hukka le *komisjon* de Haapsalu, magasin de vêtements d'occasion, remplacé depuis par une agence de voyages au rez-de-chaussée d'une maison entièrement restaurée, flambant neuve. À l'époque, la porte grinçait, qu'on la pousse doucement ou fort, et la poignée n'était plus qu'un lointain souvenir. Dans cette vieille maison de bois à la peinture qui s'écaillait et aux fenêtres qui s'affaissaient vers l'intérieur, les marches des escaliers étaient creusées en leur milieu. Murs, portes, sol et plafond caca d'oie et vert clair, un poêle peint en noir, des comptoirs gris. Dans cette maison, ma mère et moi venions souvent toutes les deux rendre visite à Olja, qui était vendeuse dans la boutique. Le plancher d'origine était recouvert d'un linoléum intégral de fabrication soviétique, *reliin*, qui se voulait lisse mais qui ondulait, qu'on aurait pu retirer complètement à la main si on avait soulevé un coin : en somme, une parfaite illustration de l'Union soviétique. Une lumière blafarde et un boulier. Des mouches mortes à l'intérieur des doubles fenêtres.

Olja porte souvent un jean rayé bleu et vert, que ma mère a apporté pour le revendre ; c'est son préféré, et elle veut sans doute le garder pour elle, apparemment. Et ces vrais cheveux de femme, longs et épais, et une voix comme l'*iiris*, le toffee estonien, le plus tendre et le plus frais. Anna aime bien cette femme, même si elle sait que sa tante, Linda, ne peut pas la voir, cette dernière estimant que c'est à elle que devrait revenir ce qu'on confie à Olja pour la vente. Les relations d'Olja et de la mère sont strictement commerciales, mais la tante n'en croit rien.

Olja est intéressante aussi parce qu'elle a aux lèvres un rouge plus brillant que tout ce qu'Anna a pu voir en Finlande, et qu'en Estonie un tel rouge ne saurait appartenir au monde de sa mère, de sa famille et de leur environnement. Olja est la seule lèvres-rouges que la mère semble tolérer. La mère trouve que c'est un rouge trop russe ; elle a une cousine qui s'est mise à en utiliser juste après avoir épousé un officier russe, avec lequel elle a eu des enfants, qui n'ont jamais appris la langue de leur mère, alors que celle-ci employait toujours l'estonien. L'officier russe, en effet, ne voulait pas que ses enfants perdent leur temps à apprendre de telles futilités.

La mère, par ailleurs, ne portait jamais de vêtements rouges comme l'Union soviétique, et elle ne voudrait pas entendre parler d'un tel rouge à lèvres, ni embrasser lécher manger quoi que ce soit de cette couleur ! Jamais ! Et en Finlande non plus, là où la mère habite, il n'y aura pas de rideaux, nappes, meubles ou tapis rouges. De n'importe quelle couleur, mais pas rouges ! Même à Noël… Et le jour où Anna, par la suite, se teint les cheveux du rouge le plus vif – avant Irene, laquelle ne tardera pas à l'imiter –, la mère se retourne, elle avait les mains dans la pâte, elle se retourne vers la table, puis vers Anna, et elle jette la pâte à brioche sur la tête d'Anna, le bol entier, elle en frictionne le cuir chevelu d'Anna et la traîne dans l'entrée, la jette dans la cour, au moment où les voisins passent sur la route avec leur équipement de camping.

1973

Katariina est en visite chez son Finlandais à Moscou. L'hôtel des Finlandais est plein de femmes et de leurs paroles russes. Katariina bavarde avec un copain du Finlandais et elle lui demande s'il parle russe, vu que ces femmes ne comprennent pas le finnois.

Le type s'étonne. Non, bien sûr que non. Pourquoi parlerait-il russe ?

Ben alors comment tu parles avec tes copines ?

Pourquoi veux-tu qu'on parle ?

Après un moment de silence, l'homme demande à Katariina si elle utilise des tampons.

Katariina se lève, prend son manteau et sort. Son Finlandais la rattrape en courant, tout rouge, gêné et silencieux.

C'EST
HUKKA
QUI voulait tout savoir sur moi.

C'est peut-être pour ça que je n'ai pas raconté.

Ou parce que je ne voulais pas qu'en plus de tous les autres petits noms, il m'appelle sa pétasse estonienne. C'était bien son genre d'humour. Pas méchamment, affectueusement. Un vendredi soir où on se préparerait pour sortir dans un bar, on ferait un détour par un kiosque « R » pour acheter des cigarettes, il y aurait des Estoniennes au rayon presse en train de chercher des photos dans des magazines porno et de glousser en chœur. Ou un soir à la maison, tous les deux aux chandelles parmi les chats qui passent à pas feutrés. Alors il dirait ça. En chuchotant. Et moi je serais censée sourire. Ou quand on irait chercher ma mère au port et que je serais en train de nouer la ceinture de mon manteau de cuir, juste quand je mettrais le pied dehors, au dernier moment, ce chuchotement caressant, de la même voix que tous les autres mots doux. Ma petite pétasse estonienne.

Ou bien il trouverait ça marrant que ma mère d'un pays balte soit ingénieur diplômé. Ça aussi, ce serait parfaitement dans le ton de son répertoire de blagues. Il appellerait chez mes parents, quand j'y serais de passage. Ma mère répondrait au téléphone, et il imiterait sa façon de parler, son accent. Ma mère ne me passerait pas le combiné, elle hurlerait : « Qui est à l'appareil ? » Hukka trouverait ça hilarant. À tel point que je ne pourrais plus lui dire ce que j'en pensais, il ne me resterait plus qu'à prendre un air poli, les commissures des lèvres un peu tirées en arrière – mais sans rire tout haut, pour ne pas lui donner des idées de reproches à replacer dans notre prochaine dispute. Bien sûr, il pourrait aussi m'appeler son petit ange estonien. Mais je n'avais pas trop envie de prendre le risque. Pas trop envie.

Ou si je ne le lui racontais pas, c'était peut-être parce que je n'oserais pas lui montrer mon autre pays. Une fois, j'étais de passage à Tallinn avec une vague connaissance, c'était au milieu des années quatre-vingt-dix et j'étais déjà frappée par tous les changements survenus depuis mon séjour précédent, qui ne remontait qu'à six mois. De nouvelles tours de verre, alors qu'avant l'hôtel Viru était le seul bâtiment vraiment haut, un vrai phare blanc ; partout étincelait quelque chose de neuf, les changements m'assaillaient de tous côtés, mais ma camarade de voyage ne voyait pas du tout ce qui m'effarait à ce point. Ça alors, un distributeur de billets ! Des gens qui font la queue devant un distributeur ! Des entreprises, des commerces privés, des restaurants, des bars, toutes sortes de petits stands au coin des rues, qui arboraient le nom de leur propriétaire : *Teele äri*, *Saima äri*, *Katri äri*, *Peetri pizza*, *Aino kohvik*… C'est extraordinaire ! Et on ne voit plus de femmes aux lobes distendus par de lourds pendants d'oreilles !

Tout ce qui était extraordinaire pour moi était insignifiant pour l'autre. Je ne voulais pas refaire la même expérience avec Hukka, pour rien au monde, surtout jamais avec Hukka. Au demeurant, venir à Tallinn avec Hukka serait trop intime, même si le monde d'Anna n'y était plus. Il aurait été trop intime, trop dangereux, de donner à Hukka une possibilité de me blesser aussi facilement, et avec de telles bêtises. Tout simplement parce que Hukka mon petit Hukka ne comprendrait pas ce que des enseignes lumineuses pouvaient avoir d'extraordinaire. Mais des panneaux lumineux, dans le monde d'Anna, il n'y en avait pas. Et pour Hukka ça aurait fait pauvre, alors que pour moi ça faisait beau, ça donnait à la ville un charme qu'on ne pouvait plus voir à l'Ouest depuis longtemps.

LES
VISITES
CHEZ Olja sont vraiment excitantes, chacune est une petite aventure, à guetter les ombres, en cachette et en secret. On dit alors à ma tante qu'on va ailleurs, faire un tour au grand magasin ou chez le glacier.

Introduire des marchandises à revendre ne va pas sans difficulté. Quand Anna et sa mère, des années plus tard, logeront à Tallinn, l'été, au lieu de venir chez la tante, ça ne posera plus de problème. Mais quand la tante vient les chercher au port, d'où l'on va directement à la *Balti Jaam* prendre le train pour Haapsalu, alors là c'est un problème, car on ne peut pas défaire les sacs ou les laisser quelque part à l'insu de la tante. Il faut donc tout apporter chez elle et, là, l'une des deux doit rester tout le temps à côté des sacs tant que la marchandise n'a pas été livrée, de peur que la tante et les cousins se jettent sur les bagages pour les fouiller et les piller. Et pour sortir la marchandise de l'appartement, il faut choisir un moment où il n'y a personne. Bien sûr, il n'est pas question de sortir avec un bagage de dimensions inhabituelles pour un sac de ville : trop de judas brillent aux portes du couloir et, derrière, des voisins cancaniers. La tante pourrait quand même en être informée d'une manière ou d'une autre. De même si l'on tombait sur une connaissance de la tante, en ville. Sa sœur est passée avec de grandes affaires : aurait-elle acheté quelque chose ? Aurait-elle eu quelque chose « sous le comptoir », *leti alt* ? Tout ce qui était digne d'envie passait toujours *leti alt*. Chez qui ? Où ? Quand ?

La mère apporte ses vêtements neufs, Olja ou quelqu'un d'autre les lui achète, puis les porte jusqu'à ce qu'ils soient prêts à être mis en vente dans la boutique de *komisjon* à un prix supérieur à celui auquel on les a achetés à ma mère. Cela dit, la plupart des habits, Olja les écoule par d'autres circuits. On s'arrache tout ce que la mère apporte. La simplicité de leur relation commerciale plaît à la mère qui n'offre à Olja ni cadeaux ni souvenirs, il y en a déjà bien assez à apporter pour la famille et pour tous les gens à qui il faut graisser la patte, c'est encore heureux s'il reste de la place pour prendre des choses à vendre. Ma tante, au contraire, s'est persuadée que ma mère crache des cadeaux pour tout le monde sauf sa sœur et ses neveux, que tous les autres reçoivent toujours tout, mais elle, seulement du déodorant et du café. C'est généreux, ça ? Alors qu'en Finlande il y a tout ce qu'on peut imaginer. La ville entière en parle ! Que Katariina lui a donné ceci et cela, et patati et patata. Et que doit répondre la tante à ceux qui lui demandent de dire à sa sœur d'apporter une veste en jean, un jean ou des baskets à scratch ? Que Katariina ne le fera pas ? Comment expliquer que la mère apporte des affaires pour les autres, mais pas pour Linda, sa propre sœur ?

Naturellement, des demandes de marchandises sont présentées à ma grand-mère, qui répond toujours de la même façon, à savoir que Katariina devrait venir de Finlande avec beaucoup de chariots s'il fallait qu'elle se charge aussi ne serait-ce que du prêt-à-porter ou de l'électroménager qu'on lui réclame. Et chaque fois qu'on lui demande comment c'est là-bas, elle répond que c'est pareil qu'*Eesti ajal*, que « du temps de l'Estonie ». Alors quand la grand-mère ira-t-elle chez sa fille en visite ? *Mis ma sinna hakkan kolima...* La grand-mère répond qu'elle ne veut pas partir là-bas. À quoi bon ? Elle sait très bien comment c'est là-bas. Comme *Eesti ajal*.

Il ne faut pas mettre en péril l'obtention des visas et invitations de la mère et d'Anna avec les paroles dangereuses que pourraient engendrer la jalousie et la cupidité infinie. Il y en a assez comme ça. C'est pourquoi il ne faut pas raconter à l'irascible tante que chaque échange de marchandises effectué avec Olja est une transaction commerciale dont elle tire de l'argent, tandis que les autres « fringues » et paquets de café apportés de Finlande servent de pots-de-vin. La tante pourrait dénoncer sa sœur par pure méchanceté, c'est pourquoi il ne faut pas trop l'énerver.

Dans les paroles de la mère, les vêtements deviennent des « fringues », elle-même étant une marchande de fringues qui a une sœur égoïste avec un troupeau de gamins.

AU RETOUR DE l'été 82, la douane nous porte un intérêt particulier. Le contrôle le plus approfondi que nous ayons jamais subi. Les bagues de ma mère sont examinées plusieurs fois, pour voir si ce sont bien les bagues qu'elle avait marquées dans sa déclaration. Les moindres cachettes, replis et ourlets sont passés en revue. Encore une fois les bagues. Pour voir s'il y en a autant que ce qui était annoncé et si elles n'auraient pas des diamants ou des perles qui n'auraient pas été mentionnés à l'arrivée. Sous le képi vert, on nous adresse un regard inexpressif. Quand la mère prend le portefeuille des mains d'Anna et le tend au douanier pour qu'il le fouille, Anna entend leurs ventres qui se tordent en cadence, elles respirent péniblement, et je sens comme des entailles froides dans mes narines, le douanier ouvre le compartiment à pièces, la mère marmonne quelque chose sur le nez, le coton et le sang en s'excusant et elle arrache le tampon de coton qui était fourré parmi les pièces de monnaie : le nez d'Anna a commencé à saigner juste avant d'arriver à la douane. Pas beaucoup, mais assez pour qu'il faille du coton. Les bagages étaient tellement tassés et on était serrés comme des sardines, ma mère ne pouvait rien faire d'autre que me dire d'attraper un morceau du coton qui était dans le porte-monnaie. Habituée aux troubles du nez, Anna avait su comprimer le bon vaisseau sanguin pour arrêter l'écoulement, après quoi elle avait remis la ouate dans le porte-monnaie, n'osant pas jeter par terre un coton ensanglanté.

Prahti : « ordure ». Voilà ce que dit la mère à l'employé, en russe, et plus tard en estonien quand elle rapporte l'incident à la grand-mère. Ils n'ont rien trouvé. Anna et la mère embarquent. Sur le bateau, le nez se remet à couler. La mère se hâte d'apporter les bagages dans la seule salle du bateau pourvue de simples sièges semblables à des banquettes de train – tellement orange qu'ils font presque éternuer. Pour avoir une place assise, il faut être rapide, car elles sont beaucoup moins nombreuses que les passagers. Puis la mère va chercher du papier pour Anna. Les mains de la mère tremblent encore un peu, à son retour. C'est que les sacs étaient lourds.

Et l'alliance de la grand-mère, enveloppée dans le coton du portefeuille, elle était aussi lourde à porter que tous les sacs ensemble.

La tante a dû voir ou entendre quelque chose.

La nuit où la grand-mère a remis la bague à la mère. Pendant qu'Anna dormait et que l'horloge faisait tic-tac. Les rideaux tirés et les voix étouffées. La tante aussi était censée dormir, au bout du couloir, dans l'autre chambre. Et toutes les portes étaient fermées ; celle de la chambre où la mère, Anna et la grand-mère passaient la nuit était même verrouillée.

Comment Linda a pu faire une chose pareille ?

La mère en a marre d'apporter du déodorant à toute la famille, des paquets de café à tous les fonctionnaires, des sacs en plastique à tout un chacun. La mère, qui était en larmes dans le port, cesse de pleurer sur le bateau. Personne d'autre ne pleure, à l'embarquement. Seulement la mère et la grand-mère. Même pas ceux qui viennent de plus loin et moins souvent, pour la première ou la dernière fois. Les visages de ceux qui restent au port sont tendus d'envie. Pas d'embrassades ou de baisers en bonne et due forme. Les traits de la tante sont froids et lisses. Elle ne regarde pas sa sœur ni Anna dans les yeux, à peine vaguement dans leur direction. Les commissures de ses lèvres ne sont pas tombantes comme sur les photos d'enterrement, ni tournées vers le haut, même pas pour la façade. La tante n'a pas le moindre pli aux commissures des lèvres. Seule ma grand-mère a des rides, des yeux chassieux, et elle pleure.

LES
BANCS
ORANGE sont étroitement alignés, avec quelques cendriers au milieu, aux murs des casiers de consigne de la couleur des bancs. La mère fatiguée va tout de même au *duty free* pour acheter à Anna des fèves de chocolat et des bonbons Ananas dans une boîte en fer-blanc et peut-être aussi des sucettes-sifflets. À l'instant où elle se lève, voici que passe Mare, la pute la plus célèbre de Tallinn, avec son mari finlandais. La mère fait à Anna un signe de tête dans sa direction. Anna regarde furtivement entre les bancs cette femme qui dépasse son mari de plusieurs têtes, qui a un gros portefeuille noir, des traits un peu orientaux, un grand chapeau de paille noir, des talons de dix centimètres, une robe archicourte de la couleur des feuilles de bouleau en été, et à son côté un chat noir, dont la laisse est assortie au tissu de la robe. Voilà donc Mare. *La* Mare.

Je reverrai Mare plus tard, d'autres années, sur le bateau et à Tallinn, à notre enregistrement au service des visas étrangers, dans une robe en dentelle blanche minimini riquiqui, par-dessus des collants rouge aniline, et toujours ces talons vertigineux. Promis, un jour j'aurai les mêmes.

IL
FAUT
ÊTRE plus prudente. Olja fait un signe de tête à ma mère par-dessus sa tasse de café, ma mère répond par un signe de tête, dans l'arrière-boutique du *komisjon* où Olja les a conduites après avoir fermé le magasin. Sinon ça va mal tourner. Le visage de ma mère perd les traces de joie qu'y avaient laissées notre promenade chez le glacier et le soleil devant la caserne des pompiers, elle est sur le qui-vive, que s'est-il passé ? Ma mère entrouvre la bouche comme si elle manquait d'air. Il s'est donc passé quelque chose. Anna aussi attend qu'Olja raconte ce qui s'est passé, quoi ?

Un inspecteur du fisc est venu. Il a fourré le nez dans les rayonnages de vêtements avec un peu trop de curiosité. Trois jours plus tôt. Mardi. L'après-midi, comme ça, il est entré et il a tourné en rond en soulevant une chemise par-ci, une veste par-là, puis il a sorti des lunettes de lecture à verres épais et à robuste monture marron pour s'assurer que le registre des reçus contenait bien tous les reçus, et que sur ceux-ci figuraient dates, noms, prix… Or pour une veste de loisirs bleue et blanche, il n'y avait pas le reçu qu'il aurait dû y avoir, qui aurait dû être fait à l'instant même où Olja avait réceptionné la veste et l'avait mise en circulation parmi les vêtements à vendre. Elle n'avait pas eu le temps, ou elle avait oublié de bidouiller le reçu qui va bien, et elle feignait donc de le chercher partout tandis que l'inspecteur, derrière ses verres, la regardait tourbillonner et affirmer que ce reçu était sûrement tombé quelque part, elle était certaine qu'il existait ; Olja a renvoyé dans son dos ses cheveux qui s'étaient rabattus sur la poitrine et elle a continué sa quête apparemment avec ardeur, dissimulant soigneusement sa nervosité en feuilletant parcourant compulsant plusieurs fois la même liasse.

L'après-midi était déjà bien avancé et l'inspecteur s'impatientait, il rajustait la veste de son costume, en brossait les pellicules, aplatissait sur son crâne ses cheveux peignés vers l'arrière. Rapidement, Olja a suggéré que l'inspecteur aille s'asseoir un moment au bistrot du coin, le temps qu'elle remette la main sur le reçu, parce qu'il était forcément quelque part, de même qu'à chaque article mis en vente correspondait un reçu dans le registre, un papier jauni parmi d'autres semblables, des lettres russes imprimées irrégulièrement comme sur tous les autres reçus d'État. Il existait, il avait seulement glissé, bien sûr il était quelque part, l'inspecteur aurait-il l'amabilité de patienter un peu ? Olja a accompagné l'inspecteur au bistrot en lui promettant de payer l'addition dès qu'elle aurait retrouvé le reçu et qu'elle le lui aurait apporté à sa table. N'était-ce pas une bonne solution ?

Dans l'arrière-boutique, Olja a pris le temps de contrefaire le reçu, en attendant que l'inspecteur soit passablement soûl, puis elle a apporté le reçu au bistrot en racontant qu'il était allé se ficher derrière une plinthe. La vendeuse de la veste se présentait comme une femme de marin avec un nom assez courant : son mari avait rapporté cette veste de Suède, et elle était venue la vendre à la boutique, voilà, et puis Olja s'est assise avec l'inspecteur pour boire un verre, et l'inspecteur se montrait déjà de bonne humeur.

SI LA MÈRE s'était fait pincer à la douane, son visa pour la Finlande aurait été perdu. Peut-être qu'elle se serait retrouvée dans une prison estonienne avant d'avoir pu obtenir la citoyenneté finlandaise. Peut-être non seulement en prison, mais ensuite au service du KGB. Peut-être qu'elle ne serait retournée en Finlande que pour y débuter comme *nuhk*. Qui sait ce qui aurait pu arriver. Et ce qui serait arrivé du même coup à Olja. Car Olja n'était pas censée se livrer à leurs petites affaires en marge de son travail de vendeuse du *komisjon* – de même qu'aucune ouvrière d'une usine de rideaux soviétique n'était censée faire sortir du tissu de l'enceinte de l'usine dans son pantalon, ni aucun employé de l'usine de chocolat faire sortir du cognac destiné à remplir les bonbons à la faveur d'un sac à double fond.

L'essentiel était de ne pas se faire pincer. Ce n'était pas grave quand on avait assez de gens avec soi un peu partout. Mais pour les affaires d'Olja et de la mère, il n'y avait personne dans le coup, à part les clients, pas un fonctionnaire n'avait été acheté, de sorte qu'il fallait être méticuleux. Peut-être qu'il y avait trop d'habits étrangers exposés au *komisjon*, peut-être qu'il n'était pas du tout crédible que tout cela soit de la marchandise rapportée de l'étranger par des marins, ils n'arriveraient jamais à en faire passer officiellement une telle quantité.

Olja ferait mieux d'en retirer une partie, de les mettre en lieu sûr. Elle avait bien limité l'apport de marchandises sur le comptoir, mais apparemment pas assez. À Haapsalu, il y avait dans tous les cas beaucoup moins de marchandises *import* que par exemple à Tallinn, car Haapsalu était, à cause de sa situation en bord de mer, interdite aux étrangers ; Anna et sa mère ne pouvaient alors y séjourner que parce que la tante y habitait et qu'elle faisait les demandes d'invitation à cette adresse. Au début des années quatre-vingt, elles ne faisaient que passer, il fallait juste penser à aller se faire enregistrer avec les passeports auprès de la milicienne ad hoc de Haapsalu.

Et il fallait juste penser à lui faire de petits cadeaux de courtoisie, à cette grande femme en uniforme bleu-gris. Elle a des cheveux de clown avec une permanente orange. Un sourire trop grand et un rire trop bruyant. Trop de dents en or, entre lesquelles elle parle du fils de sa fille en long et en large, jusqu'à ce que la mère comprenne de quoi il retourne, ce que la mère manifeste avec tact d'un hochement de tête énergique. Le petit-fils a besoin de nouvelles chaussures de course. Chaque année de nouvelles, ça grandit vite à cet âge-là. La milicienne est tellement enchantée par le hochement de tête de la mère qu'elle les invite toutes deux à dîner chez elle, ce qu'on ne peut pas refuser, et quel logement on va découvrir là ! Sanitaires de fabrication occidentale – tout à fait insolite et inconcevable –, de même que les tapis, sauf quelques-uns tissés à la main à l'Est, sans oublier une épaisse moquette qui engloutit quasiment les pieds d'Anna. La table est couverte à déborder dans la vaste salle à manger, et cette abondance de nourriture est presque effrayante pour la petite Anna.

Il faut dire que les tables à café sont toujours pleines, en Estonie, même chez un citoyen ordinaire. Ils sont hospitaliers, les Russes et les Estoniens, en comparaison avec les Finno-Finlandais. En Finno-Finlande, les tables à café ne croulent pas sous la charge, la mère raconte à la grand-mère qu'elle doit aller à la pêche, chez sa belle-mère, pour attraper un morceau de hareng, avec une petite fourchette à charcuterie, dans une soucoupe de tasse à café où sont disposées quatre ou cinq bouchées pour toute la tablée. La brioche cuite à l'eau et sans une goutte de graisse dépérit au milieu de la table vide. Recevoir des invités autour d'une table pareille, de l'autre côté de la frontière, on n'a jamais vu ça – même si les magasins vides, ça, on connaît bien. Et on apporte toujours des fleurs, des fleurs coupées. Pour la fête des Mères, la mère regarde la rose que papa a achetée pour mamie, froissée et d'aspect chétif, et elle refuse de l'apporter, quand bien même papa essaye de la convaincre de prendre à son compte cette chose qui relève du devoir des femmes. Papa laisse le vase dans l'entrée dès qu'il passe la porte de la grand-mère, sans prendre la peine de le porter jusqu'au séjour. Comme il l'a toujours fait.

LA
PLUS
GRAVE dispute entre Linda et la mère est déclenchée par une veste en jean que la mère était censée apporter pour le copain de la cousine Maria. Mais les bagages, le noir et le rouge, tendaient déjà toutes leurs coutures, les fermetures éclair menaçaient de craquer, quand ma mère a essayé, à 3 heures du matin, de fourrer encore la veste en jean dans la valise, elle ne rentrait pas, le tensiomètre de la grand-mère et les cadeaux obligés étaient prioritaires ; le café, on l'achète en général sur le bateau, comme ça on le porte moins longtemps, ou au magasin de devises à Tallinn. Anna et la mère doivent enfiler les habits à revendre, leurs forces ne suffisant pas pour tout porter à la main.

Le copain de Maria quitte Maria.

Maria ne le pardonnera jamais. La tante raconte à tout le monde que c'est la faute de ma mère. Qu'est-ce qu'elle a pas amené cette veste en jean ? C'était quand même pas trop demander. Si ça rentrait pas dans les bagages, Anna aurait pu la porter elle-même, elle serait sûrement rentrée dans les bagages d'Anna ! Ma mère dit qu'il est hors de question de faire porter quelque chose à son enfant.

La mère et la tante se disputent toute la nuit. Maria pleure dans sa chambre et Anna fait semblant de dormir. Le chien de la tante apprend à grogner chaque fois que les voix s'élèvent et qu'au milieu des paroles on distingue le mot *argent.*

Après cette dispute, Olja se fait pincer à Haapsalu et doit déménager à Tallinn. La mère soupçonne la tante d'avoir quelque chose à voir là-dedans, vu qu'elle déteste Olja et qu'elle veut empêcher l'importation de marchandises destinées à d'autres qu'elle.

Olja n'est pas condamnée, mais elle doit quitter Haapsalu. À Tallinn, Olja va travailler au café Komeet, et c'est là que nous faisons souvent nos rencontres commerciales. Après une petite interruption, les affaires reprennent comme avant... Le jean délavé 300 roubles, le pantalon en velours 150 roubles, le pantalon en coton rouge 200, le blazer mauve 250, les baskets à scratch 200, le T-shirt vert fluo porté deux ans et le tricot léopard au-dessus du nombril 80, le jean lavé à la pierre ponce 300, le survêt rose brillant 300, les baskets jaunes 100, les baskets à scratch toujours 200, le T-shirt à rayures 100, la veste rose qui fait froufrou 200. Au départ, c'est du un pour un. Plus tard, leur objectif sera de un pour dix, l'argent étant changé à raison de un pour trois. Le taux de change officiel est invariable, sept marks le rouble. Le ticket de bus, cinq kopecks, si tant est qu'on l'achète ; le journal, deux ou trois kopecks ; le paquet d'épingles à cheveux, huit. La pension de retraite, 80 roubles. En Finlande, les baskets coûtaient quarante.

Au Komeet, Anna et sa mère prennent du café, comme presque toujours quand l'occasion se présente. Avant d'aller chez la grand-mère à la campagne, on passe une semaine chez Juuli à Tallinn, et dans la maison de Juuli on ne peut pas boire autant de café qu'on en a l'habitude en Finlande. Bien sûr, Juuli aurait été disposée par hospitalité à préparer autant de café qu'Anna et la mère étaient prêtes à en boire, mais elles ne pouvaient pas le puiser sans cesse, surtout que Juuli refusait de faire du succédané et qu'elle utilisait le café apporté en cadeau. Les légères cuillères en aluminium tournent dans le café, dans de grandes tasses ornées de pois blancs sur fond orange ou vert. Ma mère oublie de demander la crème et le sucre avec le café d'Anna – il faut toujours les commander séparément – et elle sort de son portefeuille les trois quatre kopecks requis. Au comptoir, la vendeuse jette le sucre et balance la crème agressivement dans le café d'Anna.

La mère s'apprête à prendre aussi une tarte au fromage blanc, mais Olja l'en dissuade : dans l'arrière-boutique du café, les pâtissiers font des économies de bouts de chandelle en réduisant le temps de cuisson des tartes, afin qu'elles pèsent plus lourd et que les ingrédients se consomment donc moins vite. Il en va de même avec les tourtes à la viande. Même si elles sont ô combien appétissantes. Avec les quiches au poisson, ce stratagème ne marche pas : il vaut donc mieux manger celles-là.

Toujours sur les conseils d'Olja, la mère achète une boîte de biscuits Valerie, préparés avec des ingrédients fiables selon des méthodes fiables. Olja promet de passer le lendemain au logement de Juuli pour apporter le cognac souhaité par la mère, obtenu via une connaissance d'Olja. En plus de sept flacons de cognac géorgien, Olja vient avec une boîte de chocolats comme Anna n'en a jamais vu au comptoir d'un magasin, ainsi qu'avec divers biscuits et pâtisseries préparés avec des ingrédients fiables selon des méthodes fiables. Anna se jette dessus. La graisse qui suinte des biscuits souille la boîte de carton blanc. La crème au beurre dont tout est fourré se retrouve dans la corpulence des femmes. À la corpulence des hommes, Anna n'a jamais prêté la moindre attention. Comme s'ils n'avaient pas de corps. Parfois un maquereau se promène en pantalon de jogging Adidas ou en jean délavé – à l'époque où on trouve ça « branché » en Finlande aussi –, et les gens se retournent pour constater que dans la rue Viru aussi on se promène en survêt Adidas. Et Anna se souvient des habits de son grand-père. Il avait des costumes noirs, bleu marine et gris foncé, des bottes de cavalier et des chemises, des bretelles qu'on aurait crues du siècle dernier. La plupart des hommes, sinon, ont l'air de s'habiller de la même façon. Ou bien non, peut-être que les costumes des jeunes sont d'un modèle un peu plus récent, mais Anna ne les aime plus, beaucoup sont marron foncé, aux couleurs de CCCP[1] : peinture orange terni, jaune et vert clair sur les murs des maternelles, marron clair partout ailleurs… Beaucoup de marrons en tous genres, mais jamais de marron comme en Finlande… Ça venait sans doute des matériaux, des produits d'entretien, des lumières, de la fumée, de l'air conditionné et tout ça, les couleurs ne sont jamais exactement les mêmes… Alors qu'on aurait pu imaginer que le marron était universellement marron.

1. Cyrillique pour SSSR, « URSS ». (*N.d.E.*)

Quand Olja vient chez Juuli, la porte de la chambre d'amis est fermée : inutile que Juuli entende les prix. Les rideaux sont tirés. Olja essaye le pantalon à rayures apporté par la mère, ainsi que le survêt, elle s'en réjouit tout de suite, il les lui faut absolument, et elle empile les roubles sur la table. Anna observe, assise à l'écart ; les marchandises sorties de la valise sont d'aussi grandes surprises pour elle que pour Olja, Anna ne les avait jamais vues, si ce n'est en un clin d'œil la nuit où on faisait les bagages dans la petite ville finno-finlandaise. Là-bas, la mère sortait successivement des jeans, des vestes de loisirs, des baskets, des T-shirts, des chaussures ; des graines pour la grand-mère, qui germaient mieux que les graines soviétiques ; des cierges et des fleurs artificielles pour la tombe du grand-père, alors qu'en général on se les faisait vite voler, mais avec un peu de chance l'une ou l'autre restera plus longtemps, que la grand-mère n'ait pas besoin de s'occuper continuellement de l'entretien de la tombe. Anna ne sait pas comment toutes ces marchandises se sont accumulées sur le sol du séjour à côté des valises, Anna n'avait pas été là pour les acheter, elle ne savait pas que sa mère les avait achetées, car Anna ne sait pas que sa mère va si souvent faire des acquisitions en ville pendant qu'elle est à l'école. Quand Anna rentre à la maison, les marchandises sont déjà escamotées sur les étagères et dans les armoires. Bien que la grand-mère avertisse la mère que papa n'aime peut-être pas qu'elle trimballe de l'autre côté de la frontière des cargaisons de marchandises ; soit, mais Anna ne comprend pas que sa mère la traite comme si elle était dans le camp du papa. Qu'elle ne la laisse pas partager le plaisir des pantalons au rabais pour Maria, ou maudire celle-ci pour son souhait irréalisable d'une veste qui doit avoir tel motif précis. Anna ne comprend pas qu'elle ne puisse pas l'accompagner, car elle a toujours bien aimé faire les magasins, Anna. Elle ne voudrait jamais s'approprier ces marchandises, de sorte qu'il n'y avait rien à craindre. Elle aurait pu parcourir toutes les braderies pour sa mère !

Anna, en fait, n'avait jamais eu l'idée que le moindre article d'un magasin ou de ses vêtements pourrait être apporté derrière la frontière pour être mis en vente ou offert, en mains propres ou sous la table. En revanche, les vieux habits d'Irene sont systématiquement emportés en Estonie. Et pour tout ce que sa mère lui achète mais qui n'est pas à son goût, Irene dit seulement, bah peu importe, elle peut l'emporter en Estonie – et elle enlève son chemisier pour le jeter par terre. De toute façon, elle ne tarderait pas à avoir un chemisier vraiment à son goût. Quand Irene se lasse d'un vêtement, elle dit à sa mère de l'emporter. Ça ira toujours à quelqu'un. Elle trouve que c'est déjà usé, on peut plus porter ça en Finlande, mais là-bas ça passera très bien.

1977

En chemin entre le port de Helsinki et la petite ville finno-finlandaise, Katariina et son mari finlandais s'arrêtent dans quelques stations-service, où Katariina goûte à de curieuses tartelettes qu'on appelle tartelettes caréliennes. Les stations-service aussi sont insolites : brillantes, avec de grandes lampes et des publicités, et à peine en a-t-on passé une qu'une autre surgit. Il fait sombre et froid, il pleut, et plus on avance, plus les arbres à feuilles caduques se font rares. C'est la première fois que Katariina est en Finlande, et elle arrive à destination juste après avoir renoncé à ses chaussures à talons, avec lesquelles elle aurait bien du mal à entrer dans sa nouvelle maison à cause de la boue. Cette nouvelle maison est la surprise que lui réservait le mari. On avait évoqué un logement à Helsinki, mais il avait décidé de faire plaisir à sa femme en achetant un logement neuf dans une petite ville finno-finlandaise, à plusieurs centaines de kilomètres de la côte et de Helsinki, mais en fait à peu de distance de chez ses parents.

Bien sûr Katariina aurait aimé aller découvrir le pays de son mari avant de déménager, mais obtenir un visa touristique, même si l'époux était prêt à s'occuper du coût de la vie et de l'hébergement de sa femme, rien que ça c'était pas de la tarte, et ensuite il aurait fallu attendre encore quatre ans pour avoir droit au prochain visa pour un *kapmaa*, elle ne pourrait plus y voyager avant ce délai, même s'ils s'étaient mariés entre-temps ou même avant. Il y avait déjà eu assez d'attentes, de queues, de papiers et de demandes. Katariina s'est fait faire un visa de déménagement et elle est partie une fois pour toutes.

Elle a quitté son emploi et le syndicat, et elle a été contrainte d'abandonner son livret scolaire et le moindre document faisant référence à sa scolarité, ainsi que ses certificats de travail : on ne pouvait pas traverser le golfe avec ça. Elle a dû renoncer à son appartement, car quelqu'un qui partait pour l'étranger ne pouvait pas le garder. Tout retour était donc impossible.

Adieu, maison, peuple et langue. Adieu, mon pays.

Tout ce qui l'accompagnait tenait dans un bagage.

La douane a examiné attentivement chaque photo, chaque livre, journal, carte postale qu'elle avait avec elle. Les douaniers ne comprenaient pas pourquoi il fallait amener des vieux trucs pareils dans un autre pays. Et par-dessus tout, il y avait là une photo de sauna, avec des fêtards légèrement vêtus, du temps des études. Faire passer un tel matériau pornographique était bien sûr interdit ; quant au reste, c'était… suspect.

À la douane, Katariina jeta tout à la poubelle. Eh bien soit. Y compris les pommes du jardin séchées par les soins d'Arnold.

Même en Sibérie, on pouvait emporter plus de choses. Personne ne les fouillait, là-bas.

En plus, elle n'était plus Katariina mais Iekaterina Arnoldovna.

Quand le bateau est arrivé dans le port, ils ont passé la nuit à bord avant de se présenter le lendemain matin au consulat d'Union soviétique, où il fallait immédiatement demander un permis de séjour en Finlande. Le passeport de Katariina, déjà échangé une première fois à Tallinn contre un passeport de citoyen soviétique allant à l'étranger, il a fallu le changer encore une fois, et Katariina a rempli les formulaires russes requis au consulat, en russe, comme il fallait, et elle a écrit son prénom Katariina en lettres cyrilliques sur les lignes prévues à cet effet, et le prénom de son père Arnold sur une ligne distincte. Au consulat, ils ont eu l'amabilité de bien vouloir leur promettre le passeport pour le jour même, étant donné que le couple n'habitait pas à Helsinki mais en Finno-Finlande.

Le nouveau passeport disait « Iekaterina Arnoldovna ».

On avait remplacé « Katariina » par « Iekaterina », parce que « Katariina », en russe, c'est « Iekaterina », et on avait ajouté « Arnoldovna » derrière, parce que en russe il est d'usage que le prénom soit suivi du patronyme.

Les Ingriens ne sont pas des Russes, quand bien même ils parlent russe.

Les Ukrainiens ne sont pas des Russes, quand bien même les Estoniens pensent qu'ils parlent comme les Russes, et que leurs mœurs sont les mêmes que celles des Russes.

Les Estoniens ne sont pas des Russes, ils n'apprennent même pas le russe avant d'aller à l'école. Katariina est Katariina, comme avant et comme dans ses passeports précédents, et non « Iekaterina Arnoldovna ».

Mais changer de passeport aurait exigé encore une fois des explications et des jours supplémentaires à Helsinki, aussi le voyage continue-t-il sous le nom de Iekaterina Arnoldovna. Et Katariina restera officiellement Iekaterina Arnoldovna jusqu'à ce qu'elle échange son passeport soviétique contre son passeport finlandais. On ne plaisantera jamais avec cette erreur, bien que le mari, au fil des années, n'en rate pas une sur tout autre sujet.

Pour le nouveau logement, le mari a acheté des meubles de salon du même style que ceux que Katariina avait chez elle à Tallinn, le même style d'armoire et table brunes, ils sont là tout prêts à l'attendre quand Katariina pénètre dans la nouvelle maison. Katariina fait l'éloge du coquet ameublement.

Quand le mari retourne travailler à Moscou, Katariina reste seule dans le logement finno-finlandais avec les pieds froids. Katariina avait chez elle un plancher chaleureux, là-bas au loin à Tallinn. Mais ici c'est un linoléum gris qui ressemble à de la neige fraîche, comme celle qui tourbillonne dehors. Les murs sont peints en blanc neige, même dans la cuisine, et les murs extérieurs de l'immeuble sont de cette même couleur. La nourriture est si chère que Katariina n'ose pas en acheter avec l'argent de son mari. Les femmes portent des doudounes et des pantalons. Les tubes fluorescents agressent les yeux. Et où est la mer ? Où sont les chênes, les châtaigniers, les peupliers ?

C'est alors qu'elle reçoit un appel téléphonique d'une femme à la voix mielleuse qui lui dit qu'elle aussi est estonienne et qu'elle a eu son numéro au poste de police. Cette femme à la voix mielleuse pense qu'elles devraient se rencontrer. Surtout que leurs maris sont souvent absents, le sien est entrepreneur de pompes funèbres, à son compte, il y passe tout son temps, et vu que le mari de Katariina est là-bas à Moscou, à l'ambassade, alors Katariina a sûrement du temps à tuer.

Qu'est-ce que vous en savez ? Qui vous a raconté où travaille mon mari ?

C'est les policiers qui me l'ont dit, quand je leur ai demandé si des fois y aurait pas une femme du pays dans les parages.

Ah bon ?

Katariina met les mains autour de son ventre : il est là, tout petit.

En allant se coucher, Katariina suspend à la porte un fil avec des clochettes, pour être réveillée si quelqu'un entrait.

Le mari reviendra bientôt de Moscou, puis tout ira bien, à nouveau, pour quelque temps.

Quand la femme à la voix mielleuse rappelle, Katariina raccroche sèchement. Elle fait la même chose à chaque fois, jusqu'à ce que la femme arrête d'appeler.

1988.

En vacances à la maison, Papa klaxonne dans la cour au moment où Anna rentre de l'école. La mère lance le sac d'Anna dans la maison et toutes deux montent en voiture. D'abord, on va au Citymarket. Papa conduit nerveusement et freine brusquement : ça sent le départ imminent. Le surlendemain, il doit retourner à Moscou. Là-bas, les employées qui font la lessive des gars du bâtiment sont de telles voleuses qu'il faut renouveler le stock de vêtements de base à chaque retour en Finlande. Papa aime le blanc, il veut emporter des chemises et des pantalons blancs, de même pour les caleçons et les chaussettes, alors que de toute façon ils finiront vite gris. Il emporte sa lessive en espérant que les blanchisseuses s'en servent, mais elles ne manqueront pas de s'emparer de cette poudre venue de l'Ouest et de mettre la leur à la place. Quand la mère le lui fait remarquer, le père rétorque que les blanchisseuses ne sont pas du tout des voleuses. La mère demande alors comment expliquer les pantalons qui disparaissent, et cette couleur dégueulasse. Papa prétend que ça arrive aussi avec Omo. La mère ne dit rien. De l'autre côté de la frontière, le blanc est une couleur rare. Les seuls locaux qui en portent sont les jeunes mariés et les étudiants.

Papa doit se procurer davantage de vêtements

blancs. Quel dindon, dit la mère à Anna, mais c'est tout, un dindon c'est un dindon, et elle envoie Anna chercher ce qu'elle veut au rayon des cosmétiques, et l'ajouter dans le chariot pendant que papa explore le rayon des vêtements masculins, parcourt les cintres et cherche sa taille, ne trouve pas, la mère trouve, on n'a pas le temps d'essayer, ni les nerfs.

Puis au rayon de l'alimentation, où on prend tout ce qui est lourd et encombrant, car cette fois papa va repartir avec la voiture, et il ne restera pas de moyen de transport pour la mère. Anna et sa mère habitent au milieu d'une zone forestière peu peuplée qui un beau jour sera prisée par des gens fortunés, mais en attendant quel plaisir peut-on y trouver, avec les bus qui passent s'ils passent et s'il ne fait pas trop froid, et qui ne desservent que les petits commerces de proximité ? Papa ne veut pas d'autre voiture dans la famille : on n'en a pas besoin, soi-disant. On n'en avait pas eu besoin dans la maison précédente, située au milieu d'une zone forestière peu peuplée qui un beau jour serait densément peuplée et goudronnée, avec des bus qui passeraient toutes les dix minutes. Mais quand cet avenir a commencé de devenir une réalité, Anna et ses parents ont déménagé au beau milieu de cette nouvelle campagne forestière peu peuplée, où une deuxième voiture pour la mère ne serait pas du luxe, mais non, on ne l'achètera pas.

En général, Anna et sa mère sont deux à la maison. Quand la mère est également en déplacement professionnel, Anna reste seule à la maison. La nouvelle maison a dix pièces sur trois niveaux, de larges fenêtres, une grande hauteur sous plafond, des tapisseries blanches et du parquet. Anna n'aime pas cette maison. Quand Anna est seule à la maison, elle ne va que dans la cuisine, elle ferme la porte et met de la musique, allume le four puis laisse la chaleur du four se répandre dans la cuisine, qui devient chaude et agréable, et Anna entasse ses livres de classe sur la table de la cuisine et, à côté, une assiette et une tasse, et elle mange sans discontinuer. Quand la mère rentre de sa mission, Anna est au régime pour retrouver son poids, car elle ne s'adonne pas encore à l'expulsion volontaire de nourriture. Lorsque la mère est à la maison et papa aussi, Anna va s'asseoir dans sa chambre à l'étage, la mère est dans la cuisine et papa en bas dans la pièce du fond. Ainsi tout est pour le mieux. C'est plus calme. Si seule la mère est à la maison, Anna passe à l'étage de la cuisine, mais jamais à celui où il y a la pièce du fond. Il arrive à la mère d'y aller parfois, si papa est là. Dans ce cas, Anna fait semblant de réviser ses leçons, elle stocke la nourriture et le café dans sa chambre, qu'elle ne quitte que pour se rendre à l'école ou pour faire les magasins, le soir avec son père, essayer des flopées de vêtements. La mère incite Anna à suivre son père et à se faire payer tout ce dont elle a envie. Ce serait un comble qu'Anna et sa mère dépérissent en Finlande au bord de la précarité pendant que papa fait la fête comme un porc de l'autre côté de la frontière, et que ses Russes aient tout le temps des habits neufs tandis que l'épouse et la fille… Eh bien, elles sont en droit d'exiger au moins la même chose, à cet égard nous sommes toutes deux du même avis, la mère et Anna, même s'il ne faut sans doute pas penser ainsi. Cela dit, la mère ne porte pas les vêtements que papa lui achète parfois. Ils aboutissent au fond de l'armoire. Ce n'est pas qu'ils soient trop beaux et que la mère ait peur de les user : elle veut marquer nettement la différence entre elle et « les autres ». La petite Anna, bien sûr, peut garder ce que lui achète son papa. C'est différent. Anna, c'est la fille de son père, pas sa femme.

Les courses du papa et de sa fille commencent quand Anna a onze ans et qu'elle a atteint la taille adéquate. Anna se rend tout de suite compte que l'enthousiasme avec lequel papa l'emmène acheter des vêtements pendant des heures s'explique par le fait qu'il n'aime pas aller seul tourner en rond, perplexe, au rayon des vêtements féminins, et qu'il n'arrive pas à deviner les tailles et à imaginer à quoi ressemblerait tel ou tel vêtement porté. L'autre, là-bas, doit être exactement de la même taille qu'Anna, une même petite femme. Et à cette autre femme, papa achète exactement le même genre de vêtements que ceux qu'il achète pour Anna au cours de leurs sorties shopping, puis il les cache dans le garage. Ceux qui sont destinés à cette autre femme, papa les achète seulement lorsqu'il va faire des courses seul, discrètement, sans Anna ni la mère. C'est facile, une fois qu'on a déterminé avec Anna ce qu'il vaut mieux acheter, dans quelle boutique et en quelle taille.

La mère est à deux doigts de lacérer aux ciseaux les vêtements dissimulés dans le garage, mais elle se retient. À quoi bon ? Papa irait les racheter, il leur trouverait une nouvelle cachette et il ne serait au courant de rien si la mère posait des questions. Quoi ? Où ? Quand ? Quels tricots ? Non, j'ai pas vu ces tricots-là, moi. Tu es folle. Complètement folle. Elle invente n'importe quoi. Anna, t'as vu comme elle est dérangée, ta mère ?

Anna n'a jamais eu de vêtements si chers et si beaux. Et en telles quantités. Le pantalon léopard moulant-moulant et le chemisier assorti coûtaient plus cher que tous ses vêtements de l'an passé réunis. Papa ne voit pas l'intérêt de chercher des vêtements pour Anna au rayon enfants, puisqu'on trouve sa taille ailleurs. Du moment qu'elle préfère ceux-là. Or Anna en raffole.

Papa incite Anna à vouloir du maquillage Lumene, mais ça ne l'intéresse pas, elle n'a même pas envie de se familiariser avec l'étagère Lumene. L'autre femme n'a qu'à se passer de Lumene. Elle devra se contenter des cosmétiques devant lesquels Anna daignera s'arrêter. Anna est charitable, une fois qu'elle a trouvé des maquillages à son goût : elle laisse son papa partir pour la caisse, et pendant ce temps elle va flâner dans d'autres rayons, permettant ainsi à son père d'acheter en deux exemplaires les poudres et pots de crème qu'elle a choisis.

La mère trouve le mot *shampooing* sur la liste de courses de décembre du papa et, ensuite, un flacon de shampooing pour femme dans la poche du papa. La mère vide le flacon et verse de la colle à la place.

LA
MÈRE
PORTE toujours les sous-vêtements les plus laids et ternis possible. Elle n'en achète pas d'occasion, elle n'aime pas ça, mais elle déniche les plus moches dans les paniers en promo, de préférence avec des défauts de fabrication. Elle dit qu'elle fait des économies. Anna lui fait remarquer qu'elle en aurait de bien mieux pour beaucoup moins cher au marché aux puces, mais la mère rejette catégoriquement cette suggestion.

Anna, quant à elle, ne porte que des dessous noirs.

Sa mère n'y voit pas d'inconvénient. Mais elle souligne qu'ils sont différents, de même quand elle dit qu'elle a arrêté de porter du noir après avoir enterré sa mère. Pas étonnant qu'Anna n'utilise que des dessous noirs. Anna est si jeune.

Mais la mère d'Anna ne pourrait pas les imaginer pour elle-même : elle désapprouve fermement cette idée, comme elle désapprouve toutes les femmes de son âge avec des dessous noirs. Elle a une connaissance qui en porte. Elle en parle à Anna en lui faisant comprendre que cette amie est un peu, enfin, disons que c'est une éternelle seconde. Cette éternelle seconde vient de temps en temps rendre visite à la mère, et elle soupire qu'aucun homme ne la prend au sérieux et que même celui avec lequel elle voulait se marier a changé d'avis quand elle a eu un cancer de l'utérus, dont elle a quand même guéri. L'éternelle seconde voudrait quitter son studio en location ; elle se promène avec la mère, près de la maison d'Anna et sa mère, elle cherche un homme qui lui convienne, avec maison individuelle. La mère raconte à Anna que le cancer de l'utérus, ça a été prouvé, affecte les femmes faciles, qui ont beaucoup de partenaires sexuels. Plus on en a, plus grande est la probabilité de cancer.

Dans un coin de la penderie, Anna trouve une chemise de nuit en dentelle rouge et un peignoir. La mère explique qu'elle les a eus par l'éternelle seconde, qui s'était acheté par erreur la mauvaise taille. Elle ne pouvait pas les échanger, comme c'était un cadeau. Alors qu'elle ne porte pas de choses de ce genre, bien sûr. Par la suite, Anna va récupérer l'ensemble sans demander l'autorisation, et la mère ne dira rien quand elle le reverra, des années plus tard, dans le panier à linge d'Anna.

La mère ne dit rien non plus lorsqu'elle trouve dans le linge sale du père un soutien-gorge noir, en vidant ses bagages ; elle le met de côté, elle ne manquera pas de le mentionner à l'occasion de la prochaine dispute, *ce soutien-gorge noir, là, tu vois ce que je veux dire*. C'est en fait un modèle plutôt cher, Anna le constatera en s'en achetant un – avant que sa mère le jette à la poubelle –, cher et raffiné : Chantelle.

C'ÉTAIT
LE
DERNIER printemps dans la même école qu'Oskari. Dans la nouvelle, Anna met le pantalon léopard acheté par son père. Les seins des autres filles défilent devant elle, tels que les siens sont toujours plus spirituels de quelques kilos, moins faciles à saisir, de moins en moins faciles à saisir, mais il faut quand même continuer. Encore quelques kilos et encore quelques-uns. Ne serait-ce qu'un gramme ! Anna maigrit et rapetisse, au fur et à mesure qu'elle vieillit et que les gens autour d'elle s'épaississent.

Après avoir rapetissé, Anna se fait acheter par son père, à Seppälä et à MicMac, les plus petits vêtements qui soient, ils lui vont toujours. Ça fait tellement de bien, de maigrir. Ça fait du bien et c'est super. Et Anna n'a plus besoin de chercher à savoir si c'est le rayon des hommes, des femmes, des enfants ou des ados, comme avant, quand elle était trop grande pour le rayon des enfants ou ados de son âge mais franchement trop jeune pour les modèles de chez les femmes. Désormais, tout s'adapte à la perfection au corps d'Anna dès lors qu'elle a envie que ça lui aille. Anna est libre de toutes barrières ! Seule Anna peut définir Anna ! Pour Anna, c'est ce qu'il y a de meilleur et de plus important quand on maigrit. Alors on a presque l'impression d'être Dieu !

Et puis Anna attire aussi les regards parce qu'elle est resplendissante comme on l'est dans les journaux du soir finlandais, et qu'elle porte des vêtements serrés-moulants, ce qui dans cette décennie n'était pas encore le style des ados. Même dans une petite ville finno-finlandaise. Anna est. Elle existe. Pour la première fois dans la petite ville finno-finlandaise, Anna se fait siffler quand elle porte un pantalon léopard et un chemisier cintré.

Anna ne se fait pas siffler parce que sa mère parle avec un accent. Ni parce qu'elle est vêtue d'habits *import*. Ni parce qu'on la prend pour une prostituée, ni parce qu'on imagine qu'elle a des contacts à l'étranger. Ni parce qu'elle est estonienne, russe, finlandaise, dans le mauvais pays la mauvaise langue le mauvais corps. Une fois que son corps a atteint des mensurations adaptées, Anna a pris place au bon endroit, dans le bon corps, à la bonne taille, de telle sorte qu'on ne peut que l'approuver. Pour la simple raison qu'elle a des jambes bien galbées et des hanches bien roulées, et de jeunes seins entre lesquels pénètre un sillon.

En s'habillant à la finlandaise derrière la frontière orientale, Anna se sent de plus en plus bizarre. Là-bas aussi elle veut garder ses habits, ceux dans lesquels on se retourne sur elle pour sa propre forme et non parce qu'elle est un rejeton d'un *kapmaa*. Et une fois qu'elle s'est habituée, derrière la frontière, à être suivie et regardée sans cesse, comme une princesse finlandaise, elle ne peut plus se passer de ces regards dans la petite ville finno-finlandaise. La princesse de

Finlande attire tellement l'attention qu'il lui devient peu à peu intolérable de passer inaperçue sur une petite place finno-finlandaise, à l'hypermarché ou au feu rouge. C'est pourquoi Anna doit se faire un corps de princesse qui retourne toutes les têtes, mais qui puisse en même temps servir de protection, comme le fait d'être finlandaise derrière la frontière, le genre de protection qui empêche les gens de voir à l'intérieur du corps d'Anna, de voir Anna elle-même. Anna échappe donc à l'invisibilité et à l'inexistence sans pour autant propager l'information interdite – son sang étranger –, simplement en se procurant ce qu'il y a de plus précieux : un corps féminin parfait.

Anna ne retournera plus jamais dans ce corps qui attirait l'attention pour une autre raison que sa beauté charnelle.

Un an n'a pas encore passé qu'Anna a déjà atteint son objectif : la visibilité. S'étant fait un nouveau corps, Anna l'idolâtre et s'en occupe avec soin à grand renfort de masques, crèmes et huiles. Quand éclosent les boutons des autres filles, Anna a déjà un maintien de femme adulte, et elle ne trébuche plus sur ses membres dépareillés.

ANNA
NE
SAURAIT dire quand et comment elle a su pour l'autre. Pour les autres. Comme si elle avait toujours su, même si bien sûr on n'en parle jamais. C'est parce qu'on trouve, dans la valise de papa qui sent la Russie, un T-shirt avec des traces de sang dans le dos. La mère tripote le T-shirt en silence. Anna ne comprend pas bien ce qui se passe, elle voit seulement que quelque chose tracasse sa mère. Mais papa lui apporte des boucles d'oreilles en or, avec six vrais diamants, et Anna n'a plus d'yeux que pour son cadeau. Elle est fière de ces diamants et elle se regarde avec dans la glace. La mère fait les cent pas, le T-shirt à la main. Anna danse devant le miroir. La mère jette le T-shirt à la poubelle. Anna embrasse son reflet.

Papa apporte toujours des cadeaux, et beaucoup. Par sacs entiers. Des foulards, des violons, du cristal, des guitares, des vases, des tables, du caviar, des liqueurs, de la vodka, des bijoux, des poupées russes, des louches en bois peintes à la russe, de la vaisselle en bois et encore une fois du cristal – des verres à vin, des verres à champagne, des coupes à fruits, des plats, des ronds de serviette, des verres à schnaps, des cloches à fromage, des carafes, des beurriers, des bonbonnières, des cloches en cristal et des montres avec de lourdes dorures russes. Des parfums. Beaucoup de parfums. Vers ses dix ans, Anna a les tiroirs de son bureau pleins de parfums authentiques : Poison, Opium, Magie Noire, Dior, Salvador Dalí, Loulou et Anaïs Anaïs. Il y en a tant qu'Anna n'aura pas le temps de les utiliser avant qu'ils se gâtent, après quoi elle ne s'achètera plus que des contrefaçons à dix marks. Et puis aussi beaucoup de cognac. De brandy. De whisky. Des liqueurs Bols, avec des pépites d'or. Qui s'appellent peut-être *Bride's Tears*. Des jumelles. Des trépieds d'appareil photo. Des disques. Des partitions. Des services de vaisselle. De l'ambre jaune. Des épingles à cheveux en os. Des bougeoirs et chandeliers massifs. Des samovars. La Russie dans tous son brillant, ses couleurs, ses satins, ses ornements, son abondance.

La mère n'utilisait jamais les parfums apportés pour elle, elle ne les sentait même pas, elle les posait sur une étagère et n'y touchait plus. De même, elle ne buvait plus les cognacs apportés par papa, qu'il apportait parce qu'il savait qu'elle aimait le cognac, elle rangeait les bouteilles dans leur boîte au fond de l'armoire, jusqu'à ce qu'elles disparaissent sous les affaires entassées dessus, et qu'elles cessent d'exister.

Maintenant, papa apporte tous les cadeaux pour Anna, depuis le Malibu jusqu'aux tableaux achetés sur l'Arbat. Ils finissent dans la chambre d'Anna, où Anna fabrique le monde d'Anna. Sur les murs, Anna veut des tapisseries avec beaucoup de roses, elle décore les plinthes avec du tissu doré et en fait même un liséré. Anna remplit sa chambre de ces cadeaux de Russie, foulards à fleurs et vaisselle, poupées folkloriques et icônes. Pour les rideaux, du velours rouge sur une tringle dorée. Des voilages ! Et une poignée de porte dorée. Un samovar. Des battoirs passés en fraude de chez la grand-mère. Une grande clef de Tallinn achetée au magasin Uku avec la légende *Anno Domini 1154*. Des copies cachées des listes de courses de papa.

Et la mère ne répond pas au téléphone quand papa appelle de là-bas au loin, alors que c'est la croix et la bannière pour recevoir une communication en Finlande, et qu'on doit parfois attendre la communication toute la soirée. Souvent, la mère ne voulant pas parler avec le papa, elle dit à Anna de répondre au téléphone. Si c'est son père, Anna doit dire que maman est en ville.

À
L'ÂGE
D'AVOIR du parfum, Anna ne va plus se cacher quand papa revient en Finlande après une longue absence, comme elle le faisait auparavant, et elle ne se demande plus qui est cet inconnu assis dans la cuisine. À cet âge-là, Anna le reconnaît, mais elle envoie toujours sa mère faire quelque chose ou invente une autre diversion quand il essaye d'embrasser la mère. Car la mère d'Anna, elle n'embrasse qu'Anna, et pas un inconnu, même si Anna sait bien qui est cet inconnu.

Anna trébuche dans l'escalier si papa embrasse la mère sur la joue.

La nuit, Anna se réveille en pleurant et en criant si dans la chambre à coucher des parents on entend un froufrou de couverture, et Anna doit aller se blottir à côté de sa mère pour se rendormir. Et la nuit suivante aussi. Et la suivante. Et puis il est temps que le papa reparte.

Anna a mal à la tête, quand son papa et sa mère restent assis trop longtemps côte à côte sur le canapé. Le rire un peu trop tendre de la mère redouble sa migraine. Aïe. Sa mère doit venir s'occuper d'elle, et bien sûr la mère arrive. Maman ! Bobo !

UNE
FOIS,
À Moscou, Anna est assise en attendant pour sortir en ville, et elle voit une femme vêtue d'une jupe en cuir courte et de bas de dentelle, qui remet de l'argent et un bout de papier à la femme de ménage, après quoi le papier glisse dans la poche de la veste de papa lorsqu'il croise la femme de ménage dans le couloir. Le soir, la mère va chercher quelque chose dans les poches de papa et elle tombe sur le petit mot. Anna ne dira jamais que, sur la base de ce qu'elle a vu, papa peut très bien dire la vérité quand il assure à la mère qu'il n'est pas du tout au courant de ce papier et du numéro de téléphone écrit dessus. La mère ne le croit pas, naturellement. Anna hoche la tête quand sa mère en parle : papa ment, c'est évident. Et le cas se répète plusieurs fois avec des variations. Anna est toujours d'accord avec sa mère. Car c'est papa, celui qui ment.

PENDANT
QUE
PAPA est en Russie, le nouveau logement finno-finlandais est silencieux et froid. Les planchers sont en parquet ou en linoléum lisse, sans bosses. Après l'école, Anna rentre à la maison et fait ses devoirs dès qu'elle arrive, mange, continue ses devoirs. Sa mère travaille en dessous. Anna lit ses leçons jusqu'au soir et même la nuit, elle s'endort devant un livre ou un film. Elle s'applique comme une petite fille modèle qui a des 20 dans toutes les matières, sur tous les sujets. Le syndrome de la princesse ne saurait rêver d'une victime plus parfaite.

Il ne fait jamais assez chaud. On a beau enfiler des chaussettes de laine, il y a toujours du courant d'air.

L'été, à l'extérieur de la chambre d'Anna, les balcons et les cours se saturent de l'odeur des saucisses, des vapeurs de sauna et des verges de bouleau. Le tapage des enfants retentit depuis le bord du lac. Les bateaux à moteur. La Finlande est le pays des mille lacs. Anna n'ouvre pas les rideaux, bien que sa mère l'y encourage en lui expliquant que les bactéries meurent à la lumière, raison pour laquelle il est indispensable de laisser entrer la lumière. Anna ne veut pas. Anna n'aime pas cette lumière qui pénètre entre les grands pins sveltes et les jeunes bouleaux. Anna n'aime pas du tout ces pins. Ni la lumière qui les traverse. Il faut absolument s'échapper d'ici. Pour Helsinki. Là-bas, au moins, il y a des chênes, des châtaigniers et des tramways, là-bas ça sent la mer comme à Tallinn et Haapsalu.

1977

Katariina voudrait écrire à sa mère pour lui demander comment c'était en Sibérie. Pourrait-elle raconter ce qu'elle y entendait, ce qu'on y racontait ? Il faisait froid, là-bas, mais froid comment ? Plus froid qu'ici ? Et rien ne poussait, contrairement à la maison en « *Eesti* ». Mais Katariina n'ose pas, parce qu'elle ne sait pas si ses lettres passeraient en l'état ou si elles auraient un impact sur ses voyages en « *Eesti* », ou si quelqu'un aurait des ennuis. Si ses visas ne seraient pas prolongés. Si elle devrait rentrer. Ce n'était pas encore dramatique, mais bientôt il y aurait l'enfant. Ensuite elle ne pourrait plus. Katariina aborderait la question avec sa mère cet été. À l'abri des oreilles indiscrètes. Dans le temps, on parlait de ces choses-là *nelja silma all*, comme la mère disait toujours : dehors et « entre quat'z-yeux ». La tante Aino, la sœur du père, avait dit quelque chose. Qu'est-ce que c'était, déjà ? Qu'en Sibérie les maisons étaient construites avec de la terre – ou en tout cas elle avait qualifié son logement de trou en terre. Il faut dire que la tante Aino, paraît-il, n'était plus du tout la même après son retour de Sibérie. Il ne fallait pas faire attention à ses bavardages. C'est d'ailleurs ce qu'on a dit de nombreux autres. Il n'y avait pas besoin de Sibérie pour être différent après la guerre. Le père aussi était devenu un autre homme, sans avoir été en Sibérie. Et la mère de Katariina disait : n'en veux pas à ton père, ne lui en veux pas. Le père n'était plus lui-même après être revenu de la forêt. Arnold ne buvait pas, avant, paraît-il. Rappelle-toi, n'en veux pas à ton père. Ne lui en veux pas.

Le mari de Linda, on peut être sûr qu'il ne buvait pas avant la Sibérie, lui qui avait à peine dix ans quand il est parti. Il faut dire que dans ce cas-là on revenait avec la même taille qu'au départ, vu que la croissance s'arrêtait avec la fin de l'alimentation et le début de la Sibérie. Et les enfants de Linda avaient peur de rester aussi petits que leur père, mais ils sont devenus grands comme tout. Linda ne s'est jamais plainte de faire une tête de plus que son mari. Pour les filles ce n'était pas aussi grave que pour le fils. Mais celui-ci a fini par dépasser sa mère de deux têtes. Linda n'en avait jamais douté, mais comment convaincre un petit garçon qui fait des cauchemars où il se voit déjà vieillard et toujours pas plus grand que les pieds de la table ? Comme son père.

Aino avait dit aussi que lorsqu'ils devenaient des numéros, au camp, lorsqu'elle n'était plus Aino, son nom lui manquait, paraît-il, son nom propre, ce que Katariina ne comprenait pas bien quand elle était plus jeune, ce n'est que maintenant que ces paroles d'Aino lui reviennent à l'esprit. Peut-être qu'elles lui reviennent à l'esprit parce que Katariina, en Finlande, est devenue Iekaterina.

1994.

La voiture de papa pénètre dans la cour pendant qu'Anna met ses livres de classe dans son sac à dos, la voiture avec laquelle il va au travail, achetée pour qu'il puisse aller en voiture ici ou là, dans les environs de Saint-Pétersbourg ou de Moscou. Il ne pouvait pas y aller avec l'autre voiture, la meilleure, papa s'en rendait bien compte, à cause des voleurs, et de toute façon c'était risqué, en raison de son prix et du fait qu'elle venait de l'étranger. Du coup, la mère et Anna ne sont plus coincées en pleine zone forestière peu peuplée, elles peuvent aller où ça leur chante quand ça leur chante, puisque la deuxième voiture reste à la maison, où que soit papa.

Anna passe la tête en haut de l'escalier. Papa entre et demande où est la mère. À Tallinn, répond Anna, elle rentre vendredi, dans quatre jours. Papa va directement se coucher. Anna observe la voiture en sortant pour aller à l'école. La voiture est pleine d'affaires, il y a des vêtements et des bouteilles d'eau-de-vie à moitié vides, jetés là à la hâte, à tel point qu'on ne peut pas voir à travers la vitre arrière. Quand Anna rentre de l'école, elle n'est pas rassurée quant à l'état dans lequel elle va trouver la maison, ce qui a eu le temps de s'y passer pendant qu'elle était absente. Ça n'a jamais vraiment réussi à papa de rester seul à la maison, on ne sait pas ce qu'il va encore inventer, quand il est seul et qu'il boit. Une fois, il a allumé un feu dans la cave ; quand la mère est rentrée du magasin, toute la maison était enfumée. Puis il a oublié dehors, sous la neige, un épagneul papillon dont on leur avait confié la garde, et il a fait pareil avec leur propre chien, aussi petit et sensible au froid, heureusement qu'Anna s'était réveillée chaque fois en pleine nuit, elle avait remarqué que le chien n'était pas couché au pied du lit et elle était sortie le chercher.

Papa ne dit pas pourquoi il est rentré avant la fin du travail. Il donne seulement de l'argent à Anna pour manger et, quand elle n'est pas là, il cherche les bouteilles qu'elle tente de lui cacher. Anna fait appel à toute son ingéniosité, elle les dissimule dans les recoins les plus tordus, les vieux tiroirs à jouets, les oreillers, les sacs de farine, les espaces vides sous les commodes, mais papa les retrouve toutes.

Papa ne retourne plus sur le chantier qu'il a quitté. Anna ne saura jamais pourquoi. On n'en parle pas, et Anna ne demande pas, conformément à leurs habitudes. La mère essaye bien parfois de lui tirer les vers du nez, mais Anna ne répond jamais. Et Anna n'est pas du genre à poser des questions, elle observe et elle écoute. Le fait qu'Anna ne pose pas de questions contrarie la mère, mais Anna n'a pas l'intention de changer ses habitudes. C'est bien décidé. En posant des questions, Anna trahirait qu'elle voudrait savoir quelque chose, et elle ne veut pas se faire démasquer. Non, ça ne l'intéresse pas. C'est comme ça, voilà ce que tout le monde doit croire. Anna se place au-dessus de tout par son désintéressement apparent et elle observe de là-haut la surface de la terre, qui fourmille d'une curiosité à laquelle Anna ne daigne pas s'abaisser. Poser des questions la rendrait plus nue, et, mise à nu, elle pourrait se faire mal, se faire prendre – c'est même exactement ce que tout le monde cherche à faire, nuire, Anna en est certaine, obtenir le pouvoir, avoir le dessus sur l'autre, profiter de l'autre d'une façon ou d'une autre. C'est pourquoi Anna se contente d'observer, ne participe pas, ne pose pas de questions. De cette façon, elle est en sécurité.

Anna ne demande donc pas ce qui est arrivé au collègue de papa, celui qui s'est séparé de sa femme finlandaise pour épouser une Anastasia russe et emménager dans le logement de sa nouvelle femme, à l'écart des autres Finlandais. Papa et cet homme se passaient le volant entre la Finno-Finlande et un endroit d'où ils s'envolaient pour Moscou. Du fait de sa nouvelle habitation, Papa voyait l'homme de moins en moins souvent, et puis on a appris que l'homme était tombé du dernier étage de l'hôtel International à Moscou et qu'il était mort. Personne n'a vu comment ça s'est passé, personne n'a su dire quoi que ce soit, ça s'est seulement passé.

Parfois, pendant ses vacances, quand papa est assez ivre et qu'il est assis sur le canapé de cuir de la pièce du fond, il lui arrive de parler de ce type. À l'étage du dessus, Anna tend l'oreille. Papa parle plutôt fort avec ses interlocuteurs invisibles, mais il ne dit jamais rien d'assez consistant pour satisfaire la curiosité d'Anna. Les conversations pintées de papa avec ces gens qu'Anna et sa mère ne voient pas augmentent d'année en année. Papa dort de plus en plus souvent en bas sur le canapé de la pièce du fond, et de moins en moins en haut dans la chambre à coucher. Il parle de moins en moins avec les êtres visibles.

Papa ne retournera plus jamais à Moscou. Ni à Saint-Pétersbourg. Il va partout sauf en Russie, même en vacances, alors que le rouble reste la seule devise qu'il reconnaît quand il a bu, la seule dont il parle ; pourtant, les croisières-beuveries à Tallinn lui vont bien. Maintenant que les voyages d'affaires de papa sont limités à l'intérieur de la Finlande, il doit faire des excursions distinctes pour l'alcool. L'été, pas question de laisser Anna et sa mère aller seules en Estonie, il veut les accompagner pour picoler : il laisse tout faire à la mère et reste vautré à siroter autant d'alcool qu'il peut en contenir, car l'argent n'est pas encore un problème en Estonie, l'alcool est toujours ridiculement bon marché, et la bière Saku est bonne et forte.

La mère préconise d'acheter tout ce qui est bière ou alcools à Tallinn, de mettre la cargaison dans la voiture, puis de s'en aller là où l'on va. Chez la famille ou les connaissances, dans les petits villages et dans les villes, la mère n'a pas l'intention d'acheter de la bière, elle se dispense volontiers de la honte qu'un « renne » – son mari et mon père – vienne encore se conduire ostensiblement comme un porc dans des lieux où on la connaît. Tallinn est assez grande pour qu'on y trouve un magasin où on ne sera pas obligé de tomber sur des connaissances. Anna est soulagée qu'on ne laisse pas papa faire son numéro de Grand Finlandais de par la ville, et qu'il n'en ait d'ailleurs guère envie. Il vaut vraiment mieux qu'Anna et sa mère aillent acheter les bières et qu'elles le tiennent à l'intérieur avec ses bières. En plus, il est ravi de cet arrangement. L'arrière de la voiture frôle le sol car le coffre est plein de bouteilles de papa, mais avec ça il sera content entre quatre murs. Si la mère suggère qu'on réduise les chargements de bière, parce que leurs propres affaires ne rentrent plus et que les routes sont tellement mauvaises que le fond de la voiture peut rester coincé à tout moment, papa se met dans une colère noire et part en ville en titubant, avec le portefeuille et le passeport qui dépassent de la poche. Dans la tranquillité de la zone résidentielle, le tapage du Finlandais s'entend de loin.

1977

Le téléphone ne sonne pas. Il pourrait sonner. Katariina voudrait qu'il sonne. Katariina attend cela depuis des jours, mais réserver une communication pour la Finlande prend apparemment un temps impossible, à moins qu'il y ait un problème à l'autre bout.

Il est peut-être arrivé quelque chose. Mais si c'était le cas, l'entreprise l'aurait informée, non ? Si son mari, là-bas quelque part vers la Russie, avait disparu, été kidnappé ou Dieu sait quoi ? Katariina voudrait qu'il arrête de travailler à l'ambassade de Finlande à Moscou. Il s'y passe des choses dégoûtantes, même s'il n'en touche pas un mot. Katariina le sait bien. Il y a toujours quelqu'un qui prend contact, qui a quelque chose à emporter ou apporter, ou à cacher à l'ambassade. Toujours quelqu'un qui s'incruste et qui présente un ami avec une familiarité grossière. Il faut flatter les interprètes, et l'arrangement des papiers dépend des choses les plus bizarres.

À Tallinn, attendre son mari était simple comme bonjour. Elle n'avait même pas l'impression d'attendre. Elle avait un travail, un domicile, des amis, son pays, beaucoup de choses à faire tous les jours, elle ne s'arrêtait pas, et elle ne voulait pas s'arrêter. Et la langue. Attendre était loin d'être aussi simple, maintenant que Katariina se trouvait dans un pays étranger, loin et seule, à peine arrivée et déjà bloquée. Comme ç'avait dû être difficile pour sa mère, Sofia, d'attendre qu'Arnold rentre de la forêt ! Et les frères, Elmer et August, et tous les autres. Sofia avait alors l'âge actuel de Katariina. C'est aussi l'âge qu'avait la tante Aino quand on l'a emmenée en Sibérie. Tous des jeunes gens. Comment avaient-ils tenu le coup ? Et si longtemps, en plus.

La neige tourbillonne derrière la fenêtre et ça sent quelque chose que Katariina qualifie de froid sibérien.

1941

Aino Rõug, la sœur d'Arnold, observe les soldats, ses deux fils observent les soldats, son mari Eduard Rõug observe les soldats, une heure durant, ils devraient rassembler des affaires pour les prendre avec eux mais personne ne sait ce qu'il faut prendre, ni où on les emmène, s'il y a même un sens à prendre quoi que ce soit : et si on les conduisait juste dans la forêt pour les fusiller ? Et si on leur confisquait leurs sacs et valises en chemin ou à l'arrivée, alors ça ne valait pas la peine d'emporter des affaires. En tout cas, pas de vêtements neufs. Les plus vieux et usés. Voilà ce qu'ils auraient, des guenilles. En assez mauvais état pour ne pas s'attirer d'ennuis trop vite.

Aino Rõug regarde les soldats – non pas l'Estonien venu avec eux, qui déambule dans la cuisine en se donnant des airs – et les soldats lui paraissent… bon, en tout cas pas méchants ou orgueilleux, ils sont tout à fait ordinaires, ils ne crient pas et n'agitent pas leurs armes, ils ôtent leur chapeau en entrant, peut-être même qu'ils saluent. Aino leur demande ce qu'il vaut la peine d'emporter, de quoi on aura besoin là où on les emmène, et s'il vaut même la peine d'emballer quoi que ce soit ou s'il suffit de prendre de vieux haillons et un casse-croûte. Dites-moi.

Des outils, répondent les soldats. La machine à coudre, suggère l'un des hommes en voyant la nouvelle Singer d'Aino Rõug dans un coin de la pièce ; elle va débrancher la machine et la prépare pour le voyage. Eduard Rõug prend avec lui les outils les plus communs, ainsi que son nécessaire pour réparer les montres.

À l'arrivée à Doubrova dans les environs de Novossibirsk, passé les problèmes du début, tout va bien pour la famille Rõug en comparaison avec les autres. La guerre ayant vidé la région d'hommes en âge de travailler, Eduard trouve assez de travail de réparation : il rénove des montres et fabrique des portes et des fenêtres pour les maisons. En outre, Aino a la seule machine à coudre des environs : bientôt, toutes les femmes et épouses d'officiers du village veulent qu'elle leur couse des vêtements. Même le tissu, Aino en a suffisamment, grâce à Eduard qui lui fabrique un rouet. Les villageois n'ont jamais vu une chose pareille, les femmes de Doubrova n'ont que des quenouilles. En outre, Aino connaît assez bien le russe pour être en mesure d'écrire des lettres pour les femmes illettrées du village à leurs maris et fils qui sont à l'armée. Les habitants du village fournissent de la nourriture à Aino et Eduard en récompense de leurs services, si bien qu'Eevi, qui est née au bout de deux ans, va pouvoir survivre, contrairement à tant d'autres rejetons d'« *Eesti* » nés en Sibérie à la même époque. Dans ses prières, Aino n'oublie jamais de demander la bénédiction pour les soldats russes qui leur ont dit de quoi ils auraient besoin.

L'une des femmes du camp s'était évanouie à l'arrivée des soldats et elle s'était réveillée à l'arrière d'un camion avec à son côté un sac où ils lui avaient mis ce qu'ils avaient jugé utile : des vêtements chauds, de la nourriture, et même une bouteille d'eau-de-vie, qu'ils n'avaient pas confisquée.

Et une autre a raconté que les soldats avaient trouvé un prétexte pour arrêter le camion, qui était déjà parti sur la route, parce qu'une femme s'était écriée qu'elle n'avait pas de marmite, pas de casserole, où je pourrais cuisiner la bouillie des enfants, laissez-moi aller chercher une marmite pour mes enfants ! Elle avait pu retourner chercher sa marmite. Personne ne la lui avait enlevée, et les soldats n'avaient rien pris non plus aux voyageurs pendant le trajet en train. Arrivée saine et sauve, Aino enrage de n'avoir pris que de mauvais habits et d'avoir laissé les plus beaux.

Quand le convoi s'arrêtait, une broche s'échangeait contre des pommes de terre que les locaux venaient troquer aux abords du train, des bas de soie contre des oignons… Comment avaient-ils encore des habits à leur arrivée ? Comment n'avaient-ils pas déjà mangé tous leurs habits au cours du voyage ? Comment le fils d'Aino, qui refusait d'aller au seau dans le coin du wagon pendant tout le trajet, en a-t-il réchappé sans une infection ?

1941

14 juin 1941. La sœur de Sofia, Leeve, est en visite avec son premier-né chez Kiisa, son amie du temps du catéchisme, mariée avec le chef de la garde civique Osvald Berg. On frappe à la porte. On leur donne une demi-heure pour entasser ce dont elles ont besoin. Leeve tente d'expliquer qu'elle est juste de passage avec son enfant, mais cela n'a pas d'importance. Chaque personne qui se trouve dans la maison est poussée à l'arrière du camion, bien qu'il y ait aussi un villageois avec les soldats russes, Leeve le connaît, il connaît Leeve et il sait qu'elle ne fait pas partie de la famille de Kiisa, pourquoi ne dit-il rien ? À l'arrière du camion, Kiisa tient toujours la cuillère avec laquelle elle remuait son thé une demi-heure plus tôt, elle n'a pas pensé à prendre de pardessus, et Osvald ne s'en est pas rendu compte. Osvald n'a pas osé emporter la bible, il savait bien, il n'a pas trouvé de sac ni de valise, il a attrapé une taie d'oreiller, dans laquelle il a fourré un fromage, il a jeté un coup d'œil autour de lui, la première armoire contenait les souliers vernis à talons de Kiisa, il les a fourrés dans la taie d'oreiller, du savon et des lunettes, quoi d'autre,

quoi d'autre, quoi d'autre, c'était tout ce qui résonnait dans la tête d'Osvald, et il ne savait pas quoi d'autre.

En chemin, à l'arrière du camion, Leeve crie sans vergogne qu'elle n'appartient pas à cette famille, qu'elle n'habite pas là, elle ne connaît pas ces gens, ce sont de parfaits étrangers, elle venait juste demander un verre d'eau pour son enfant. Ils doivent bien savoir qu'elle n'habite pas là. C'est la maison des Berg, c'est bien ce que disent leurs papiers, n'est-ce pas ? Kiisa et Osvald Berg, et leurs deux fils, or l'enfant de Leeve est une fille, Leeve n'a rien à voir avec ces gens-là, ces fascistes, membres de la garde civique, propriétaires, koulaks, salauds de koulaks ! Elle n'a rien à voir avec ce genre de famille. Leeve ne sait pas pourquoi elle s'égosille comme ça, pourquoi elle a une telle certitude qu'elle ne partira pas avec le camion, pas question, ni sa fille, peut-être qu'on les emmène juste à Tallinn pour les interroger, ou à Haapsalu, n'importe où, mais elle ne montera pas à l'arrière du camion, déjà à moitié rempli de gens silencieux avec leurs absurdes bagages faits en une demi-heure.

À la gare, Leeve se retrouve dans le même wagon à bestiaux que Kiisa et les enfants ; à l'arrivée dans le nord du Komi, elles aboutissent encore dans le même village, car tout le monde est emmené par un même type qui les trouve à son goût, au marché aux esclaves dans les environs de la gare. Les locaux étaient venus en groupe y chercher de la main-d'œuvre gratuite.

La plupart de ceux qui voyageaient dans le même wagon restent en vie jusqu'au bout du trajet.

Il ne meurt en cours de route qu'une femme d'un certain âge, sans parenté avec les autres ; quelques plus jeunes, que Leeve ne prend pas la peine de compter ; et quelques Juifs, dont la déportation ne figurera ensuite sur aucune liste, alors que les Allemands, à peine arrivés, ne manqueraient pas d'en tenir sur les autres personnes, allant jusqu'à fonder des bureaux pour enquêter sur les méfaits commis par les communistes – mais les Juifs, bien sûr, n'étaient pas comptés au nombre des humains.

En tant que père de famille, Osvald est séparé des autres en gare ferroviaire, et on n'a plus de nouvelles de lui pendant deux ans.

Il aboutit à Norilsk, dans les mines de platine. Il est suffisamment petit et maigre pour en réchapper ; les plus costauds ne résistent pas à la soudaine restriction de nourriture, Osvald en retrouve tous les matins quelques-uns gisant inanimés sur les paillasses voisines. Les corps sont emportés dans des sacs et empilés dans une clairière non loin du camp. Le printemps venu, quand la glace libère la terre – et les corps –, on jette dans une fosse commune ce qu'il en reste après le passage des animaux de la toundra.

La ration quotidienne de trois cents grammes de pain est la rémunération d'une journée de travail de douze heures, et on ne peut le manger qu'à l'intérieur du camp, peut-être à cause du risque d'évasion. Comme si on pouvait s'enfuir quelque part. Comme si on pouvait traverser la Sibérie avec trois cents grammes de pain.

Pendant que les chaussettes russes et les couvertures sont mises à sécher, on va et vient dans la baraque avec des entraves aux pieds.

Pour aller aux toilettes, on n'a pas le droit de porter autre chose que ses sous-vêtements, alors qu'il fait – 40 ou – 50 degrés dehors.

La faim provoque des hallucinations visuelles et auditives.

Les dents d'Osvald commencent à tomber. Combien pèse-t-il ? Quarante kilos ? Cinquante ?

Les pensées bafouillent. La faim ne va pas tarder à dévorer le cerveau.

Les journées s'échangent contre des rations de trois cents grammes de pain ou, les jours de fête, contre une gamelle de potage.

MA
RÉSOLUTION
EST définitive. Parce que ma vie avec Hukka est excessivement facile et parce qu'il en sait déjà trop sur moi. Voilà pourquoi il est inéluctable qu'il n'apprenne jamais l'existence de mon autre pays.

En pensant à ma décision, je me sens un peu mieux dans ces moments d'inquiétude où je crains ma vulnérabilité qui s'est exacerbée en compagnie de Hukka. Ma décision me rend plus forte. Même si Hukka, un jour de gueule de bois, me fait manger avec lui de la pizza livrée à domicile, il ne peut pas tout faire de moi. Il ne commande pas tout en moi. Qu'il croie donc connaître des choses personnelles, par exemple mon alimentation. Qu'il le croie. Les plus personnelles de toutes, il ne les connaîtra jamais : le grincement de la porte du *komisjon*, l'eau froide puisée au *koogukaev*, les croix de pierre rongées par des siècles de pluie et les escaliers de pierre creusés par l'usure, le fard bleu sur les paupières russes, le gyrophare rouge à la place de la tête sur la statue de Lénine à Pärnu, le Finlandais qui demande le prix, et ses baskets flambant neuves.

Et pourtant, je doute. Même si je suis à l'abri, ainsi que mon Seigneur. Pendant qu'on s'efforce de tenir certaines portes fermées, d'autres peuvent être béantes. Est-ce que je me suis fait pincer par la main qui me nourrissait, celle de Hukka, dans laquelle je picorais des miettes de tartine ? Est-ce que je l'ai laissé me toucher d'un geste un peu trop doux, un peu trop crémeux, de sorte que les portes fermées vont se rouvrir dans un grincement, malgré ma décision ?

Anna n'attend jamais que ça tourne mal. Anna agit avant.

Tiens-toi prête.

*Toujours prête**.

Anna est prête.

Si tu doutes, rappelle-toi ces femmes qui demandaient papa la nuit au téléphone. Rappelle-toi ces Russes au bar du Viru. Rappelle-toi les hommes d'affaires finlandais qui parlaient des cuisses poilues de la pute russe. Rappelle-toi la fatigue de Jussi en vacances en Finlande. Rappelle-toi les coups frappés à la porte quand toute la famille logeait à Tallinn. Toc. Rappelle-toi papa qui ne va pas ouvrir. Y a personne. Rappelle-toi les coups qu'on entend, qui sont des coups résolus de femme. Toctoctoc. Rappelle-toi la mère qui fait la cuisine en silence sur la gazinière, la bouche dans un arc tombant aux bouts duquel ses premières rides se forment après quelques années. Toctoc. Rappelle-toi les talons qui finissent par s'éloigner de la porte. La mère ouvre le pot de mayonnaise et l'apporte sur la table dressée. Sur le rebord de la fenêtre, il y a une boîte de flocons d'avoine Peppi apportée de Finlande. Il dormait où, papa, là-bas ?

Moi je dormais à côté de ma mère dans le lit à deux places, et ma mère laissait les lumières allumées pour chasser les punaises. Mais papa, il dormait où ?

Rappelle-toi les listes de courses que les Russes confiaient à papa : minijupe en cuir, veste en cuir, mixeur, aspirateur, Tampax, collants, fer à friser, aiguilles à tricoter, pelotes de laine, shampooing. Parfois, au milieu des vêtements souhaités, il y avait un croquis, pour faire voir le bon modèle. Comme si papa était capable de s'orienter tout seul avec ça !

Rappelle-toi tout ce qui confirme qu'on ne peut se fier à personne.

Rappelle-toi que rien ni personne n'est conforme à son apparence.

Rappelle-toi comment tu t'insinuais dans les poches de papa et dans le garage, pendant qu'il était au sauna avec ta mère, pour examiner la situation. Rappelle-toi le balancement du cintre dans l'entrée quand ta mère fouillait les poches de la veste de papa qui dormait. Rappelle-toi ces balancements, qui ne sont pas suivis du bruit d'une veste qu'on enfile et d'une porte d'entrée qui s'ouvre, comme c'est le cas en général. Rappelle-toi que ce balancement met aussi dans la main de la mère un billet d'avion et un passeport, selon lesquels le père est en Finlande depuis lundi, or nous ne sommes allées l'accueillir que jeudi, conformément à ce qu'il nous avait annoncé. Jeudi. Et le jour convenu, papa est arrivé. Où était-il, pendant ces trois jours ?

Rappelle-toi comment tu recopies les listes de courses de papa, quand ta mère n'a pas eu la possibilité de les chercher – parfois papa se doutait probablement de quelque chose, il était sur ses gardes. Les mots de la liste n'étaient pas tous compréhensibles, je recopiais les mots où se mêlaient des lettres des deux langues, finnois et russe. Je remettais le portefeuille dans la poche tel que je l'avais trouvé. Je glissais la liste de courses au même endroit entre la carte bancaire et le permis de conduire. Je remettais la poignée de la valise dans la position exacte où je l'avais trouvée.

Il fallait aussi que je me rappelle que je ne peux pas haïr mon père, parce que c'est quand même mon père. C'est ce que disait ma mère.

Je ne comprenais pas ce qu'elle voulait dire. Je ne comprenais pas ce que haïr voulait dire. Je ne savais pas haïr, même si je n'étais pas la dernière à me chamailler, à crier, à me bagarrer. Mais haïr ne m'évoquait rien, je n'en avais pas la moindre idée. Ce n'était qu'un mot. À ma mère, je disais toujours « oui oui, bien sûr », comme si je savais de quoi elle parlait.

Et c'est ainsi que je partais faire les courses avec papa, au milieu des chants de Noël et des sapins en plastique.

À vrai dire, papa n'avait plus besoin d'aller chercher des choses à revendre. En Russie, le cours du mark au marché noir était tellement avantageux, à la fin des années quatre-vingt, que les Finlandais, plutôt que des portefeuilles, utilisaient des sacs en plastique : ils pouvaient les remplir de roubles à tout moment, en cas de besoin, grâce aux trafiquants. Les sacs en plastique étaient d'autant plus pratiques qu'ils n'étaient pas la première cible des voleurs.

On n'avait besoin de marchandises que pour la rémunération des femmes que les camions convoyaient depuis les campagnes jusqu'aux chantiers de construction pour Finlandais.

COMME
NOUS
ÉTIONS de passage à Moscou, un collègue de papa a fait signe à ma mère, dans le couloir de l'hôtel, de venir dans sa chambre. La soixantaine passée, il avait dans son lit une Russe potelée qui avait peut-être dix-neuf ans. Le type ne comprenait pas ce que la fille essayait de lui dire, et il a demandé à ma mère de traduire. L'affaire est devenue claire quand ma mère a traduit les vêtements que la fille voulait qu'il lui rapporte de Finlande.

Des vêtements ?

Oui, vêtements, cosmétiques, chemisiers, soutiens-gorge…

La fille commençait à s'énerver, comme le type n'avait toujours pas l'air de comprendre, mais il l'a apaisée tout de suite en demandant à ma mère de dire que oui oui, il apporterait ces vêtements, pas de souci, bien sûr qu'il les apporterait, il avait une fille du même âge, il irait acheter ces vêtements avec elle, pour qu'ils soient à la bonne taille, il n'irait pas les acheter seul, mais sa fille saurait bien, il irait donc avec elle… Courtes comment, les jupes ?

LA
MÈRE
A acheté un numéro du magazine *Alibi*, qui ne finit pas à la poubelle avec les autres, et qui la fait changer d'avis au sujet des préservatifs trouvés dans la poche de papa, aussi renonce-t-elle à y percer des trous avec une aiguille sous l'emprise de la colère. Elle conserve cet *Alibi* dans la cuisine, dans le tiroir sous le compartiment à couverts, qui ne contient en principe que des recettes de cuisine. Sur la couverture, il y a la photo d'une prostituée russe spécialisée dans la distraction des Finlandais, Olga Gaïevskaïa, première victime officielle du sida en Union soviétique. Olga Gaïevskaïa a des cheveux desséchés par la décoloration, la racine presque noire et, quoique la photo soit en noir et blanc, je suis sûre que son ombre à paupières et son mascara copieusement étalés – ce dernier n'épargnant pas le moindre cil, ni en haut, ni en bas – sont vert criard et les lèvres rouge criard. Olga, vingt-neuf ans, aura exercé son métier pendant dix ans. À sa mort, elle était enceinte de quatre semaines. Le journaliste d'*Alibi* raconte qu'Olga Gaïevskaïa a eu un millier de clients finlandais.

La photo d'Olga dans Alibi *peut faire revenir à l'esprit de beaucoup de Finlandais une aventure nocturne à Leningrad. Et si c'était elle ? A-t-il utilisé un préservatif ?* demande le journaliste tout en niant attiser l'hystérie. C'est l'agence Tass qui a réclamé que la photo d'Olga soit publiée en Finlande, et le journaliste ajoute que c'est très bien. Le centre finlandais de recherche contre le sida, de son côté, s'est opposé à la publication de la photo d'Olga Gaïevskaïa.

C'est sa photo de passeport qui a été publiée en couverture d'*Alibi*, comme celle d'un criminel, *Une question douloureuse pour « les gars de "Soomi" » : Toi aussi, as-tu couché avec Olga morte du sida ?*

1943

Un criminel – *blatnoï* – qui habitait la même baraque a pris les moufles d'Osvald ; celui-ci n'a pas la permission d'en avoir d'autres, malgré le gel et les travaux à faire. Selon l'encadrement, il est tout de même « vêtu de façon adéquate » et, partant, complètement apte au travail. *De quoi il se plaint, ce sale fasciste ?* D'un autre côté, à la mine, ses mains nues pourraient se mettre dans un état tel qu'il aurait l'espoir d'aller à l'hôpital, mais cela prendrait un temps atrocement long, et ce n'est même pas sûr. On a besoin de moufles rien que pour vivre à l'intérieur de la baraque, où il fait si froid qu'on a les cheveux qui gèlent pendant la nuit sur l'oreiller. Lorsque ce même criminel étrangle un jeune Lituanien avec une serviette, Osvald s'empare des moufles du garçon avant même que le corps s'affaisse par terre, charge aux autres de nettoyer. Il n'a pas la force d'espérer. *Fasciste !*

Quelqu'un a lancé l'idée que les souris et les rats ont le même goût qu'une autre viande, à condition qu'on les enterre quelque temps – mais où pourrait-on les cacher, ici, pour que personne d'autre ne les trouve ?

Osvald a la poitrine en sang à cause des poux.

Les plaies ne guérissent pas, tellement il est anémié.

Pourquoi ne pas aller franchir la frontière interdite et recevoir une balle du garde dans le dos ?

Ayant refusé de coopérer avec des criminels, le médecin a la tête coupée à la hache.

Craignant que les prisonniers politiques s'organisent, on les transfère d'un camp à un autre à intervalles jugés utiles. Après les mines de platine et de nickel de Norilsk, Osvald est envoyé à Kirov. Il y est accueilli par les cris bien connus : *Houuuu... Fasciste !*

LA GRAND-MÈRE POSTE une lettre à Juuli, qui la fait suivre à la mère.

La grand-mère en fait passer une autre par Olja.

La troisième, via la boîte aux lettres de Linda.

La quatrième, elle la fait apporter par la fille de Linda, Maria, à l'insu de Linda.

La cinquième, au nom d'Anna.

Deux arrivent à destination : l'une au bout de dix jours, l'autre de quatorze.

Sur chacune figurent la date d'écriture et la date d'expédition par la grand-mère. Sur chaque lettre qu'elle reçoit de sa fille, la grand-mère note la date de réception, et la mère fait de même sur les lettres en provenance de la grand-mère. Puis elles s'écrivent quelles lettres elles ont reçu et quand.

L'hiver, la grand-mère, tombée malade, a dû emménager chez la tante en ville. Dans l'immeuble de la tante, les boîtes aux lettres sont alignées à côté de la porte d'entrée, et la tante est la seule de sa famille à avoir la clef de la boîte aux lettres. Elle seule rapporte le courrier de la boîte aux lettres, elle seule sait ce qui y arrive et quand.

Et si la mère envoie dans la boîte aux lettres de la tante une lettre où elle présente quelque nouvel arrangement épistolaire, émet des doutes quant à l'effet des médicaments prescrits par la tante sur la santé de la grand-mère ou autre chose de peu flatteur pour la tante, et si elle a écrit l'adresse sur l'enveloppe avec sa propre écriture, la lettre ne parviendra pas à la grand-mère.

La mère ajoute des petits mots à ses lettres : *Ne lis pas les lettres de maman.*

La grand-mère interdit à la mère d'écrire cela.

Linda s'est montrée très irritable, après la dernière lettre.

La grand-mère interdit aussi à la mère d'écrire quoi que ce soit sur les enfants de Linda, ni positif ni négatif : quoi qu'elle écrive, Linda le prend mal. Ça dure encore une semaine après l'arrivée d'une lettre désagréable, et elle n'apporte pas les lettres de la grand-mère à la poste, bien qu'elle prétende le contraire. Et au lieu d'envoyer les paquets de la grand-mère à la mère, elle les donne à ses propres enfants.

Eh bien soit, qu'elle lise leur correspondance. Ce serait tout de même suspect si plus une lettre n'arrivait dans la boîte aux lettres de la tante. Il faut donc continuer d'en envoyer une partie à cette adresse. En restant prudente. Ne rien dire sur les enfants. Et rien de mal sur Linda. Bon, peut-être qu'il vaut mieux éviter de s'étendre sur tous les cadeaux qu'Anna reçoit à Noël, et tout ce qu'il y a sur la table du réveillon. Cette lettre-là, la grand-mère ne l'a pas reçue, l'an dernier.

Mais les autres lettres non plus – envoyées via d'autres personnes et dans d'autres boîtes aux lettres, puis réexpédiées –, toutes n'arrivent pas à destination. Seulement une partie. Et toutes ne restent pas cachetées. Seulement une partie. Les lettres recommandées arrivent à destination. En général, ouvertes à la vapeur.

À la campagne, tout le village est au courant de ce qu'a écrit la mère avant que la grand-mère ait pu lire sa lettre.

Mais c'est normal.

Rappelle-toi, Anna, ce sont des choses qui arrivent, partout.

Ma mère doit graisser la patte aux facteurs pour que les lettres envoyées par ma mère à ma grand-mère aux bons soins de ma tante soient remises en mains propres à ma grand-mère. Elles portent au dos un signe distinctif. S'il n'y a pas de signe, l'enveloppe peut être déposée dans la boîte aux lettres : c'est une version destinée aux yeux de ma tante.

Il n'y a rien de politique, dans ces lettres. En revanche, elles décrivent interminablement ce qui se passe dans le champ de pommes de terre, comment vont le verger et le potager, et la taille des pommes de terre. Une vieille amie de ma mère lui a écrit des lettres qui lui ont fait vraiment peur, mais elles sont passées à travers, et l'amie en question a même fait un voyage en Australie à l'époque soviétique, alors qu'elle dénigrait le communisme, les Russes et les secrétaires généraux du parti en veux-tu en voilà. Dans ses lettres, ma grand-mère n'appelle les Russes que « ceux-là ». *À la poste, tous les employés sont de « ceux-là » qui ne comprennent pas ma langue, ni moi la leur, il faut toujours en mettre partout, de « ceux-là »*, et la grand-mère ne peut plus aller elle-même à la poste.

Maria est devenue une si bonne amie de la grand-mère qu'elle apporte les lettres à la poste de bon cœur, de même qu'elle va au magasin comme les jambes de la grand-mère ne supportent plus de faire la queue, prend la défense de la grand-mère quand Linda est de mauvais poil, furibonde après avoir attendu à la queue leu leu à la pause-déjeuner, et l'après-midi, et le soir, avant de devoir courir encore à cause des papiers d'invitation de la mère, sans parler de sa maison où l'attendent ses trois enfants, une mère malade et un mari qui n'aura pas manqué de déserter pour aller boire à l'Étoile du Vietnam. Maria écrit à la mère une belle lettre de remerciement pour la veste d'hiver qui est arrivée par la poste juste au bon moment, quand le temps se refroidissait. La tante écrit à la mère qu'il n'est pas question qu'elle achète quoi que ce soit pour Maria : ici aussi on lui trouve des vêtements, tout à fait convenables, elle est en train de devenir absolument impossible, elle ne veut rien enfiler qui ne soit pas *import*. Elle se la joue. Le nez en l'air, elle fait l'importante. La grand-mère écrit que Maria refuse d'aller mettre les lettres à la poste, même contre de l'argent, en aucun cas, la grand-mère a beau essayer, mais ce serait sympa si Maria pouvait avoir un réflecteur pour la manche de sa nouvelle veste. La tante écrit de ne rien apporter du tout à Maria, ne rien lui envoyer. La grand-mère écrit que Maria envoie des lettres à la mère en cachette de Linda, mais Linda sait que Maria fait cela et elle a peur de ce que Maria peut bien écrire. Maria envoie une deuxième lettre de remerciement pour la veste. Elle était si belle.

Maria vole les vêtements *import* de sa sœur et demande, parmi toutes les affaires étrangères de la grand-mère, si elle peut avoir ceci cela. Bien qu'elles soient trop petites pour elle, Maria s'acharne à mettre les chaussures oubliées par Anna. Les autres affaires d'Anna qui ont été laissées chez la grand-mère pour éviter de revenir avec l'année suivante, la grand-mère les met sous clef juste à temps.

La grand-mère aussi trouve que Maria est devenue impossible. Elle commence à recourir davantage au frère de Maria pour le courrier, mais cela a pour seule conséquence que la grand-mère, la tante et Maria écrivent toutes trois à la mère de ne pas envoyer ni apporter quoi que ce soit au frère qui pourrait aller à une femme. En effet, il a une copine, Inga, qui passe en revue un à un les vêtements de la penderie de son copain pour se les approprier.

En ville, Maria apprend par ses amies qu'Inga crie sur tous les toits qu'elle sort avec un garçon dont la tante est en Finlande. Cela vaut à Inga une grande admiration. La mère refuse d'adresser la parole à Inga quand elle la voit.

LA CORRESPONDANCE ENTRE la mère et la grand-mère était continuelle. Au domicile finlandais, tous les tiroirs et les chaises débordaient de lettres inachevées ou de bloc-notes qui attestaient qu'on ne pouvait pas parler. Les téléphones étaient trop suspects et trop chers pour qu'on s'en serve, et il était désagréable de se savoir sous une surveillance aussi évidente. La mère ne voulait accorder à personne le plaisir de l'entendre fondre en larmes au téléphone, même si dans le port de Tallinn elle pleurait ouvertement en partant, c'était plus fort qu'elle. La grand-mère, de son côté, n'avait accès à un téléphone que lorsqu'elle était chez la tante ; or, dans l'appartement de la tante, le téléphone était sous contrôle de celle-ci, dans sa chambre à côté de la porte. La chambre de la grand-mère était au bout du couloir, après la cuisine et une autre pièce.

Finalement, le téléphone de la tante a commencé à tomber en panne, lui aussi, muet, curieusement hors service. Et, curieusement, au moment précis où ma grand-mère était seule et où elle essayait d'appeler ma mère. Qui faisait cela, et pourquoi ? Linda ? Maria ? Qui ? Qui avait à y gagner ?

La grand-mère soupçonnait tour à tour Linda et Maria, la mère soupçonnait n'importe qui, moi je me taisais et j'écoutais comment on se méfiait des uns après les autres, chacun était accusé de tous les maux, car l'être humain est fondamentalement mauvais. Et, avant tout, égoïste. Le socialisme ne réussirait jamais ailleurs que sur le papier pour la simple raison que les doigts de tout le monde ne se tendent que vers soi, vers l'intérieur, même quand la main s'avance pour donner. La mère faisait ce geste partout, tandis qu'elle écoutait les souhaits et l'amabilité mielleuse, ses doigts se crispaient comme les serres d'un oiseau de proie.

L'ÉTÉ, À LA campagne, c'était principalement Talvi et ses enfants qui s'occupaient du courrier de ma grand-mère. Les deux aînées voulaient absolument faire ma connaissance. Elles étaient déjà grandes, elles avaient des conversations de grandes filles. Moi, j'écoutais, je regardais, et j'ai reçu de leur part beaucoup de cadeaux : un grand sac de barrettes à cheveux et de produits de maquillage, qui s'entrechoquaient dans un petit bruit si féminin et dégageaient une odeur de cosmétiques vieillis quand on ouvrait un bâton de rouge à lèvres. Ma mère n'était pas autant transportée par mes cadeaux, elle a juste marmonné quelque chose sur des perles de verre échangées contre des diamants.

Mais ma mère ne pouvait pas dire plus de méchancetés, de peur de compromettre encore l'acheminement des lettres. D'un autre côté, les filles de Talvi savaient que leurs demandes de vêtements seraient compromises, dans le cas où le décompte de la mère ou de la grand-mère révélerait qu'une lettre se serait perdue en route. Pour un survêtement, ce service postal fonctionnait toute l'année rapidement et sûrement. Au début. Par la suite, il a fallu ajouter de plus en plus de déodorant et autres accessoires, ainsi que des astuces pour la chasse au mari. À présent, les filles écrivaient elles-mêmes, et elles posaient des questions sur les Finlandais ou sur n'importe quels hommes étrangers. *Moi aussi je voudrais épouser un étranger**. Elles avaient décidé de se marier avec un étranger, comme ma mère, leur idole. Elles aussi, elles déménageraient à l'étranger. Peut-être en Amérique. Peut-être en Finlande. Ou en Suède. Alors comment elle a réussi à épouser un Finlandais, la mère… Comment elle l'a trouvé… Où… Comment… *Racontez comment vous avez fait ! Comment ça s'est passé* ?*

Parfois, les filles m'offraient aussi de l'argent, me faisaient part d'autres souhaits, mais ma mère n'était pas désireuse de faire des affaires avec elles, elle craignait un piège. Le troc, où l'on ne touchait pas à l'argent, elle en faisait avec elles, oui, mais pas question de jouer avec leurs roubles. Talvi s'occupait des affaires du kolkhoze d'une main ferme et avare, beaucoup trop rouge pour que la mère prenne ce risque.

Les vieilles connaissances de la mère et les femmes du village rencontrées occasionnellement demandaient aussi : Comment tu as réussi ? Raconte comment tu as fait, raconte… Tu avais décidé ?… C'était quoi tes astuces ?… Mais si, sûrement… Ces questions revenaient au même qu'une agression. Ou qu'un interrogatoire. Impossible de répondre la simple vérité, car ce qu'on considérait comme la vérité, personne ne voulait l'entendre.

Personne ne voulait l'entendre, quand ma mère racontait qu'en Finlande il y avait du chômage, de la nourriture onéreuse et des logements hors de prix, dont l'acquisition dépend de critères financiers et non de la longueur de la file d'attente, du réseau de relations ou du nombre d'enfants. En Finlande, des bips décomptaient les unités téléphoniques, de sorte qu'on ne pouvait pas parler toute la soirée pour quelques kopecks. Personne ne voulait l'entendre, car ces choses-là étaient incompatibles avec la LIBERTÉ.

C'est ce qu'on t'a chargée de raconter ?

Voilà ce qu'on demandait à ma mère, quand elle disait la vérité.

Non, qui m'en aurait chargé ?

Ben, « eux ».

Qui ça, « eux » ?

« EUX » !

La mère répondait rarement ou vaguement. Plus elle déversait d'absurdités, plus les curieux étaient satisfaits, prenaient ces absurdités pour la vérité et partaient les mettre en œuvre.

1977

Tout le monde avait bien des gens pour lesquels avoir peur. Sofia avait Arnold, bien sûr, et les frères, Elmer et August. Comment la mère avait-elle donc la force, quand Katariina ne l'avait pas en Finlande ? Sa peur était-elle du même genre, de la même nature que la peur actuelle de Katariina, la peur pour ceux qui sont trop loin ? Comment Katariina aurait-elle pu comprendre que, du côté de la Finlande, l'indignation éprouvée envers l'occupant fait naître aussi un souci continuel pour ceux chez qui on ne peut pas aller ? Comment Sofia pouvait-elle dormir, avec son mari dans la forêt et sa famille en route pour les camps de Sibérie ? Comment manger et respirer, comment garder un air calme et une voix posée dans sa cuisine, quand on ne savait jamais sous quelle fenêtre un *koputaja* écoutait ?

Arnold refusait de quitter le pays, ce qu'avaient fait la plupart des gens dès lors qu'ils possédaient assez d'or et qu'ils en avaient la possibilité. Il faut dire qu'Arnold n'en avait plus les moyens : il venait de finir de rembourser son prêt, la ferme était à lui, pas à la banque, à présent son or était la terre. Et une famille toute fraîche. Sofia aurait-elle voulu partir ? Qu'avait raconté Sofia, déjà, à propos de sa sœur Liisa qui s'était enfuie au Canada ? On avait fini par recevoir une lettre de Liisa, indirectement, après bien des détours, où elle expliquait que, comme les Finlandais livraient tous les réfugiés à l'Union soviétique, elle s'était enfuie avec son mari en Suède ; là, quand ils ont parlé des déportations, on leur a demandé pourquoi ils n'avaient pas appelé la police.

Sofia avait dit qu'il faudrait partir. Mais ils n'avaient pas cru que ce serait possible. Et les prêts qui venaient d'être remboursés. Il faudrait partir, tant qu'on le peut encore, au lieu d'attendre d'être pris au piège. Ne l'oublie pas, Katariina.

Elmer et August s'étaient cachés à temps dans la forêt, après avoir échappé à l'armée allemande qui battait en retraite, et ils y sont restés. Arnold avait été avec eux à un moment donné. Dans la forêt, Elmer et August ont construit une bonne casemate, juré de n'obéir qu'aux lois de la République d'Estonie et de se battre pour l'Estonie indépendante. Mais Arnold, à ce stade, ne pouvait pas être avec eux, si ? Katariina se rappelle l'homme au manteau gris qu'elle a vu sortir de la lisière du bois et dont sa mère lui a dit de ne pas parler. Son père était déjà à la maison, à cette époque, alors cet homme, c'était Elmer ou August ?

De temps en temps, Elmer et August allaient donner un coup de main dans les fermes voisines, ils essayaient de soulager la coopérative agricole avec les quotas impossibles, changeaient de casemate, s'alliaient avec d'autres frères de la forêt, se séparaient, s'alliaient à nouveau, allaient hisser sur le mât de la mairie le drapeau bleu-noir-blanc du temps de l'indépendance de l'Estonie et tentaient de rendre aux gens leur propriété usurpée. Et ils attendaient de l'Ouest le navire blanc qui leur apporterait le salut, obligeant l'armée Rouge à déguerpir.

Ce navire blanc n'apparut pas.

Vingt-sept ans plus tard apparut une maison blanche : l'hôtel Viru.

Et ensuite, le premier navire à passagers entre Helsinki et Tallinn. On pouvait le voir depuis la plage de Pirita. Katariina était en train de prendre le soleil quand le navire passa au loin, blanc, petit. Le *Tallinn*, le navire blanc de Katariina.

Et encore plus tard, davantage de navires blancs transportant une véritable petite armée de Finlandais soûls.

1945

Des arrestations frappent continuellement des hommes de la Légion verte, des frères de la forêt. La sœur de Sofia, Maria, en tremble dans la cuisine de Sofia, elle raconte comment Edgar Pohjala s'est fait tirer dessus tandis qu'il marchait tranquillement sur la route ; blessé, on l'a traîné jusqu'à la mairie pour l'identification. Il est mort là-bas, à la mairie. Les types des services secrets ont emporté son corps dans la forêt et l'ont enseveli en prenant soin de laisser dépasser les pieds.

Sofia n'aime pas que Maria parle ainsi à voix haute, faut-il vraiment que la conversation s'entende jusque dehors ? Et si quelqu'un était en train d'écouter à la fenêtre et allait rapporter que dans cette maison on pleure un bandit comme la fin du monde ? D'accord, le chien aboierait, si des étrangers rôdaient dans les parages – mais ceux qui étaient là derrière la fenêtre n'étaient pas forcément des étrangers. Et puis la sœur dit encore quelque chose sur Arnold, ah bon, Sofia s'empresse de la faire taire en lui posant d'autres questions sur Edgar Pohjala. Mieux vaut parler de Pohjala que d'Arnold.

Maria raconte que les services secrets, après la mort d'Edgar Pohjala, ont pénétré dans la casemate de son groupe et qu'ils y ont abattu les gars dans leur sommeil. Personne n'a pu s'enfuir. Les services secrets ont empilé les corps, rassemblé des branches par-dessus et ils y ont mis le feu, un véritable feu de victoire. Ces salauds vont avoir des médailles pour leurs actes.

Quand les proches, en ayant vent de la chose, se sont aventurés sur place, ils ont trouvé un tas de chair carbonisée. En haut de la pile, il y avait le fils Toodermann, son visage était resté parce que ses mains l'avaient protégé, seul son dos avait complètement brûlé, les jambes étaient ligotées. Il n'était pas mort tout de suite : blessé, il avait essayé de ramper plus loin, s'était fait attraper, tirer par une corde près du bûcher et jeter par-dessus le tas.

Les pleurs de Maria submergent ses paroles. Pourquoi ne pouvaient-ils pas le tuer tout de suite, pourquoi fallait-il le brûler vif ? N'en ont-ils jamais assez ? Maria était amoureuse du fils Toodermann. C'était un si joli garçon. Et, comme si cela ne suffisait pas, Maria ne supporterait pas qu'il arrive quelque chose à Elmer, son frère préféré, bien sûr là-bas dans la forêt tout le monde a des problèmes, ça fait longtemps qu'on n'a plus eu de nouvelles d'Elmer, Sofia doit bien savoir quelque chose : Sofia sait-elle où est Elmer, hein, il va bien ? Elmer va-t-il chercher de la nourriture chez Sofia, est-il avec Arnold ? Ou avec Richard ? Et August ?

Il vaut mieux que tu ne saches pas.

Alors tu sais ! Raconte tout de suite.

Je ne sais pas, je ne veux pas savoir, et je ne veux pas que tu saches.

Il faut que tu racontes, tu sais qu'il faut que je sache !

Elle va la fermer, cette gourde ? Après avoir raconté l'histoire du fils Toodermann, Maria ne se taira certainement pas, elle va continuer à pleurnicher comme une hystérique. Si Sofia lui préparait un thé réconfortant, allongé avec un petit coup de quelque chose de fort ?

1945

Chaque matin où Sofia constate que le puits ne contient plus rien à apporter à la laiterie est de bon augure : comme convenu, Arnold est passé prendre le lait pendant la nuit. Les autres aussi, qui ont des proches cachés dans la forêt, apportent de la nourriture dans la maison de Sofia, qui a le mérite d'être située à la lisière de la forêt. Les frères de la forêt peuvent facilement s'y faufiler en passant presque inaperçus. Si toutefois le temps est trop clair, en hiver, pour que des chutes de neige recouvrent les traces, Sofia part à cheval chercher du bois dans la forêt, et elle laisse un sac de nourriture à l'endroit convenu. Par temps d'orage, il vaut mieux qu'Arnold rentre à la maison. La visibilité est mauvaise et les traces disparaissent tout de suite. Parfois, Arnold passe seulement chercher la nourriture, parfois il entre. Mais il est plus sûr de ne pas entrer. En été, c'est plus facile. Souvent, à la place du sac de nourriture, il trouve un panier de baies.

La propagande russe répand des rumeurs selon lesquelles tous ceux qui sortent de leurs cachettes seront amnistiés. On fait appel aux épouses, aux frères et sœurs, aux parents et aux amis. Un avion disperse des tracts dans la forêt, qui affichent de bonnes intentions.

Certains le croient.

Ceux-là seront envoyés en Sibérie ou fusillés.

1945

Les provisions d'hiver d'Elmer, Richard et Arnold sont cachées dans un sac : dix kilos de choucroute et trois litres de miel par personne, des produits secs dans un bidon à lait, du *soolapekk* dans des pots… On se débrouille. Chacun va cacher ses provisions personnelles et, après s'être retrouvés à leur lieu de rendez-vous, les gars retournent ensemble à la casemate.

Elmer s'arrête et montre les fils indicateurs tendus autour de la casemate. Ils ont été rompus. Les deux : celui d'en haut, qui détecte les grands animaux, et celui d'en bas, à hauteur des oiseaux et des petits animaux. Il n'y a pas d'autres traces. Seulement les fils rompus. Ça doit être un humain. Les frères de la forêt sont sur le point de prendre la fuite lorsqu'un rire de jeune fille retentit près de la casemate. Une conversation, des voix cristallines, on entend presque le froufrou d'une jupe soulevée pour grimper sur une motte de baies.

On les connaît ? Du village ?

Non, inconnues.

Ce n'est pas un endroit pour la cueillette. Les mûriers sont de l'autre côté, et les airelles carrément ailleurs.

On se renseigne ?

Richard veut se renseigner.

Les filles sont mignonnes et souriantes. D'une ville un peu plus loin, par là-bas, la plus brune tend ses bras nus dans une direction. Pendant que les autres membres de la famille restaient sur un autre site de cueillette, elles sont allées leur chemin, espérant croiser quelqu'un du coin qui leur indiquerait de meilleurs lieux de cueillette.

Les filles sont dans la mauvaise direction, mais alors complètement.

Elles gloussent. Oui ça doit être ça. Mais c'est quand même une belle journée d'été, les autres sont en train de cueillir des baies, mais elles ont un peu la flemme. La plus brune se jette sur la motte, roule des chevilles, jette des coups d'œil à Richard.

Arnold demande où sont les autres.

Au bord de la rivière.

Elmer, à son tour : de quelle ville elles viennent, les filles ?

D'une ville où mûrissent de bonnes pommes, sourit la plus brune en s'effleurant les seins.

Richard n'a plus la force de poser des questions, il y a mieux à faire avec une si jolie fillette.

Arnold et Elmer s'en vont, ils veulent que Richard les suive, mais Richard dit qu'il les rejoindra.

Richard attrape des morpions et la chaude-pisse. Il est obligé d'aller chez un vénérologue.

Il y en a un en ville, à Haapsalu. Richard va devoir y aller une deuxième fois. À la troisième consultation, les types du NKVD l'attendent à la réception.

HUKKA M'A DEMANDÉ pourquoi je ne parle jamais de mon père.

Parce que papa ne m'a jamais parlé. Pas plus qu'il ne parlait de moi.

Un mot ou deux, ce n'est pas parler.

Papa parlait des filles de ses frère et sœur. Pour dire qu'elles étaient plutôt douées. L'une est devenue infirmière. L'autre est avec un garçon qui fait du motocross. Elles ont déménagé toutes les deux à l'autre bout du bourg.

Voilà des filles intelligentes.

Papa aurait voulu au moins trois enfants. Pour ma mère, un seul suffisait. C'est plus commode pour voyager. Avec un enfant, elle s'en sort, même seule dans une petite ville finno-finlandaise. Elle a assez de choses à faire à part ça. Dans un pays étranger, au milieu de la forêt, même une folle ne se met pas à pondre des mouflets. Et on ne sait jamais, des fois qu'il faudrait retourner en arrière. À papa, bien sûr, elle n'en disait rien. À quoi bon. Papa ne s'intéressait jamais aux choses qui concernaient ma mère ou moi. Il ne demandait pas ce que nous avions fait pendant notre voyage en Estonie, ma mère et moi, ni comment allait ma grand-mère. Papa ne demandait jamais rien au sujet de ma grand-mère. Papa ne demandait jamais rien, d'une manière générale, mais pour d'autres raisons que moi. Je pense que ma grand-mère ne lui inspirait pas de questions. Ni ce que nous avions fait de l'autre côté de la frontière. Qu'est-ce qu'on aurait bien pu y faire ? Papa avait décidé dans sa tête que là-bas on ne pouvait rien faire. Papa ne voulait pas savoir. Parce qu'il n'y avait rien d'intéressant là-bas. Rien d'intéressant dans les racines de ma mère. C'est bien ce que ça voulait dire, non ?

Ma mère affirme pourtant qu'avant le mariage ils discutaient beaucoup, par exemple des différences entre les deux cultures.

Ah bon.

ELLE
EST
COMME ça, ta mère. Chuchote papa. Il ne fait pas de clin d'œil, mais presque. Elle est comme ça, ta mère.

Pas « comme ça » ainsi que l'entend ma mère, mais « comme ça » ainsi que la famille de papa appelle ceux qui sont un peu timbrés.

Papa rit méchamment et donne une bourrade à Anna. Du gras de poulet est resté accroché à sa barbe de deux jours. Papa s'est mis à manger avec les doigts tout ce qu'il n'avait jamais mangé avec les doigts : les Russes mangent volontiers beaucoup de poulet avec les doigts, même le poulet à la Kiev ; ma mère ne supporte pas cela. Papa continue de manger avec les doigts exprès, pour l'embêter, et il lui prend soudain la lubie de boire du thé le soir et d'acheter de l'huile de tournesol pour la cuisine, parce que *c'est meilleur comme ça*. Ma mère crie qu'en Finlande on ne boit pas de *tchaï* et qu'on n'utilise pas de *poslamasla*, et qu'on ne prend pas exemple sur les putes de Moscou, même si on les baise, et qu'on ne ramène pas ces coutumes-là à la maison.

Papa espère qu'Anna va lui rendre sa bourrade.

La mère ne se vexerait pas. Anna le sait bien.

La mère attendrait le lendemain et dirait : eh bien

soit. Juste quand papa sortirait pour faire ses courses, la mère chuchoterait à Anna : très bien. Puisque c'est comme ça. Tu peux partir. Va-t'en !

Anna aurait son propre appartement, quand elle serait assez grande pour quitter la maison.

Anna aurait sa propre voiture, quand elle aurait dix-huit ans.

Anna aurait ses vacances en Europe et de l'argent de poche en guise de petit salaire.

Anna peut-elle le nier, peut-elle prétendre qu'elle ne veuille pas cela ?

Non, elle ne peut pas. Mais Anna ne donne pas de bourrade à son père et ne lui fait pas de clin d'œil, même si elle sait qu'un regard complice lui permet d'obtenir tout ce qu'elle souhaite. Anna ne dit rien, parce qu'il ne faut pas se disputer avec son père. C'est le souhait de la mère. Quand papa est de passage à la maison, alors Anna ne doit pas se disputer avec lui, ni dire des méchancetés. La mère, elle, peut se disputer avec lui, mais pas Anna. Soi-disant, c'est pas du tout pareil. Parce que papa, ça le contrarie vraiment beaucoup. Quand papa repart, la mère peut pleurer, la mère pleure toujours quand quelqu'un s'en va, mais pas Anna. Ou peut-être qu'elle pourrait, mais ça ne la fait pas pleurer. La rage lui a tari les larmes.

ANNA
NE
VEUT pas aller chez la mamie comme tous les samedis, quand papa vient à la maison pour le week-end. Et encore moins quand papa et la mère partent cueillir les champignons et qu'on laisse Anna dans la maison jaune et blanche de la mamie. Anna a une valise en tôle Fifi Brindacier, rouge et verte, achetée au Monde des Enfants à Tallinn, et Anna est tout le temps prête à partir – à tout hasard.

Chez la mamie, il y a des lampes claires avec des abat-jour, pas de mouches, un lino brillant et un téléviseur couleur qui marche bien dans le séjour, avec beaucoup d'émissions à regarder, et pas seulement des films d'animation russes avec des marionnettes. Le fauteuil à bascule qui grince et la chaleur dans la grande salle, la chaleur d'une maison chauffée à l'électricité. Les toilettes à l'intérieur et l'eau courante. Mais chez la mamie, l'odeur est incongrue : ça sent l'électricité au lieu du four à pain. Anna ne veut rien y faire d'autre qu'attendre que sa mère revienne de la forêt, assise sur une caisse à bûches faite d'un panneau d'aggloméré. Anna ne saurait que faire d'autre, à vrai dire. Il y a là quelque chose de si froid qu'Anna est incapable de jouer, et quelque chose de si étranger qu'elle a peur que sa mère reste dans la forêt et ne revienne pas la chercher. Chez la mamie, la disparition de sa mère dans la forêt lui ferait le même effet que de se perdre dans le gigantesque hypermarché Prisma, au milieu des hauts rayonnages et de ces lumières qui ne laissent pas d'ombres, exactement pareil, horrible et insurmontable, même si à Prisma il n'y a pas de cohue poilue, de dents métalliques qui brillent dans la queue, de coups de coude, de poitrines qui vous emportent en l'air. Là où il y en a, Anna ne se rappelle pas avoir jamais perdu sa mère. Anna n'a pas l'impression de s'être vraiment perdue.

Avant d'aller aux champignons, on prend le café chez la mamie. Celle-ci a l'habitude d'ajouter un peu de café au marc précédent ; quand le papi voit sa belle-fille mettre uniquement du café frais, il s'ensuit de longues lamentations. *Et pourquoi pas faire le café avec de l'eau pure, aussi !* Parfois Anna trouve que le café de chez la mamie a un goût de moisi, la mère pense que le marc ne va pas tarder à se gâter, mais aucune des deux ne peut se permettre de le dire tout haut. Anna et sa mère jettent le café dans le lavabo, si c'est possible. Ou bien elles mettent la tasse soi-disant vide au fond de l'évier et placent par-dessus une tasse vraiment vide. Avec du sucre ou de la crème, ça passerait mieux, mais la mère n'en met pas d'habitude, et encore moins chez sa belle-mère, surtout depuis que le papi a raconté que la fraîche épouse de l'oncle mettait dans son café trois cuillères de sucre, et encore de la crème par-dessus, alors qu'elle avait déjà assez de popotin pour le partager avec plusieurs bonnes femmes.

Toi tu peux te le permettre, lance le papi à sa belle-fille. Tu es restée svelte. Papi regarde la photo de mariage des parents et constate qu'Anna a donc sept ans.

Anna en a quatre. C'est le mariage qui a sept ans. La mère corrige le papi en se mordant les joues. Le papi n'articule même pas un « ah bon ».

En outre, la brioche de mamie n'a pas le goût qu'il faut et ses raisins secs sont brûlés. Mamie leur en emballe à chaque fois, et Anna et sa mère se concertent pour trouver où jeter ces brioches qu'aucune des deux n'a l'intention de manger, où les cacher pour que papa ne remarque rien, qu'il croie qu'Anna et la mère ont mangé bien gentiment leur brioche. Anna en dépose dans la poubelle des voisins pendant que ses parents sont au sauna. Ou bien la mère va en mettre sous le lit d'Anna.

La jeune épouse de l'oncle a beau faire des décorations de Noël et des gratins de Noël chez sa belle-mère, être toujours prête à écouter les dernières nouvelles des rhumatismes de la mamie et à rire à la moindre blague du papi, rien n'y fait, elle n'échappe jamais au décompte de ses morceaux de sucre. Quoi qu'elle fasse, elle a un popotin trop large. Et elle met trop de sucre dans son café, du moins en considération de son popotin, et elle rajoute de la crème, quoiqu'en moindre quantité depuis son adhésion aux Weight Watchers. Et il en va de même pour ses filles. Celle de six ans a de si gros nénés que la mamie s'écrie qu'on dirait les siens. Ça fera donc bientôt deux popotins dont le papi surveillera la consommation de sucre. C'est peut-être la seule chose qui place Anna et sa mère dans le camp des gagnantes, chez la belle-mère.

La mère se dépêche d'en finir avec le café, parce qu'elle veut s'échapper dans la forêt et en revenir le plus tard possible. Quelle chance que papa aime les champignons et qu'il aille volontiers les ramasser dans la forêt ! Il faut dire que papa ne raffole pas des causeries dans la grande salle avec les femmes de sa famille : dès qu'il a fini sa tasse, il laisse la mère seule avec les autres et il sort se dégourdir les jambes.

Pendant la première tasse de café, la mamie se tient à côté du fourneau, sa tasse à la main, tandis que la table est dressée pour les autres avec des tasses blanches, assez petites ; la tasse de la mamie est dépareillée, avec des motifs de marguerites. Les hommes sont encore à l'intérieur, à ce stade, et la mamie rit des plaisanteries des autres, elle-même ne dit rien. Si elle rit trop fort, papi dit « qu'est-ce qui te prend ? », et mamie se tait. *Qu'est-ce qui te prend*, c'est de l'humour, c'est censé faire rire, mais ma mère ça ne la fait pas rire du tout.

Quand papa sort avec les autres hommes, mamie s'assied à table et participe aux commérages des femmes sur les gens du bourg, Esteri, Irja, le fils d'Irja, la belle-fille, et le chien de la belle-fille. Et sur Taavetti, Pekka Perälä et la mère de Pekka. Sur le cancer de la mère de Pekka, le médecin et la fiancée du médecin.

Alors qu'est-ce que tu deviens ? Tu es une vraie femme au foyer, hein ? demande à ma mère la jeune épouse de l'oncle, celle au large popotin.

Femme au foyer, voilà.

Voilà voilà.

La fille de la sœur de papa est assise par terre devant ma mère et elle observe ma mère bouche bée.

Anna sait de quoi parlent les femmes dans la grande salle, quand sa mère s'en va aux champignons avec papa. Elles disent : alors c'est celle-là qui se fait entretenir par ton fils.

Et la mamie acquiesce.

Eh oui, voilà ce que fait mon fils.

Et d'acquiescer encore.

Qu'est-ce qu'elles savent donc de ce que peut bien être une ingénieur diplômée estonienne à la fin des années soixante-dix et au début des années quatre-vingt en Finlande ?

Rien du tout.

On reconnaissait toujours que quelqu'un avait posé des questions sur le travail de ma mère quand papa se mettait à parler dans sa barbe de greluches plus ingénues qu'ingénieuses. À son murmure, on pouvait conclure que ce qui était en rapport avec ma mère ou moi était sujet de lamentations, ce n'était jamais rien de positif. Par ailleurs, papa ne racontait pas ce qu'avaient dit les autres – de même qu'il ne racontait rien d'autre, en fait.

C'était justement cette qualité qui lui garantissait de trouver continuellement du travail en Union soviétique : même si l'alcool coulait à flots, il ne lâcherait rien, même complètement bourré, il perdrait connaissance avant de commencer à parler. Malgré tout ce qu'il pouvait boire au Trou – le meilleur bar à devises de Moscou, là où vont tous les gens importants –, il tenait tête à tous ceux qui lui proposaient des transactions et des acheminements, ou bien il ne les exécutait jamais. En Finlande, ma mère entendait parfois qu'il y avait encore eu toutes sortes d'embrouilles ou que ces bonnes femmes semaient encore la confusion. Quand il y avait des problèmes avec les visas, quand l'arrangement des billets d'avion, de la voiture, de la rémunération des interprètes se corsait à cause des Russes qui exigeaient qu'il leur graisse la patte ou qu'il achemine quelque chose quelque part, un petit service qu'il ne pouvait pas accepter, la tentative s'arrêtait net lorsque papa refusait catégoriquement de payer ou d'exécuter la tâche exigée, ce fou de Finlandais. Ce fou de Finlandais ne voulait rien entendre.

Papa n'a pas été plus loquace pour annoncer à sa famille son changement de statut conjugal ; tout le monde ignorait l'existence même de sa fiancée jusqu'au jour où papa, en vacances en Finlande, a dit en partant, sur le pas de la porte, qu'il allait se marier dans deux semaines. Ils ont pris ça pour une blague. Toute l'assemblée a ri.

Du côté de papa, personne n'est venu au mariage, ni parents ni amis. À vrai dire, aucun n'avait été invité.

LA
MÈRE
LES attend depuis longtemps. La grand-mère a déjà envoyé le paquet. Auraient-ils été saisis à la douane ? La mère a pourtant bien écrit à la grand-mère de n'y joindre aucune photo susceptible de donner lieu à une interdiction.

La mère appelle la poste. Personne ne peut rien lui dire.

Un mois, deux, trois. Rien.

Pendant les dernières semaines d'une mission de papa à Vyborg, la mère décide de laver tous les vêtements de travail que papa avait jetés en vrac dans le garage. Là, dans le coin le plus reculé, elle trouve une boîte, qui contient toutes les photos que la grand-mère avait envoyées par la poste. Les photos sont humides et cornées, collées ensemble. Elle passe la nuit à séparer les photos les unes des autres. Elle pleure derrière la porte vitrée de la cuisine en écoutant des cassettes en estonien et en chantant faux *Mu kodumaa*, « Ma patrie ». C'est la seule fois où elle s'enferme dans la cuisine avec son *Mu kodumaa* sans qu'Anna ait rien fait. Après s'être disputée avec papa, il arrive que la mère s'isole dans la cuisine, mais elle ne joue jamais *Mu kodumaa*. C'est réservé aux enfermements dans la cuisine provoqués par Anna.

Quand la mère, après la restitution des terres, amène enfin papa dans sa famille, chez sa sœur, papa ne se donne pas la peine, en se réveillant la nuit, d'aller aux toilettes, il pisse dans un coin du séjour comme un chien.

Katariina est couchée dans sa maison individuelle finno-finlandaise comme dans une casemate et elle s'occupe comme on peut le faire dans une casemate : elle lit, écrit des lettres, et fait la cuisine avec du beurre salé qui se vend dans des paquets d'un demi-kilo. Katariina a la nostalgie du beurre estonien sans sel, jaune clair, conditionné en pains de deux cents grammes. Et des bouteilles de lait. Des grandes tasses à café. De la crème au beurre dans les gâteaux. Par ici, là où on s'attendrait à trouver de la crème au beurre, il y a de la crème fouettée. Pour son anniversaire, Katariina n'utilise aucune des deux, elle fait le même genre de quatre-quarts que sa propre mère lui faisait quand elle était petite.

Le mari est à Moscou. Aucune carte de vœux n'arrive, ni télégramme ni coup de fil, rien. De même les années suivantes. Le mari continue sur la même voie qu'à Tallinn, où Katariina interdisait au Finlandais d'apporter quoi que ce soit.

1945

Nom ?

Âge ?

Adresse ?

Eh bien, Richard, vous avez l'air d'avoir besoin d'un bain… Voulez-vous vous laver au moins les mains et le visage ? Voici de l'eau. Je vous en prie. Je vais donner l'ordre au patron d'apporter de l'eau-de-vie et des tartines. Ou bien attendez, je lui demande aussi de changer l'eau, mon ami était ici avant nous avec une salope, il s'est sûrement rincé dans cette bassine. Et mettez donc vos chaussures et votre manteau à sécher devant la cheminée…

N'est-ce pas beaucoup plus agréable comme ça ? Richard ?

Ils servent vraiment des tartines succulentes, ici, goûtez un peu. Ne vous gênez pas, on peut en commander davantage. Bon, dans votre situation, vous risquez fort d'être exécuté. Vous êtes un bandit, un criminel, vous vous êtes enfui, vous avez volé dans les caisses du kolkhoze, tiré sur quelques fonctionnaires, sans parler d'un certain Dmitri Souponev, dont vous avez incendié la maison, où se trouvaient aussi sa femme et leur enfant. Ah, vous ne le saviez pas, hein ? Mais ça ne change rien à l'affaire. Un incendie criminel, c'est toujours un incendie criminel. Un traître ? Eh bien… Il coopérait avec beaucoup d'ardeur pour construire notre État et le soutenir sur la voie du communisme. Un camarade exemplaire. Vous serez exécuté, on ne peut tout simplement pas faire autrement. Ça se fait par balle, bien sûr, très vite, pour que vous n'ayez pas le temps de vous en rendre compte. Mais il y a quand même une alternative. Et une bonne. Personne ne sait encore que vous avez été arrêté. Vous repartez tranquillement, vous cherchez quelque part le groupe d'Elmer Kender dit « la Main noire », et vous l'intégrez. Puis vous nous informerez de sa localisation, et on vous trouvera quelque part un appartement douillet et un emploi. Votre nom de code sera *Professeur*. Qu'est-ce que vous en dites ?

Et si vous hésitez encore, pensez à votre mère et à votre père : ils ne reviendraient jamais de Sibérie, même morts. Ils n'ont pourtant pas besoin de se retrouver en Sibérie. C'est vous qui voyez. Professeur.

Elmer ne fait confiance à personne, la faim n'est jamais dévorante au point qu'il accepte une tartine qu'on lui propose, ni son désir d'alcool insurmontable au point de succomber à une bouteille tendue, à moins que celui qui l'offre n'en avale lui-même et ne s'enivre d'abord à la même bouteille. Trop d'hommes se sont fait piéger par de l'alcool et des tartines empoisonnés. Les aliments qui emportent les sens viennent directement des mains des proches : de plus en plus de frères de la forêt sont recrutés comme agents, contre rémunération ou contre leur gré. On a proposé à Elmer d'acheter un passeport vierge soi-disant volé à un milicien, mais Elmer a refusé sagement en disant qu'il allait réfléchir, même si le vendeur – lui aussi frère de la forêt – affirmait que ce passeport était on ne peut plus sûr. Et Elmer a bien fait, car il n'a pas tardé à entendre ce qui était arrivé aux acquéreurs de passeports volés : ils s'étaient tous fait arrêter dès le premier contrôle de passeport, car tous les passeports étaient marqués.

Dans les casemates, les plus bêtes alimentent leur poêle avec du sapin qui crépite ou du bouleau odorant, et ils se font arrêter en étant trahis par l'odeur. Quelqu'un n'a pas la patience d'attendre le mauvais temps pour faire cuire de la viande dans sa planque, il en a marre des biscottes, ou il n'en a plus, tant de provisions cachées ayant été découvertes. L'odeur de la viande grillée révèle même aux plus idiotes des sentinelles la localisation de la casemate. Ou bien la sentinelle tombe dans une fosse d'aisances à travers un couvercle trop mince et en déduit que des partisans se cachent dans les parages, il s'extrait de là, mais il envoie les services secrets nettoyer la zone. Les pauvres gars. Les gentils nouveaux ne sont pas les bienvenus. Elmer, August, Arnold et Richard feraient mieux de rester à quatre, de ne pas accueillir de nouveaux membres dans leur groupe, ne pas fréquenter les autres, juste eux quatre, mais arrêter de s'opposer à l'État soviétique… *kurat*, alors ça, jamais.

NOUS
AURIONS
UN chien et une graaande cuisine, où je préparerais tous les matins du pain bien chaud ou des croissants, rien de fait à la machine à pain, seulement pétri du fond du cœur. Dans la salle de bains, une baignoire avec des pattes de lion. Des plafonds hauts et du parquet. Et je voudrais des miroirs en pied ! Un tapis rouge à l'entrée. Ce serait notre chez-nous. Hukka voulait que ce soit au bord de l'eau, avec une barque, même s'il ne sait pas nager, mais ramer, oui ; moi, l'odeur, la lumière et les recoins ténébreux d'une vieille maison. Et le sauna ! s'est écrié Hukka, et il a fini la bouteille de vin. Nous étions ensemble depuis un an.

J'avais eu des vertiges toute la semaine, si bien que je n'osais pas sortir seule. Maintenant j'étais tellement ivre que je n'avais pas envie de manger. De tels moments étaient de bons moments. Je me sentais le ventre le plus plat du monde. Non, plus plat que tout ce qu'on pourrait jamais imaginer. Mon nombril était ovale, et non rond comme à l'époque, dix kilos plus tôt. En fait, il était devenu ovale depuis cinq kilogrammes et demi. Jusqu'à quel point un nombril peut-il devenir ovale ? Question intéressante. Jusqu'à n'être plus qu'une ligne ? Je ne posais pas la question tout haut. Hukka n'aurait pas aimé ça. Hukka aimait mon ventre. Il voulait y poser ses doigts et rester couché en silence, voilà ce qu'était pour lui un matin agréable. Et puis il me faisait une tartine et je la mangeais, et puis il en faisait peut-être une autre, sûrement, et moi j'attendais quelques heures tranquillement avant d'aller chez moi et de vomir ça vite fait bien fait. Puis j'espérais que ma voix serait suffisamment claire quand Hukka téléphonerait le soir.

Personne ne savait autant de choses sur moi que Hukka. Mais lui-même l'ignorait. Hukka, mon trésor. Il me préparait des tartines et me faisait manger des yaourts. Ce n'étaient pas des nourritures saines. Mais ça ne m'inquiétait pas du tout, quand Hukka me faisait manger. Ça ne me faisait même pas peur. Même un repas en société. Des amis de Hukka venaient parfois et je préparais le dîner pour toute la compagnie, je mangeais même avec eux ! Ce n'était qu'après être descendue dans la rue, et surtout une fois que j'étais chez moi, que je faisais ce qu'il fallait que je fasse, à savoir vis-à-vis de la nourriture. Mais un nouveau jour se lèverait bientôt, avec ses nouvelles nourritures.

Après le repas, les chats de Hukka me passaient par-dessus et l'un d'eux s'est installé sur mon ventre pour dormir et ronronner ; il avait l'air de se sentir bien, et mon ventre était chaud.

C'était trop bon. Ça pourrait tuer mon Seigneur.

JE
COMMENÇAIS
D'AILLEURS à déraper et à faire des choses bizarres. Quand nous étions ensemble au lit, mes dérapages ne se cantonnaient plus à mes paroles ou à ce genre de choses. Je commençais, en effet, à m'appuyer sur les coudes. Je n'avais pas fait cela depuis que je flirtais avec l'alimentation. À présent, mes coudes étaient fripés, noircis, et aussi durs que la plante des pieds à la fin de l'été. Qu'est-ce qui m'arrivait ? J'ai palpé mes coudes et tâché d'attiser une rage par laquelle mettre un terme définitif à cette mauvaise habitude de m'appuyer sur mes coudes. Eux qui avaient été si beaux. Est-ce que j'avais besogné tant d'années pour me retrouver avec des coudes dans cet état ? Je les ai regardés dans le miroir. Je les ai pris en photo. Mais ensuite j'ai remarqué que j'étais sortie en chemisier à manches courtes, et que je ne m'étais pas sentie mal à l'aise. Je ne m'en faisais plus. Comment je pouvais ne pas m'en faire ? La perfection de mes coudes était aussi importante que de me comporter comme si je pouvais manger n'importe quoi partout sans que ça se voie. C'était absolument de la même importance, vu le piteux état dans lequel étaient les coudes de toutes les autres. Mais les miens étaient par nature doux comme de véritables peaux de pêche. Comment

ils avaient pu me devenir totalement indifférents ? Qu'est-ce qui s'était passé ? Qu'est-ce qui m'arrivait ? Mon esprit m'ordonnait de rentrer dans le rang, d'être raisonnable et d'arrêter de m'accouder comme ça, mais je ne faisais rien pour arranger ça.

Et puis j'ai commencé à me tenir à genoux, non seulement pour paraître plus grande aux yeux de ma mère quand on se voyait, mais aussi quand j'étais seule, tous les jours, pour lire le journal, au téléphone, dans des situations quotidiennes et, sans que personne me voie, je fléchissais les genoux, alors que je savais que cela causait de la cellulite et que c'était donc strictement réservé aux cas particuliers comme les visites de ma mère où elle toisait mes kilos du regard en essayant de comprendre ou au moins de deviner quelque chose. Mais j'avais envie de faire de même dans le bus ou le tramway. À cause des chaussures d'extérieur et des autres gens, toutefois, je ne me le permettais pas. Sauf parfois discrètement à côté de la porte du fond, s'il n'y avait pas d'autres passagers. C'était si agréable, tout à coup. Même si je savais très bien que je ne tarderais pas, en voyant le résultat sur mes cuisses et mes fesses, à avoir envie de pleurer et à m'en mordre les doigts, quand la cellulite prendrait sa revanche, et pourtant je m'asseyais comme je m'asseyais, détériorant ma circulation sanguine et aggravant ma cellulite, qui est un risque pour tous les anorexiques. J'étais devenue complètement irresponsable. Complètement indomptable. Je faisais des choses que je ne devrais pas, avant même que je me rende compte que je les faisais. J'allais devenir horrible, adipeuse, et les gonflements de mes cuisses devraient être rabotés aussi facilement, durablement et avantageusement que les cicatrices d'acné.

Et j'en serais la seule coupable. Je ne pourrais m'en prendre qu'à moi. Pas la peine d'espérer que quelqu'un vienne encore me désirer, après ça. J'avais capitulé. Et quand une femme capitule devant la nature, elle a perdu la partie.

Tout ça c'était la faute de Hukka.

Le bon côté, c'était que ma négligence ne s'était pas manifestée plus tôt. Mais en même temps cela révélait l'influence que Hukka exerçait sur moi. Il risquait de m'arracher mon Seigneur tout entier et de liquider ma confiance dans le pouvoir embellissant de mon Seigneur. Je deviendrais alors gigantesque, or je ne pouvais pas être gigantesque. Et, par-dessus tout, je ne serais plus le Petit Chat, car le Petit Chat doit être doux et léger comme une meringue. Mon désir de nourriture, bien sûr, Hukka ne pourrait pas l'éradiquer. À moins que… ?

J'ai commencé à dormir avec du maquillage sur le visage, même si cela empêchait la peau de respirer pendant le sommeil, de se reposer, même si cela impliquait que je renonce à la crème de nuit et que mes cellules ne puissent plus se renouveler aussi efficacement.

Je n'avais plus le courage de rapporter la crème contour des yeux au frigo après chaque utilisation.

J'ai oublié la manucure hebdomadaire une fois, deux, trois.

À l'épicerie du coin, je me suis rendu compte, au beau milieu du contenu nutritionnel des légumes au wok, que j'avais oublié de me mettre du parfum avant de sortir.

Nous étions ensemble depuis un an et deux mois.

1945

Le nom d'Arnold n'a pas été retrouvé dans les archives de la garde civique, malgré le zèle et l'acharnement déployés à le rechercher, or tout le monde savait qu'il avait appartenu à cette organisation ; Arnold l'avait quittée quand il s'était brouillé avec le commandant Priidik Rosenberg, il avait rapporté de chez lui son arme et d'autres affaires relatives à la garde civique, il les avait jetées aux pieds du commandant et il était parti.

Derrière le mystère des archives, il y avait Sofia, qui essayait de préparer le retour d'Arnold, et dont un flirt du temps du catéchisme s'occupait maintenant du fichier de la garde civique. Cette vieille connaissance ne pouvait pas refuser de remettre le dossier à Sofia, si elle venait le lui demander. Sofia a déchiré la fiche et l'a piétinée dans une flaque de boue avant de rentrer chez elle. Puis, craignant encore que quelqu'un tombe sur la fiche déchirée, elle est retournée à la flaque, a ramassé les morceaux, les a apportés chez elle, où elle les a brûlés sans quitter le feu des yeux, vérifiant les cendres encore une fois.

Arnold, cependant, ne refait toujours pas surface, on reviendrait quand même le chercher. On arracherait à Priidik Rosenberg le témoignage qu'Arnold n'a pas seulement appartenu à la garde civique mais qu'il y appartient toujours. Et, pour couronner le tout, on ne manquerait pas de trouver la parole de quelqu'un qui a su se montrer un rouge digne de confiance en la personne du frère d'Arnold, Karla. Celui-ci donnerait certainement sa parole que son frère était toujours membre de l'*Omakaitse* ! Et il n'y aurait plus besoin de papiers comme preuves.

Entre-temps, Sofia reçoit la visite de types du NKVD qui lui posent des questions sur Arnold et qui aimeraient bien l'emmener avec eux. Une fois, les types du NKVD vont vers la lisière de la forêt, se mettent à encercler et ratisser, à faire une boucle autour d'Arnold. D'après une dénonciation, Arnold est censé être soit dans la maison, soit dans la forêt voisine. Il n'aurait pas eu le temps d'aller bien loin. S'il était effectivement venu à la maison. Comme il devait le faire. Venir prendre un bain. Le temps y était propice, justement.

Arnold n'est pas trouvé.

Sofia a peur toute la nuit et toute la journée du lendemain, mais elle sort quand même apporter de la nourriture pour la nuit suivante à l'endroit convenu.

Le matin, le pain et le jambon ont disparu.

À la radio, on promet que rien ne sera confisqué à personne. Les terres, les gens, les animaux, rien ne sera pris. Rien ne changera.

August est blessé par une balle des services secrets, mais Elmer réussit à emmener son frère chez leur mère, qui promet de le cacher et de soigner sa jambe. Elmer retourne s'insinuer dans la forêt. Richard a disparu. En tout cas, personne n'a trouvé son corps. Parmi les hommes d'Elmer, quelques-uns ont économisé leurs dernières balles pour eux-mêmes et se les sont tirées dans la tête quand ils allaient se faire arrêter. L'un d'eux, prenant la voix d'un élan pour celle d'un ennemi, s'est tiré sa dernière balle dans la tempe à l'instant où l'élan s'est montré. Il n'y a plus qu'Arnold, et Arnold décide de rester seul dans la forêt, c'est le plus sûr. En outre, il faut bien que quelqu'un soit épargné, pour Sofia, en l'occurrence ce sera son mari.

Des frères de la forêt se noient dans les marais les uns après les autres en fuyant les tchékistes. Quelques-uns réchappent au marais, aux encerclements et aux sièges, mais attrapent froid et succombent à leur fièvre. Un autre rentre chez lui pour mourir. Beaucoup perdent la raison.

Les corps des frères de la forêt arrêtés et fusillés sont jetés dans les puits ou exhibés sur les places publiques. Ou dévorés par la brigade canine.

ON
EST
PASSÉS au lit le soir même de notre rencontre, Hukka et moi. Après avoir fermé la porte, Hukka m'a juste dit d'enlever mes vêtements. C'est son test classique pour voir à quel point une femme est facile. J'étais la plus facile de toutes. Ridicule, vraiment. Une traînée à deux sous. Plus légère qu'une monnaie de bois. Le chat de Hukka dormait au pied du lit, il m'a mordillé les orteils pendant toute la nuit, comme si je traînais au lit trop longtemps. Hukka me dorlotait, moi pas lui, je sais, ce n'était pas très gentil ni conforme à l'étiquette, mais je ne savais pas comment le toucher. Je le tenais fermement par les épaules, ou la tête, et je ne bougeais pas du tout mes mains. Il secouait la tête entre mes jambes en soufflant, et je ne savais pas pourquoi j'étais dans l'appartement de Hukka, dans son lit, pourquoi j'étais sortie de la queue des taxis avec lui, sortie sans penser à rien, quand Hukka m'avait purement et simplement cueillie à la station de taxis.

Plus tard, dans la journée, après m'être débarrassée du petit déjeuner préparé par Hukka, je lui ai raconté que manger m'était très difficile. Qu'en fait je ne savais pas du tout faire ça. Hukka a dit que tout le monde ne peut pas savoir tout faire. Rien d'étonnant.

Les uns ne savent pas nager, les autres ne savent pas conduire. Certains ne savent pas embrasser, d'autres ne savent pas faire le café. Moi je suis juste une de celles qui ne savent pas manger.

Je ne suis sortie de chez Hukka que le soir. C'était l'été. Des deux côtés de la porte il y avait des lilas, qui sentaient bon l'enfance. Je souriais d'un sourire lumineux. Hukka comprenait !

POURQUOI
FALLAIT-IL
DONC que Hukka pose ces questions ? Sans elles, chacun de mes matins aurait été aussi chouette que le premier soir, où je m'étais trouvée au milieu des lilas en sortant de chez lui.

Il ne faut pas poser de questions au Petit Chat. Sinon, le Petit Chat s'en va. Hukka ne comprenait-il pas cela, lui qui comprenait mon manger ? Pourquoi Hukka ne savait-il pas s'arrêter avant que le Petit Chat disparaisse à tout jamais ? Arrête !

Mais non… Hukka…

… voulait savoir ce que je voudrais qu'il me fasse.

Hukka voulait le savoir dès la première nuit ; mais à ce moment-là la question pouvait encore facilement être passée sous silence.

J'ai réussi à éluder la question pendant quelques kilos.

Pendant quelques kilos, il me l'a demandé comme ça, de temps en temps, en passant. Ce que j'aime. Ce que je veux qu'il me fasse. Ce que je veux lui faire.

Puis il a commencé à exiger des réponses. Quand il a remarqué que je ne répondais jamais.

Ce que j'aime.

Ce que je veux qu'il me fasse.

Ce que je veux lui faire.
Comme si je pouvais le savoir.
Ce que j'aime.
Je lui ai répondu franchement que je ne savais pas. Pour simplifier, j'aurais pu inventer quelque chose. Mais je me sentais trop bien avec lui, j'aimais trop le Petit Chat.
Je ne sais pas.
Qu'est-ce qui m'excite ?
Mais je sais pas, moi.
Il a dit qu'il y a sans doute quelque chose, là. Je dois bien savoir quelque chose.
Mais puisque je sais pas.
Est-ce que je veux qu'il me lèche ?
Je ne sais pas.
Par-devant ou par-derrière ?
Comment je pourrais savoir ça ?
Comment je peux ne pas savoir ça ? s'est-il écrié.
Je lui ai dit de pas crier.
Il faut bien, paraît-il, que je sache quelque chose.
Mais puisqu'on m'a jamais demandé.
EH BEN QUAND MÊME ON PEUT SAVOIR !
Pas moi.
Je me suis mis les mains sur les oreilles. Je ne voulais plus entendre une seule question. Je n'avais pas de réponses. Je me rendais compte pourtant que je devrais en être capable. Sinon Hukka ne poserait pas ces questions si naturellement. Je devrais. Je ne savais pas. Qui, « je » ? Ce corps ? Qu'est-ce qu'il avait à voir avec moi, ou moi avec lui ? Pourquoi poser des questions pareilles ? Qu'est-ce que ça changerait, si je répondais ? Ou qu'est-ce que ça changerait, si je ne savais pas répondre ?

Hukka a demandé à sa légère monnaie de bois ce qu'elle aimerait qu'il lui fasse.

C'est bien aimable, de se donner la peine de demander si minutieusement à une fille aussi facile. J'aurais dû être flattée, je suppose. Mais je me suis retrouvée en proie à la panique. La traînée à deux sous aurait dû savoir gérer ce genre de conversations. Évidemment ! J'aurais dû savoir !

Dans la lumière bleue, les mains de Hukka s'ouvraient et se fermaient lentement et régulièrement comme la respiration.

Tu veux me battre ?

Apparemment, non.

J'avais du mal à le croire. J'aurais pu le lui permettre. Vu que je ne savais pas répondre à ces questions importantes. Ç'aurait été tout à fait légitime. Ces poings qui s'ouvraient et se fermaient d'impuissance étaient pires, parce qu'ils ne me dispensaient pas de répondre, ils laissaient seulement les questions en suspens autour de nous, lourdes, étouffantes. Telles qu'elles reviendraient devant moi, que je ne pourrais pas les esquiver, elles me trahiraient quand même, je m'y ferais prendre aussi longtemps que je ne saurais pas répondre, malgré mes efforts pour ne pas me faire prendre.

En ouvrant les poings, Hukka respira longuement, lentement, et dit que j'aurais beau le supplier de m'écraser dans un coin de la poubelle, il n'en ferait rien. Même si je l'implorais. Qu'il en serait incapable. Et moi, je le méprisais presque.

1946

Staline décide d'étendre son éclat solaire aux hôtes des forêts reculées, d'être un Père miséricordieux et de gracier, d'amnistier ceux qui ont appartenu à la garde civique, mais qui l'ont quittée à temps et de leur plein gré. Bien sûr, personne ne l'a quittée de son plein gré, Arno non plus ne l'aurait pas quittée sans la querelle. Arno estimait seulement que le cantique du dimanche précédent avait commencé au mauvais endroit ; selon son chef, au bon endroit.

Après la proclamation d'amnistie, Arnold décide de prendre le risque, et il finit par sortir de la forêt.

On l'emmène à Tallinn pour l'interroger.

Que faisais-tu pendant l'occupation allemande, où étais-tu ? Dans l'armée allemande ?

N… non, j'étais dans la forêt.

Où étais-tu, quand les Russes sont arrivés ?

Dans la forêt.

Pourquoi ?

Je ne savais pas que le pouvoir avait changé.

Membre de la garde civique ?

Non, je l'ai quittée.

Avant la date de l'amnistie ?

Oui, avant.

Arnold a de la veine, cette fois la promesse d'amnistie est tenue et il est seulement condamné, pour ne pas s'être battu pendant la Grande Guerre Patriotique, à quelques années de mission dans le port de Rohuküla.

Sofia commence à distiller de l'alcool et, en plus de l'alcool, elle apporte du beurre et du jambon au médecin du chantier du port de Rohuküla. En échange, celui-ci lui souffle comment Arnold peut obtenir un congé maladie. En l'absence d'une grave infirmité, on peut donner à sa main un aspect passablement alarmant en l'enveloppant d'une serviette et en la frappant avec un marteau jusqu'à ce qu'elle enfle. En effet, elle enfla de façon fort convaincante, le médecin donna à Arnold plusieurs jours de congé maladie et celui-ci put rentrer à la maison, afin de travailler pour remplir les quotas, car il fallait bien le faire, même si la ferme n'avait plus de travailleurs. En cas de besoin, la main d'Arnold enflera de nouveau.

LES SEMAINES SUIVANTES, on a parlé. J'ai dit à Hukka que dorénavant, comme j'avais commencé à prendre du Seronil à raison de quatre-vingts milligrammes par jour, je ne pensais plus à avoir des activités sexuelles, même solitaires, même si Hukka aimait me regarder faire. Je lui ai dit que ce n'était pas sa faute, qu'il n'y pouvait rien. J'ai dit que j'étais incapable d'expliquer. J'ai dit beaucoup de choses, et plus j'en disais, plus ça semblait cohérent, tellement cohérent que j'ai paniqué, parce que ce que je disais était la pure vérité. Hukka ne me croyait pas ? Il a dit qu'aucun antidépresseur ne pouvait avoir un effet aussi radical, et il en savait un rayon sur ce genre de cachetons. Mais puisque c'était vrai, ce que je disais ! Peut-être que les médocs agissent sur la même zone du cerveau qui régit la faim et le désir. C'est sûrement pour ça. Crois-moi. Non, j'en ai pas parlé à mon médecin alimentaire. Je devrais ? Oui, absolument. Pourquoi j'en avais pas discuté avec mon médecin ? Je sais pas. Et j'en avais jamais pris une telle dose auparavant. Juste maintenant. Et voilà quel effet ça fait.

Avec la plupart des antidépresseurs, on ne va plus au lit que pour dormir. Cependant, c'est le seul effet secondaire sur lequel les médecins ne m'ont jamais questionnée, alors que les autres étaient passés au peigne fin : céphalées, nausées et sudation. Peut-être que ce n'est pas important. Déjà que j'en savais dérisoirement peu sur mes propres désirs, les médicaments achevaient de faire disparaître toute libido. Dans ces conditions, comment apprendre ces choses que mon Seigneur avait cachées ou échangées contre d'autres ? Pourquoi n'était-ce pas important aux yeux des médecins, alors qu'à ceux de Hukka c'était le plus important ?

Que faire ? Hukka a dit que j'avais l'air de ne même pas vouloir y faire quelque chose. Mais si, je voulais. Et ce n'étaient pas les seuls effets secondaires. Seronil et Seromex provoquaient aussi par exemple des éruptions cutanées. La notice des médicaments disait de contacter le médecin en urgence et d'arrêter l'utilisation, en cas de réaction cutanée. Mais je ne l'ai pas signalé. Cela ne trahissait-il pas que mon absence de désir n'était pas la seule chose que j'avais passée sous silence, comme Hukka semblait le penser ?

Moi non plus je trouvais pas ça sympa. Pas du tout. C'est pourquoi j'ai simulé, une fois. Bon, d'accord, deux fois. Puisqu'il était plus facile d'ordonner à mon corps de se comporter et bouger comme avant les médicaments, même si en l'occurrence je ne ressentais rien. Puisque je ne le comprenais pas moi-même. Hukka a aussitôt demandé si finalement ce n'était pas la faute des médocs. Mais bien sûr ! Je criais presque. Hukka ne concevait pas que je ne puisse pas dire tout simplement que je ne voulais pas. Mais qui j'aurais été alors ?

J'aurais été une fille qui ne veut même plus. Une fille qui ne sait pas manger comme tout le monde, ça, je l'étais déjà depuis douze ans. Une fille qui n'est pas une vraie Finlandaise alors qu'elle habite en Finlande. Une fille qui ne sait pas dire comment elle se sent.

Arrête cet interrogatoire ! Arrête ! Je ne sais pas ! Crois-moi ! Il y a des gens qui savent ce qu'ils ressentent, et des gens qui ne savent pas. C'est aussi simple que ça. Et moi il se trouve que j'appartiens à cette deuxième catégorie. Ou plutôt, maintenant que je ne veux même plus coucher avec Hukka, je sais une chose de plus que je ne veux pas. J'en fais des listes. Sur papier rouge, les choses que je veux, et sur papier bleu celles que je ne veux pas. Ou que je crois, du moins, vouloir ou ne pas vouloir. J'écris ce que je pense.

J'ai montré mes listes à Hukka, une fois, mais il a encore demandé ce que je ressens avec ceci et cela, et je n'ai pas su répondre, je suis allée faire du café et le fond du filtre s'est déchiré de telle sorte que du café moulu est passé au travers, après quoi de petits morceaux de marc flottaient dans ma tasse, ils me sont restés entre les dents, où ils m'ont fait une douleur lancinante, et j'ai fondu en larmes tellement je souffrais.

Ces questions me faisaient perdre pied. Le Petit Chat se noyait purement et simplement. J'étais comme ça, c'est tout.

Après ces questions, Hukka est allé dormir sur le canapé.

J'ai soulevé le matelas de manière à pouvoir plaquer l'oreille contre le plancher de la mezzanine pour écouter la respiration de Hukka sur le canapé en dessous. Il fumait une cigarette. Le clic du briquet.

Le froufrou de la couette. Puisque je ne voulais pas. D'habitude, nous dormions côte à côte, les jambes entremêlées, et mes cheveux soulevés pour qu'il ait le nez sur ma nuque.

J'avais perdu une taille de vêtements. Rien d'autre en moi ne bougeait que le poids, et c'était normal.

Le Petit Chat était sorti à pas feutrés.

HUKKA
N'A
PAS exigé que j'arrête de prendre les médicaments, même pas suggéré que j'en change, et d'ailleurs je ne voulais ni en changer ni arrêter. Je n'osais pas. Je prenais mes antidépresseurs à la dose prescrite aux boulimiques, mais ça n'avait pas vraiment d'impact sur mon alimentation. Sur mes désirs et habitudes alimentaires, oui, petit à petit. J'ai commencé à avoir les envies les plus étranges, qui m'auraient été impossibles jusque-là. Mon obsession du sucré se calmait. Mon nez était titillé par la boîte de pâtes et les boulettes de viande, m'emmenait acheter des tortellinis et faire des salades de pommes de terre, de la sauce bolonaise, du hachis Parmentier, des hamburgers, des boulettes de viande, alors que j'étais encore végétarienne. Il me venait un besoin de nourriture chaude, ce que mon ventre n'avait jamais éprouvé auparavant. Ce qui se manifestait là n'était pas un ancien désir, envie ou tentation que je connaissais. Il a fallu un certain temps avant que je comprenne ce qui se passait sous mon nombril. Ce qui donnait de la voix et montrait les dents, se débattait bizarrement et prodigieusement, ce qui avait transformé mon ventre en chien qui grogne.

Soudain, je n'étais plus prête à prendre un taxi au milieu de la nuit pour aller acheter du chocolat au

24h-Select d'Erottaja à l'autre bout de Helsinki si je ne trouvais pas les bonnes tablettes dans le seul kiosque de Kallio ouvert la nuit. Soudain, je n'avais même plus à combattre de telles pensées. Et c'était bien le but des inhibiteurs de la recapture de la sérotonine, mais ils ne m'enseignaient pas comment me comporter autrement, moi qui m'étais habituée à réagir à toutes choses par le biais de la nourriture.

Car je n'avais pas de cœur. J'avais la nourriture.

Je n'avais pas d'amour. J'avais la nourriture.

Je n'avais pas de peur, seulement l'engourdissement et la nourriture.

Je n'avais jamais eu de haine, seulement un ventre qui se remplissait à ras bord.

Je n'avais jamais reconnu avoir honte, même si j'en étais pleine et que je m'efforçais de la refouler.

Je n'avais pas d'âme. J'avais la nourriture.

Je n'avais pas de corps.

Et je n'avais plus le Petit Chat.

Ce corps était la demeure de mon Seigneur. Il ne pouvait pas être la mienne, car je n'avais pas d'âme qui aurait besoin d'une demeure charnelle. Mon corps était habité par autre chose, dont le nettoyage et la forme étaient décidés par mon Seigneur, qui lui avait donné une apparence parfaite. Moi-même, je n'aurais pas pu y être.

Mon corps ne savait pas s'il avait faim ou soif, s'il était fatigué ou s'il avait besoin d'un gilet de laine sous le manteau. Mon Seigneur, lui, le savait.

Mon corps n'avait pas de désirs. Mon Seigneur, si. Mais pour satisfaire ses désirs, mon Seigneur n'avait besoin que de nourriture.

Les autres gens le dérangeaient, les autres corps, les âmes et les cœurs des autres, qui s'agitaient près de moi en essayant de susciter une réaction.

Tout ce qui dérangeait mon Seigneur devait être éliminé.

Il était temps que le Petit Chat meure.

JE
TIENDRAI
TANT que je tiendrai, a dit Hukka.

Tu me préviendras avant ? j'ai demandé.

Non, il a répondu, et il a raccroché.

Je suis allée dans la cuisine. J'ai allumé le four. J'ai commencé à pétrir la pâte.

J'ai fait des tartes et des quiches, qui étaient excellentes. La pâte sentait bon, la chaleur sentait bon et faisait du bien à mes membres froids, je mesurais avec entrain les décilitres et cuillères à soupe, je calculais les temps de cuisson, les chiffres correspondant aux quantités, les quantités correspondant aux nombres, tout était en ordre, trois décilitres de farine faisaient un verre et demi, cent grammes de beurre s'obtenaient en découpant selon la marque des cent grammes, tout allait donc à merveille, je laissais le four ouvert après la dernière fournée, pour que la chaleur se répande dans la pièce, il faisait si froid, monstrueusement froid. Il fallait que je m'asseye devant le four. Je m'endormais là, avec tout ça dans le ventre. Je le gardais comme un enfant. La nuit, je me suis réveillée avec le ventre pendant et lourd, et dans la salle de bains j'ai laissé tout cela s'écouler dans les WC ; les airelles et les groseilles de la tarte avaient tout coloré en rouge, on aurait dit que tout en moi n'était plus que sang.

ON
SE
VOIT aujourd'hui ou demain ?

Comme tu voudras.

Hukka voulait que je dise, pour une fois, ce que je voulais, moi.

Mais puisque ça m'est égal.

Il faut que je le dise, il le faut ! Et ça n'est pas égal, ça ne peut pas l'être, si on sort ensemble pour de bon.

Pourquoi Hukka ne peut pas le dire lui-même ? Ça lui dit, qu'on se voie aujourd'hui, oui ou non ?

On va pas recommencer. La voix de Hukka, sa voix lassée.

Non, on recommence pas. À condition que tu dises oui ou non.

C'est moi qui dois le dire, moi.

Je le dirai pas !

Ça ne peut pas être si difficile de répondre à une question aussi simple ! Oui ou non.

Silence, et dans ce silence j'entends Hukka, à l'autre bout du fil, en rage.

Oui, il aimerait bien qu'on se voie aujourd'hui. Et soi-disant il ne dit pas ça juste parce que c'est ce qu'il faut dire.

D'accord. J'arrive.

J'ai calculé le temps qu'il me fallait pour le maquillage, le bain, tout ça. Et je ne savais pas encore ce que j'allais mettre.

Quand ?

Je ne peux pas dire.

Bon, grosso modo ?

J'ai décidé de faire vite. Dans une heure.

Non, pas si vite ! À cette heure-là, à la télé, il y a…

Et alors ? Je l'enregistre et on le regardera ensemble, après le film français.

Non ! Hukka me demande d'enregistrer le film français.

Non. J'ai trop de choses à voir et pas assez de cassettes, Hukka ne veut pas regarder le film français après son film, si bien qu'ensuite il resterait… Et moi je ne veux pas avoir à regarder le film de Hukka. Et après le film, il sera une heure du matin, ce sera trop tard pour rentrer, de sorte que…

Alors laisse tomber !

Tuuut, dit le téléphone, tuuut tuuut, et cette tonalité, dans sa monotonie, s'est révélée plutôt apaisante. Je mangerais d'abord, j'irais à la salle de bains évacuer mon manger, je fumerais ma cigarette de boulimie, je serais radieuse et pimpante, comme toujours *post coitum*, *la petite mort*[1], je m'habillerais, je sortirais, j'irais au bar, ce serait sympa et agréable. Ça m'a l'air bien. Je sourirais beaucoup. Donc ce serait sympa. Je saluerais des connaissances, je papoterais, je jetterais les coups d'œil qui vont bien. Ce serait donc très sympa, sympa comme un morceau de sucre. Ça avait

1. En français dans le texte.

l'air on ne peut mieux. J'ai pris encore quelques Diapam pour être sûre que la soirée soit sympa. À qui je taperais dans l'œil, aujourd'hui ? Qui je laisserais me taper dans l'œil ? Est-ce que ce serait le premier venu dans la rue ? Ou le dernier à la porte du bar après la fermeture ? Quelle importance. Hukka faisait bien de s'éloigner. C'était une bonne chose, que j'essaye de deviner les réponses à ses questions en les cherchant dans d'autres lits. Elles se trouvaient forcément quelque part.

On était ensemble depuis un an et trois mois.

LE
MEC
COURAIT dans tous les sens entre la cuisine, le séjour et la chambre. On sonnait à la porte avec insistance. Manifestement, il fallait que je m'en aille. Derrière la porte, une femme s'égosillait, à laquelle il gueulait qu'il était en train de chercher les clefs. La femme ne se calmait pas pour autant. Je n'avais pas de vêtements sur moi. J'étais nue dans le lit d'un inconnu dans un logement inconnu. Je ne voyais pas distinctement, j'avais les yeux chassieux et encombrés de grumeaux de rimmel. Dehors, il y avait l'automne et le soleil. La sonnette retentissait sans trêve. L'homme essayait de mettre de l'ordre à la fois dans ses affaires et dans sa tête, mais il ne faisait que courir d'une pièce à l'autre. J'ai cherché mes vêtements à tâtons. L'homme m'a demandé de rester dans la chambre, mais je suis allée explorer la penderie, voir si c'était un endroit approprié, ou au moins assez discret. Selon lui, tout compte fait, il valait peut-être mieux qu'on me trouve assise dans le séjour comme quelqu'un d'ordinaire qui serait resté là jusqu'au matin après une fête.

Finalement, l'homme a laissé entrer la femme. J'ai fait un salut de la main en direction de ce que j'ai présumé être une femme – les yeux me piquaient et je ne voyais pas bien. L'homme a dit : voici Anna qui est restée et nous avons un peu continué la fête ici. Je me suis demandé comment il connaissait mon nom, alors que je ne savais pas le sien, ni même où je me trouvais. La femme continuait de crier. Je suis passée dans la salle de bains en rasant le mur. Je ne tenais pas debout. Dans le séjour, elle a crié que cette bonne femme allait foutre le camp d'ici immédiatement. Il m'a semblé qu'elle jetait mon sac dans le couloir, de même que mes chaussures. Je suis sortie et l'homme a dit qu'apparemment il valait mieux que je parte, tout en essayant de la calmer : mais cette fille n'a rien fait, ne l'agresse pas comme ça, rien du tout. Je suis allée dans le couloir en souriant et en leur souhaitant une bonne journée, j'ai essayé de retrouver mes chaussures et le contenu de mon sac à tâtons dans l'escalier. Ma veste était restée à l'intérieur. J'ai sonné à la porte et j'ai demandé ma veste à l'homme. La femme hurlait toujours dans le séjour. Je suis sortie de l'immeuble, j'étais quelque part en ville, mais rien ne m'était familier et je ne trouvais pas de panneaux indicateurs. Soudain, un grincement de rails. Un tramway passait donc par ici. Je me suis dirigée vers le bruit. J'ai atteint un arrêt. J'y suis restée et j'ai pris le tram suivant : il arriverait bien dans le centre-ville, tôt ou tard, ou à un endroit que je connaissais, ou au moins à partir d'où, en me fiant aux sons, aux odeurs et aux couleurs, je pourrais espérer retrouver mon chemin. Le wagon était plein de gens matinaux, de travailleurs, de fraîcheur piquante du matin, d'activité et de jour naissant. J'avais le vertige. Du vomi m'est remonté dans la bouche. J'ai serré les dents jusqu'à l'arrêt suivant, où je suis descendue, je suis allée cracher et j'ai attendu un autre tram.

Les mouvements brusques mettaient le monde sens dessus dessous. C'était un matin froid, et pourtant j'avais chaud. Très vite, je me suis mise à transpirer. La méthamphétamine. Je me suis rendu compte que j'avais les jambes nues sous la jupe. La veille, je portais encore des bas.

Pourquoi j'avais commencé ces coups d'un soir maintenant que j'avais une relation importante avec Hukka, une relation sérieuse, avec un avenir ? Maintenant que j'avais mangé des petits pains jambon-fromage sans vomir, et même un petit déjeuner ?

Plus j'étais longtemps avec Hukka mon petit Hukka, plus Hukka devenait proche, et plus je voulais faire des cochonneries avec des mecs d'un soir. Seulement des petits coups, rien d'autre, rien de plus significatif, mais j'étais contente, parce que comme ça je n'aurais pas besoin de quitter Hukka comme je l'avais craint au début. L'intimité de Hukka n'était pas dangereuse, quand elle alternait avec tant d'autres choses, d'autres gens et des secrets. Au comble du malaise et de la confusion, il restait assez d'air pour respirer.

Mais quand même. Si Hukka n'avait pas commencé à poser ses questions, je n'aurais pas été obligée d'aller chercher les réponses ailleurs. Il estimait que j'étais censée chercher des solutions avec lui, mais il était déjà si proche, trop proche pour ça. J'en étais incapable, je ne pouvais pas, ne voulais pas, ne savais pas. Ou non. Je ne cherchais pas de réponses, avec les autres. Mais c'est ce que j'aurais affirmé si Hukka avait réclamé des explications.

Pourquoi fallait-il que Hukka pose ses questions dégoûtantes ? C'était ça, la raison ? En tout cas, je n'avais pas l'intention de rester la dernière ! Un instant… Est-ce que j'étais donc sûre que Hukka en avait une autre, ou d'autres, alors que… Soudain, je me suis rendu compte. Je n'avais jamais pensé qu'il pouvait ne pas en avoir d'autres. Peut-être pas tout de suite, mais bientôt, très bientôt, et c'était encore une bonne raison de décider que je devais être, moi, la première de nous deux. La toute première. À en avoir d'autres.

Voilà la véritable raison. J'avais décidé de ne pas rester la deuxième. Cela ne convient pas à une femme, à la longue, et je ne voulais rien qui ne me convienne pas. Rien qui me fasse manger davantage pour remplir les nuits vides et les draps vides. Me réfugier dans les kilos. Comment ma mère avait donc réussi à y échapper ? Comment ma mère pouvait être toujours de mon poids ? Alors que mes parents avaient un lit tellement gigantesque qu'il était impossible d'y dormir sans geler, toute seule avec si peu de kilos. Pourquoi ma mère était restée comme ça et pas moi ? Ce n'était pas juste.

Les mecs d'un soir n'avaient rien d'humiliant, parce qu'ils ne me posaient pas de questions auxquelles je ne savais pas répondre. Et ils n'avaient rien d'effrayant, car je ne pouvais pas les perdre. Contrairement à Hukka.

Avec les coups d'un soir, je détruisais mon Hukka, mais je pouvais le garder un peu plus longtemps que j'aurais osé autrement. Et aucune intimité ne supporte une quantité croissante de secrets.

En plus, une baise ponctuelle est une alternative tout à fait acceptable à une séance alimentaire, si je veux l'éviter. Comme l'ébriété. Toutes deux permettent de prévenir les grandes bouffes rituelles, à condition qu'on ait le temps de s'y livrer avant d'être sur le point de courir au magasin.

Aucun médecin ne pourrait prétendre que je n'ai pas cherché de substitut à mes activités de boulimie. J'avais déjà trouvé pas mal de moyens toute seule. Hélas, il n'était pas souhaitable que j'aille chercher tous les jours une nouvelle baise ou une nouvelle biture. D'accord, d'accord, le Petit Chat me manquait… Et alors ?

1949

Quelque chose va se passer. Personne ne sait précisément quoi ou quand, mais quelque chose. Ce quelque chose flotte dans l'air et fait sursauter au moindre bruit, au moindre mouvement. Pourvu que ce ne soit pas ce qui s'est passé en 41, hein ? Et rien de pire, hein ?

Les Russes bombardent des navires qui partent de Virtsu et de Haapsalu. Ils sont pleins d'Estoniens qui s'enfuient du pays et qui, parvenus au littoral, ont remis leur cheval en liberté pour qui en voulait.

Les Allemands ont dit que tous ceux qui ont collaboré avec eux se feront tuer par les Russes, sans parler des autres. Les évadés de Sibérie racontent comment ça se passe là-bas, personne ne les croit, ça ne peut pas être vrai. La propagande affirme tout autre chose. Il est formellement interdit aux fonctionnaires qui sont allés en Russie de raconter ce qu'ils ont vu. Qui ouvre la bouche disparaît. Fût-ce pour dire qu'ils ont leur propre race de vaches, là-bas : les vaches de Staline.

La vache de Staline, c'est une chèvre.

Les villages et villes d'Estonie sont vides d'hommes, il ne reste que des femmes, des enfants et des personnes âgées. Les bibles et les croix sont cachées sous la terre.

Le frère d'Arnold, Karla, a passé trois semaines à la mairie à faire quelque chose, mais on ne sait pas quoi.

Sofia lui demande chaque jour s'il y a quelque chose à craindre.

Non, il n'y a rien à craindre. Karla est serein et rassurant.

Karla répète la même chose ce jour-là, le 24 mars 1949, où tout le monde reçoit l'ordre de tirer ses rideaux opaques devant les fenêtres pour la nuit, et les villes et villages sont dans un noir total. Personne ne peut dormir. On entend seulement des bruits de gros véhicules, il y en a beaucoup, ils vont et viennent. Personne ne sait ce qui se passe, de quoi il s'agit. On craint des inspections de maisons, on s'est habitué à les craindre, car il y en a déjà eu sans cesse. Mais peut-être que cette fois ce sera pire ?

Heureusement, Arno est dans la forêt, on ne le trouverait pas à la maison même si on venait le chercher, et Karla a dit qu'il n'y a rien à craindre, et c'est quand même le frère d'Arno. Une amie de Sofia, Alice, est partie quelques jours plus tôt en bateau, mais il faut dire que son mari était policier du temps de l'« *Eesti* ». Karla a répété aussi aux autres qu'il n'y a rien à craindre et tous se sont consultés pour savoir ce que Karla avait pu dire d'autre. Rien. La voisine Miili Berg a fait boire

Karla plus d'un soir jusqu'à le rendre soûl, mais ses paroles étaient toujours les mêmes. Et Karla, c'est le frère d'Arno. Rien à craindre. Rien.

Entre les rideaux, on aperçoit les soldats de l'armée Rouge qui dépouillent les plus grands entrepôts et remplissent leurs camions de butins de guerre.

À LA DERNIÈRE visite, le médecin s'était demandé pourquoi les médicaments n'étaient pas efficaces, alors que j'en prenais tant et depuis si longtemps. On ne peut pas augmenter encore la dose. Non, impossible. Donc tu continues vraiment à vomir ? Oui, toujours. Tu veux bien monter sur la balance ? Elle affichait quarante, mais j'ai dit au médecin que ça disait quarante-cinq. Le médecin n'est pas venu vérifier. Quarante-cinq kilogrammes, c'était très bien. En tout cas, ça allait. Vous ne vous imaginez quand même pas que je veuille jamais arrêter ça. Ha !

La semaine précédente, j'avais commencé la consultation en affirmant très énergiquement que cette fois ce serait une semaine où je ne le ferais pas une fois. Je m'étais bien préparée pour la suivante. J'avais du Diapam, du Tenox, de l'Alprox, du Temesta et de l'Imovane à profusion, assez de cigarettes, des sacs entiers de nourriture saine, dix concombres, cinq kilos de tomates, cinq kilos de pommes, la même quantité de choux-fleurs. J'avais failli acheter aussi du yaourt par une vieille habitude, mais ensuite je m'étais rappelé que ce n'était plus de la nourriture saine depuis des mois, même allégé. Je comptais faire en alternance des jours de choucroute et de soupe de tomate.

J'ai tenu bon jusqu'à la dispute suivante. Enfin, ce n'était pas une vraie dispute. Hukka m'a juste fait remarquer que je ne serais bientôt même plus une femme si mes hanches continuaient à s'évaporer. Il a prétendu que je faisais exprès pour qu'il ne me désire plus, genre je n'attendais que ça ! Car alors je n'aurais plus à craindre ses ardeurs, et je ne serais plus obligée de me soûler pour m'offrir à lui sur le canapé. Je n'avais pas besoin de me casser la tête pour trouver des moyens de l'éviter : il aurait suffi de dire que je ne voulais pas.

Hukka ne comprenait pas mes efforts.

Mais ce n'était pas ça, je ne l'évitais pas. D'accord, je ne voulais pas le repousser, écarter ses mains, je trouvais ça désagréable. C'était idiot de dire en plein milieu « arrête, ça suffit ». Je pouvais très bien vouloir d'abord, mais plus ensuite. Et alors je ne pouvais plus dire « enlève tes mains de là tout de suite », ou arracher sa tête ou ses jambes d'entre mes cuisses. Il ne voudrait plus rien entendre. Il n'arrêterait pas tant que je ne jouerais pas le spectacle qui va bien. Ce n'était pas que je veuille arrêter au milieu. Je ne voulais plus, c'est tout. Pourquoi c'était si difficile à comprendre ?

Hukka a affirmé que ça me prenait toujours douze minutes et demie pour jouir. Enfin, pour faire semblant.

Qu'après ça il est censé s'estimer heureux de m'avoir rendue heureuse. Quel honneur ! Pourquoi je tiens absolument à faire de lui un bouffon ? Ça, il n'arrive pas à le concevoir !

Douze minutes et demie. Alors il n'avait rien de mieux à faire à ce moment-là que compter les minutes ?

Mais quand je lui ai fait cette remarque, il a affirmé

que c'était une façon de parler, qu'il le pensait pas vraiment. Comment savoir s'il disait la vérité ou pas ?

Hukka trouvait déplacés, aussi, les bruits qui sortaient de moi. Mon corps lui cassait les oreilles, aussi bien au lit qu'ailleurs. Je mangeais trop bruyamment, même quand ce n'était que du potage, je l'aspirais à grands slurps, parce qu'il était important que je m'entende manger. Pour moi, un repas complet se dégustait aussi avec les oreilles, on ne pouvait pas se contenter de voir disparaître les aliments et de les sentir glisser dans la gorge.

Passe encore que ça l'énerve de m'entendre manger, qu'il trouve ça désagréable, c'était compréhensible ; mais je ne voyais pas pourquoi il ne supportait pas non plus les sons qui sortaient de moi au lit. Non seulement il ne les supportait pas, mais je ne savais pas pourquoi, puisque je ne savais pas pourquoi je ne devais pas être telle qu'il m'entendait. Ou peut-être qu'il me soupçonnait juste d'avoir répété cela et de le lui servir ensuite en spectacle, mais ce n'était pas le cas.

Une fois, Hukka m'a fait une démonstration des sons que j'étais censée faire. C'était agréable à entendre, j'en conviens, mais ce n'étaient pas ces bruits-là qui sortaient de moi au lit. Qu'est-ce que je pouvais y faire ? Et si j'avais commencé à jouer la comédie en imitant Hukka ? Une représentation comme ça, ça aurait fait l'affaire ? C'était ça qui aurait fait plaisir à Hukka, qui nous convenait à tous les deux ?

Juste quand je commençais à essayer de me demander ce que je voulais… Juste quand j'osais écouter ces questions. Juste quand je ne prenais plus mes jambes à mon cou quand on me posait ces questions.

Juste quand je commençais à me dire que peut-être un jour j'oserais et saurais répondre. Juste à ce moment-là, Hukka s'est mis à exiger autre chose, qui pour moi serait théâtral, mais pour lui authentique et vrai.

J'ai essayé quand même.

Je t'ai mordu toute la nuit.

La sueur suintait des plis.

C'était ça que tu voulais, hein. De quoi tu te plains ?

Les joues rouges et les pupilles dilatées. C'était ça que tu voulais voir, hein. De quoi tu te plains ?

La bague devenue lâche a glissé de mon doigt quand je tâtonnais contre le mur, et elle est tombée par terre.

En me levant, je me suis fait du thé sans calories aromatisé au miel et j'ai fumé une cigarette, je n'avais même pas envie de manger.

La sueur, au moins, était authentique. Et les pupilles dilatées. J'étais contente et Hukka, pendant la nuit, m'avait dessiné le contour des seins à l'encre de Chine, deux soleils bordés de noir, lumineux. Ces seins-soleils bordés de noir étaient sympas, super, ils m'avaient coûté beaucoup de kilos. L'encre était indélébile. J'avais toujours les seins après la douche. Ils ne s'étaient même pas estompés. C'était un nouveau jour et j'étais exaltée comme si je me roulais dans l'herbe verte pour la première fois. Hukka dormait encore. Aujourd'hui j'aurais le temps pour tout : étudier, faire les courses, préparer à Hukka le meilleur dîner du monde et cuire les meilleurs petits pains du monde, que je ne vomirais pas – que je ne mangerais même pas, en fait –, j'aurais le temps pour tout. J'étais pleine d'entrain, de réussite et de bonne humeur.

Je suis allée faire le café.

Hukka s'est réveillé. Je souriais comme un soleil.

Pourquoi tu ne me touches jamais ? il a demandé.

J'ai versé malencontreusement les flocons d'avoine dans le filtre à café. Alors j'avais échoué ?

Pourquoi toi, tu ne me touches pas ?

J'ai retiré les flocons d'avoine et cherché le café dans l'armoire, cherché, cherché, mais je ne le voyais pas, ni rien d'autre. Je me suis assise sur la chaise. J'ai allumé une cigarette. Je ne regardais pas Hukka en face.

Tu ne le demandes jamais.

Ah parce qu'il faut demander !

Mais sinon comment veux-tu que je sache, déjà que je ne sais pas pour moi. Alors pour quelqu'un d'autre !

Je ne pouvais pas continuer. Je ne voyais pas comment continuer. Je ne savais pas. J'essayais.

Il y a en moi quelque chose qui ne te plaît pas ? il a demandé.

Non.

Tu as peur de faire quelque chose de mal ?

Peut-être. Je ne sais pas.

Tu as peur de faire quelque chose que je n'aime pas ?

Je ne sais pas. Peut-être.

Si tu veux, on peut être amis.

Non !

Hukka m'a ordonné de venir près de lui.

Viens ici. Maintenant. Tout de suite.

Est-ce qu'il fallait que je fasse comme Hukka l'ordonnait ou pas ? Il ne s'agissait que de quelques mètres.

Comme je ne bougeais pas, Hukka est venu mettre ses mains sur mes seins et m'a demandé s'il pouvait. J'ai dit oui. Puis il a fait glisser ses mains sur mes cuisses et mes fesses et m'a demandé s'il pouvait. J'ai redit oui. Il m'a léché les seins et les a mordus et a reposé la même question. J'ai répondu positivement. Il a mordillé une deuxième fois plus fort et a demandé pareil, j'ai approuvé, il mordait de plus en plus fort et demandait de moins en moins, mais je répondais à chaque question par l'affirmative, je permettais jusqu'à ce que je crie et tout en criant je permettais, moi et la douleur et le cri et ma silhouette rayonnante de douleur jusqu'à l'intérieur, qui pour une fois me procurait une sensation sans que je la voie, je la sentais bien et ça faisait mal. Soudain il m'a lâchée, j'ai roulé par terre, tremblante, complètement tremblante.

Tu ne sais pas ce que tu veux.

Hukka est allé chercher de l'eau. La voix offensée.

Comme si je l'avais frappé avec mon non-vouloir et mon non-savoir… Frappé de totale indésirabilité, d'échec, d'invalidité, comme si j'avais anéanti tout ce qui était sain en lui. Alors que c'était moi qui étais comme ça. Et c'était moi qui étais frappée : Hukka a dit qu'il ne me touchera plus tant que je n'aurai pas dit ce – que – je – veux – qu'il – me – fasse. À moi.

J'ai entassé mes affaires, enfilé mon manteau, je suis sortie en courant, j'ai dévalé la rue vers chez moi, il fallait que j'y arrive là maintenant tout de suite. Pourquoi me torturait-il ? Que voulait-il de moi, au juste ? La nuit passée n'était-elle rien du tout ? C'était lui qui avait dit que mon plaisir était le plus important : n'avais-je pas joui toute la nuit ? Je désirais, je criais et je jouissais. La sueur et les pupilles dilatées étaient authentiques, non ? J'en étais venue à croire au retour du Petit Chat.

Quand je suis arrivée chez moi, il y avait un message sur le répondeur. C'était Hukka.

Pourquoi il fallait encore que je fasse semblant ? Est-ce que je croyais vraiment qu'il ne remarquerait pas ? Je devais arrêter ça !

Il fallait quitter Hukka.

Je ne savais pas quand ni comment.

Je savais juste qu'il le fallait.

1949

Le lendemain de la nuit des déportations de mars, la fille de Karla emménage dans la ferme de Miili Berg. Elle ouvre la porte, elle entre, et elle s'installe. La nourriture est restée sur la table. La fille de Karla s'assied pour prendre son petit déjeuner. La tartine toute prête n'a pas eu le temps de durcir, tellement elle est beurrée. Le printemps ne va pas tarder, on le sent à l'air et à la terre. La cuisinière est chaude, le chemisier de Miili est en train de sécher au-dessus, le café tiédit, tout à fait buvable, il y a du lait au frais. Un verre de lait et une tartine dans les mains, la fille de Karla sort faire le tour du propriétaire, bien qu'elle sache déjà où est quoi, vu qu'elle a passé toute son enfance à jouer dans cette maison. De longs cheveux de Miili traînent sur le peigne et sur l'oreiller en duvet d'oie, qui a gardé une empreinte de tête. Elle n'aura plus à se soucier de ses cheveux trop longs, cette demoiselle, ils ne resteront pas longtemps sur son crâne – en tout cas, ce crâne ne reviendra pas ici avec des cheveux. Ah, quel dommage, voilà partie une couronne de princesse. Ça la fait rire. Miili a cousu de belles dentelles sur les bords de sa taie d'oreiller.

Et le ménage vient d'être fait de fond en comble. Elle est bien contente de ne pas avoir à s'installer dans une maison sale.

La fille de Miili Berg est de la même taille que la fille de Karla. Celle-ci décide de prendre la robe préférée de la fille de Miili pour aller à l'étable. Il allait bientôt falloir traire les vaches.

HUKKA
COMMENÇAIT

À m'en proposer d'autres. Quand on allait au bar, quand on marchait dans la rue, quand on achetait des cotons-tiges à la droguerie devant la vitrine de laquelle passait quelqu'un qu'il pensait être à mon goût, Hukka me demandait si celui-là ça irait. Légèrement, en passant. Ce que je pensais de celui-là. Ou est-ce que je préférerais le plus grand, là ?

Mais je n'en voulais pas d'autres. Même s'il y en avait d'autres, je ne voulais pas les avoir ! Je *devais* les avoir. C'était différent.

Hukka disait que ça ne le gênait pas du tout, vas-y. Prends ce que tu veux. Du moment que tu racontes, après. Ou plutôt avant, qu'il puisse aller zieuter.

Je n'en veux pas d'autres ! Pourquoi tu m'en proposes ?

Je lui dis que si je veux aller avec quelqu'un, c'est Hukka, seulement Hukka. Non, je n'en veux pas toute une bande, ni personne d'autre.

Hukka trouvait que c'était une drôle de coïncidence, que j'arrête de vouloir juste après l'avoir rencontré. Il ne voyait pas trente-six conclusions à en tirer. Ça venait forcément de lui.

Comment lui faire comprendre que, si je voulais au début, c'était seulement parce que je le connaissais si peu ? Qu'à présent je le connaissais trop ? Je ne couchais qu'avec des gens qui ne m'étaient pas trop proches.

Ça l'a fait rire, comme si j'avais dit là quelque chose de très très très amusant. Mais ce n'était pas amusant du tout, c'étaient des os froids et de la peau qui brûle, des cœurs noircis et des membres qui grattent. À chaque pas qui le rapprochait de moi, je reculais d'un kilo, tout en restant tellement figée sur place que je ne pouvais pas mettre un pied devant l'autre. Ce n'est qu'en maigrissant que je pouvais m'éloigner, m'enfuir, m'en aller, non, tu ne pourras jamais m'attraper, ni toi ni personne, je ne laisserai jamais personne m'attraper, même si le fait que je reste pétrifiée sur place pouvait signifier en réalité que je voulais rester là pour une fois, devant toi, devant toi qui t'approches, être ici… non ! Si le corps refuse d'obéir autrement, il ne reste qu'une façon de se déplacer : en rapetissant et en rétrécissant. Mon évasion par kilos est la seule échappatoire, puisque mes jambes refusent de coopérer.

J'AI
DIT
À Hukka qu'il pouvait bien aller avec d'autres, s'il voulait. Qu'il y aille, lui. Pourquoi il devrait me le proposer à moi ? Il aurait tort de se gêner, puisque je ne voulais pas. Hukka s'est offusqué : en disant cela, je lui faisais un choc dont il ne pouvait se remettre. Je déclarais là on ne peut plus clairement le peu d'attachement que j'avais pour lui. Tous les autres, soi-disant, prouvaient soit que je mentais, soit que je ne m'intéressais pas du tout à lui. Sinon, je pourrais le dire. Mais Hukka devrait-il se forcer à jeûner et vomir à ma façon, pour la simple raison que je ne sais pas manger ? Non. Eh bien, c'est pas pareil avec le sexe ? Si je ne sais pas, est-ce que ça veut dire que Hukka aussi devrait s'en passer ou ne pas savoir ?

J'étais sérieuse. Quand je disais qu'il pouvait aller baiser comme il voulait. Il n'était pas question de relations durables. C'est ce qu'on fait dans tous les couples, tôt ou tard. Inutile de prétendre le contraire.

C'est tout à fait normal, l'ai-je réconforté. Qu'est-ce qu'il pourrait y avoir d'outrageant dans une simple baise ? Tiens, les gens mangent aussi en compagnie d'autres personnes, vont dans des toilettes publiques… Pourquoi ce serait différent ?

Je ne comprenais pas ce qui faisait pleurer Hukka.

Il n'avait rien perdu, et je ne l'avais pas offensé. Les autres, ceux qui affirmaient le contraire, il ne fallait pas les croire. Je pense ce que j'ai dit, quand je t'ai ordonné d'aller voir ailleurs, et pourtant c'est toi, Hukka, qui propulses le sang dans mon cœur.

Pourquoi il pleurait ?

Et j'avais complètement oublié qu'il m'avait proposé la même chose, et que ça m'avait paru absurde.

À
MA
CONNAISSANCE, Hukka n'est pas allé se blottir dans d'autres bras, mais à partir de là il a voulu tout savoir de mes relations antérieures. Tout ce que j'avais fait au lit auparavant. Si j'aimerais bien retourner avec l'un d'eux. Les bruits qu'ils faisaient. Si quelqu'un avait été plus silencieux que moi, et quand j'ai répondu oui, il ne m'a pas crue, parce qu'on ne pouvait pas être plus silencieux que moi. Il suffisait que je dise que quelqu'un avait deux mains gauches pour qu'il veuille entendre encore et encore les gestes malhabiles et maladroits dont cet empoté m'avait gratifiée.

Pour moi, sur mes ex, il n'y avait rien à dire.

Mais vu qu'au lit on ne faisait plus que dormir, Hukka avait au moins droit à ce qu'on parle. Comme je refusais d'en dire davantage, il a demandé si ce silence ne me prenait qu'en sa présence.

Non, j'ai répondu.

Ne mens pas. Puisque tu as des choses qui me sont exclusivement réservées, comme le fait de ne pas me toucher. Pourquoi ce serait différent avec le silence ? Si tu as fait toutes sortes de choses avec d'autres, pourquoi pas avec moi ? Comment c'est possible que ta main se glisse sans effort sous la chemise d'un inconnu, que tu saches toucher les autres, que tu fourres ta langue dans d'autres bouches, que tu te frottes dans d'autres bras, mais pas les miens ?

EN
PLUS
DES coups d'un soir, je commençais presque inconsciemment à éviter les coups de fil de Hukka.

Bien sûr, quand j'étais lancée dans une séance alimentaire ou en train d'aller chercher de la nourriture, je ne pouvais pas répondre au téléphone, et ce n'était pas une dérobade : il reconnaissait à ma voix si j'avais flirté avec la nourriture ou non, selon qu'elle était enrouée et enivrée, ou que je toussais beaucoup.

Mais je choisissais aussi de ne plus répondre au téléphone s'il appelait quand j'étais près d'une séance, car la communication aurait pu compromettre le succès de mes rites alimentaires, la nourriture n'aurait peut-être pas produit un plaisir aussi grand, la conversation aurait troublé tous les effluves qui émanaient du rayon du pain, elle m'aurait dérangée en me rappelant que la voix qui sortait de l'écouteur était précisément celle qui posait ces questions. Que personne d'autre ne posait. Aucun autre n'avait eu l'idée qu'on pouvait me demander ce que je voulais. Cette pensée me faisait pleurer, mais je préférais manger que pleurer, et je sortais donc faire des courses.

Je fuyais la voix des redoutables questions de Hukka au rayon du pain, où le croustillant des baguettes était perceptible dans l'air, le sucré de la miche de pomme de terre, les céréales des petits pains et les graines de sésame étaient tout près de moi, autour de moi, à portée de main, prêts à palper, peser, choisir et emporter. Le pain n'était pas une nourriture saine, mais un refuge où je m'abritais éperdument, devant lequel je capitulais avec une sacrée facilité. Quand je commençais à manger, je n'avais plus besoin de répondre aux appels de Hukka, ni de me demander si j'allais répondre ou non, ni d'avoir mauvaise conscience de ne pas répondre. Petit à petit, la sonnerie du téléphone devenait presque un ordre de débuter une séance, alors qu'auparavant je n'aurais pas été au bord de l'orgie pour un coup de fil.

Debout au rayon du pain, je savais immédiatement tout ce qui était nécessaire. Si j'avais l'intention de prendre des pains français, il en faudrait deux ; pour le pain de seigle, en revanche, un seul suffirait ; une seule baguette aussi, parce que le pain de seigle et la baguette convenaient pour des garnitures uniquement salées, ou pour du simple beurre de baratte, mais les pains français étaient indispensables pour les tartines soit salées, soit sucrées. Le pain français, il fallait toujours le frire dans du beurre de baratte pour le rendre croustillant-grésillant-parfumé. Là-dessus, de la marmelade d'oranges, ou seulement du sucre, ou encore de la mayonnaise, du fromage crémeux et du saucisson. Exaltée par ce suspense, je regardais au rayon des biscuits, pour voir ce qu'il y avait là d'excitant. Pour l'entrée, bien sûr, de la glace.

Hukka savait bien de quoi il retournait. On en parlait. Je ne niais pas les faits. Eh quoi ? Si je ne venais pas à un rendez-vous parce que j'étais en pleine séance alimentaire. Ça ne signifiait pas que je ne voulais pas le voir. J'avais envie, et beaucoup. Je voulais dormir à côté de lui, son bras sous ma nuque et nos jambes entremêlées. Je voulais manger les tartines qu'il me préparait pour le matin et faire des baisers salés qui avaient un goût de mer et d'amour. Mais je ne voulais pas entendre ces éternelles questions, encore et toujours, elles venaient immanquablement rompre le charme, et après chaque vague de questions j'avais besoin d'assez de pain de mie et de marmelade pour trouver la force de retourner chez Hukka, d'assez de frites à la mayonnaise pour venir à bout de l'oppression dans ma poitrine, la dissoudre dans la crème fraîche.

Il m'en fallait toujours plus, et toujours plus souvent. L'élimination devenait plus méticuleuse qu'avant, car il n'y avait plus de véritables périodes de jeûne pour maigrir et réguler le poids. Il ne fallait rien garder à l'intérieur. Si j'avais fait cela moins souvent, juste de temps en temps en phase d'anorexie aiguë, une telle méticulosité n'aurait pas été nécessaire. Mais chez Hukka, la nourriture que je mangeais restait emprisonnée dans mon ventre.

J'ai pris l'habitude de garder sur moi un sac de réglisse en cas de crise alimentaire. Je commencerais par les réglisses afin de savoir, en restituant la nourriture, à quel moment tout serait remonté et ressorti : elles seraient reconnaissables à leur filet noir qui jaillirait en dernier. L'ordre alimentaire devait être rigoureux. Il fallait se rappeler les couleurs qui passaient. Pour ne pas se perdre et s'embrouiller dans la séquence du vomissement.

1949

Karla arrive dans l'après-midi à la ferme de son frère, il voit Sofia dans la cour et s'arrête comme interdit, puis il vient vers elle et lui demande : « Vous avez pas des inconnus qui sont passés cette nuit ? » Sofia répond par la négative. Ah bon, réfléchit Karla, alors tant mieux. Au même moment, Arno arrive dans la cour. Sofia prend peur, mais Arno se comporte comme s'il n'avait jamais mis les pieds dans la forêt, et qu'il n'allait pas y retourner. Karla donne une bourrade à son frère sur l'épaule. Ça fait tellement plaisir de voir qu'Arno va bien, qu'il est en bonne santé ! Même s'il sait bien que son frère est un homme fort, qui ne se laisse pas facilement liquider ou attraper.

Pourquoi faudrait-il m'attraper, mon cher frère ? Arno tire calmement des bouffées de sa *pläru*.

C'était dit d'une manière générale. L'incertitude de l'époque, et tout cela.

Et quel bon vent amenait le frère ?

C'est Sofia que Karla venait chercher, mais maintenant qu'Arno est là, il pourrait venir aussi aux dividendes, il vaut mieux qu'il y ait aussi un homme pour donner un coup de main. On est en retard. Il faut prendre les chariots – qu'est-ce qu'il attend, Arno ? On part pour le village d'à côté. Là-bas, il y a un magasin dont les propriétaires ont été déportés, et personne n'a encore eu le temps de vider leurs stocks. Le marchand lui-même n'avait rien vu venir, cet imbécile, il aurait eu intérêt à liquider son stock à moitié prix tant qu'il en était encore temps, voire à l'échanger contre de l'or – mais on ne récolte que ce qu'on sème. Là-bas, il y a des bas de soie pour Sofia et du savon de toilette pour le teint du joli visage de Sofia, du sucre et de la farine pour tout l'hiver, de l'huile pour les lampes, du tissu à robes pour les enfants, maintenant le frère va aider son frère – qu'est-ce qu'il attend, Arno ? allez allez on va harnacher le cheval –, et de l'alcool, aussi, là-bas, qui coule à flots, Karla donne une bourrade à Arno. Devinant qu'Arno va se mettre en colère, Sofia retourne à l'intérieur. Par la fenêtre de la cuisine, elle voit Arno qui s'approche lentement de Karla. Karla part en courant, s'enfuit à toutes jambes. Arno reste planté au portail.

Sofia emporte la nourriture des enfants dans la chambre du fond, ainsi que les enfants, Linda et Katariina, et elle leur dit qu'on joue. Qu'elles doivent être silencieuses, manger et aller se coucher, le jeu du dodo, et quand elles auront fait cela, la mère viendra se coucher à côté d'elles, et elles n'auront pas besoin de dormir seules dans la chambre de devant, mais à côté de leur mère dans le lit de leur mère. N'est-ce pas un jeu formidable ?

Sofia ferme la porte et retourne dans la cuisine emballer le casse-croûte d'Arno.

Dieu merci, Arno a laissé partir Karla. Arno doit aller se cacher immédiatement, à tout hasard.

Au village, par la suite, on dit que la voiture de Karla a la couleur du sang, mais ça ne le touche pas. Il continue de se comporter de la même façon avec son frère : il le salue quand il le croise, il lui rend visite quand c'est le moment de lui rendre visite.

Mais deux ans plus tard, Arnold baise la femme de son frère dans la grange, et il est fier de lui, il s'empresse de le raconter à Sofia, qui l'attendait à la maison avec les enfants. Arnold passera encore bien des soirées agréables avec la femme de son frère, Elfriide, celle-ci remplissant toujours le verre quand il se vide, et Elfriide a envie de rire, et Arnold a envie de rire, et ils s'amusent si fort. Arnold, grand et beau, est beaucoup plus au goût d'Elfriide que Karla, court sur pattes et sans menton.

1949

Le 5 avril 1949, Arnold signe un papier certifiant qu'il confie ses biens de son plein gré à la coopérative agricole. Désormais, au moins, Sofia et les enfants auront la paix.

Les gens conduits en Sibérie signent des papiers certifiant qu'ils sont partis de leur plein gré pour la Sibérie.

J'AVAIS
FAIM.

IL fallait aller à Alko.

Je n'avais pas assez d'argent.

Il fallait que j'en aie.

Pour me procurer ne serait-ce que la bouteille la moins chère et être un peu soûle. Pour ne pas avoir faim. Ne pas manger. Ne pas vomir. Car je n'en pouvais plus.

Mon corps se révoltait contre le fait que chaque jour soit un jour de boulimie. Il n'en pouvait plus. Penché sur la cuvette des WC, il n'arrivait plus à accomplir son devoir. Non, même si j'avais enfoncé dans ma gorge tout ce que je pouvais inventer. Une pelle non plus n'aurait pas rendu service, et une brosse à dents m'aurait juste égratignée. Pour que mon corps tienne le coup, il fallait intercaler un jour sans vomir, entre deux ; et comme jeûner ne marchait pas sans expédients, les jours intermédiaires nécessitaient ces expédients, à savoir une bouteille de vin ou de rhum, quelques gorgées dans l'ascenseur, les dernières gouttes de la flasque avant d'entrer dans la pièce ; les bons vieux pams marchaient, mais je prenais goût à d'autres moyens. Je roulerais un billet de banque et je m'en servirais pour sniffer quelques rails, histoire de couper la faim, de chasser la nourriture de ma tête et d'y laisser entrer autre chose que des pensées de frigo, je pourrais passer devant des magasins d'alimentation sans souffrir le martyre, et l'odeur du rayon du pain ne me donnerait pas de sueurs froides dans le dos. Et je serais contente. Je rirais et je danserais, même si je n'avais pas mangé depuis des jours, ni même pensé à de la nourriture.

LE
SPEED
ME faisait mal aux seins.

Je saignais du nez et j'avais un coton dans une narine, si bien que je ne pouvais respirer que par l'autre.

J'ai dû adopter une laque plus forte, parce que le speed me faisait tellement transpirer que mes cheveux ne tenaient plus.

J'avais tout le temps soif.

Je pesais quarante-cinq kilos et c'était splendide, absolument splendide effrayant horriblement effrayant.

Je n'avais plus pleuré depuis des mois. Peut-être toutes mes larmes s'étaient-elles évaporées par la transpiration. Ce ne serait pas la première fois.

POUR
QUE
HUKKA et moi restions ensemble, il me fallait de l'argent, trop d'argent, de l'argent pour la nourriture, l'alcool et les amphétamines. Les benzos. Les cigarettes. Les antalgiques, pour que le bourdonnement provoqué par le jeûne ne me donne pas la migraine mais reste un simple mal de tête. D'un point de vue économique, j'aurais pu m'offrir une alimentation modérée et un petit plaisir d'alcool, ou seulement ce dernier mais à fond ; par contre, la boulimie était au-dessus de mes moyens. Les amphétamines et la boulimie constituaient aussi une combinaison trop chère. Les calmants, heureusement, étaient assez abordables pour être associés à n'importe quelle équation. Les cigarettes non plus, je ne pouvais y renoncer dans aucune combinaison. J'aurais sans doute pu, mais dans mes équations l'argent ne s'obtenait pas en travaillant. Il fallait encore inventer quelque chose.

LAISSERONT-
ILS
MON père en paix, une fois pour toutes ?

Me laisseront-ils y aller, le dossier d'invitation va-t-il être accepté ?

Y aura-t-il encore quelqu'un qui parle estonien dans une vingtaine d'années ?

Katariina a peur du téléphone. C'est fait pour parler, mais on ne peut pas y parler. Comme s'il ne fallait pas respirer alors qu'on est obligé. Katariina ne reçoit de coups de fil que de la Supo, très rarement de son mari à Moscou, et encore plus rarement de sa sœur à Haapsalu. L'accent de la femme à la voix mielleuse ne s'entend plus dans l'écouteur, mais on ne sait jamais.

Dehors, il fait froid comme en Sibérie.

Je veux rentrer chez moi.

1951

Les premières années de la sœur de Sofia, Leeve, sont des années de faim et de froid. Dans le nord du Komi, il n'y a rien. Seulement des baraques construites par les prisonniers récemment amenés, avec un sol de terre battue. Il ne pousse pas d'arbres, et l'on ne peut donc pas trouver assez de bois pour faire aux morts un cercueil. Ou bien on construit un genre de cage avec des baguettes de bois qui sont apportées dans la zone, si clairsemées que la robe de soie de la jeune défunte flotte dans le vent entre les baguettes comme un drapeau pendant que la cage est convoyée sur un chariot à bœufs – il n'y a pas de chevaux, ils ne tiendraient pas le coup. Les bœufs non plus n'ont pas d'écuries, seulement un auvent malgré le froid glacial, et leurs mufles sanguinolents s'écaillent. La soie ondoyante de la jeune défunte n'a pas pu passer inaperçue : ce soir-là, sur la tombe, la robe va semer la zizanie.

Dans les villages, les murs des maisons sont faits d'un mélange d'argile et de fumier, les toits de mottes de terre. Comment peut-on vivre ici ? La terre est utilisable à des fins personnelles, mais on n'a pas d'outils – à moins d'être venu avec – ni de bêtes de trait. Les champs doivent être labourés à la pelle. En plus de la ration de pain obtenue contre le travail quotidien, on mange des bulbes de fleurs, des baies et des racines, dont on fait aussi des potages. Si les enfants sont trop petits pour faire leur quota de travail, leur quota de pain est réduit à des miettes. Comment peut-on vivre ici ?

Chez les voisins, six hommes meurent d'intoxication après avoir mangé des animaux morts.

Leeve pleure dehors en cachette en apprenant que son amie d'enfance, au loin à la maison, est devenue héroïne du travail ; elle est maintenant trayeuse au kolkhoze et elle accueille les vaches de la coopérative dans sa grande étable, héroïne du travail, médaillée, mais elle n'envoie rien à Leeve. Peut-être qu'elle ne reçoit pas les lettres de Leeve. Peut-être qu'elle ne les reçoit vraiment pas, Leeve hoche la tête et pleure en cachette, car elle ne veut pas que sa fille la voie pleurer et souffrir de la faim. L'héroïne du travail aurait des choses à envoyer ; Sofia non, car Arno et elle doivent se démener pour remplir les quotas du kolkhoze. Certes, Sofia écrit à Leeve dès qu'elle apprend où est sa sœur. Les autres reçoivent des paquets de chez eux, s'ils ont des amis qui parviennent à mettre leurs biens à l'abri et à les leur envoyer ensuite petit à petit. De la nourriture et des vêtements. Pour les premiers envois, le contenu est resté quelque part en chemin et a été remplacé par des pierres ; mais avec le temps, le contenu des paquets commence à arriver à destination.

Avant la nouvelle récolte, il n'y a pas beaucoup de pommes de terre disponibles ; si quelqu'un en a, il n'a pas envie de les vendre. Kiisa et Leeve vont voir des autochtones qui ont l'air d'avoir un lopin de pommes de terre derrière leur cabane, pour leur demander s'ils n'en auraient pas une à leur vendre. La vieille bonne femme de la cabane la plus proche ne parle pas russe, mais elle comprend quand même ce que cherchent les femmes, et elle leur apporte une pelle, allez-y, creusez donc. La terre est gelée, sauf par endroits. Le champ n'a pas été labouré après la pluie d'automne, il est dans le même état qu'alors. À y regarder plus attentivement, les autres champs sont dans le même état. Dans les endroits libres de gel, Leeve trouve des pommes de terre qui sont gelées mais n'ont pas pourri. Lors de la récolte suivante, on comprendra pourquoi il restait tant de tubercules en terre. Les beuveries du premier jour de récolte sont surmontées, mais dès le deuxième soir la vodka fait rouler une partie des gens sous la table. Quand personne ne tient plus assis, il ne reste plus personne le lendemain pour ramasser les pommes de terre, et elles sont laissées dans le champ, d'autant plus qu'il faut ensuite s'occuper aussi des animaux. Au moment de la récolte, on ne laisse pas n'importe qui s'emparer du butin ; mais dans le champ printanier, les autochtones ne se soucient plus des pommes de terre gelées.

La bonne femme fait signe à Kiisa et Leeve d'entrer. Le sol est fait d'un plancher bien ajusté, mais la pièce ne contient ni banc, ni chaise, ni table, aucun mobilier, seulement une sorte de peau de bête au milieu, sur laquelle est placée une pile fumante de pommes de terre bouillies. Dans deux récipients qui ressemblent à des tasses, il y a un liquide gris. La bonne femme fait signe à Kiisa et Leeve de s'asseoir, elle s'assied aussi, mais comme elle ne prend pas part au repas, on ne peut pas l'imiter… Comment faut-il s'y prendre pour manger ces pommes de terre ? Il n'y a ni cuillère ni fourchette. Leeve s'essaye à prendre une pomme de terre à la main et à la tremper dans la tasse, mais en fait ce n'est pas de la sauce, ça n'a quasiment pas de goût. Kiisa et Leeve mangent les pommes de terre bouillies et emportent celles qu'elles ont déterrées, en échange desquelles Kiisa donne son chemisier à la bonne femme. On va râper les pommes de terre, y ajouter des herbes, et les faire cuire dans de l'huile de foie de morue comme un steak. On peut même faire de la farine, avec les pommes de terre.

Les souliers vernis à talons de Kiisa aboutiront chez la femme du commandant en échange de pommes de terre, et apparemment ce sont les premières de sa vie, car elle va et vient avec ses chaussures à talons – une vraie *proua* – pendant tout le mois de juin sur la route du village, du matin au soir.

La fille du commandant se marie dans la chemise de nuit de Kiisa et la femme du commandant marche à son bras dans celle de Leeve : on fait des compliments à ces deux grandes dames. Parfois, l'autre fille participe aux mondanités dans le jupon de Leeve, et les filles marchent en se donnant la main derrière leur mère.

J'AI
ABANDONNÉ
LES études. Évidemment. Comment elles auraient une place dans ma vie ? Ou qu'est-ce qu'elles avaient à donner à ma vie ? Du pipeau. Quelques phrases me revenaient. Virginia Woolf était d'une grande sagesse quand elle disait que l'être humain ne peut penser, aimer et dormir correctement s'il ne mange correctement. Et Sylvia Plath, en écrivant au sujet des mannequins de Munich : *Perfection is terrible, it cannot have children.* Tout m'était indifférent, en dehors du restaurant universitaire. Tout ce qu'il y avait d'intéressant à pêcher à la Librairie académique se trouvait dans le rayon des livres de cuisine.

On m'a coupé les allocations. On ne m'a pas permis non plus de faire un emprunt.

Quand quelqu'un me demandait ce que j'avais étudié, je ne me rappelais pas. Sûrement quelque chose.

Je n'en ai pas parlé à ma mère.

Ni à papa.

Ils comprendraient que ça ne les regardait d'aucune façon.

Et dans une telle situation, je ne pouvais que manger.

L’argent du chômage était supérieur à l’allocation d’études : il me procura davantage de nourriture et d’alcool, ainsi que quelques rails de temps en temps.

Ma mère avait toujours voulu pour moi un métier bien comme il faut, un qu’on décroche quand on va jusqu’au bout des études, dans n’importe quel établissement pourvu que ce ne soit pas l’école de la vie ou de la rue. La voie académique, toutefois, était en première position. Et il fallait être diplômé. Ma mère n’avait de cesse de le souligner. Et je m’étais crue apte à la voie académique, jusqu’à ce que je sois contrainte d’y renoncer parce que je ne savais même pas faire les choses les plus simples, celles que les gens apprennent dès le berceau.

Puisque j’en avais l’occasion. Il ne fallait pas la manquer. Ma mère disait que sans un diplôme universitaire on n’est rien du tout, même pas un être humain. Et papa était assis à côté, lui qui n’est jamais allé au lycée.

1951

En allant en ville, Sofia a entendu que les Russes projettent de nouveau des déportations de grande envergure, et que le nom d'Arnold figure sur les listes. Sofia rentre à la maison à bride abattue, charge les enfants et de la nourriture sur une carriole et elle s'en va, Arnold n'est pas à la maison, il a sûrement déjà eu vent de l'affaire et il sera parti dans la forêt, Sofia essaye de faire accélérer son cheval, jusqu'à un croisement où elle se rend compte qu'elle ne sait pas quelle direction prendre, où pourrait-elle bien aller, où diable aller avec deux enfants en bas âge dans une charrette où s'entrechoquaient des bidons vides qu'elle n'avait pas eu le temps d'enlever, et si elle se faisait arrêter, qu'est-ce qu'ils feraient aux enfants, elle n'aurait aucune chance de s'enfuir, ni même d'être emmenée rue Pagari pour un interrogatoire, qu'est-ce qu'ils feraient aux enfants, elle ne pouvait pas les emmener dans la forêt pour attendre au fond d'une casemate que les Russes viennent les fusiller sur place. Non, elle n'avait tout simplement nulle part où aller.

Quand Sofia retourne chez elle, elle tombe sur Arnold, il n'a rien entendu.

Il y en aura encore beaucoup, des fausses alertes.

EN
APPELANT
LA Sécu, ma mère a appris que mon allocation d'études était coupée. Elle était très forte pour obtenir n'importe quel renseignement sur moi, elle n'avait eu besoin de rien d'autre que mon numéro de Sécurité sociale et un brin de culot.

Ma mère ne comprenait pas ce que je pouvais bien faire à Helsinki, si manifestement je n'étudiais pas. Ma fille est malade, voilà ce qu'elle s'est dit. Ma fille a besoin d'aide. Ma mère ne voulait pas s'avouer qu'elle avait plus de dix ans de retard. En plus, le seul symptôme qu'elle voyait était que je n'allais pas en cours et que je ne révisais pas pour les examens comme je le faisais au village finno-finlandais.

Dès qu'elle a été informée pour mon allocation, ma mère est venue me voir. Elle a trouvé par terre d'étranges tickets de caisse d'alimentation, et allez savoir quoi derrière les plinthes. Je veillais toujours, avant son passage, à éliminer ce genre d'informations indésirables. Mais cette fois elle est arrivée presque à l'improviste, et elle était attentive, très attentive, plus attentive que jamais, car cette fois elle était convaincue que quelque chose ne tournait pas rond. Autrement, je n'aurais pas abandonné mes études, n'est-ce pas ?

Comme elle ne comprenait pas de quoi il s'agissait, chaque chose dans mon logement devenait potentiellement dangereuse.

Je n'ai pas pu manger un kilo de hachis. Inutile de le prétendre.

À qui je fais à manger ? Pour qui je fais la boniche ?

Je suis trop maigre pour pouvoir manger des quantités pareilles.

Et comment j'explique que le sac de farine de deux kilos qui était plein la dernière fois que ma mère est passée, deux semaines plus tôt, soit maintenant vide ? De même, les deux kilos de sucre qu'elle avait achetés à ce moment-là ne sont plus dans l'armoire.

J'entretiens quelqu'un ?

Moi, entre toutes les femmes au monde, me mettre à jouer la ménagère !

Les premiers nettoyages avant une visite de ma mère consistaient seulement à cacher les ordonnances et les traces de cuisine. Le socialisme ne lui avait pas laissé d'autres stigmates que la conception de la femme en tant que camarade égale à l'homme, avec une pelle à la main ou au volant d'un tracteur. Même si papa essayait de temps de temps de suggérer que je ferais mieux d'apprendre quelques notions de cuisine, « elle finira bien par habiter avec quelqu'un », ma mère ne me laissait pas, quand elle était à la maison, préparer quoi que ce soit dans la cuisine à part du café, et encore, à peine, j'avais autre chose à faire de ma vie que de préparer le café pour les autres. Quand ma mère faisait à manger, je faisais mes devoirs ; quand ma mère faisait la vaisselle, je faisais mes devoirs ; quand ma mère écossait les petits pois, je faisais mes devoirs, je faisais mes gammes au piano, je faisais n'importe quoi qui m'empêche de traîner dans la cuisine, qui ne m'incite pas à devenir cuisinière. Ah non, pas notre Anna. La seule à la maison qui pouvait faire à manger, c'était ma mère. Papa cuisait mal les pommes de terre, et il rangeait la vaisselle lavée sans la rincer. Anna n'allait pas jouer la ménagère, elle était trop jeune. Quand j'avais vingt-quatre ans aussi, il était trop tôt. Toujours trop tôt pour jouer à la ménagère. Notre Anna ne va pas se mettre à faire la domestique, jamais de la vie. Personne ne commandera à notre Anna, c'est notre Anna qui commandera au monde entier.

UNE FOIS DÉCOUVERTE ma situation dangereuse, ma mère a pris l'habitude de passer chez moi à tout bout de champ. Mais des affaires à cacher à ma mère, il y en avait trop. Je n'arrivais pas à tout mettre hors de vue, surtout si souvent. La quantité d'affaires que ma mère trouvait suspectes ne cessait d'augmenter. Alors qu'auparavant il suffisait d'une petite armoire fermée à clef, je devais maintenant disperser mes affaires à plusieurs endroits, et malgré cela il restait des preuves, dont ma mère ne manquait pas de tirer ses conclusions et ses accusations.

Ma mère a confisqué mes draps rouges et noirs, que j'avais achetés à la place de ceux avec des singes et des pingouins qu'elle m'avait donnés. Comme elle les fourrait dans un sac, je lui ai dit « attends, laisse ça ici ». Je me doutais que je ne les reverrais pas. Ma mère a refusé, parce qu'elle saurait, je cite, les laver mieux que moi. C'est pourquoi il était impératif qu'elle les emporte. En plus, elle n'était pas aveugle. Soi-disant. Elle savait bien. Ce que je fabriquais.

Mais ma mère ne savait pas. Ma mère pensait que des hommes m'entretenaient, que je leur faisais à manger et que je les baisais. Qu'on avait ça dans les gènes. Voilà ce qu'elle croyait.

Les draps rouges et noirs étaient des draps de pute.

Mes habits étaient des habits de pute. Indécents. Débauchés. Trop rouges.

Et mon chemisier ne pourrait pas être un peu moins décolleté, non ?

Ma mère a emporté aussi les bougies, parce qu'elle jugeait que j'en faisais un usage imprudent. Je n'allumais pas les bougies dans les bons bougeoirs. Ce jour-là, j'avais mis une bougie sur la télé, ce que je ne fais jamais, et je l'avais oubliée là. Elle avait laissé un post-it sur la télé : *Ne rien poser ici, surtout pas des bougies*. Tout en moi était suspect, ce qui faisait de moi une irresponsable, inapte à prendre soin de moi ou de mon foyer.

Un abat-jour rouge et des bougies. Suspect, manifestement.

Des cendres de cigarette sur la table. De la drogue, manifestement.

Malade, manifestement, une pute droguée qui a besoin d'aide.

Après le passage de ma mère, le frigo était toujours plein. Beaucoup de litres de lait – comme si je pouvais en boire autant avec une date limite aussi proche. Sans vomir, du moins. Le freezer était plein. Les armoires étaient pleines. Les vieilles valises sous le lit étaient pleines. Ma mère avait tout rempli. De nourritures saines, comme des soupes en sachets, du concentré de tomates et du café, mais de bien d'autres choses encore : du chocolat, des tartes, des cakes, des pâtes. Puisque j'étais si maigre qu'elle était obligée d'approvisionner mon garde-manger à ma place, en espérant que je n'aille pas en nourrir quelqu'un d'autre.

Anna a un grave trouble alimentaire, dit la mère à papa.

Elle m'a l'air en pleine forme, répond papa. Et puis elle mange tout le temps.

PARFOIS
JE
M'ÉCHAPPAIS chez une amie, quand ma mère venait. Je ne supportais pas de la voir fouiller partout. Je ne pouvais pas non plus l'empêcher de venir : l'appartement lui appartenait. Ou plutôt il appartenait à papa, mais comme je ne l'appelais d'aucun nom ni d'aucun mot, je disais toujours « ma mère » à la place de papa, même si je pensais à tous les deux collectivement. Je ne rentrais que quand ma mère était partie. J'appelais mon numéro, jusqu'à ce que personne ne réponde. Si on répondait, je raccrochais. Ma mère répondait toujours à mon téléphone, quand elle était chez moi.

Même si ma mère faisait déjà pousser dans son jardin des fleurs nationales d'Estonie, des bleuets, qu'elle en dispersait dans des vases tout autour de la maison, et qu'elle exhumait les livres en estonien du débarras pour les placer sur les étagères, certains traits de son comportement restaient inchangés. Elle me faisait toujours jurer de ne rien raconter de mes origines. Qu'on ne me prenne pas pour une pute estonienne, même si apparemment je faisais tout pour revendiquer ce titre en remplissant mon appartement d'odeurs de choucroute et de lumières tamisées, de chaussures à talons et de vernis à ongles rouge. Et pourquoi y a-t-il une fourrure pendue à mon porte-manteau, et un manteau d'hiver avec un col en fourrure dans le style russe ? Ma mère me montre agressivement une pute qui fait le trottoir à Kallio avec chapeau et col en renard. Pourquoi je veux avoir l'air pareille ? Elle ne veut pas admettre que de nos jours les Finlandaises en portent aussi.

1952

Leeve obtient un poste de cuisinière au kolkhoze. Ce travail est physiquement plus adapté à sa frêle constitution, mais pour se procurer les ingrédients, c'est une autre paire de manches. Et les ustensiles ? Un plat de fer presque fendu en deux par la rouille, et un autre du même genre, un peu plus petit, pour faire cuire le porridge, il faudra faire avec.

Leeve reçoit une barrique de viande, avec laquelle elle est censée faire la cuisine, mais en ouvrant la barrique, elle n'est plus sûre du tout d'y parvenir. La barrique est pleine de têtes de bœuf équarries. On y avait sans doute mis du sel, mais la saumure s'est évaporée depuis belle lurette. L'odeur est la plus atroce que Leeve ait jamais sentie et qu'elle sentira jamais. Mais il faut faire la cuisine. Leeve fait tremper les têtes de bœuf toute la journée ; le soir, elle les débite en petits morceaux dans une marmite, ajoute de l'eau et quelques pommes de terre flétries, il n'y a rien d'autre. Les affamés qui rentrent du travail remercient Leeve pour son bon petit plat.

Le livre de cuisine de Leeve est simple : on fait la soupe de pommes de terre avec des pommes de terre et de l'eau, la soupe de farine avec de l'eau et de la farine, la soupe aux choux avec de l'eau et du chou. Le pain se prépare avec des graines de mauvaises herbes, de l'armoise et des glumes de blé, et s'assaisonne avec de la farine. La soupe d'oseille se fait avec de l'oseille et de l'eau, la soupe d'orties avec de l'eau et des orties. Le thé d'orties avec des orties et de l'eau, le thé de baies avec des baies séchées et de l'eau.

Le pain, au kolkhoze de Leeve, on en reçoit cinq cents grammes par jour. Dans certains kolkhozes, la ration de pain est seulement de deux cents grammes, de sorte que les gens qui sont nourris par Leeve sont bien lotis. Mais le bruit court qu'il y a aussi des kolkhozes où l'on a mille grammes de pain ! Tout le monde aspire à l'un de ceux-là.

LE
MÉDECIN
A suggéré que j'aille passer quelques semaines à l'hôpital psychiatrique de Lapinlahti – ça faisait combien de fois que j'abandonnais et recommençais le traitement ? – juste pour m'entraîner à manger. Peut-être un mois. Ou je serais même patiente de jour. Pour trouver un rythme alimentaire.

Je prenais des inhibiteurs de la recapture de la sérotonine depuis deux ans à la dose maximale, et ça n'avait pas mis fin à mes séances de bouffe. Mon médecin alimentaire a dit qu'il comprenait bien que je ne veuille pas mettre fin à ce qui m'avait été d'un si grand secours, qui avait pris une si grande part dans ma vie. Mais la situation n'était pas du tout aussi sinistre que je l'imaginais… Comme si j'*imaginais* ! Je *savais* !

Je savais aussi tout ce qu'on peut savoir sur les troubles du comportement alimentaire, j'avais tout lu, tout étudié, je savais. Je n'avais pas besoin de vos cours de boulimie et de vos diététiciens ; ils m'auraient peut-être été utiles dix ans plus tôt, mais plus maintenant. J'étais trop vieille. Les autres qui vagabondaient à la clinique étaient nées dans une autre décennie. Bien sûr, vous estimiez que mon soi-disant savoir n'était rien de plus que l'arrogance typique des gens de mon genre. Mais vous m'avez fait passer des tests, que j'avais déjà lus en annexe de guides de soins cliniques. J'avais lu les consignes adressées au thérapeute : comment celui-ci doit se comporter vis-à-vis de son patient, comment c'est toute la famille du patient qui est son patient. J'avais lu tous ces tests où on demande de dix façons différentes si je trouve mes hanches trop larges. Vous agissiez selon ces consignes, lesquelles n'avaient rien à m'offrir, à moi qui étais de poids normal et majeure, dont le corps n'était pas altéré et qui ne détestais pas ma boulimie. Qui prenais du calcium tant et plus, et des vitamines.

À mon sens, tout ce qu'on pouvait faire était stabiliser ma relation à mon Créateur de telle sorte qu'elle ne parte pas dans tous les sens à tort et à travers, mais qu'elle *soit*. C'est vers cela qu'il fallait tendre, mais vous ne faisiez que me faire miroiter de fausses pépites et, du même coup, vous avez perdu toute votre crédibilité.

Âgée d'un quart de siècle, je n'étais pas prête à retourner mentalement au stade où j'avais commencé ma première diète. Je ne voulais pas, en tant que femme adulte, dire que je n'avais pas la moindre idée de ce que je suis sans ma boulimarexie. Que sans elle, je ne suis pas. Que je ne sais pas me réjouir de quoi que ce soit sans la séance alimentaire qui suit. Que je ne sais pas déplorer quoi que ce soit sans une pleine armoire de nourriture de séance. Que sans cela je ne sais ni me détendre, ni me concentrer, ni aimer. Les pleurs sont la seule chose que je sache faire sans séances. Assez de pleurs frénétiques ne laisse même pas la possibilité de penser à la nourriture ; mais ensuite faire une séance est un grand succès.

Qu'est-ce que j'étais donc allée passer toutes ces années sous traitement, alors que je n'étais nullement disposée à m'arrêter ?

Une boulimique typique aurait jugé que je prenais la place d'une autre patiente alors que je n'avais pas vraiment besoin de traitement, puisque ça ne me dérange pas du tout et que je suis incurable. Une boulimique typique aurait aussi éprouvé une culpabilité cuisante par rapport aux collectes de la Journée de la faim, et chaque fois qu'on parlerait à la télévision de la faim dans le monde et du besoin d'aide humanitaire, ou de la précarité chez les personnes âgées. Les enfants faméliques d'Afrique, on n'oublie jamais de les mentionner dans les récits de survie et leçons de morale qui parlent des troubles du comportement alimentaire, car ils en ont tous.

Mais moi, j'en avais rien à foutre. Je n'ai fait de rapprochement entre les petits Africains au ventre protubérant et moi-même qu'en apprenant dans les livres sur les troubles alimentaires que mes semblables culpabilisaient en pensant à la famine. Je ne faisais pas de rapprochement non plus entre la précarité alimentaire de l'Union soviétique et ma façon de manger, jusqu'à ce qu'on me demande quelle culpabilité j'éprouvais à cause de cela. Je n'avais jamais eu mauvaise conscience pour les kilos de pain et les douzaines de beignets qui s'écoulaient dans les WC. Les collectes ne m'extorquaient pas un radis. Je n'étais pas coupable, et je ne me sentais pas coupable. Encore un élément qui ne collait pas avec le diagnostic.

Qu'est-ce que ça pouvait faire, si on souffrait de la faim ici ou là ? Ou quand ? C'était toujours de la faim. Sous l'emprise de la faim, tout le monde se comporte de la même façon, présente les mêmes symptômes, se précipite avec la même frénésie pour manger de la farine à même le sac ou ronger le hachis congelé. L'univers de l'être humain affamé est toujours de la taille de son assiette, quels que soient son sexe, son âge, son pays, sa couleur de peau, sa langue, et quelle que soit l'époque.

Selon ma thérapeute, j'avais dû me sentir affreusement mal, quand ma famille de l'autre côté de la frontière s'était retrouvée devant des comptoirs vides, pendant que moi j'avais tout.

Mais je n'avais pas tout.

Mon monde à moi, il était ailleurs.

Pourquoi vous n'arrêtez pas de me répéter que la nourriture est « tout » ? Mon cœur sait bien que ce n'est pas le cas.

1952

Nom ?

Âge ?

Domicile ?

Deux enfants, n'est-ce pas ? Katariina et Linda…

Voisins ?

Lesquels d'entre eux protègent des bandits ?

Vous comprenez sans doute que les bandits sont des criminels ?

Lesquels d'entre eux protègent des bandits ?

Lesquels ont dans leur famille des gens qui sont devenus des bandits ?

Aucune idée ? Mais la camarade Sofia veut sûrement rire. Nous savons en effet que le frère de la camarade, Elmer, est un bandit. Votre propre frère est devenu un criminel, non ? Vous ne savez pas ? La camarade sait-elle au moins ce qu'a fait son cher frère ? Il a commis des actes épouvantables. Il a massacré des gens sans défense, brûlé vifs des femmes et des enfants dans leurs maisons, pillé des magasins et des trains, saboté des élections et injurié l'État. Calomnies ? Ce ne sont pas les témoins qui manquent.

Vous ne le croyez pas ? Eh bien, nous, si, nous avons plus de preuves qu'il n'en faut, et nous le ferons répondre des crimes qu'il a commis contre le pouvoir soviétique. Et savez-vous ce qui arrive aux criminels et aux traîtres à l'État ? Ils sont exécutés. Ils n'ont pas d'alternative. Au mieux, on peut donner la sentence classique 25 + 5, vous savez ? En cas d'atténuation de peine, on peut même se contenter de dix ans. Dix ans, ce n'est rien. Votre frère vous reviendra de Sibérie dans dix ans. Il sera encore un jeune homme. Pour cela, il suffit qu'il se rende. De toute façon, nous l'aurons, tôt ou tard. La vie de votre frère est entre vos mains, vous comprenez, en donnant la localisation de sa casemate…

Vous ne savez pas ? Mais si vous ne savez pas, quelqu'un doit savoir, non ? Il y a quelqu'un qui l'aide. À présent, il ne vous reste qu'à identifier ce quelqu'un. On fera confiance à sa sœur. Votre frère ne sera pas exécuté, s'il est arrêté à temps. Vous comprenez ? Tout ne tient qu'à vous.

Sofia a été interrogée sur Elmer de nombreuses fois, mais Sofia ne sait jamais rien. Parfois, on lui demande de venir avec ses enfants, et les fillettes sont confiées aux types du MGB pendant l'interrogatoire. Parfois, l'une des fillettes pleure.

J'AI
DIT
À Hukka que je faisais un petit tour à Tallinn pour acheter des clopes. La cartouche, qui coûtait deux cent quarante marks en Finlande, était à seulement soixante-dix marks sur le bateau, ça valait le coup, et oui oui, je promettais de ramener les bières à Hukka, à condition qu'il paye le taxi entre le port et chez lui, autrement je ne pourrais pas les porter, et oui, je lui chercherais aussi du Calvin Klein. Ouais ouais, le grand flacon. Bisou ! Et puis je me suis dépêchée d'embarquer.

Nombreux étaient ceux qui faisaient de petits voyages d'agrément à Tallinn. Ça n'avait rien d'étonnant ! Je disais que j'allais chez la coiffeuse et l'esthéticienne, comme les autres Finlandaises, peut-être aussi la pédicure, est-ce que ça me donnerait l'air d'une touriste finlandaise assez authentique aux oreilles de Hukka ? Il fallait au moins faire un tour chez la coiffeuse, pour être une touriste finlandaise normale. Un peu jeune, certes. Mais peut-être quand même.

... la coiffeuse revient de l'arrière-boutique avec de l'eau dans un seau, qu'elle verse sur ma tête pour rincer le shampooing... ma mère me racontait comment elle fixait sa coiffure avec de la bière... des brosses, des

épingles – huit kopecks le paquet – et des miroirs sont toujours en vente sur le comptoir, rien d'autre… il y a toutes sortes d'eaux de toilette, mais le rouge à lèvres n'est disponible que dans cette teinte la plus brillante de toutes, et la seule couleur de crayon à paupières est mauve… toutes les surfaces sont mates, rien ne brille… et les kittelkleidid *des vendeuses, ces horribles blouses à petites fleurs…*

Mais ensuite, passé la frontière, je ne voulais pas ressembler à un « renne ». J'évitais les classiques de la touriste « renne » : le marché de Mustamäe, les Halles, les restaurants qui arborent des menus et des enseignes en finnois. J'évitais les voitures immatriculées en Finlande et les cars touristiques finlandais, et j'exhibais le sac à provisions que j'avais pris à ma mère, sur lequel figurait le nombre 80 avec des voiliers en souvenir des régates olympiques de Tallinn en 1980. J'ai ressorti un vieux portefeuille en cuir d'artisanat traditionnel estonien de 1984. Avec tout cet équipement, je bénéficierais des prix destinés aux Estoniens au lieu de ceux pour les étrangers, même si je parlais un estonien maladroit. Ça suffisait à me camoufler.

… les touristes finlandais sont amenés dans les magasins à devises Beriozka, où l'on peut se procurer n'importe quoi, mais seulement avec des devises… en cas d'urgence, on va y acheter des bonbons pour les enfants, ou du café… il y fait presque aussi frais que dans les magasins de Finlande, c'est sans doute climatisé, à moins que ce soit seulement parce qu'il y a peu de monde… la Beriozka de Moscou est pleine d'ambre

jaune et de boîtes miniatures finement peintes... Les parfums français, on les trouve ailleurs, « sous le comptoir », leur prix en roubles est ridiculement bas. Il ne serait même pas envisageable d'en livrer dans les magasins à roubles, l'assaut de la foule serait ingérable...

À présent, j'avais mes propres vêtements, semblables à ceux que je portais en Finlande. Les miens. Et les cheveux coiffés de la même façon que de l'autre côté de la frontière, attachés derrière, car les chignons et les tresses avec leur gros ruban n'appartenaient plus à la catégorie des coiffures qui m'étaient interdites à Tallinn, puisque de nos jours ils étaient portés tout autant par les jeunes Finlandaises que par les Estoniennes, simplement dans une version plus moderne, avec une frange et des pinces.

À la place du russe, à Tallinn, on entendait surtout du finnois, en particulier les jours plus calmes, comme ce dimanche, il y avait des coupe-vent froufroutants et des chariots sur lesquels on ramenait en Finlande les quinze litres de bière autorisés... Ou bien c'était même trente litres ? Ou seize ?

Le bateau était plein de retraités très enivrés. Papa non plus n'aimait plus les croisières à Tallinn, tellement la moyenne d'âge des passagers avait augmenté, il chargeait plutôt ma mère de rapporter une pleine cargaison de bière quand elle traversait le golfe. Les femmes grisonnantes aux éclats de rire stridents étaient assises dans les couloirs du bateau, où elles vidaient les canettes de bière qu'elles avaient dans des sacs en plastique à leurs côtés. Elles lançaient des obscénités et des blagues racistes aux musulmanes qui passaient. Elles allaient et venaient en ascenseur, incapables de rester où que ce soit, elles titubaient dangereusement dans les escaliers, bouchaient les WC de leurs cabines. Les mecs endimanchés regardaient les femmes, et ils essayaient de me draguer dans le port de Tallinn. Sur le bateau, j'étais la plus jeune Finlandaise voyageant seule, et je me suis confinée dans ma cabine pendant toute la traversée. Pour aller au magasin, j'ai dû emprunter l'escalier, car une grande Finlandaise entre deux âges gisait complètement bourrée devant les portes de l'ascenseur, laissant échapper quelques mots de temps en temps. Le personnel l'enjambait et la contournait, seuls certains passagers faisaient attention à elle en la regardant avec insistance, mais personne n'allait lui parler ou chercher quelqu'un. Elle n'avait rien d'autre sur elle qu'un soutien-gorge noir. Elle gisait toujours là quand on est arrivés au port et qu'on a commencé à débarquer. Les chariots à bière la contournaient, les enfants sautaient par-dessus, l'une des bretelles du soutien-gorge était tombée, rien d'autre n'avait changé depuis la veille au soir.

... un Finlandais d'âge mûr parle des beaux yeux des Estoniennes à son ami, et il lui recommande aussi une femme estonienne, qui a encore l'air d'une femme, contrairement à ces greluches finlandaises qui ne connaissent plus les jupes... en Finlande, on reconnaît les types qui ont fait un voyage à l'Est à ce regard brillant qu'ils ont gardé, ces yeux arrogants, cette assurance de conquérants qu'il ne leur viendrait jamais à l'idée d'avoir face à une Finlandaise, puis un retrait se produit peu à peu à Helsinki, de mètre en mètre, entre

le port et le centre-ville ils ont déjà retrouvé leur taille d'origine, somnolents et vaporeux, et pour ceux qui vont plus loin l'ambiance continue au wagon-restaurant…

Je faisais de plus en plus souvent ce genre d'excursions pour acheter des clopes, ou de petites promenades de loisir. Quand les questions insistantes de Hukka me poussaient à bout, quand les réponses que je ne donnais pas m'empêchaient de respirer en me restant en travers de la gorge, je partais, je me précipitais dans le port, en voyage. Manger ne faisait pas toujours l'affaire – et en plus, la nourriture, les médicaments, les cigarettes et l'alcool revenaient moins cher de cette façon.

À chaque voyage, je remarquais qu'il y avait de moins en moins de traces de mon monde, ce qui stimulait la fréquence de mes voyages. Il fallait à tout prix que j'y aille plus d'une fois par an. Pendant longtemps, je n'y étais allée qu'une fois par an, l'été, puis il y avait eu une pause de quelques années avec mon déménagement, et je ne voulais pas voyager avec ma mère à cause de mon alimentation, ni toute seule, et il n'y avait plus Irene. Quand j'y suis retournée après cette pause, j'ai été saisie de peur et d'horreur : peut-être que je voyais tel ou tel immeuble pour la dernière fois, et cette place-là. Je pleurais chaque maison de bois démolie et les rideaux de dentelle jaunis de leurs fenêtres, chaque nouvelle publicité me faisait mal aux yeux, alors que les mêmes affiches ne frappaient pas mon attention à Helsinki, je manquais de me cogner la tête à chaque pot de fleurs nouvellement suspendu devant les portes des maisons. Les pavés avaient été rénovés. Les routes nivelées. Moins de passants circulaient dans les rues, plus de voitures, personne ne passait en semaine sur les hauteurs de Toompea depuis que les immeubles y étaient devenus des administrations et des ambassades. Ces immeubles de Toompea dont, à l'arrivée du pouvoir soviétique, les habitants avaient été déportés en Sibérie, et à la place étaient venus des gens de Russie, et les radios crépitaient…

… les mémés étaient assises sur des bancs devant les maisons, comme toutes les mémés russes dans tous les coins de la Russie, une Estonienne ne ferait jamais cela, les Estoniennes sont toujours en train de travailler, ces Russes-là elles sont fainéantes, pas étonnant que kui venelane, *« à la russe », soit une injure courante qui vise tout ce qui est de mauvais goût, comme la façon de s'habiller ou de boire, ou seulement de faire du bruit… les enfants courent en petits shorts marron ou en robes tellement courtes qu'on dirait des chemisiers, des chats vont et viennent, des amoureux contemplent les toits de la Vieille Ville depuis le belvédère à côté de la cathédrale, l'église orthodoxe aussi est dans le coin, mais on l'appelle l'« église russe », et on ne l'aime pas du tout. Les gens qui sont montés au belvédère mangent des glaces, vendues dans des cornets au goût de carton, un goût qui n'est pas de vanille, alors qu'à en juger par la couleur on aurait pu le croire, ou en bâtonnets sans enrobage, emballés dans du papier qui rappelle du papier à dessin ramolli, et ces emballages traînent de partout, et personne ne les ramasse, bien qu'il y ait du personnel d'entretien – des femmes bien au-delà de l'âge de la retraite, qui traînent les pieds*

d'un endroit à un autre, avec un seau et un balai dont elles ne se servent pas.

Les tuiles se cassent, personne ne les répare, les escaliers de la ville puent la pisse, personne ne les nettoie, les portes des immeubles pendent entrouvertes, et personne ne les répare non plus, les marqueteries, les peintures, les bas-reliefs, les plâtres, tout se détache, les sols de pierre séculaires sont méconnaissables sous la crasse, les termites dévorent les rampes de bois, de la merde humaine dans tous les coins – je dois dire que je n'utiliserais pour rien au monde les toilettes publiques, d'ailleurs ma mère ne me le permettrait pas, elle n'a jamais cessé de se demander comment les Russes qui vont dans ces toilettes peuvent garder l'équilibre sur leur carcasse corpulente et leurs talons aiguilles sur le bord de la cuvette, car on serait bien en peine de dénicher des toilettes publiques dont les cuvettes ne soient pas ornées d'empreintes de chaussures à talons…

1952

Edgar s'est tiré une balle quand il a été arrêté.
Richard n'a pas été trouvé.
August a été exécuté.
Sofia ne pleure pas.

PLUS J'ALLAIS

À Tallinn, plus j'avais envie de parler de mon monde avec Hukka. Bien sûr, il m'arrivait de lui raconter sur Tallinn des banalités de touriste, mais leur objectivité, leur détachement et leurs clichés entravaient l'essentiel, tout ce par quoi Hukka aurait pu voir, littéralement, la mer clapoter dans le port de Tallinn et le plaisir de manger, par une chaude journée d'été, à la Kullassepa Kelder, de poser les pieds nus sur le sol de pierre, de respirer l'air médiéval refroidi des murs de pierre de la cave et de marcher entre les maisons de bois délabrées de Kopli.

Non, Hukka ne le verrait pas et c'était extrêmement rageant. Et en même temps rassurant, parce que c'était là une nouvelle occasion de tenir Hukka à distance, et j'avais continuellement besoin de nouveaux moyens en plus des anciens.

Malgré les disputes, Hukka appelait tous les matins pour le bisou du matin, et tous les soirs pour me souhaiter une bonne nuit, si on ne la passait pas ensemble. Dans le cas contraire, il y avait toujours les baisers du matin et du soir, même si on se disputait. Cela n'avait jamais été une habitude, chez moi. C'était trop intime, en quelque sorte. Le fait qu'il me dise bonjour et bonne nuit, et qu'il m'embrasse. Ça témoignait trop d'attention envers l'autre et, partant, d'attachement. Surtout après une dispute. Quelle qu'en soit la raison.

Hukka avait parlé de moi à ses parents et à ses frères et sœurs, que je ne voulais jamais voir, avec lesquels je ne voulais jamais parler, dont les bouches étaient pleines de questions désagréables en puissance. Si ça se trouve, ils n'auraient strictement rien demandé. Parmi les amis de Hukka, personne n'avait rien demandé. Donc ça existe aussi. Les gens que rien d'autre ne préoccupe que la musique qu'on va mettre après ou les matières qu'on étudie. Malheureusement, les parents ne sont pas de cette espèce.

Avec Hukka, il n'y avait toujours que trop d'intimité.

Trop d'intimité pour Tallinn.

SERONIL
ET
SEROMEX ayant altéré ma libido alimentaire, une pensée est venue chatouiller ma curiosité au sujet de la crème aigre estonienne, un des aliments que je n'avais pas mangés depuis longtemps : est-ce que je me rappelais encore le goût que ça avait ? Est-ce que je n'en raffolais pas, à l'époque ? Et par le plus grand des hasards… il s'est trouvé que ma mère avait un sachet de crème aigre à la maison. Et il ne manquait rien d'autre à ma tarte aux poires que ce produit laitier. Il fallait que je la prenne. Il n'y avait pas d'alternative. J'ai ouvert le sac – la *hapukoor* était emballée dans un sac en plastique –, j'ai versé le contenu dans un bol, ajouté du sucre… Ce goût ! Mon grand-père, dans les dernières années de sa vie, ne mangeait que de la crème aigre avec du sucre. J'y avais goûté parfois… Le même goût. Que j'avais toujours recherché.

Enchantée, j'ai aussi remarqué que le halva et les *kohukesed* étaient revenus, après une longue interruption, dans les magasins de Tallinn. Il y avait des pâtes d'amandes bien fraîches et du halva à profusion, quand j'avais cinq ans, de même que des *kohukesed*, ces petites barres sucrées au fromage blanc. Puis tout cela avait disparu des magasins. En tout cas, pendant quinze ans, je n'en ai plus vu. De même, beaucoup de confiseries que je mangeais à l'époque et qui avaient disparu par la suite revenaient tout doucement dans les rayons. À chaque voyage, un bon vieux souvenir faisait son retour dans les magasins. Enthousiaste, je les rapportais chez moi, je les stockais dans des valises sous le lit, et j'étais contente d'avoir ressuscité ces saveurs. Comme je ne me rappelais pas exactement tous les noms, je goûtais un maximum de ces vieilles connaissances. Dès que je reconnaissais un goût, j'achetais deux kilos des bonbons en question. Ils me procuraient l'exacte sensation qu'attendait ma bouche, ils avaient un goût parfait, ils contenaient mon monde en voie d'extinction, même si les papiers d'emballage brillaient maintenant d'un éclat occidental argenté, et que le film d'argent n'était pas séparable du papier comme c'était le cas avec les bonbons Teekond que je mangeais quand j'étais toute petite. Leur papier était blanc, sauf les bouts verts, et au milieu il y avait un film métallique doré, qu'on pouvait détacher du papier avec les doigts. La plupart des bonbons au chocolat étaient emballés selon le même principe, ils étaient gros, environ 2,5 centimètres par 4, tous de la même taille, sauf ceux des boîtes de chocolat, les *kompvekid*.

Maintenant, la taille des bonbons s'était occidentalisée, donc un peu rétrécie, mais heureusement pas trop. De même, les anciens toffees à la crème n'étaient plus carrés mais rectangulaires. Avant, leur papier était plié de la même façon qu'on enveloppe les paquets-cadeaux ; à présent, il fallait ouvrir le papier argenté brillant en tirant sur les bouts pour le dérouler, et ils ne s'appelaient plus Kiss-Kiss mais Sonja ou Ronja, et on commençait peu à peu à les trouver aussi du côté de la Finlande, d'abord chez Prisma, à dix ou vingt marks le sachet de quatre cents grammes. Au tournant du millénaire, on ne pouvait pas distinguer, parmi les bonbons au détail du centre commercial sous la gare, lesquels étaient finlandais, lesquels estoniens, ni au goût ni à l'emballage. Ceux qui rappelaient les goûts de mon monde à moi ne se trouvaient que de l'autre côté de la frontière, même si on commençait à les vendre sous cellophane par deux cents grammes dans les magasins d'alimentation ; ils ne tarderaient sans doute pas à passer à leur tour à cent soixante-dix grammes, comme en Finlande, et ils me rappelleraient de moins en moins mon monde à moi, même si le goût était encore le même.

Je me faisais du souci. Les goûts des pays baltes allaient-ils tous disparaître ? Chaque sachet de mayonnaise pourrait être le dernier. On ne pouvait pas savoir. Hukka ne comprenait pas le moins du monde pourquoi il fallait transporter de la crème aigre, de la mayonnaise, du chocolat, du *sprott*, de la choucroute et toutes sortes de choses de ce genre, à tel point que ses douleurs au dos le cloueraient au lit le lendemain sans un comprimé de Burana. Les prix plus bas n'étaient pas une explication satisfaisante. Hukka n'aurait pas compris qu'on se donne tant de mal pour si peu. Et je ne lui avouais pas combien de boîtes de choucroute j'avais vraiment rapportées.

Il fallait essayer de stocker ces aliments pour une année d'avance, que je puisse garder leur douce odeur familière à la maison le plus longtemps possible. Ces aliments de chez moi incluaient des saveurs aussi bien pour le rayon « sain » que pour le rayon « dangereux », aussi bien de la soupe aux choux que de la crème aigre. Certes, quand j'étais petite, je mangeais la soupe aux choux avec beaucoup de crème. La soupe se vendait dans des bocaux en verre humides sur des étagères grillagées ; on en versait le contenu dans une casserole en y ajoutant ensuite un volume d'eau égal à la capacité du bocal. En Finlande, à l'époque, le chou aigre était cher, il était vendu en petites boîtes de deux cents grammes, et il était trop frais pour être bon, mais ma mère en achetait quand je voulais, pour ces soirées obscures que ma mère et moi passions toutes les deux dans le canapé devant *K 2000*, mon père étant encore une fois quelque part vers la Russie. La soupe au chou aigre, je pourrais en manger sans limites. Par la suite, j'ai appris à faire la meilleure au monde, qui était non seulement bonne, mais aussi saine, si on s'abstenait d'y ajouter de la viande et de la crème. Mais même si je savais préparer ma propre soupe au chou aigre, je serais incapable de fabriquer le chou aigre, et c'était énervant.

Pour la première fois après des années, j'ai acheté à Tallinn, le 16 mars 2001, une boîte de chocolats que j'avais connue sous le nom Linnupiim, « Lait d'oiseau », mais qui s'appelait maintenant Reverance, et on pouvait même choisir entre au moins trois parfums. J'ai ouvert une boîte : elle contenait onze pièces. Onze ! Les chocolats étaient disposés sur un plateau alvéolé en plastique jaunâtre comme à l'Ouest, chacun dans son trou. Onze ! La boîte de chocolats que je connaissais, elle était pleine à ras bord, sans compartiments en plastique dessous, les uns contre les autres, archiserrés, la boîte devait bien faire un demi-kilo, maintenant sur le côté il était écrit

130 g, alors que la taille de la boîte était la même. J'étais déçue. L'arnaque. Où étaient mes chocolats au lait d'oiseau ?

Plus tard, j'ai fait un tour hors de Tallinn et je suis tombée sur une petite boutique qui avait et des confiseries Linnupiim et des Reverance. Les deux ! Les originaux n'étaient donc pas désuets. On en faisait encore… Pourquoi n'y en avait-il pas à Tallinn ? Quel bonheur ! Exaltée, j'ai tout de suite acheté dix boîtes de Linnupiim.

L'occidentalisation des dimensions ne me disait rien qui vaille. Ni le préemballage. À Helsinki, on pouvait s'offrir le luxe d'aller dire en personne qu'on voulait cent grammes de fromage, après quoi on obtenait cent grammes à la coupe. En plus, pourquoi les petits formats ou petites quantités préemballés coûtaient-ils plus cher que les grands, toutes proportions gardées ? C'était autre chose, quand le prix au kilo était unique : on achetait au comptoir cinquante grammes ou un kilo. Dans un tel système, une quantité moindre ou un volume plus petit n'étaient pas plus chers ou plus précieux. Je ne serais pas obligée, avec ma boulimie, d'acheter des emballages familiaux pour faire des économies, et du coup j'échapperais peut-être même à certaines séances. Et une femme de cinquante kilos n'aurait pas plus de valeur qu'une de quatre-vingts.

Il faut dire que les tailles de vêtements en Urss n'étaient pas disponibles pour toutes les femmes, mais le manque de tailles avait pour seul effet que personne n'imaginait que les tailles qui se trouvaient en magasin, ou plus généralement les vêtements, puissent correspondre au corps de quiconque. A fortiori, on n'aurait pas su en tirer de conclusion quant à ce que pouvait ou devait être le corps d'une femme moyenne. Le prêt-à-porter était incapable de créer le mythe d'un corps que toutes devraient avoir mais que peu ont réellement, comme c'est le cas dans les pays de l'Ouest. En Urss, il n'y avait même pas de mannequins, les seuls d'« *Eesti* » se trouvaient dans la vitrine du Kaubamaja de Tallinn.

1952

Katariina aime bien jouer dans le séjour des Remmel : ils sont tellement chouettes, là-bas, ces canapés moelleux et ces chaises. On peut sauter dessus quand les parents ont le dos tourné. Ça rebondit bien.

Ils sont chouettes, les vêtements des filles Remmel. Tellement chouettes qu'on se retourne sur leur passage, en ville. Comme Katariina est un peu plus âgée, Sofia lui souffle que les Remmel sont allés les chercher dans la ferme des Rõug, quand Aino et Eduard Rõug ont été emmenés en Sibérie avec leurs enfants. Rien de plus que ce chuchotement, mais tout le monde comprend. Qui est allé chercher quoi chez qui. « Allé chercher » : jamais « voler », « vider », « dévaliser », non, on est seulement « allé chercher ».

Karla, certes, a eu le temps d'aller dans tant de maisons que personne n'aurait su énumérer de qui provenaient toutes les affaires dont la sienne était pleine – on savait seulement que la maison de Karla avait beaucoup de pièces fermées à clef, avec des rideaux aux fenêtres, où la lumière n'était jamais allumée. Aucun visiteur n'y avait accès. Pendant plusieurs années, l'épouse de Karla, Elfriide, a fourni à sa belle-mère, la mère d'Arnold, de la laine de mouton, que celle-ci file pour gagner sa vie en revendant du fil à chaussettes. Karla et Elfriide n'avaient jamais eu de moutons, ils n'en auraient jamais, apparemment ils n'achetaient de laine nulle part. Grâce à cet argent, Katariina a eu de nouvelles chaussures pour l'école. Et la grand-mère de Katariina faisait tourner le rouet et pédalait et faisait tourner le rouet et pédalait et faisait tourner le rouet et pédalait les mains froides jusqu'au bout et n'oubliait jamais, lorsqu'elle servait le thé à Elfriide, sa bru chérie, de l'agrémenter d'un nuage de morve. Comme elle faisait dans le temps aux soldats russes qui logeaient à la ferme. Et à la moindre occasion, elle remplaçait le contenu du sucrier par du sel. Tenez, le voilà votre *tchaï*.

ON
REVENAIT
ENCORE une fois du bar, celui près de la station de taxis où on s'est rencontrés. Je gloussais, Hukka riait, on s'est arrêtés après quelques pas pour s'embrasser. Il était quatre heures et demie du matin, une bonne soirée derrière nous, une beuverie pleine de Biélorusses. Je suis passée au kiosque acheter des cigarettes pendant que Hukka allait au grill chercher quelque chose à manger, il est arrivé le premier à la maison, il était déjà là tout prêt, assis sur le canapé en train de manger, j'avais dû faire une queue si longue au kiosque, entre autres petits problèmes, que j'arrivais à peine maintenant, Hukka est venu m'ouvrir, mais il est retourné sur le canapé avant même que j'aie eu le temps d'enlever mon manteau, comme s'il n'avait pas bougé de là, et il ne regardait pas vers moi, il mangeait. J'étais toujours dans l'embrasure de la porte, mais Hukka ne tournait pas la tête. Ma gorge se serrait, j'ai dégluti, fait craquer ma nuque comme si ça pouvait m'aider, finalement j'ai avancé, vers le canapé, j'étais devant la table, debout. Hukka mangeait un hamburger, un autre était encore dans son carton sur la table.

Qu'est-ce qu'y a encore ? Hukka m'a jeté un coup d'œil. Je n'ai rien dit. J'ai ravalé mes larmes, et ces petits pains recouverts de graines de sésame me faisaient venir l'eau à la bouche.

Tu veux peut-être que je rentre chez moi ?

Hukka s'est étonné de ma question, comme si je n'étais pas la bienvenue.

Comment ça ?

Des fois, dans le temps, Hukka me prenait pourtant dans ses bras et m'embrassait dès que je passais la porte, il m'attendait. J'ai dit ça avec une moue boudeuse.

Mais le hamburger va refroidir !

Et alors, c'est plus important que moi ?

Si toi aussi tu mangeais quelque chose, tu te sentirais mieux. Au lieu d'être de mauvais poil.

Je ne veux pas me sentir mieux.

Il faut que tu manges.

Je ne mange pas. Je n'ose pas.

Même du pain.

Surtout pas du pain.

Bon, quelque chose de sucré, alors. Pour te sentir mieux, que tu n'aies pas mal à la tête.

Mais je n'ai pas mal à la tête. Ce n'est pas ce que je viens de dire. Hukka a mal entendu. Enfin, plus maintenant.

Hukka voulait que j'arrête mon char, que je reconnaisse que ça me faisait chier qu'il ne m'en donne pas.

Mais puisque c'était pas ça !

Hukka a ri, c'est ça, fais semblant. Du hamburger, voilà ce que je voulais. Tiens, prends de celui-là.

Non !

Là je me suis mise en colère pour de bon. Oui, Hukka avait raison. Sauf que je ne l'admettrais jamais. Les mains me chatouillaient sous l'agitation qui précède un coup qu'on a envie d'assener depuis longtemps. De quel droit il mangeait sans offrir un des hamburgers à sa copine ? Je l'ai traité d'égoïste et de radin.

Tu vas bien prendre quelque chose. On est obligé, des fois. Un tout petit peu.

Non. Je ne suis jamais obligée de manger.

Mais maintenant, peut-être ?

Non !

J'essayais de calmer ma rage que le deuxième hamburger ne me soit pas destiné. Hukka avait vraiment prévu de le manger aussi. Comme si de rien n'était. Et quand bien même il savait que je n'accepterais pas de me mettre la moindre bouchée sous la dent, le problème n'était pas là. Jamais de la vie je n'avouerais combien ça m'énervait que Hukka ne m'ait pas offert le deuxième.

Tiens, et si... Hukka a pris un air rusé.

Une connaissance de Hukka était allée en bateau et lui avait rapporté un de ces Toblerone géants au chocolat blanc, de quatre cents grammes, le format *duty free*. Hukka ne voulait pas le manger, le chocolat blanc c'était pas son truc, c'était mauvais pour ses dents, mais il fallait bien que quelqu'un le mange, sinon il finirait par se gâter. Hukka a fait un de ses clins d'œil insouciants. Il pourrait aller me le chercher dans le placard, tout de suite.

Arrête.

Alors il faut le jeter à la poubelle ?

Mais non !

Alors tu voudrais peut-être en manger.

Si j'en mange, je le mange tout entier.

Tu ne l'auras pas tout entier. Juste deux morceaux.

J'en veux pas deux morceaux !

Je suis allée fumer à la fenêtre, et j'y suis restée pour ne pas me mettre à trembler.

Il faut vraiment le mettre à la poubelle ? Imagine un peu, dans la bouche… Tu pourrais en prendre un morceau, pour goûter…

J'ai dit oui avant d'avoir le temps de m'en empêcher.

Mais tu sais quoi… J'en ai pas !

Hukka a éclaté de rire et fait un rot.

J'ai fondu en larmes.

Même si les pleurs font enfler le visage, couler le maquillage et fermer les yeux, je ne pouvais plus m'arrêter, je voulais seulement sortir, m'en aller, tant pis si derrière la porte il y avait la rue, et dans la rue des gens, et que tous me verraient pleurer, les cheveux en bataille parce que je m'étais débattue quand Hukka essayait de me faire rester, la morve coulant le long du menton, ça n'avait pas d'importance, ça n'avait plus aucune importance.

En temps normal, Hukka ou n'importe qui d'autre m'aurait fait rester gentiment à ma place, une fois que j'avais commencé à pleurer, parce qu'en aucun cas je ne me serais exposée au regard des autres en pleurs et si ouvertement mise à nu. Mais maintenant, ça ne semblait plus avoir d'importance. Je ne me regardais pas de l'extérieur en me souciant du rimmel et de la morve qui coulaient et pénétraient par le col de mon chemisier. Je ne faisais pas attention aux yeux rouges, ils ne m'empêcheraient pas de partir en courant. Je ne me plantais pas à côté de moi-même en disant : Anna, ma chérie, tu ne peux quand même pas sortir avec cette tête. Une tête à laquelle on voit ce que tu as éprouvé. Anna ne ferait jamais une chose pareille.

J'AI
PRIS
DIRECTEMENT un tramway vide du petit matin qui allait au port, où j'ai embarqué dans un catamaran qui m'a conduite à Tallinn. Je n'avais pas de bagages. Juste un sac à main, qui contenait mon agenda, mes clopes, mon passeport, mon portefeuille et mon poudrier, dont le miroir s'était détaché pour disparaître je ne sais où. Certes, mes sacs à main ont toujours été qualifiés de bagages, car on y trouve des aiguilles, du fil, des épingles à nourrice, des pansements, des mouchoirs, des stylos, des sachets de thé, des bonbons pour la gorge, des chewing-gums, des antalgiques, du Diapam, du Seronil et du Xanor, de l'Hermesetas, un canif, des tickets de caisse de partout et du maquillage pour toutes les circonstances… Il a toujours été important de pouvoir s'en aller d'une minute à l'autre à peu près n'importe où. Que je sois prête, quoi qu'il arrive. Comme dans le temps, chez la mamie, quand j'avais ma valise en tôle Fifi Brindacier bien serrée sur mes genoux tout le temps que j'attendais que ma mère revienne des champignons.

Dans le cas d'un voyage planifié, il fallait ajouter bien d'autres choses non moins nécessaires, et l'ensemble devait se trouver dans les bagages à main, car on ne savait jamais ce que pouvaient devenir les autres, des fois qu'on se les fasse voler ou qu'ils s'égarent, on se trompe si facilement de valise, il peut se passer n'importe quoi. C'était la leçon tirée de ces années de voyages en Union soviétique. Et puisqu'on ne pouvait être sûr de revenir là d'où on était parti, il valait mieux avoir des bagages comme si on ne reviendrait jamais.

C'ÉTAIT
NOTRE
DERNIÈRE dispute.

La veille de la dispute, je n'avais mangé qu'une soupe au fromage suisse, à deux cent dix calories pour soixante-dix centilitres. Le sachet annonçait une contenance pour deux personnes, soit cinquante centilitres, mais j'avais ajouté de l'eau pour avoir plus de soupe. L'hypoglycémie me faisait bourdonner la tête. Le rhum et le Pepsi Max formaient une combinaison adaptée pour cet état, car le Pepsi Max contient peu de calories, et l'association de l'alcool et du gaz carbonique coupe la faim à merveille. Ça m'avait mise de bonne humeur.

Hukka avait aligné des rails sur un miroir et il roulait un billet de banque pour s'en faire une paille… Iggy Pop chantait *home, boy, home, boy, everybody needs a home*. C'était vendredi, un certain Göran a téléphoné, une vague connaissance à Hukka, il a demandé à Hukka des amphètes, puis il a rappliqué et il m'a poussée pour fumer aussi à la fenêtre. En bas, dans la rue Aleksis-Kivi, quelques filles allaient et venaient, et les mêmes camionnettes que les autres jours.

Göran a attrapé la casserole de porridge du petit déjeuner sur la table de la cuisine et il a jeté une poignée de porridge dans la rue, il a visé, fait mouche, rigolé, visé de nouveau, fait mouche de nouveau, sans cesser de rigoler, Hukka est venu se placer à côté de Göran pour voir ce qu'il fabriquait, pour le regarder balancer de la bouffe sur les femmes qui marchaient en bas le long de la chaussée. Hukka aussi a fait une grimace quand il a vu les femmes courir pour se mettre à l'abri, se tenir les mains sur la tête, au bord du trottoir s'est arrêtée une voiture d'où est sortie une fille qui venait de terminer un boulot, Hukka a raclé le fond de la bouillie et l'a balancé sur la fille, ce qui a fait rire Göran et Hukka à gorge déployée, je suis allée m'asseoir dans la cuisine, bientôt Hukka est venu chercher d'autres trucs dans le frigo, du yaourt et de la crème aigre, du lait caillé, et il est reparti en courant se tenir en embuscade à côté de Göran… De temps en temps, ils s'esclaffaient tellement qu'ils manquaient leur cible, mais les coups manqués étaient presque aussi marrants que ceux qui faisaient mouche, à en juger d'après les rires, peut-être que les filles couraient de la même façon dès lors qu'elles remarquaient quelque chose qui giclait à côté d'elles… Hukka m'a crié de venir voir, mais je suis allée dans un coin du canapé du séjour et j'ai mangé tous les biscuits salés, et quand il n'y en a plus eu, j'ai pris mon manteau et mon sac, je suis passée dans le couloir, Hukka et Göran s'amusaient tellement qu'ils n'ont même pas remarqué que j'étais partie.

J'AVAIS
PROMIS
DE réaliser un petit vœu de Hukka, sans qu'il me dise à l'avance ce que c'était. Bien sûr, on célébrait un anniversaire d'amour, et tout… Un an et demi ensemble. Et Hukka avait tenu sa promesse : ce jour-là, on ne se disputerait pas, on ne parlerait pas de choses qui fâchent, il ne me poserait pas de questions auxquelles je ne savais pas répondre.

Je lui ai offert en cadeau la réalisation de son vœu, mais je lui avais aussi préparé un repas chaud, pour cette soirée, mon morceau de bravoure : une quiche au thon. J'avais bien essayé, au cours de l'année, de lui servir nombre de mes autres spécialités, dix plats de choucroute différents, du halva, de la sauce au raifort et autres souvenirs d'enfance estoniens, mais Hukka n'a pas appris à les apprécier, vu qu'il n'acceptait pas vraiment d'y goûter. De son côté, il avait essayé de me faire manger du cervelas, des saucisses de Strasbourg et de la moutarde de Turku, mais la moutarde de Turku, avec sa compote de pommes, ne fait pas le poids face au piquant de la moutarde estonienne. Pendant quelque temps, Hukka avait rempli son frigo de cervelas, rien d'autre, en se disant que ça m'habituerait à l'idée et au goût, mais alors j'avais refusé de mettre quoi que ce soit dans ma bouche.

La quiche au thon était un bon compromis : je prenais du plaisir à la faire, Hukka à la manger.

Juste une petite demande. Un souhait. Quelque chose qui titillait les méninges de Hukka depuis longtemps. Hukka venait en fait de s'en rendre compte, ce qui en soi était curieux, car c'était un vœu très simple. On avait joué à bien d'autres jeux. Je m'étais promenée avec lui sans culotte, en jupe longue et en jupe courte, sans collants et avec des collants ouverts entre les jambes… des trucs comme ça, quand on essayait de trouver ce qui pouvait me plaire. Pour certains j'avais su dire, pas beaucoup, un peu pour faire plaisir à Hukka, mais ça ne faisait toujours pas l'affaire quand Hukka découvrait que je jouais la comédie.

Le vœu de Hukka pour notre anniversaire était que je joue le rôle de sa prostituée. Il voulait me donner vraiment de l'argent, que je devais vraiment accepter, mettre dans mon soutien-gorge, il voulait que je lui demande ce qui lui ferait plaisir. J'étais censée annoncer mes prix, et ensuite je ferais ce que mon client exigerait. Je pourrais prendre un accent, parler un peu comme une étrangère, il trouverait ça vachement excitant, la voix d'une pute bon marché, venue de la rue, je saurais sûrement. Il pourrait même aller me ramasser sur le trottoir, je pourrais descendre rôder là-bas comme si j'attendais un client, ça ferait plus authentique s'il venait en voiture, il s'arrêterait à côté de moi, baisserait la vitre, et on s'entendrait sur notre affaire avant que je monte avec lui !

Une prostituée étrangère.

J'ai demandé s'il voulait que je sois thaïlandaise, suédoise, russe, estonienne, noire, blanche.

Hukka voulait seulement que j'aie l'air le plus authentique possible.

Ou peut-être qu'il voudrait mettre les billets lui-même dans mon soutien-gorge.

Ce que tu ne sais pas, Hukka, c'est que, pour que je sois le plus authentique possible, il faudrait que tu m'offres des collants, des filtres à café ou du déodorant. Là, ça aurait l'air vrai.

Dans la maison de la grand-mère, à la campagne, on trouve même des flacons de déodorant des années soixante-dix et quatre-vingt qu'on n'a pas osé utiliser. Du shampooing – des flacons ronds d'Elvital des années soixante-dix –, et quelques serviettes hygiéniques. Au fond d'une armoire. Dans un bidon de lait. Là où on mettait les objets de valeur : c'était ma mère et moi qui les avions apportés là-bas.

... Les femmes d'« Eesti » se vendent pour une paire de collants... En Union soviétique, la vie est belle si on a une voiture, un logement et un amant finlandais...

Foutez le camp de ma tête.

Mon parrain Jussi, l'ami de papa que ma mère considérait comme l'homme le plus laid du monde, tenait un registre de ses femmes à Moscou. En deux ans, deux cent vingt-six femmes.

Si une épouse venait de Finlande en visite, toute la bande de collègues se chargeait d'organiser la visite, de nettoyer toutes traces et d'expulser les femmes. Même si l'épouse était de préférence tenue à l'écart dans un autre hôtel, il fallait discrètement, avant qu'elle arrive, que celui de la bande de collègues se vide du rire des putes pour devenir un humble lieu de repos qu'on montrerait brièvement à l'épouse. Les copains nettoyaient et contrôlaient tous les itinéraires, sans oublier le restaurant où on amènerait l'épouse, histoire qu'il n'y ait pas trop de remous ou de femmes qu'on connaissait.

Foutez le camp.

Ça faisait rire les Estoniens, qui qualifiaient les ouvriers finlandais de *lillad* – de « lilas », comme on appelait les homos –, car ils avaient tous dans leur sac des collants ou autres vêtements féminins à offrir en cadeau, mais soi-disant pour leur usage personnel, comme tout ce qui était censé se trouver dans les bagages d'un simple ouvrier finlandais.

La fade épouse finlandaise avait des mi-bas serrés et des cheveux aplatis. Les hommes la surveillaient siroter son eau-de-vie.

Foutez le camp.

Quand une Russe se faisait jeter la nuit en sous-vêtements dans le couloir de l'hôtel, un autre Finlandais s'en accommodait.

Lorsque ma mère et moi arpentions les couloirs de l'hôtel de papa, les Russes nous observaient, nous jaugeant et nous haïssant.

Cette femme-là avait le même genre de jupe en cuir que celle achetée par papa une fois à Seppälä. Pas tout à fait la même, mais presque !

Papa n'aimait pas du tout que nous venions dans son hôtel. Il marchait vite en nous devançant de plusieurs mètres et il était furieux. Ma mère avait exigé qu'on y aille par pure méchanceté, parce qu'elle savait que papa ne voulait pas. Mais l'hôtel National était pour nous un bon point de repère à Moscou, puisqu'il avait le mérite d'être situé juste en face du Kremlin derrière la place Rouge.

La porte de la chambre de papa était fermée, et papa a dit qu'il n'avait pas la clef sur lui. Ma mère a suggéré de faire appel à la surveillante de l'étage, mais papa avait déjà redescendu les escaliers et il nous attendait à cent mètres de l'hôtel.

Je me suis dit que ma mère était en position de faiblesse.

Mais ce n'était pas le cas. Ma mère savait très bien que trop d'épouses étaient parties avec leurs enfants, ou avaient changé leur serrure pour que la clef du mari n'y rentre plus quand il reviendrait en vacances. Ma mère faisait exprès de vouloir se promener dans les environs de certaines adresses qu'elle avait trouvées dans les affaires de papa. Papa s'énervait et se mettait en rogne, mais il ne pouvait pas le laisser paraître, ma mère riait sous cape et elle demandait à papa de nous amener à l'opéra et de faire la queue au buffet, à l'entracte, pour aller nous chercher des soufflés aux champignons et du caviar.

1953

Staline est mort.

1954

La coopérative agricole s'est changée en kolkhoze, et au village il n'y a plus personne qui n'en fasse partie ; cependant, chaque ménage doit remplir les quotas annuels de céréales, de viande, de lait, d'œufs et de laine de mouton – indépendamment du fait que le ménage dispose des conditions *sine qua non* pour remplir ces quotas, par exemple des moutons pour produire de la laine. Ceux qui n'appartenaient pas à l'exploitation agricole collective étaient soumis à des normes quantitatives nettement plus élevées ; à présent, elles ont diminué et se sont stabilisées, et on croyait que les exigences finiraient par cesser, vu que le kolkhoze était déjà en activité, qu'il n'y avait plus de rebelles à l'extérieur, que la situation s'était tassée et que tout le monde avait cédé de son plein gré ses propriétés – à l'exception, conformément à la loi, d'une vache, d'un mouton et d'un porc. Mais la situation, contrairement aux promesses, est devenue encore plus folle. Le quota de pommes de terre doit maintenant être rempli aussi sur un lopin de terre de la taille du potager qui entoure la maison. Idem pour le quota de céréales.

Sofia dit qu'elle trouvera autre chose à manger, et elle partage donc le lait entre Arnold et les enfants, de même que la viande et le beurre. Les enfants ont besoin de lait. Et le mari a besoin de plus de viande et de lait qu'elle. Sofia n'en a pas besoin. Elle trouvera bien autre chose.

Sofia se retrouve à l'hôpital sous perfusion de glucose.

La commission médicale exempte Sofia des travaux les plus pénibles du kolkhoze, elle pourra se consacrer aux plus légers. Cette exemption n'apporte aucun soulagement, parce que Sofia, du coup, ne trouve plus rien à voler. Vu que le raccommodage occasionnel de sacs de céréales n'offre guère la possibilité de glisser quoi que ce soit dans son chemisier. Heureusement, Arnold est recruté pour transporter des sacs de céréales : il réussit alors à rapporter de la farine dans ses bottes pour nourrir sa famille. Sofia n'est plus obligée de laisser les enfants tout seuls à la maison pendant le travail, comme c'était le cas auparavant : quand elle avait dit qu'elle ne pouvait pas partir pour les travaux forestiers sous prétexte qu'il ne resterait personne à la maison pour s'occuper des enfants, l'organisateur du parti lui avait ordonné d'attacher ses mômes au pied de la table pendant la journée. Et Sofia a aussi le temps de chercher à manger pour la vache, ce qui remplit vite sa journée. C'est indispensable, afin qu'il reste du lait pour sa famille en plus du quota. Si le fourrage était meilleur, la vache donnerait du meilleur lait. Le droit d'acheter du fourrage s'obtient en échange du lait apporté à la laiterie, mais la quantité est trop faible. La même méthode s'applique partout : le non-respect des quotas est sanctionné par une diminution de la nourriture, après quoi on n'a même plus la possibilité de retourner au point de départ. Si on redépasse les quotas, les quotas sont rehaussés jusqu'à ce qu'on ne puisse plus les remplir.

En plus du contingent des quotas, il faut payer une cotisation agricole de deux cent seize roubles, bien qu'Arno ne reçoive même pas deux cents roubles par an pour son travail au kolkhoze. Et il y a les assurances, ainsi que les taxes familiales qui incombent aux célibataires, aux couples sans enfants ou avec peu d'enfants, à savoir moins de trois, ce qui est le cas d'Arno et Sofia, vingt-cinq roubles chacun. Le quota de lait est quand même diminué de presque neuf cents litres à seulement un peu plus de cent.

Le nombre d'animaux est contrôlé à intervalles réguliers.

L'organisateur du parti, Alfret Silm, fait la tournée des fermes en prenant des notes : un mouton, une vache, un porc. Ces jours-là, Katariina et Linda cachent le cochon excédentaire dans la chambre de derrière et le surveillent, le nourrissent et lui grattent le ventre, pour qu'il se tienne tranquille le temps de la visite d'Alfret Silm.

Alfret Silm n'est pas un ami d'Arnold et Sofia, mais il est un ami de Karla, et un si bon ami qu'il croit Karla sur parole quand celui-ci lui dit qu'il n'a qu'une vache dans son étable, il ne va pas vérifier.

Dans la ferme de Karla et Elfriide, on entend parfois retentir les cris simultanés d'une vache et d'un cochon, mais peut-être est-ce une illusion auditive de Sofia, puisque Alfret, sur place, n'y voit rien à redire.

JE
N'AI
PLUS de souffle. Il faut que je m'arrête de parler[1]. Que je réduise mon corps au silence, que je l'aplatisse par terre comme sous une tapette à mouches. Il ne demande plus beaucoup. Encore un peu… Juste un peu. Si peu.

Je suis une vieille dame âgée d'un quart de siècle, dont les os sont devenus friables et dont le taux de cholestérol est excessivement élevé, comme toute boulimarexique qui se respecte. Dont la peau déshydratée se crevasse et se baigne de sueurs, froides ou chaudes. Comme toute professionnelle, en tout cas. Comme quelqu'un qui connaît si bien la chose qu'on est incapable de la lui soigner, de la lui enlever. C'est moi. Moi seule. Je suis ce portrait et ce portrait est le mien : nous nous sommes mises au monde l'une l'autre, mais une seule de nous est prête à tuer l'autre, et ce n'est pas moi.

Je ne peux me résoudre à être rien[2].

C'est pas faute d'avoir essayé.

J'ai cousu ma bouche et inventé pour mon corps une langue où les kilos sont des mots, où les syllabes

---

1. Marguerite Duras, *C'est tout*, P.O.L., 1995.
2. *Ibid.*

sont des cellules, une langue où les reins endommagés et les viscères déchirés sont des règles de grammaire – contrairement à ceux du corps d'un nouveau-né. Je me suis tue et j'ai parlé. Ma gorge est sèche et rugueuse, la boulimie fait de toutes choses une terre vierge, d'une forêt équatoriale un désert, ma tentative de chanter ressemble à un croassement de corneille, les mots sont confus, mes phrases n'ont pas de sens, comment pourrais-je donc comprendre moi-même, et pourtant je suis obligée d'être. Pas moyen d'y échapper. Obligée d'exister. Obligée de le savoir. Obligée de savoir ce que je ressens. Obligée de savoir que je suis là. Obligée de comprendre que ce corps se dessèche, s'évapore, disparaît, oui, c'est ce qu'il fait, mais avec une lenteur tellement infinie que le voyage vers l'inexistence est infiniment long, et pendant ce long voyage on a le temps de penser à toutes sortes de choses, même si on n'en a pas la force, même si on essaye de ne pas penser on va tomber sur toutes sortes de gens et on se retrouve dans toutes sortes de situations, on a beau essayer de se dissoudre dans le non-penser et le non-être, ce voyage est trop long et l'accomplir requiert trop de volonté, et la volonté c'est l'être, et être c'est penser. Quel voyage sans fin.

Je n'ai plus de bouche, plus de visage[1].

Ces choses-là ont donc disparu à l'intérieur des os. Et dans les miroirs de la maison du rire.

Sur la route qui mène chez ma tante, la poussière convient bien à ma gorge sèche. La route ne sera

1. *Ibid.*

jamais rénovée. À côté de l'abattoir, le même tuyau est brisé comme il y a quinze ans. Le tuyau crache toujours de la vapeur, comme alors il y a quinze ans ; le travail soviétique n'avait jamais brillé par sa rapidité, mais ce qui était inachevé en Estonie à la fin de l'époque soviétique est resté inachevé.

Le grincement de la porte de ma tante et l'odeur de la maison de bois. La même odeur d'humidité que dans toutes les autres maisons de bois de Haapsalu, à couverture de tuiles et escalier de planches. Les mêmes portes sans noms que toutes les autres maisons qui portent les stigmates du pouvoir soviétique. L'indépendance n'a pas rapporté les noms sur les portes, seulement surmontées de numéros, comme c'était le cas en Union soviétique.

La lumière des lampes, certes, est devenue plus claire, la puissance a augmenté. L'entrée n'est plus aussi sombre. La lunette des WC de liège suspect est devenue blanche. La *Pravda* ne sert plus de papier hygiénique. Dans les cafés aussi, les supports de papier hygiénique ont été remplacés par de nouveaux modèles avec des rouleaux, ce ne sont plus les boîtes avec du papier journal découpé en carrés calibrés de dix par dix. Mais les lattes du plancher sont les mêmes, peintes en marron. Le poêle à gaz ou à bois, comme dans presque tous les logements, deux foyers répartissant la chaleur. La tante se félicite à longueur de journée de ne pas avoir pris pour son fils un logement dans les nouveaux immeubles, mais ici dans le quartier, avec un poêle à bois et, du coup, un chauffage plus « avantageux » – je ne sais pas très bien s'il est question du coût du combustible ou de sa disponibilité. Je n'ai pas la force d'écouter. Le vertige me rend inerte.

L'eau du robinet a toujours une couleur bizarre. Dans ma classe en Finlande il y avait un garçon qui était un « voyageur fréquent » à Vyborg et à Moscou, et il racontait avec de grands airs que là-bas il y avait de l'eau d'une couleur bizarre et qu'il fallait donc se laver les dents avec du soda. Avant cela, je n'avais jamais pensé que l'eau de ce robinet pouvait paraître étrange. Elle était juste comme ça, et en Finlande différente.

Je pourrais essayer de voir si la soif des soifs est du même genre que la faim des faims. Certains de nous autres pratiquent ça, la soif des soifs, en plus de la faim des faims. Mais ensuite il faudrait s'assurer que le temps ne se réchauffe pas davantage, qu'il n'y ait pas de canicule ; ça augmenterait la perte de liquides, et si j'avais déjà une carence de liquide en temps normal, alors je me retrouverais à l'hôpital illico, et je doute qu'ils comprendraient de quoi il est question dans mon cas, qu'ils sauraient dire si je suis sincère ou communément malhonnête vis-à-vis de moi-même. Seuls les spécialistes savent de quoi il s'agit – et encore… Quand bien même Hukka dirait que ce genre de jugement est typique de notre arrogance, à nous autres.

Hukka a échoué.

Une tâche simple, si simple.

Et il a échoué lamentablement.

Alors pourquoi je devrais lui téléphoner ?

Mon vieil amant, c'est le plus fort.

Et merde, qu'il me prenne tout entière, tout entière et complètement ! Que ses baisers me fassent de petites taches sur la peau et m'éclatent les capillaires, parfois des éruptions soudaines ou des suçons bleus comme au cou des adolescentes dévergondées, qu'il vide mon corps de potassium et laisse mon cœur trembler tout blanc, de la même couleur que le papier dont semble faite la peau de mes joues… crevassé de sécheresse, parmi la confusion des hormones et les mots exotiques tels qu'*aménorrhée* ou *lanugo*.

Ma mère m'a amenée chez ma tante. D'après elle, je ferais bien de me reposer, et ici même, à Haapsalu, où je n'ai pas été depuis l'enfance, pas après l'indépendance, ni d'ailleurs avant, car en voyage je restais à Tallinn.

Elle ne me laisse pas appeler Hukka, ni personne. Je n'ai pas la force de lui tenir tête. Même si je le voulais. Je suis allongée sur le canapé du séjour parmi de vieux magazines, car je n'ai rien apporté à lire, et je n'en aurais pas vraiment la force. J'ai mes médicaments et mon vanity-case, mais c'est tout.

Je me consacre à boire du café et à peser quarante-cinq kilos. Ma mère ne comprend pas très bien de quoi il est question, même si elle connaît le nom de la maladie. Et moi je ne dis rien. Non, il n'y a rien qui cloche. Anna est juste un peu fatiguée. C'est tout. Ça doit venir de mes mauvaises fréquentations. D'après ma mère, tous les gens qui m'entourent sont de mauvaises fréquentations. Chacun essaye d'abuser de moi sexuellement ou financièrement, ou les deux, sans parler d'autres manières qu'elle n'imagine même pas. C'est pourquoi elle raccrochait toujours au nez des garçons qui me demandaient au téléphone, et elle aurait sans doute fait volontiers la même chose aux filles, mais elle ne pouvait pas, car l'appelante pouvait être quelqu'un de ma classe et le coup de fil pouvait être en rapport avec des affaires scolaires, et non avec des fantaisies irréfléchies.

Je suis d'abord arrivée seule à Tallinn. Toute seule. Après cette dernière dispute qu'on avait eue Hukka et moi, la dernière. Je suis partie, c'est tout, sans dire où. Je suis arrivée à Tallinn en catamaran, je suis arrivée à l'abri, et dans le port j'ai téléphoné à ma mère pour dire où j'étais. Ma mère est venue me rejoindre et elle m'a amenée ici, chez ma tante dans la maison de briques effritées dont les murs gris ont une odeur familière et où quelque part, tout près, des châtaignes tombent par terre. Qu'entre tous les gens j'appelle juste ma mère, si c'est pas bizarre… Mais je ne me rappelais sans doute aucun autre numéro. J'ai appelé ma mère et je lui ai dit « maman, j'ai faim ». Anna est ici et Anna a faim.

J'écarte les bras sur le canapé où je suis allongée, et il y a par terre des collections entières de magazines des années soixante-dix et quatre-vingt tombés de l'armoire de ma tante, à portée de main. Un numéro récent, sur la table basse, parle d'une femme de Pärnu qui avait reçu des électrochocs et de l'insuline en 1972 pour traiter une maladie qu'on vient juste de diagnostiquer comme de la boulimie. À présent, cette Maie, à qui les traitements ont ruiné la santé, qui a triplé de volume, qui a de la barbe et dont les mains ont perdu le sens du toucher, porte l'affaire devant la justice, espérant obtenir des soins réparateurs à l'étranger. Selon les experts, on peut comprendre qu'elle n'ait plus confiance dans le système de santé de son pays.

Je me réjouis de ne pas être née dix ans plus tôt. Je découpe l'article et je le cache dans mon agenda. Je vais jeter le magazine dans le poêle, pour que personne ne remarque la page arrachée. D'ailleurs, peut-être que je n'aurais pas progressé jusqu'à une telle habileté dans l'art de vomir et dans la perte de poids si je n'avais pas eu accès à toutes ces astuces que servent les magazines et la littérature des troubles alimentaires. Peut-être que je n'aurais même pas eu l'idée de vomir. Peut-être que j'aurais eu l'idée, mais plus tard. Ou peut-être que j'aurais seulement présumé que tout le monde le fait, mais pas en public.

Ma mère m'apporte des petits pois en conserve sur un plateau, j'en ai toujours mangé depuis qu'on m'en avait servi à l'enterrement de mon grand-père. Après cela, chaque fois que je voyageais à bord du *Georg Ots*, il fallait que je passe à table pour manger de simples petits pois en conserve, même si selon ma mère ça n'avait aucun sens. Mais il fallait bien que je me mette dans la bouche quelque chose en plus des Fruit Drops ou des réglisses en forme de lettres de l'alphabet, puisque mon casse-croûte ne faisait pas l'affaire. Comme quand je ne voulais pas manger ce qui était sur la table. Comme quand mes difficiles exigences et règles alimentaires à n'en plus finir faisaient courir les gens aux quatre coins de la ville pour chercher un certain bonbon à la réglisse, une certaine conserve de petits pois Ballerina, toutes sortes de choses bien précises, car les autres ne faisaient pas l'affaire. Je mange les petits pois un par un, je soulève chacun du bol entre l'index et le pouce pour l'examiner avant de le mettre dans ma bouche. Ma mère ne supporte pas de regarder comme j'ai du mal à manger, elle s'en va. Je pourrais jeter tout le bol par la fenêtre, en fait ils contiennent trop d'amidon, en fait ils sont devenus un peu trop dangereux à manger, mais les petits pois en conserve sont un cas particulier : on ne les traite pas comme ça. Je les mange tous.

Par la suite, bien sûr, je mangeais au buffet beaucoup d'autres choses. Quand Irene et moi partions à deux pour le bateau de Tallinn, on jeûnait pendant des semaines avant le voyage et on planifiait tout ce qu'on allait manger. C'est à peine si on fermait l'œil de la nuit. Et puis c'était parti et on dépouillait les tables.

Le papier hygiénique chez ma tante n'était sans doute pas toujours la *Pravda*, avant, ça n'aurait pas pu. Pourquoi on aurait acheté à ma tante un journal en russe ? Même si la russification avait pour effet qu'on imprimait le moins possible de journaux et livres en estonien – à cause de la pénurie de papier, disait-on – et que pour avoir le journal *En avant* il fallait faire la queue devant le kiosque depuis la veille au soir, et ni la tante ni la grand-mère n'auraient jamais acheté de journaux en russe, lesquels étaient toujours disponibles. Il fallait que ce soit *En avant*. Ou le *Journal du Soir* ou quelque chose d'équivalent. Ailleurs, ce papier pouvait réellement être la *Pravda*, mais chez ma tante ou ma grand-mère il aurait sans doute été inconvenant de dire qu'on se servait d'*En avant* comme papier hygiénique, c'était tout de même le premier journal en langue estonienne, et un véritable radis, rouge dehors et blanc dedans, et le seul que mon grand-père avait fini par accepter de lire, étant donné que les autres journaux ne servaient que de la merde, et de la merde rouge par-dessus le marché. *Pravda* est donc devenu synonyme de PQ. Même si moi, bien sûr, je n'ai jamais rien utilisé de tel, une élégante petite demoiselle de Finlande, non, bien sûr… une *Soome preili*… Ma mère achetait des sacs entiers de serviettes en papier, parce que le véritable papier hygiénique disponible était encore plus rêche que les serviettes. La *Soome preili* était si coquette qu'elle s'essuyait le cul avec du beau linge de table immaculé. Elle avait le cul sensible, la demoiselle.

La demoiselle de Finlande était si raffinée que sa mère ne la laissait pas manger le pain avec la croûte, elle le lui épluchait, il y avait tellement de monde dans le magasin qui touchait le pain non emballé – pouah ! –, tant de vachères étaient passées tâter le moelleux des miches avec leurs mains gercées, et toutes les crevasses de leurs mains gercées étaient indélébilement noircies, sans parler des ongles. Sur le côté du panier pendait un couteau, si on voulait couper un pain en deux. À côté, il y avait des bouts de papier verts ou blancs, avec lesquels on pouvait tenir le pain pour le couper. C'était ridicule. Et le plus ridicule, c'était que les gens utilisaient réellement ces bouts de papier – ce qui ne les empêchait pas de mettre ensuite le pain tel quel dans le panier métallique poisseux qui n'avait qu'une anse et qui était toujours déséquilibré car l'anse n'était fixée que d'un côté, et ledit panier était posé sur un sol encore plus sale, et le pain sur le comptoir sale, et la caissière le faisait tourner avec ses doigts sales. Est-ce que ma mère mangeait le pain avec la croûte ? Non, ma mère l'épluchait… Ou non, elle ne l'épluchait pas. Elle n'enlevait la croûte que de mon pain à moi.

Dans la cuisine de la tante, il y a les mêmes tasses et cuillères qu'avant. La cuillère d'aluminium tourne le café dans la tasse mouchetée – à pois blancs sur fond orange. Je n'aime pas l'orange, ni non plus le vert des autres tasses. Ma tante coupe le pain du kolkhoze sur la table. Le couteau est noirci et émoussé par l'usure. Ma tante me dit de prendre aussi du pain blanc, *sai*. Mais je ne prends rien, n'étant pas en sécurité pour vomir. Le pain kolkhozien, c'est *leib*. *Leib* désigne génériquement le pain kolkhozien. Et *sai*, d'une manière générale, le pain blanc.

Dans les magasins, ça ne sentait jamais le pain. Ni chez ma tante ni ailleurs. Je n'ai aucune idée de l'odeur que pouvait avoir le pain kolkhozien sorti du four. Il était livré dans les magasins dans de grands compartiments de bois, qui étaient placés directement sur l'étagère. Ou bien ce n'était pas une étagère, mais un cadre métallique à roulettes. Le goût du pain kolkhozien a changé au fil des années. Mais je ne l'aimais toujours pas. Sa constitution était savonneuse et il n'était pas assez cuit – cela afin de grappiller sur les matières premières pour un certain poids standard de produit fini. Le goût en était aigre et on y étalait du beurre sans sel, et même si par la suite je ne raffole pas du beurre sans sel, je veux toujours du pain kolkhozien. Enfant, il m'arrivait de l'appeler aussi « pain à vache », car on l'utilisait en général comme nourriture pour les animaux, on s'en procurait des sacs entiers pour les vaches et les cochons ; le prix était avantageux, tellement avantageux qu'il a fini par augmenter ; ça leur apprendra, aux animaux, à manger autre chose que le pain fait pour les gens.

Je ne courais pas après les nouvelles sortes de pains qui faisaient leur apparition dans les magasins avec des formes jamais vues – les tresses briochées aux graines de pavot ou les bagels –, même si tout le monde était prêt à oublier le pain kolkhozien. Pour moi, le pain kolkhozien était toujours le meilleur. On commençait à l'appeler parfois « pain moulé », *vormileib*, *leib* tout court pouvait maintenant désigner autre chose que le pain kolkhozien ; la farine avait alors peu à peu le même goût qu'à l'Ouest, et on le faisait selon des recettes finlandaises avec des machines finlandaises. La seule différence, c'est qu'on utilisait – et qu'on utilise toujours – plus de carvi qu'en Finlande. Seul le pain kolkhozien échappait à la frénésie générale de l'emballage sous cellophane, et il restait le moins cher.

1964

Comme Katariina est admise au lycée qui est en ville, le kolkhoze lui donne la permission de partir pour la ville.

Arnold est content que le kolkhoze ne récupère pas ses enfants, même s'il a ceux des autres.

Au lycée, on remet à Katariina sa carte d'étudiant, *õpilaspilet*, accompagnée d'un code de conduite en dix-sept points.

Règle numéro un : le devoir de l'élève est d'acquérir avec persévérance des savoirs et compétences afin de devenir un constructeur du communisme doté d'une instruction et d'une culture diversifiées.

Règle numéro quatre : en tous ses faits et gestes, l'élève doit observer les exigences de la morale communiste.

Comme le fléau des kolkhozes est le coléoptère du Colorado, on décrète en cours de biologie que le glorieux devoir de chaque pionnier est de ramasser des coléoptères du Colorado dans un seau.

1968

En remplissant des formulaires, à l'endroit de la profession de ses parents, Katariina refuse d'écrire *kolhoosnik*. Après la collectivisation des terres, ils n'étaient plus « agriculteurs », mais Katariina ne qualifierait jamais ses parents de « kolkhoziens ». À la place, Katariina écrit *retraités*. Tout le monde finira bien retraité, un jour ou l'autre.

1970

Richard a un nouveau nom, un nouveau lieu de naissance, une nouvelle profession, un nouveau logement. Il parle russe sans fautes depuis si longtemps que ses papiers de Biélorusse ne font sourciller personne. Il ne vient plus voir ses parents, mais au moins ils sont bien en vie en « *Eesti* », il a fait son possible. Il a maintenant sa propre famille, il a rencontré une fille rouge comme il faut, celle-ci s'est mise à attendre un enfant comme il faut, et ils ont eu un logement juste comme il faut pour leur famille.

La fille est une fervente communiste, et parmi les communistes on ne risquait pas de tomber sur de vieilles connaissances de Richard, en supposant qu'il en reste encore en vie et en « *Eesti* ». Richard est en sécurité dans une maison débordant du murmure russe de gens qui viennent d'emménager, construite pour les gens du kolkhoze. La fille tient de ferventes réunions à domicile, reçoit des médailles pour son travail héroïque au bénéfice du kolkhoze et elle devient organisatrice du parti. La fille donne aussi de grands dîners à la maison et elle est horrifiée lorsque Richard, la première fois, se présente à table avec une cravate au cou. Enlève ça tout de suite ! Hou ! Tradition bourgeoise ! En plus, un garçon que la fille avait rencontré auparavant avait été renvoyé des jeunesses communistes pour port de cravate. Ça n'arriverait pas deux fois, pas à elle, hou, c'était tellement embarrassant ! Hou !

Ils vont de temps en temps à Moscou pour des réunions ; mais à Moscou, Richard est refoulé à l'entrée d'un restaurant parce qu'il n'a pas de cravate. Son épouse est déjà partie devant, et Richard ne sait que faire, heureusement que le maître d'hôtel a quelques cravates en réserve pour ce genre de situation, et Richard peut entrer avec une cravate d'emprunt. Cette fois, l'épouse ne se fâche pas, parce que s'habiller correctement fait partie du tableau, bien sûr… à certains endroits.

L'épouse apprécie les privilèges accordés par le parti et fait part de ses rêves à Richard, le soir, comme ce serait charmant si elle aussi pouvait, comme les femmes du Kremlin, commander à manger à la cantine du Kremlin. Ce serait tellement chic. Et elle attendait avec impatience le printemps prochain, quand on irait avec le parti rendre visite aux prolétaires de Paris, Paris est si charmant, paraît-il, au printemps. Oh, comme c'est charmant, l'Internationale communiste ! La France à nos côtés dans l'union céleste des pays socialistes. Le parti sent bon le champagne, le cognac et les parfums français. Les villas en bord de mer et le velours rouge. *Prolétaires de tous les pays, unissez-vous !*

« *Le pouvoir soviétique est la voie vers le socialisme, que les masses laborieuses ont trouvée, et c'est pourquoi il est juste, et c'est pourquoi il est invincible* », c'était par ces mots de Lénine qu'il commencerait son discours à Paris. Puis il continuerait en parlant de la belle réussite qu'était l'« *Eesti* » soviétique : « *Pour 1 000 habitants, il y a en* "Eesti" *soviétique plus de médecins que par exemple en Angleterre, en France ou en Finlande, sans parler de certains pays sous-développés ! Notre peuple mange mieux, aussi, que dans bien des pays capitalistes ! Selon les statistiques de 1968, on a consommé en* "Eesti" *121 kilos de céréales par habitant, ce qui correspond aux normes optimales de satisfaction des besoins physiologiques élaborées par le ministère de la Santé de l'Union soviétique, tandis qu'aux États-Unis d'Amérique on ne consommait la même année que 101 kilos de céréales par habitant ! La consommation de poisson par habitant est en Estonie soviétique de 23,8 kilos par an, en Suède 20 kilos et en Finlande 11 kilos, aux États-Unis seulement 6,2 kilos ! Pour le plan quinquennal actuel, nos agriculteurs se servent notamment de 13 500 nouveaux tracteurs, 2 600 moissonneuses-batteuses, 1 200 bulldozers, et tant d'autres machines agricoles. On répand dans les champs 865 000 tonnes d'engrais minéraux, ce qui fait 35 pour cent de plus qu'en 1970 ! Quelle belle réussite que celle de l'*"Eesti" *soviétique ! Maintenant nous pouvons célébrer ensemble son trente-cinquième anniversaire et constater qu'il n'est pas étonnant que l'*"Eesti" *n'ait pas voulu se séparer de l'Union soviétique, ce qui lui serait bien sûr parfaitement possible, dès lors qu'elle le souhaiterait, malgré ce que la pro-*

*pagande anticommuniste essaie continuellement de prétendre. L'Union soviétique a sauvé le peuple d'"*Eesti*" de la ruine certaine dans laquelle un gouvernement bourgeois était en train de l'entraîner ! Telle est la voie et la vérité.* »

JE
FEUILLETTE
LES vieux magazines que j'ai étalés autour de moi.

Ma tante les garde tous, il y a là beaucoup de publications féminines finlandaises apportées jadis par ma mère. Les *Burda* étaient particulièrement convoités. C'est qu'ils étaient différents, brillants et colorés. J'ai le vague souvenir d'en avoir feuilleté moi-même ici, car le seul magazine féminin local était alors *Femme soviétique*, avec ses rares illustrations complètement assommantes. Même quand j'ai su lire, c'était toujours aussi assommant. Les journaux du pays étaient seulement épais de quelques pages, et ils arrivaient dans la boîte aux lettres pliés au format d'un cahier d'écolier. *Femme soviétique* avait une couverture marron ; au dos, il y avait en général des fleurs ; devant, souvent des enfants ou parfois une trayeuse sans sourire ; à l'intérieur, il y avait des photos de champignons, de baies ou de fleurs selon la saison. *Prolétaires de tous les pays, unissez-vous*, pouvait-on lire sur la première page de chaque numéro, mais je n'y avais encore jamais fait attention. Quant aux magazines féminins finlandais, ils ne m'intéressent plus, et encore moins ceux-là, toujours les mêmes, avec la Miss Finlande Virpi Miettinen arrêtée pour vol de viande hachée, et l'annexe minceur détachable où la députée Eva-Riitta Siitonen explique comment garder la ligne.

Dans *Femme soviétique*, il y a régulièrement des interviews de trayeuses, d'agronomes et de piscicultrices, semble-t-il, pas la moindre photo de femme en pied, ou du moins aucune où la forme du corps serait visible ; à la place, il y a des femmes avec râteau et faux en main, des femmes à des machines à coudre, des photos de groupe d'ouvrières à l'usine, parmi lesquelles on n'en distingue aucune, des photos de passeport en noir et blanc et enfin, sur une couverture de 1986, il y a une photo couleur d'une femme qui porte sur le visage quelque chose qu'on peut prendre pour du maquillage. Les seules photos en pied représentent des enfants impubères. La rubrique médicale ne traite de rien d'autre que de questions relatives aux enfants. Il y a des conseils d'alimentation et de tricot dans chaque numéro, mais pas un seul programme de régime ou de gym, on ne fait la cuisine que pour les enfants et les familles, et seuls les enfants peuvent avoir des problèmes alimentaires… *Que faire quand un enfant n'a pas d'appétit*. Comment on a pu en arriver là ? De même, des comptines pour enfants, il y en a en veux-tu en voilà, mais on ne peut parler de coiffures que quand on interviewe quelqu'un qui exerce le métier de coiffeuse – et il est en soi miraculeux que ce métier soit jugé digne d'une interview. Chaque trayeuse aime son travail et ne rêve de rien d'autre, chaque agronome est contente de pouvoir faire de son mieux pour le kolkhoze, l'opinion de la trayeuse qui trouve qu'un chemisier à manches courtes est une tenue de travail mieux adaptée pour la trayeuse est suffisamment importante pour être soulignée. Le mot *travail* est sans doute le plus récurrent, *beauté* est le plus rare, *carrière* complètement inconnu. À vrai dire, non, il y a tout de même quelques lignes en réponse à une question sur la fréquence à laquelle on peut se laver les cheveux – mais le travail de la coiffeuse n'y est pas évoqué.

Je veux voir votre graisse ! Je veux voir vos jambes poilues, et les vestes tachées des travailleuses de la boucherie ! Je veux voir vos verrues sur lesquelles poussent des poils, et vos maquillages criards dont on pourrait croire qu'ils n'existaient pas, en se fiant à ces photos de presse. Je veux devant moi vos bras qui pendent des robes à manches courtes et vos bagues trop serrées qui font enfler la chair ! Ou bien de ces yeux scintillants qui marchaient dans la rue Viru sur des chaussures à talons métalliques et en minijupe. Je veux voir quelque chose de ce dont je me souviens, ce qui était mon monde ! Quelque chose de ce que je recherche. Je veux voir ne serait-ce qu'une photo d'une Tallinnoise qui marche fièrement dans la rue Viru avec un sac en plastique en guise de sac à main, dans l'autre main une boîte à gâteaux, qui va en visite… Où sont toutes les dames portant des gâteaux, des fleurs et des sacs en plastique, avec leurs talons incisifs ! Je veux des boîtes à gâteaux et des cartons de pâtisseries à contempler dans les rues, pas des cartons de pizza comme en Finlande ! Où sont toutes les Russes lambda ? Celles dont l'oscillation des miches grasses remplissait les rues. Et ces jupes plissées à ras de genou, complètement déplissées en haut parce qu'il y avait tellement de ventre et de fesses qu'il ne restait pas de quoi faire des plis… et les sandales à lanières, absolument, de simples sandales à lanières sur des talons vertigineux... les robes en chintz bariolées et les rouges à lèvres criards, les ombres bleu criard sur les paupières, tous ces visages féminins pleins de couleurs criardes et d'ourlets de chintz à ras de genou sous lesquels les jambes nues, alourdies par l'immobilité, couvertes de varices avec l'âge, et les pieds nus, calleux, dans des sandales dont le modèle se conservait à l'identique d'année en année. Les femmes à moustache, avec ou sans rouge à lèvres, les sourcils noirs aux reflets bleutés suite à la récente teinture, tout le monde cette seule et même teinture. Où sont toutes ces inconcevables montagnes de cheveux, d'une longueuuuuur à faire pleurer n'importe quelle Finlandaise à tête de lin, les aînées avec des chignons, les plus jeunes avec des tresses nouées par des rubans énormes. Je veux des moustaches au-dessus des lèvres, des poils aux jambes, des robes en chintz, pas des pantalons, des robes en chintz avec des manches courtes, des sandales et des talons fendillés, des orteils dodus aux ongles cassés, et des paupières, des boutons et des points noirs plein la figure, sur l'aile du nez, sur l'arête du nez, sur le front, la lèvre supérieure, le menton, où pousse un petit poil dru aussi noir que les cheveux. Des femmes avec leurs seins, verrues, kilos et sacs à provisions qui encombrent les rues, qui assaillent les passages piétons, qui déferlent dans le grand magasin et rendent les queues impossibles pour les locaux, des avalanches de Russes partout comme *Vene valitsus*, dixit ma mère, elles débarquent comme « le pouvoir russe », à propos de n'importe quelle *matouchka* ou *diévouchka* qui envahissait toute la rue ma mère sifflait la même chose, *tuleb kui Vene valitsus*, en faisant de son mieux pour que les diévouchkas matouchkas natachas svetlanas l'entendent, même si vraisemblablement elles ne comprenaient pas, qu'elles allaient seulement de l'avant dans leurs robes de chintz près du corps, dont je ne pouvais détacher mon regard. Ma mère disait que toutes les Russes qui étaient si gracieuses dans leur jeunesse deviendraient des mastodontes après la grossesse. Mais ces mastodontes à moustache, il n'y en a plus.

Et pourquoi c'est si calme, ici ? Où sont tous les hommes qui sortaient de l'Étoile du Vietnam, en face, pour rentrer chez eux en titubant et en braillant ? Et où est-elle, cette Étoile du Vietnam, qui ressemblait à une petite remise, ce marché des merveilles d'où le mari de ma tante rapportait sous son bras du filet de bœuf emballé dans du papier ou un sachet d'oreilles de cochons ? Toutes sortes de marchandises s'y échangeaient contre de l'alcool, du poisson, ou bien d'abord de l'argent et ensuite de l'alcool. On pouvait repérer la localisation seulement aux chansons et au bruit, il n'y avait pas de fenêtres éclairées, et encore moins d'enseigne.

Où sont les voitures de l'armée qui allaient aux casernes en crépitant et en soulevant la poussière sur cette route ? Et tous les avions d'entraînement de l'armée, qui volaient si bas ?

La maison aux briques effritées de ma tante est la dernière avant la zone militaire, interdite aux civils pendant cinquante ans. Les casernes aux murs rouges sont maintenant vides, les mauvaises herbes poussent sur la chaussée, les fenêtres cassées et les portes qui claquent sont dans le même état que dans les autres villages désertés et vestiges de kolkhozes. La mer est proche, toute proche, et le vent marin. Je me promène sur la plage, dans l'ancienne zone interdite, il n'y a personne, personne ne regarde, tout au plus quelques chiens errants. Et les oiseaux. Je vais pique-niquer sur les marches de maisons désertes, au bord de routes désertes, dans l'herbe oubliée d'un jardin désert.

Quand vient la nuit, il y a toujours peu de lumières, ici, il n'y a pas du tout de lampadaires en dehors du centre-ville, les panneaux de signalisation ont quand même discrètement repris leur place – au lendemain de l'indépendance, ça valait la peine de les voler pour les revendre compte tenu du cours de la ferraille. Peu de voitures individuelles circulent entre Tallinn et Haapsalu. Comme avant. Mais les camions pétaradants des kolkhozes ont disparu, la route a été refaite, les voitures ne cahotent plus, et le pare-chocs arrière des longues Volga ne frôle plus le bitume. Comment se déplace-t-on, ici ? Où sont les cars ? Où sont passés tous les enfants ?

Un chemin bien remis en état part en direction de Saaremaa. Sur le bas-côté, il y a même des réflecteurs, bien qu'il n'y ait pas de lampadaires.

Le terrain de la zone militaire est toujours inutilisé, personne n'y va, parce que là-bas il n'y a rien. Je m'y sens bien. J'aime bien y vomir. Je peux y prendre avec moi mon panier de pique-nique ni vu ni connu. Moi qui étais en visite de famille dans un logement avec beaucoup de personnes et une seule salle de bains, et où on entend tout ce qui se passe d'une pièce à l'autre, situation difficile pour une boulimique. Je ne veux plus faire de méchantes gaffes. Une seule, c'était déjà trop. La fois où on passait juste un week-end à la campagne, où j'étais couchée dans la chambre avec un café et mes quarante-cinq kilos, et le soir dehors il faisait nuit noire et j'étais obligée de sortir pour vomir, il n'y avait pas de WC à l'intérieur et la seule terre qui était assez molle pour que je la creuse avec mes chaussures en caoutchouc, et que je pouvais plus ou moins distinguer dans la lumière qui passait entre les rideaux, s'est trouvée être celle du parterre de fleurs de ma tante – je ne m'en étais pas rendu compte dans le noir. J'avais recouvert mon trou assez bien à mon avis et dispersé des brindilles par-dessus. Le lendemain matin, j'ai été réveillée par les exclamations de ma tante, qui se demandait ce qui était arrivé à ses fleurs. *Qu'est-ce que c'est que ça ? Quel animal laisse des traces pareilles ?*

Les miliciens ont quitté les lieux. On n'est plus suivi. On peut se déplacer librement, si on n'a pas peur de la criminalité.

Le grand magasin de Tallinn s'est équipé d'ascenseurs panoramiques. Panoramiques !

Roosikrantsi äri est devenu un Spar.

Il y a des affiches publicitaires le long des routes, des sucettes Decaux dans les rues, des pubs sur les trams, des enseignes lumineuses sur les toits des immeubles du centre-ville : Toyota ! Honda ! McDonald's ! Enfant, je ne remarquais même pas l'absence de publicités, et maintenant elles se propageaient ici aussi sur les maisons. À l'époque, la seule enseigne lumineuse de toute la ville était au sommet de l'hôtel Viru, véritable Maison Blanche de l'Union soviétique.

Le monde d'Anna n'est plus. On ne sert plus les glaces partout dans les mêmes coupes métalliques, et le plastique ne pue plus. Ma mère n'a plus besoin de se disputer avec sa sœur comme avant. Ma tante se dispute maintenant au sujet des limites des champs de ma grand-mère avec les villageois restants. Le village de ma grand-mère s'est vidé. Ma grand-mère est morte, mais les champs ont été restitués à ses enfants. Partout des kolkhozes désertés, des immeubles vides aux portes béantes qui pendouillent, beaucoup de béton gris. De temps en temps, des immeubles d'un étonnant vert très clair, dont le nombre de fenêtres intactes diminue chaque année et dont la peinture soviétique s'écaille et le ciment soviétique s'effrite... *Vene värk... Vene aeg, « l'époque russe »...* En réalité, dans les années quatre-vingt, les kolkhozes avaient été transformés en sovkhozes, mais je continuais à les appeler kolkhozes, et beaucoup d'autres faisaient de même. En outre, du temps des kolkhozes, les salaires étaient meilleurs, de sorte que ce mot-là gardait sans doute une résonance plus agréable.

Les professionnelles ne se distinguaient plus sur le trottoir comme avant. Ma mère ne pourrait plus me montrer de la tête laquelle des femmes attablées au café était dans le secteur, lesquelles de toutes celles qui fumaient au restaurant, celle-là qui avait de grands cheveux et des habits étrangers, cette blonde qui portait une minijupe dans le style local et des chaussures à talons mais un manteau étranger, celle avec les cheveux teints d'une couleur manifestement *import*, ou celle avec les lunettes de soleil miroir, introuvables ici. Enfant, je ne savais pas dire le mot *prostituée*, je ne le retenais pas et je trouvais ça dur, alors je disais toujours « protituée » ou « protillée ». Ou juste « tillée ». Les habits étaient des preuves certaines, et plus tard j'ai appris à reconnaître d'autres signes. Ce coup d'œil, cette femme qui regardait un peu trop longuement à trois reprises un homme de son âge, et celle-là, qui marchait là-bas de cette façon, celles qui passaient leur temps là-bas de cette façon-là. Quand j'étais adolescente, la plupart des putes étaient habillées en noir et blanc, c'était une mode de putes, et du coup je n'avais pas le droit de me mettre du noir pour les voyages en Estonie, quand bien même en Finlande ça faisait rock et punk. Et même si je me sens maintenant à l'aise dans mes habits noirs et blancs, les essaims de filles de joie me manquent autour de l'hôtel Viru.

Le bruit me manque.

Les couleurs occidentales sont fausses.

JE
VEUX
RENTRER chez moi.

Chez moi, je dis maman, maman, c'est encore le même homme, là... Et ma mère dit qu'il ne faut pas faire attention à lui, il faut faire comme si de rien n'était, mais qu'il faudrait que je le dise tout de suite si je revoyais encore cet homme quelque part.

Là où est mon chez-moi, ma tante met tous les jours un seau d'eau à côté du sac de sucre, à son travail, pour que le sucre absorbe de l'eau tout seul pendant la nuit et s'alourdisse.

Chez moi, la vendeuse du magasin de village ajoute à l'addition la valeur des bouteilles restituées, au lieu de la déduire de la somme finale, elle fait tinter le boulier en un rapide va-et-vient, de sorte que de l'autre côté du comptoir on ne peut pas suivre.

Le jus de pêche est conditionné en grands bocaux en verre et le manoir près de chez ma grand-mère est converti en administration du kolkhoze, la camarade Merike arrache les décorations des portes en bois afin de simplifier les travaux de peinture, puis elle change d'avis, arrache toutes les portes, les jette dans la cheminée, les feuilles et guirlandes de bois séculaires, à la place elle veut des portes blindées, car l'ennemi pourrait tenter de pénétrer par effraction dans le bâtiment principal du kolkhoze, si ce n'est même de l'occuper.

Là-bas, chez moi, on pratique partout la pause du déjeuner, où magasins, bureaux, musées et autres sont fermés, entre midi et 1 heure, ou entre 1 heure et 2 heures. Ou bien on peut être en cours d'inventaire, ce qui est souvent prétexte à fermeture, quand ça prend aux vendeurs ou qu'ils ont autre chose à faire, quand ils n'ont rien à vendre ou que les ventes se font *leti alt*. À voir le nombre d'inventaires, on aurait pu croire qu'il y avait plus de marchandises que le magasin n'en pouvait contenir.

Chez moi, dans les cafés, les tasses sont dépareillées.

Devrais-je rester chez moi ? Ou plutôt dans ce qu'il en reste ? C'est vers là que j'ai toujours tendu. Est-ce donc jusque-là que je voulais maigrir ?

L'alcool a été rationné en 1988, il fallait en prendre autant qu'on pouvait, même si on ne le consommait pas, et l'armoire à linge de ma tante, celle-là devant moi, contre le mur à côté du poêle du séjour, se remplissait de bouteilles d'alcool, qui devenaient une monnaie prisée. À l'époque, ma tante faisait beaucoup de bonnes affaires en écoulant de l'eau-de-vie. Même chose avec le tabac : les cigarettes s'obtenaient à raison de cinq paquets par personne et par mois, en Russie, soit trois cents cigarettes par trimestre ! Les allumettes manquaient, surtout si on fumait et qu'on habitait dans une maison chauffée au bois : les allumettes s'obtenaient à raison de cinq boîtes par mois si l'on habitait dans une ville où les maisons chauffées au bois étaient majoritaires. Si elles étaient en minorité, la ration d'allumettes était de cinq boîtes par trimestre.

Si l'on s'apprêtait à célébrer une grande fête, des années rondes ou autres *juubel*, alors on recevait – combien c'était, déjà ? – pour les quatre-vingts ans de ma grand-mère, on a eu dix bouteilles de cognac et cinq de champagne – c'est bien ça ? je ne me souviens plus… C'était la campagne de sobriété de Gorba, la réforme de l'alcool ou quelque chose comme ça… Auparavant, en Russie, les bêtes des kolkhozes mouraient de faim, vu que les gens ne travaillaient pas mais étaient ronds comme des queues de pelle du matin au soir, car dans les magasins de Russie il n'y avait strictement rien d'autre à vendre que de l'alcool, qui était bon marché même à l'échelle locale, et les autres distractions étaient rares. Aussi Gorba a-t-il interdit la vente d'alcool pendant les heures ouvrées et il l'a soumise aussi au rationnement.

Pour les funérailles, de même, on avait droit à de l'alcool… pour celles de ma grand-mère… le cercueil a été apporté au milieu de la cour, ouvert, là, devant cet immeuble… le visage de ma grand-mère, lustré par la mort… quelqu'un a joué des cantiques sur un orgue électronique à côté, c'était un don de la paroisse finlandaise, monté sur une barrique peinte en bleu kolkhoze… le câble courait à l'aide d'une rallonge jusqu'à l'appartement de ma tante… la porte ne fermait pas bien, comme le câble y passait, et tout le monde manquait de trébucher dessus, car les gens ne le remarquaient même pas au beau milieu de leurs pieds… ma mère a pris des calmants et a essayé de ramper sous le câble de l'orgue électronique pour sortir par la porte de ma tante… sur le buffet, les grandes pommes de terre jaunes attendaient, bouillies et épluchées, et j'avais la nausée, l'odeur des pommes de terre saturait l'air et me donnait le vertige, ma tante insistait pour qu'on mange, mais moi je n'ai rien pris, on aurait dit qu'il y avait des plats de pommes de terre partout… leur odeur est restée dans mes cheveux et s'est collée à mon oreiller, ça puait encore le lendemain… les yeux de verre des fenêtres sur cour… de ma grand-mère, on n'apercevait plus que les pommettes… les montants rouillés de la corde à linge grinçaient… dans les doubles fenêtres, des mouches mortes.

1956

Les fils Rõug ont refusé de rentrer de Sibérie, contrairement à leurs parents et à leur sœur, bien que l'amnistie générale de 1956 touche même les prisonniers politiques et donne ainsi à la famille Rõug le droit de rentrer. Les garçons se sont pris des épouses russes en Sibérie et ils y sont restés. Où auraient-ils bien pu rentrer ? Dans leur village qui les avait trahis ? Dans leur ferme habitée par d'autres, à la table de laquelle était assise la famille d'un dénonciateur ou la grosse *diévouchka* d'un Russe en train de boire du *tchaï* ou de manger des cornichons ? Dans le pays où paissaient les vaches du kolkhoze et parmi des gens au nombre desquels étaient ceux qui les avaient déportés ? Dans le même village, à fouler les mêmes routes, travailler pour les mêmes gens au kolkhoze, conduire la même moissonneuse-batteuse, s'asseoir sur le même banc, regarder si elle était à Karla, notre cher oncle, cette tasse à café pareille à celle dans laquelle ils buvaient à l'époque, si leurs pantalons avaient été usés par les fils de Karla jusqu'à se déchirer, comment Elfriide sera peut-être célébrée comme mère héroïque et comment elle sera immortalisée en photo dans la robe de leur mère Aino le jour où elle recevra l'étoile d'or de l'héroïne du travail socialiste, sous les applaudissements, les fleurs et les honneurs ?

En l'an de grâce 1956, Kiisa rentre chez elle avec ses fils, et Leeve avec sa fille, voir ce que la Grande Guerre Patriotique a laissé. Osvald est resté dans la toundra.

Tallinn est toujours Tallinn. Les tours de la Grosse Margareet et du Grand Hermann n'ont pas bougé. Les peupliers. Les merisiers. Les mêmes peupliers et les mêmes merisiers que quand leur train était parti pour la Sibérie. Et il y a toujours des gens dans les rues, qui rient, qui éternuent ou qui reniflent, des enfants et des couples d'amoureux, qui bavardent.

Qui bavardent en russe.

Des soldats russes.

À la place de chaque croix ou couronne sont taillés une faucille et un marteau.

Au moins quelque chose de familier. Au moins quelque chose de Sibérie qui est arrivé ici aussi. Maintenant, avec cela on peut rester en vie, une fois qu'on a su s'habituer à respirer l'air glacial de Sibérie.

Personne n'a envie de louer des chambres à ceux qui rentrent de Sibérie, personne ne veut vraiment les embaucher. *On ne sait jamais. Ce qui peut arriver. Ça pourrait être interprété. N'importe comment. Comme de la fibre estonienne. Ou quelque chose.*

Les fils de Kiisa sont à l'âge où ils peuvent être

dangereux. Et dans cet état d'esprit. Kiisa est déjà suffisamment plus âgée pour que… Mais quand même, elle revient de Sibérie. On ne sait jamais. Avec déjà tellement de monde dans cette maison. Avec la fille qui est justement sur le point de rentrer à la maison, de finir ses études. Avec les jeunes qui sont en train de se marier et qui ont besoin de leur propre espace. Et puis tous les problèmes à venir. Avec la mamie qui ne peut plus vivre seule et qui va venir s'installer chez nous, Kiisa comprend bien, ça va devenir trop petit, Leeve comprend bien que c'est impossible, vous comprenez bien, les garçons, qu'il n'y a tout simplement pas de place pour vous ici. N'est-ce pas ?

Et c'est qu'il faudrait au moins finir l'école primaire, pour pouvoir venir travailler pour nous. Il faudrait le certificat d'études. Sans ça, que faire ? Vous auriez pu aller à l'école là où vous étiez, les garçons. Ce n'est pas bien, de faire l'école buissonnière.

Mais en Sibérie les garçons auraient dû recommencer depuis la première classe leur scolarité qui touchait alors à sa fin, voilà ce qu'ils auraient dû faire, or seuls ceux qui travaillaient recevaient la ration quotidienne de trois cents grammes de pain, et la ration de la mère ne suffisait pas pour deux fils presque adultes, et ils n'avaient pas d'autre choix. Que de conduire un tracteur.

En Estonie, les garçons sont finalement admis à l'auto-école, et le permis de conduire leur procure du travail.

Les garçons attendent leur temps, un vent favorable qui soufflera au bout d'une vingtaine d'années. À ce moment-là, Karla n'aura plus de protecteurs ni aucun pouvoir. Alors le kolkhoze non plus n'aura plus besoin de Karla. Alors on pourra sans inquiétude le tabasser par une obscure soirée d'automne après lui avoir dit qui on est. À l'hôpital, Karla restera en vie encore quelques semaines, il pourra encore parler, mais il ne dira rien.

Personne du village n'ira à l'enterrement.

EN
1984,
NOUS avons reçu la première réponse négative à une demande d'invitation faite par ma tante. Comme ma mère voulait quand même voir ma grand-mère, nous avons dû aller en touristes à Tallinn, coucher à l'hôtel et forcer ma grand-mère à venir loger chez Juuli. Le voyage durait alors trois jours, comme tout voyage touristique à Tallinn.

Nous avons encore essuyé un refus l'année suivante.

La grand-mère a dit que c'était Linda qui avait saboté les choses, par pure méchanceté.

La mère soupçonnait Maria, quittée par son copain à cause des baskets qu'elle n'avait pas apportées.

Le fonctionnaire qui traitait les demandes d'invitation nous a révélé, contre cent marks finlandais, que la réponse négative provenait de la zone de Haapsalu. Là-bas, quelqu'un ne voulait pas que nous allions en ville, mais il ne pouvait pas dire qui.

L'année d'après, Juuli a commencé à préparer les papiers. Sur la base d'un certificat médical attestant la santé précaire de la grand-mère, Juuli a fait faire exceptionnellement les papiers d'invitation au nom de la grand-mère, malgré le fait qu'elle n'était pas une parente proche, juste une connaissance de ma mère. Les horaires d'ouverture des administrations se limitaient à quelques heures par jour, de préférence aux heures de travail, mais heureusement tout le monde s'occupait d'affaires personnelles pendant les heures de travail, si bien qu'elle n'a pas rencontré de problème majeur pour apporter les papiers. Juuli était politiquement irréprochable et elle habitait dans une maison individuelle avec son fils : la surface habitable était suffisante pour héberger des étrangers, et l'état général de la maison ne ferait pas particulièrement honte à l'Union soviétique.

La demande d'invitation préparée par Juuli a obtenu une réponse positive.

Mais la grand-mère ne pouvait pas venir à Tallinn à cause de sa jambe.

La mère est allée de bureau en bureau. Le fonctionnaire qui s'occupait des visas spéciaux a répété qu'une réponse négative était revenue de la zone de Haapsalu.

Mais ma mère, Sofia, ne peut pas venir à Tallinn. Sa jambe ne la porte pas et elle a eu une crise cardiaque.

Bon, alors allez-y, a dit l'homme, allez-y.

Ma mère m'a dit qu'elle n'avait apporté à l'homme que de l'après-rasage et de la mousse à raser dans un joli paquet, et du café. Rien que ça. Tu te rends compte.

En 1987, on a reçu de Tallinn des visas spéciaux pour Haapsalu. Ma mère n'a plus confié d'affaires d'invitations à gérer à ma tante.

Cela impliquait bien sûr qu'il fallait apporter plus de cadeaux qu'avant pour Juuli. Et cela induirait encore de plus grandes dépenses. Tous les petits revenus sporadiques de la mère partaient en achat de marchandises à apporter en Estonie, et elle puisait même un peu dans les économies. Il y avait trop de demandeurs et pas assez d'argent. J'ai eu connaissance de tout cela par hasard, en remarquant la rigueur que mettait ma mère à se familiariser avec la culture des soldes. Quand il y avait justement des chaussures parfaites pour Juuli en promotion – Dieu merci, Juuli avait des petits pieds et on lui trouvait donc toujours des chaussures en soldes –, mais le billet de dix dans le portefeuille était l'argent de la nourriture de ce jour, ma mère ne s'est pas acheté à manger, elle s'est occupée seulement de la nourriture de son enfant. Et quand, dans les rabais, on dénichait une bonne jupe pour Juuli, ma mère se privait de teinture pour les cheveux. Comme on avait des pommes de terre du jardin, ma mère s'est contentée de manger de la purée de jour en jour. Elle ne voulait pas que papa voie et sache où partaient ses petits revenus. C'est pourquoi elle ne demandait jamais d'argent à papa, elle disait qu'elle en avait bien assez.

Une veste pour Maria ou le cordonnier pour ses propres chaussures ?

Du déodorant pour Linda ou du dentifrice pour soi ?

Des collants pour Juuli ou pour soi ?

Le choix tournait toujours en faveur du parti qui n'était pas ma mère.

Et puis on revendait toujours les vêtements qui arrivaient, on y renonçait alors que ma mère en aurait eu besoin.

Pour les dents à plomber, on attendait le prochain voyage en Estonie.

MA
MÈRE
VA s'occuper des affaires à Tallinn, et papa la rejoint par la même occasion. Je reste me reposer chez ma tante. Puis ma mère appelle de Tallinn et me dit que je ne dois pas m'énerver. Comme si ça me ressemblait. On s'est fait voler la voiture sur un parking surveillé du centre de Tallinn. L'assurance vient de changer, de telle sorte qu'elle n'est pas valable dans les pays hors de l'UE. Les policiers écrivent les renseignements de travers, et l'avis de recherche décrit une tout autre voiture que la nôtre. Papa pense que c'est encore la faute de ma mère et il rentre en Finlande. C'était une voiture neuve, une Audi, celle qui a la cote en Russie en ce moment.

Quand nous circulions en Estonie en voiture, nous étions toujours sur nos gardes, prenions toutes les mesures de sûreté, roulions de jour si nous avions l'intention de sortir de Tallinn, et à destination nous cachions la voiture hors de vue, au garage ou dans les broussailles. On ne s'arrêtait pas pour des gens qui surgissaient sur la route, on appuyait sur l'accélérateur, de même si quelqu'un jouait au blessé au milieu de la chaussée. Et voilà que la voiture disparaît en pleine ville, sur un parking surveillé entouré d'une haute clôture.

Après cela, ma mère, quand elle réserve les billets de bateau, ne veut plus inscrire le numéro d'immatriculation de la voiture, et encore moins la marque, quelle que soit la compagnie, de part et d'autre du golfe.

De retour en Finlande, on change les serrures de la maison finno-finlandaise, car les clefs, l'adresse et tous les papiers étaient restés dans la boîte à gants. La mère a les clefs de connaissances tallinnoises chez qui nous passons une nuit de temps à autre, mais elle ne leur parle pas du vol, elle rompt les relations. Inutile de les affoler. En plus, personne ne saurait faire le rapprochement entre des clefs sans nom et la bonne adresse. Mais on n'est jamais trop sûr. Nous ne dormirions plus dans ces maisons, et nous ne garderions pas contact avec leurs habitants.

Ma mère adopte un autre nom ; les Estoniens ont un seul nom, et c'était aussi le cas de ma mère en Finlande, mais maintenant elle en a deux, dont un qui est complètement nouveau. On va fermer les comptes en banque. Un simple vol de passeport n'est pas une raison suffisante pour que ma mère obtienne un nouveau numéro de Sécurité sociale, ce qui la met en rage. Les cons ! On change les numéros de téléphone et on déménage ni vu ni connu. Sous son lit, ma mère planque une hache.

Bien sûr, quelque part dans le monde circule une autre Katariina, avec son passeport.

Ça suffit, maman. Plus maintenant.

Tout ça c'est fini. Ça n'existe plus. L'Union soviétique s'est effondrée. L'Estonie soviétique n'existe plus. Il y a seulement la République d'Estonie. La guerre froide est finie. Le KGB ne nous attrapera plus, maman, c'est fini, il ne reste que des miettes, un conteneur coulé en béton au bord de la rue pour les poubelles et des moissonneuses-batteuses de kolkhoze rouillées dans les champs. J'en peux plus !

Ma mère m'ordonne de me taire.

KGB ou pas, les bandits n'ont pas disparu de là.

Dans les poubelles de Mustamäe, on retrouve un grand sac en plastique débordant de passeports finlandais, mais celui de ma mère n'y est pas.

UN
AN
APRÈS l'incident, sur le web, ma mère tombe sur un fichier intéressant : la police d'Estonie a publié là une liste de toutes les voitures déclarées disparues ou volées, accessible à tous. Sur la liste, ma mère repère notre voiture. Apparemment, elle aurait été retrouvée deux semaines après la disparition.

Au bout d'un certain délai, les voitures retrouvées que leurs propriétaires ne sont pas venus réclamer peuvent être vendues librement, en toute légalité.

Ma mère appelle la police, tous les services possibles, demande et appelle, appelle et demande. Les policiers qui s'étaient occupés de notre cas à l'époque ne sont plus en fonction. Aucun ?

Non. Aucun.

Et chez vous, les Finlandais, c'est pas ça qui manque, les voitures.

Le soir, ma mère pleure, mais pas de voiture. C'est donc vrai. Qu'il n'y a pas de pire ennemi pour un Estonien qu'un autre Estonien.

QUAND
MA
MÈRE estime que je me suis assez reposée, nous quittons ma tante pour repartir vers la Finlande ; mais avant de prendre le bateau, nous passons une journée à Tallinn. Ma mère vaque à ses occupations, pendant ce temps je veux rester dans la Vieille Ville. Je ne peux pas marcher beaucoup, mais un peu quand même. J'achète un bouquet de tulipes à la porte Viru. Sur le côté du bouquet, il y a le prix : dix couronnes. Je demande à la vendeuse si on ne vend les tulipes qu'en bouquets. Je demande en estonien, avec un fort accent finlandais. La vendeuse répond oui. Je lui donne un billet de cent couronnes et je reste plantée là un moment, jusqu'à ce que je me rende compte qu'elle n'a pas l'intention de me rendre un centime. C'est un bouquet de dix tulipes.

Je m'en vais. Je ne sais pas que dire.

Mon pays m'escroque, mon pays me vole, mon pays m'arnaque. Ça fait mal. C'est dégueulasse. Honteux. Atrocement honteux. Pire qu'on ne saurait le dire. Comme une femme qui se fait battre continuellement par son mari mais qui a trop honte pour le dire.

Chez moi !

Ma mère m'a parlé de la voiture, mais moi je ne lui dis rien des tulipes.

Je vais manger au bar Karu avec mes tulipes avant de partir pour le bateau. Le menu est à la fois en finnois et en estonien. Des images en couleur présentent les plats. Sur les dernières pages de la carte, il n'y a pas d'images, mais des mets de toutes sortes. Sur ces pages-là, toutes les salades et les plats sont écrits seulement en estonien, et ils sont à peu près trois fois moins chers que les plats qui sont énumérés en finnois et en estonien.

Le serveur, de sa propre initiative, se dispose à parler finnois, mais je m'en tiens à l'estonien.

Sur le trajet du retour, les ivrognes du bateau s'arrachent aux enchères des sachets de cacahuètes pour dix fois leur prix, et ils prennent avec les doigts le saumon qui se trouve sur la table quand ils ont du mal avec la fourchette. À en croire le remue-ménage, quelqu'un a bouché les WC de notre couloir, et les femmes d'étage viennent à trois reprises dans notre cabine sans frapper, sans rien dire, pour vérifier les WC, de même que dans les autres cabines du couloir, tout en parlant entre elles en estonien et en présumant que nous ne comprenons rien. Dans le port, il y a une bande de jeunes qui ont apporté un plein chargement de bière, et maintenant ils se demandent comment le ramener chez eux. Il y a soixante litres, là-dedans ? Une caisse lâche et les canettes roulent aux quatre coins du terminal. Un mec court à quatre pattes après les canettes de Saku. J'ai envie de pleurer.

1970

Katariina se sépare de son copain Hugo la dernière année avant le diplôme. Bien sûr, elle n'aurait pas dû faire ça, elle aurait dû se marier, mais qu'il parte, qu'il aille se faire voir, qu'il fiche le camp n'importe où, Hugo, pourvu que ce ne soit pas chez Katariina. Même sans Hugo, qui court après d'autres femmes, Katariina décide de rester en Estonie, de préférence à Tallinn, bien que sans mari ni famille on l'envoie vraisemblablement travailler, après son diplôme, quelque part où elle ne voudrait aller pour rien au monde, quelque part vers la Russie, ou dans un trou au fin fond de l'Estonie, ce qui ne conviendrait pas du tout non plus à Katariina. Bon, elle pourrait sans doute revenir au bout de trois ans, mais trois ans dans un patelin paumé, c'est trop.

Katariina décide de trouver un boulot en Estonie, à Tallinn, un point c'est tout. Et en aucun cas elle ne commencera à élever une famille rien que pour se garantir le droit de résider en Estonie pour les années à venir.

Presque toute la promo est déjà mariée, et rares sont les jours où l'on ne croise pas de jeunes épouses enceintes.

Katariina va dans une entreprise dont le directeur est une connaissance à elle. Elle promet de se procurer l'argent pour payer les amendes qu'encourt l'entreprise en l'embauchant alors qu'elle est déjà affectée ailleurs. Katariina promet d'économiser en matériaux ce que l'entreprise dépensera pour ces amendes, et même plus. Et sans doute qu'un bon employé, c'est toujours ça de pris ? Sans obligations familiales, jeune et énergique, fraîchement diplômée, et une femme, même.

Absolument, ça ferait l'affaire.

En plus, Katariina s'est renseignée sur le poste qui lui est destiné. Ce serait à Viljandi, qui, toute ville qu'elle est, n'en est pas moins un village paumé, pas du tout le bon endroit pour Katariina. Par bonheur, il apparaît qu'elle est censée, à Viljandi, supplanter une femme qui n'a pas la formation officielle pour le travail de Katariina, mais qui est sur place depuis longtemps et se trouve être aussi la maîtresse du directeur. Katariina prend contact avec elle, et celle-ci est ravie d'apprendre que Katariina renoncerait volontiers à venir prendre sa place dans la société, dès lors que l'affaire serait convenue sans faire de vagues. Tout comme la femme, le directeur se réjouit de la décision prise par Katariina, et finalement Katariina et son nouveau directeur Välismaa sont contents aussi. Comme toutes les parties gardent le silence sur l'affaire, il n'y a même pas d'amendes à payer.

L'amie de Katariina veut sortir fêter ça, alors que Katariina est fatiguée. Un nouveau café, le Rae, vient d’ouvrir sur la place de l’Hôtel de Ville. Si on y faisait un tour ?

Le Finlandais remarque Katariina dès qu’elle pénètre avec son amie dans ce restaurant qu’elles avaient pris pour un café.

Deuxième partie

JE
L'AI
RENCONTRÉ sur le bateau, quand ma mère et moi rentrions en Finlande, c'était un peu après le voyage où j'avais passé un long moment à me reposer avec mes quarante-cinq kilos chez ma tante. Je n'avais pas la force de bouger où que ce soit sur le bateau avec mes légers kilos, de sorte que je suis restée assise pendant que ma mère allait au *duty free*. Je fumais une cigarette du côté du bar – ou bien c'était une boîte de nuit ? Après la fin d'un jeu de société, les danses de l'après-midi venaient de commencer et la valse de Saaremaa tourbillonnait pour la millième fois. Il est venu me demander du feu. Quand je l'ai regardé en face, j'ai vu sa tête, qui avait exactement la même forme que celle de Vilen. Le contour du crâne se dessinait nettement, car il n'avait que quelques millimètres de cheveux. Je lui ai fait remarquer la ressemblance.

Vilen ?

Alias Vladimir Ilitch Lénine. Un vieux surnom.

Aussitôt, il a sorti de la poche de sa veste une casquette à la Lénine et se l'est mise sur la tête. Ouah ! j'ai dit. *Spassiba*, il a répondu, et il s'est assis. Je l'ai chassé quand la tête de ma mère s'est profilée à la porte de la boîte de nuit.

Ma mère a appris que c'est pas la peine de me demander quoi que ce soit, je ne répondrai pas, et je ne me confierai pas non plus spontanément, si bien qu'aucune de nous deux, ni ma mère ni moi, n'aurait dit un mot, même si Vilen était resté là quand elle revenait à la table. J'aurais seulement essuyé mes mains moites à ma chaise en essayant de garder un regard stable et insouciant, les mains serrées pour que leur tremblement ne se voie pas. Mais il valait quand même mieux que je sois assise seule quand ma mère revenait. Car j'avais dit ça tout haut, à un parfait inconnu, et de la même façon qu'Irene à l'époque, j'avais dit ça en premier : que je suis de deux peuples. Moitié estonienne. Moitié finlandaise.

Et Vilen n'a pas manifesté d'étonnement ni de mépris. J'ai seulement commencé à parler, et rien ne s'est passé, personne n'a sifflé, personne n'a demandé le prix, tout le bar ne s'est pas retourné pour me regarder, le bateau ne s'est pas arrêté, rien ne s'est passé – et pourtant, tout s'était passé.

LE
LENDEMAIN,
ON se voit dans un café finlandais, on boit du café dans des verres avant de passer au restaurant Kosmos. On s'épanche sur le fait que boire du café dans des verres est devenu tellement tendance à Helsinki alors que c'était tout ce qu'il y a de plus banal en Union soviétique, on fume trois paquets de cigarettes, la conversation ininterrompue dessèche la bouche. Après la toute première phrase, je ne peux plus arrêter de parler. On prend une autre cigarette dans le paquet en même temps, on lève nos verres, on se redresse en même temps, je le remarque, mais ça n'a rien de bizarre, ça va de soi, c'est comme ça que ça doit être. Il parle de son voyage de l'année précédente dans des pays de l'ancien bloc de l'Est, il est enthousiaste et sa voix enthousiasmée nous entraîne dans un petit monde à part, là dans le bar en plein après-midi, et ma voix enthousiasmée alterne avec ses paroles, ensuite il veut voyager en Albanie, les samovars, les *pelmeni* et les rideaux de dentelle russes tournent dans ses paroles comme une toupie bleu kolkhoze, du genre que je faisais tourner quand j'étais petite parfois chez ma grand-mère.

Je dis que je ne veux pas aller au dernier étage du grand magasin de Tallinn en ascenseur panoramique, je préfère monter à pied, comme avant, avant ces ascenseurs panoramiques. Même si les escaliers asphyxiants étaient bourrés de monde et qu'on risquait de s'évanouir, et bien sûr pas de ventilation, mais quand même !

Absolument ! s'écrie Vilen.

Au Stockmann du centre de Tallinn, on trouve tout, de nos jours, et on passe d'un étage à l'autre en escalator ou en ascenseur. La salle d'écoute du KGB à l'hôtel Viru est ouverte et présentée au public. Maintenant on a le droit de prendre des photos à la gare, et on n'est pas obligé d'aller faire la queue à 4 heures du matin devant la porte du magasin pour acheter des pieds de porc. Est-ce que j'ai tort de vouloir retourner là où on n'avait pas le droit de photographier la gare ?

Non ! crie Vilen.

Tu comprends ?

Oui !

Près du port, les nouveaux hôtels poussent comme des champignons. Une navette de Tallink transporte des Finlandais entre le port, les hôtels et le marché de Mustamäe… tous les combien, quarts d'heure ou demi-heures… Le marché de Mustamäe est devenu une halle couverte, bien propre, où circulent quelques personnes à la place du capharnaüm et de la bousculade d'autrefois. Il y a toujours des trafiquants, mais ils vous avertissent poliment qu'en transportant des pirates vous encourez des amendes à la douane, mais ils ont bien sûr des pirates, j'écoute quel genre de musique ? Dehors on vend des képis de milicien, des bouliers de l'époque soviétique et des insignes nazis, des montres de gousset à l'effigie d'Hitler, Staline ou Lénine. Il n'y a pas de porcelaine russe, du cristal oui, la nourriture se trouve seulement au magasin d'alimentation… Est-ce que c'est ce que nous voulons, est-ce que c'est là-bas que tu voudrais partir, Vilen ?

Non ! crions-nous d'une seule voix. Non !

Je veux parler encore des camions bleu kolkhoze et des éternelles déclarations de douane, et du fait qu'en Union soviétique il n'y avait pas d'allergies et que ma mère, en arrivant en Finlande, ne croyait pas à l'existence des allergies. Et les punaises ! Vilen, quel fléau… il fallait laisser les lumières allumées, pour ne pas se faire bouffer… ma mère en arrachait sous l'oreiller à Tallinn… quand il venait en Finlande, papa devait laisser ses bagages au garage parce que ma mère se méfiait des punaises de derrière la frontière… Vilen, j'ai le blues des punaises !

C'est pour ça que tu gardes si souvent les lumières allumées la nuit ?

Je t'ai raconté ça ?

Oui.

J'avais pas pensé… Tu crois que ça pourrait venir…

Des punaises ? Absolument.

Non ! C'est affreux !

Ça nous fait rire, et on rit sous l'effet de toute la bouteille de vodka qu'on a descendue chez moi.

Je veux parler aussi des putes. Il y a toujours des prostituées estoniennes plein la Finlande, et des petites lolitas qui se promènent sur les bateaux de Tallinn, mais là-bas on ne me demande plus le prix, et on ne prend plus ma mère pour ma maquerelle. Et pourtant, est-ce que j'ai tort, Vilen, dis-moi ? Et personne ne me demande plus de transporter dans mon petit cartable, qui contient mes comprimés de fluor et ma flûte à bec, quelque chose en plus, pas de paire de baskets ni de collants. Est-ce que j'ai tort, Vilen, de vouloir retourner là où les femmes se vendent pour des collants ?

Et est-ce que tu as vu, Vilen, les champs de pavot sur l'île de Saaremaa, les petits genévriers frisés comme de grandes mousses ? Et les champs de blé ? Ma mère pleurait sur la terre argileuse de Finno-Finlande : pas l'ombre d'une carotte, et le chou ne poussait pas. Il faut dire que sa belle-mère allait de temps en temps sarcler les mauvaises herbes, après quoi il ne restait plus grand-chose des dernières carottes qui poussaient : la belle-mère voulait juste donner un coup de main. Peut-être que ça la mettait en rogne, l'application de sa belle-fille étrangère ; elle-même avait besoin de promenades du soir pour trouver le sommeil, ce qui exaspérait ma mère, car de l'autre côté du golfe on ne connaissait pas les promenades du soir – on faisait ses travaux agricoles aussi longtemps que la lumière le permettait, puis on s'effondrait endormi sur son lit. Ma mère me montrait du doigt les autres caves de l'immeuble finno-finlandais, derrière le grillage desquelles on apercevait peut-être un bocal ou deux de quelque chose. La nôtre était toujours pleine de conserves et de confitures, exactement comme chez ma tante à Haapsalu, chez ma grand-mère à la campagne, et partout ailleurs, là-bas on ne connaissait pas les caves vides, et ma mère ne pouvait pas concevoir qu'ici on laisse les baies pourrir sur pied dans la forêt, et chez ma mamie les pommes dans les arbres, juste parce qu'on avait la flemme de les cueillir, et moi j'étais fière de notre cave pleine, j'éprouvais une grande satisfaction. Comme si je me sentais… en sécurité.

Quand j'étais déjà adulte, j'ai été dans un magasin avec une amie qui a acheté de la confiture de fraises. J'ai trouvé ça terriblement décalé, ridicule, débile : acheter de la confiture de fraise au magasin ! C'est absurde !

Vilen et moi rions devant nos verres de vodka toute la soirée et toute la nuit, au fil des Beriozka, du beurre que répand le poulet à la Kiev, de tous les films d'animation russes avec des marionnettes, du vide des grands magasins et de l'obscurité des églises, des femmes d'officiers dans leur manteau d'hiver en cloche moulant, des bouteilles de vodka pour lesquelles les Finlandais payaient au Citymarket le prix indiqué sur l'étiquette, je sens sur la peau de Vilen la Russie, avec ses datchas où je n'ai jamais mis les pieds, la Sibérie et le Caucase, les cortèges déments qui défilent en l'honneur du petit Père Soleil, tous les jeunes mariés au mausolée de Lénine et la femme de Khrouchtchev qui ressemble à une vachère, dans les bras de Vilen résonnent la balalaïka et Moussorgski, les cloches du Kremlin comme chez Rachmaninov. La Russie bourdonne et tous ces noms de lieux ridicules, l'hôtel *Droujba* et les cinémas Amitié, Octobre, Paix et Partisan, et Kosmos pour un hôtel, un café et un cinéma, les journaux *L'Étendard des Travailleurs*, *La Voix du Peuple*, *La Faucille et le Marteau*, j'ai envie de pleurer comme si j'écoutais tous les concertos pour piano de Rachmaninov en même temps tout en les entendant chacun séparément, ou comme si le crépitement d'un disque de Miliza Korjus se mêlait à la pluie d'été du Läänemaa, j'ai envie de pleurer comme dans tous les endroits heureux, comme n'importe qui après un exil trop long. Et le matin ça sent la Neva, d'où le soleil se lève.

Bien entendu, cela ne veut pas dire que je ne vomirais pas les blinis faits pour le petit déjeuner. Mais cette fois ce serait involontaire. J'aurais voulu les garder.

VILEN
ET
MOI, on parle des mêmes choses, on rit et on pleure pour les mêmes raisons. Mais ensuite, il faut faire ce qu'il faut faire. Non pas que j'aie plus de désirs, ou que je sache mieux ce que je désire qu'avec Hukka. Mais Vilen ne pose pas les interminables questions de Hukka, du coup il est facile de faire la femme, de jouer la passion. En contrepartie, je reçois un déferlement de caresses sur mon corps. Je le savoure, ainsi que son regard sur mon corps perfectionné par la boulimarexie. Je n'en ai jamais assez. Et sans questions au lit je me sens bien. Peut-être que les mains sur ma peau insinuent, questionnent, mais leurs questions ne reviennent pas sur le tapis par la suite, des semaines plus tard. On peut les laisser passer. On n'a pas de comptes à rendre.

Je me suis lassée des coups d'une nuit, j'en ai eu ma dose. C'est si vertigineux, de parler avec Vilen de choses dont je n'avais jamais parlé avant, que j'échange volontiers le corporel contre le spirituel. Les meilleures conversations sont celles où nous sommes assis longuement face à face sur le lit en buvant du thé. Je préfère qu'on baise vite, pour passer le plus vite possible à la conversation et pour que tous deux ne soyons pas trop fatigués, sinon on risquerait de s'endormir avant.

En compagnie de Vilen, je me rappelle des choses que je n'avais pas jugé importantes à me rappeler. Au lit, on fume des cigarettes russes qu'il a rapportées de Saint-Pétersbourg, elles font mal à la gorge et elles rappellent les cigarettes Priima que fumait mon oncle. Le panier de fruits sur la table de la cuisine me fait penser aux bananes, Vilen, tu te rappelles, ah oui, tu sais pas comment c'était, l'âge d'or des bananes, de l'autre côté du golfe. *Kui oleks ainult banaane…* Tout le monde soupirait après elles, et personne ne croyait ma mère quand elle affirmait que ça ne résoudrait aucun problème qu'il y ait des bananes plein les étalages, surtout si on n'avait pas d'argent pour en acheter. Mais personne ne l'écoutait : à l'époque soviétique, ça ne posait pas de problème particulier, qu'il n'y ait pas d'argent. Seules les marchandises manquaient, surtout quand la grandeur et la force de l'Union soviétique commençaient à s'effriter dans les années quatre-vingt. *Tout serait encore supportable, s'il y avait des bananes, si seulement il en existait…* Maintenant personne ne se rappelle plus jusqu'à quelle valeur s'élevait la banane d'or. Au Stockmann de Tallinn, les bananes du rayon des fruits sont à la portée de toutes les mains, sinon de tous les porte-monnaie. Les bananes sont arrivées, mais le bonheur n'est pas venu avec. Ce n'est plus un produit *defitsiit*.

Et ces livres, les livres sur Tallinn, Moscou, Leningrad ! Dans lesquels tout le monde est concentré, travailleur, occupé à des travaux physiques, le miracle humain de l'État socialiste, camarade *tavarichtch*, les photos où les personnes âgées sont toujours pensives et les enfants rieurs, tu te rappelles, ces gigantesques statues de Lénine, et Lénine embaumé sur la place Rouge… Tu te rappelles ! Cette file d'attente était complètement folle, pour le Mausolée, elle faisait tout le tour de la place Rouge ! Nous n'avions pas l'intention d'aller au Mausolée, mais un couple de jeunes mariés est passé devant nous, les jeunes mariés pouvaient entrer sans faire la queue, et bien sûr leur suite en même temps, nous nous sommes faufilées comme ça derrière leur suite, et qu'est-ce qu'il était grand, ce Lénine embaumé, moi je trouvais qu'il avait carrément l'air d'être en plastique, mais je n'ai pas osé le dire tout haut, tellement il régnait une atmosphère sacrée, et on ne pouvait pas s'approcher pour mieux voir, il fallait suivre la file, il ne fallait pas s'arrêter, mais ma mère m'a chuchoté que Lénine était resté minus en conséquence de la syphilis et je commençais à avoir terriblement envie de rire, là, près des flammes éternelles, et ma mère et moi nous sommes précipitées dehors en hurlant de rire.

JE
NE
SAIS pas si la ressemblance avec Lénine avait un rapport avec le lieu de notre rencontre, le bateau de Tallinn, de sorte que j'ai choisi précisément Vilen comme première personne à qui je me suis confiée, ou si ç'aurait pu être n'importe qui, j'avais assez mûri pour me confier, j'étais enfin prête. Je ne sais pas si une autre réaction de la part de Vilen m'aurait fait battre en retraite, en tout cas je n'aurais peut-être pas fait plus ample connaissance avec lui par la suite. Vilen ayant ainsi accompli son devoir, je ne me lamente pas quand il m'annonce qu'il va partir pour les Balkans dans quelques mois. Les préparatifs sont bouclés et l'année sabbatique financée.

Mais il veut que j'aille avec lui. Les qualités de compagne de voyage émerveillée et de jolie femme réunies dans une seule et même personne, il n'est pas près de trouver ça ailleurs. Il faudrait que je l'accompagne. Il se peut bien qu'il ait des sentiments plus profonds envers moi. Il met sa main sur la mienne. Peut-être même beaucoup plus profonds. Et Vilen soupire profondément. Il faudrait absolument que je parte avec lui.

C'est tentant : et s'il y avait là-bas davantage de vestiges de mon chez-moi ? S'il y avait là-bas tout ce qui me manque ici ? Peut-être que je pourrais trouver l'argent ? Si l'Estonie est en train de devenir trop finlandaise et trop américaine, alors ne devrais-je pas partir chercher mon chez-moi plus loin ?

Vilen voudrait si fort que je sois à son côté, émerveillée par le déclin et le romantisme décadent qui se trouvent encore dans les anciens pays socialistes, par les mendiants, les mémés bossues et les vêtements usés.

Le romantisme décadent ?

Nous pourrions compter les mines horrifiées des locaux à la vue de nos piercings.

Mais j'en avais déjà assez vu de l'autre côté du golfe. J'avais vu les premiers piercings à Haapsalu, où ils étaient soudain en vente libre au milieu des ordinateurs et des souris qui avaient fait leur apparition en même temps que les sons étranges et inouïs qu'on entendait chez ma tante, comme celui du mixeur. Comme si c'était susceptible de m'amuser, maintenant, de compter les mines horrifiées des locaux. J'en veux pas, j'en ai pas besoin. J'en avais déjà eu bien assez. Si la crème aigre me manquait, la *smetana*, ce n'était pas une forme de révolte contre les pays de l'Ouest, mes parents, la langue de ma mère et le pays de mon père. Ou parce qu'elle aurait quelque chose d'excitant et d'exotique. Je voulais seulement rentrer chez moi. Rentrer chez soi, ce n'est pas partir à l'aventure. C'est retourner à la maison.

Mais je n'explique pas cela tout haut, je refuse simplement de partir avec lui.

Après avoir tenté de me persuader, Vilen se veut rassurant en faisant remarquer qu'une année c'est court, il sera bientôt de retour, il ne part pas longtemps, à peine quelques mois.

Ce n'est pas si affreux. Pas de quoi en faire un drame. C'est un peu ennuyeux, mais je dis que j'attendrai. Il était quand même le premier. Et toutes ces conversations extatiques ! Oui, je veux les poursuivre. Tant pis si, passé la première ivresse, elles commencent à avoir un petit ton désagréable, même si je ne savais pas le caractériser avec précision. Ou je commence à sentir un goût sur la langue dès que Vilen a quitté le pays. Quelque chose quelque part très profond. Mais si tenace que je ne réussis pas à le liquider. Et je n'ai même plus le moyen d'essayer de vomir quoi que ce soit de désagréable, et encore moins de régurgiter, en plus de ce vague désagrément, ma nostalgie à cause de l'absence des conversations de Vilen, et faire cela encore pendant un an… Mon monde plat ne peut s'aplatir davantage. Je m'en rends bien compte. Tic tac, fait la balance. Si je maigris encore, du bord du monde de la taille d'une assiette, je tomberai dans le vide. Bien sûr, attendre six mois pourrait signifier aussi le même poids pendant six mois. Pourquoi pas. Et l'éloignement, dont j'ai besoin vis-à-vis de l'autre, serait assez concret. Peut-être que je n'aurais même pas besoin de maigrir pour m'enfuir. Le temps s'arrêterait. La balance s'arrêterait. Est-ce que ça marcherait ? Est-ce que j'y arriverais ? À arrêter le temps, l'horloge ou la balance ?

Mais je suis un dieu. Il faudra que j'y arrive.

J'attendrai.

Les dieux n'hésitent pas. Mon corps de cinquante kilos n'hésite pas ; ce qui hésite, c'est mon esprit. J'ordonne à mon corps de réussir. Il n'a pas besoin de s'enfuir. Mais il faut qu'il efface la nostalgie de ces conversations, et le sentiment nostalgique qu'il y avait là quelque chose de nostalgique. Et je suis incapable de faire cela autrement qu'en maigrissant et vomissant.

J'ordonne à mon corps d'attendre et de garder son poids.

Mais combien un corps de cinquante kilos a-t-il de forces ? Combien de temps un pensionnaire du pays de la faim est-il capable de tenir le coup ? Avec combien de forces une prisonnière de camp de concentration agresse-t-elle son gardien ? Jusqu'où portent les jambes d'allumettes d'un détenu de Sibérie ? Ne serait-ce que jusque là où il y a à manger ?

JE
N'AI
PAS les moyens d'attendre, je n'ai pas les kilos. Il faut passer à la prochaine station, aux prochains bras, aux prochaines bouches. Vilen n'est pas exceptionnel au point que je ne puisse me confier qu'à lui. Il y en a d'autres. Il y en aura d'autres.

Et cette fois, je ne me contenterai pas d'une station de taxis, d'un petit saut, d'un instant, maintenant je voudrai le port, la terre ferme, plus de temps. Je marcherai de station en station, oui, et à chaque station je dirai tout de suite cette même phrase, mais la fois où j'oublierai de dire cela en premier, alors ce sera le port. Quand je voudrai parler d'autre chose, je serai arrivée. Avant cela, je me retrouverai à dire cela en premier, une deuxième, une troisième, une centième fois, si longtemps que personne ne remarque que ce n'est pas en moi de naissance mais que cela a requis un travail de fond depuis toujours, si longtemps que je deviendrai bonne à ça jusqu'à la fin de ma vie.

Ma mère est d'Estonie.

Mais tu parles vachement bien finnois, je te crois pas.

Ma mère est d'ascendance estonienne.

Elle a un nom aussi bizarre que les autres, là ? – c'est comment, déjà ? – Siret, Kadi… et à leur nom on sait même pas si c'est un mec ou une femme, vu que les femmes portent de drôles de noms d'oiseaux : Merle, Egle…

Ma mère est originaire d'Estonie.

Tu parles russe couramment ?

Ma mère est d'origine estonienne.

Mais c'est super. Nous aussi on connaît une famille comme ça à Pärnu, c'est une ville balnéaire vachement sympa, on va toujours là-bas de temps en temps et on fait plein de bonnes affaires. On a fait faire des lunettes pour toute la famille, et puis les survêts à boutons au marché, les vitamines, les médicaments et tout ça. Bon, c'est sûr que là-bas les conditions de vie ça craint, tellement c'est dégueu partout et…

Ma mère est estonienne.

Mon papa aussi a des copines de là-bas. Mais il faut pas le dire à maman.

Ma mère est estonienne.

Pas étonnant que tu sois tellement féminine ! Tu vois, les femmes finlandaises, elles savent pas être féminines.

Ma mère est d'« *Eesti* ».

Hein ?

Ma mère est estonienne.
C'est vrai ? Sans déconner ?

Ma mère est estonienne.
Ronflements.

Ma mère est citoyenne d'« *Eesti* » de naissance.
La bouffe est prête ?

Mais je ne me laissais plus démonter. Pas un seul mot, pas une intonation déplacée ne m'oppressaient la cage thoracique, ne me faisaient partir en courant, ni même rougir. Je respirais normalement, ma voix était comme une voix qui dit n'importe quelle phrase sans importance, mon cœur battait comme d'ordinaire. Peut-être même plus calmement. Comme à l'église. Comme si je marchais vers l'autel. Comme si je récitais mille fois la même prière, voilà comment je psalmodiais toujours cette même phrase quand je rencontrais une nouvelle personne.

Et chaque fois le miracle se produisait : en moi, rien ne se produisait.

La plupart des gens ont oublié ce que j'avais dit, dès la phrase suivante ou en passant à quelqu'un d'autre. Alors que l'apprentissage de cette phrase m'avait pris un quart de siècle.

Mais je deviens tout le temps plus brillante, et la lumière croît autour de moi. Je suis légère même sans vomir.

Mon Seigneur va-t-il me laisser en paix, maintenant ? Maintenant qu'il m'a obligée à tout dire ?

L'espoir forme de petits bourgeons dans ma poitrine. Sous mes pas poussent des chatons de saule et derrière mes genoux suinte de la sève. Les choses changent, malgré tout. J'ai le pas léger sans dégueuler, et l'intérêt que suscite mon origine estonienne diminue au fur et à mesure que l'Estonie s'occidentalise.

MAMAN,
LAISSE
TOMBER. Tu ne veux plus y retourner.

Maman, ma petite maman, laisse tomber, tu bois du café finlandais, moi aussi : c'est pas bien comme ça ? Si, pas vrai ? Tu regardes la télé de Finlande, et tu n'écoutes plus la musique estonienne que tu apportais toujours en Finlande et que tu écoutais dans la cuisine quand tu étais triste et terrassée par la nostalgie. Ton chien ne boit que du lait finlandais. La bibliothèque a reçu beaucoup de nouveaux livres en estonien, mais tu ne les empruntes pas, alors qu'ils sont à portée de main, de la littérature estonienne contemporaine, de la littérature traduite en estonien et tout, juste à côté, à la bibliothèque. Maman chérie, ma petite mère, tu ne déménageras jamais là-bas. Tu ne veux même pas quitter la Finlande. Ton peuple t'a dévorée, et tu n'as plus de raison d'y retourner.

Maman chérie, ma petite mère, je n'ai plus peur. Et je ne veux pas revenir en arrière.

Troisième partie

MON
PETIT
TROLL embrasse mon plâtre, qui s'étend des orteils jusqu'au genou. Demain, il me portera à un séminaire de boulimie à Lapinlahti, même si la dernière fois je n'en ai tiré aucun bénéfice. Mais j'irai quand même. Les marches qui mènent à la salle de conférences sont si étroites et vieilles que je ne suis pas sûre de savoir me débrouiller seule avec mes béquilles. Je ne les ai eues qu'hier.

J'ai le tibia cassé. J'ai sauté les deux dernières marches d'un escalier d'une seule enjambée. J'aurais pu me fouler la cheville, mais non. J'aurais pu tomber sur les genoux et me péter les rotules, mais non. J'aurais pu tomber sur le nez ou me faire une bosse au front. Mais j'ai atterri sur mes deux jambes. J'ai peut-être un peu vacillé, mais j'ai continué à marcher en pensant que l'étrange douleur dans la région de la cheville venait du choc. On est allés dans un bar, comme prévu, mon petit troll et moi, et j'ai beaucoup dansé. À la sortie, j'ai dû m'appuyer au bras de mon petit troll, mais ma jambe ne faisait pas mal au point que j'en parle.

Le lendemain matin, je pouvais seulement me traîner à quatre pattes.

Le médecin qui examinait les radios m'a demandé s'il n'y avait pas des maladies, peut-être, dans ma famille.

Non.

Et seulement deux marches ?

Deux marches.

Et puis tu es allée danser ?

Puis je suis allée danser.

Le médecin m'a envoyée avec ma jambe à l'hôpital de Töölö pour me faire opérer.

D'accord, j'ai un trouble du comportement alimentaire, et depuis longtemps.

Le médecin m'a regardée pendant un certain temps avant de hocher la tête.

Mais je mange du calcium en quantité suffisante, de même que des vitamines. J'ai une grande étagère pleine de boîtes de vitamines et d'oligoéléments. Et après une séance, je bois toujours du jus de dix vitamines.

Je ne peux pas approuver cela !

Je n'ai pas d'ostéoporose, mes os n'ont pas de problème !

La seule chose qui me tracasse, c'est comment je vais pouvoir, avec ces béquilles et ce plâtre, m'occuper de mes courses alimentaires. Je ne peux pas pousser un chariot, ni soulever un panier. Je devrais prendre un sac à dos pour rapporter mes courses à la maison. Je n'ai pas de sac à dos, et mon immeuble n'a pas d'ascenseur. Je ne sais même pas combien je pèse maintenant. Mon petit troll n'a aucune idée de ce que peut bien peser mon plâtre. Et je n'ose pas aller sur la balance avec mon plâtre. C'est qu'il est très lourd. Comment savoir, maintenant, si j'ai maigri ou non ? Il faut bien que je le sache !

En allant à l'hôpital, j'ai apporté mes sandales argentées, car je me suis dit qu'elles étaient assez bas de talon, à peine quelques centimètres, et elles étaient presque complètement ouvertes, avec une simple lanière par-dessus le pied. Je rentrerais dedans, même avec un pied enflé. Mais je n'avais pas pensé qu'une sandale argentée ne passait pas autour d'un plâtre, et qu'à l'autre pied je ne pouvais pas mettre la sandale argentée à cause des béquilles.

Mes sandales argentées sont à côté de mes béquilles argentées.

Mon petit troll est allé me chercher une chaussure que je puisse porter à mon pied sain.

Il faut seulement avoir encore du plastique, que je puisse enrouler le plâtre dedans, si jamais il pleut. Pour aller au magasin. Je ne peux quand même pas demander sans cesse à mon petit troll de courir dans tous les magasins de Kallio pour chercher la bonne glace. Et mon petit troll n'accepterait sûrement pas de me rapporter d'assez grandes quantités ni les aliments précis que je voudrais, une fois qu'il saurait que c'est de la bouffe à dilapider. Respire à fond, chhhh… Oui, on va s'en sortir. Il me reste des stocks. Il faut essayer de calculer, que ça suffise pour six semaines de séances. Non, il n'y en a pas assez. Ça suffit peut-être pour une semaine. Et après ? Pas de panique, mon Seigneur va bien trouver une solution.

AU
BOUT
D'UNE semaine, mon autre jambe est empaquetée. Mon genou droit n'a pas supporté que je sautille sans cesse sur une jambe, ce qui n'est pas une surprise, car je n'avais guère couru ni sauté sur mon genou depuis des années. Pas depuis que j'en ai fini avec l'éducation physique et ses courses obligatoires. En plus, je m'étais déjà cassé le genou au début de mes troubles alimentaires, quand je m'étais mise à faire des flexions, cent par jours pour commencer, sans aucun échauffement. Bientôt j'étais passée à mille. Au bout de deux ans, mes genoux étaient dans un tel état que je ne pouvais plus marcher sans bandage. J'avais dû me développer ce programme de gym qui ne sollicite pas du tout les genoux et que j'avais suivi scrupuleusement chaque jour l'année dernière jusqu'à saturation.

MON
PETIT
TROLL me porte dans l'escalier jusqu'à son appartement. Je suis si légère, même avec mes plâtres. Il me met dans son lit, des coussins sous ma jambe, apporte le café, les cigarettes et la nourriture, et il va travailler. Le soir, il rentre du travail et m'apporte un nouveau café chaud, et il vient se coucher à côté de moi. La nuit, il va au kiosque me chercher de la glace et de la crème à café, quand il n'y en a plus. Selon lui, avec mes béquilles, il vaut mieux que je me déplace ici, où il y a plus d'espace. Et avec lui à côté, au cas où j'aurais un problème.

Je n'appelle personne, je ne réponds pas au téléphone, je ne parle à personne d'autre qu'à mon petit troll. Ça fait du bien, de disparaître, même si on a passé sa vie à vouloir attirer les regards et les contrôler. Ça fait bizarre, de ne pas vomir. D'ailleurs, ici, il n'y a rien à engloutir. Ça me serre la tête et me fait parler agressivement à mon petit troll. On est trop haut pour que je descende à quatre pattes, et les magasins sont trop loin pour que je les atteigne à quatre pattes. Inconcevable, que quelqu'un puisse vivre avec un frigo aussi vide. Et il n'y a même pas de congélateur.

Malgré tout, l'idée d'appeler qui que ce soit m'est insupportable, même si je sais que je recevrais en cadeau, sans même demander, le genre de nourriture qu'on apporte aux malades. Seuls ceux qui sont censés m'être le plus proches m'apportent de la nourriture en cadeau quand ils viennent me voir. Personne ne m'apporte jamais de raisins ou de crevettes, non, toujours quelque chose de dangereux, toujours toujours, quoi que j'en dise, même s'ils savent pertinemment que j'ai un rapport complexe à la nourriture. Car peu importe que je déclare que j'ai guéri ou non, les petits cadeaux sont toujours les mêmes, les classiques pour convalescents : biscuits, chocolats, pâtisseries. Pour eux tous, il est très important de me VOIR manger. Et chacun est assez présomptueux pour imaginer qu'il agit bien et qu'il occupe une place spéciale dans ma vie, qu'il m'est plus cher que les autres, la preuve : je mange ce qu'il m'a apporté. Tous seraient trop narcissiques pour supporter de savoir que, dès la porte refermée, je vais évacuer de mon ventre tout l'excédent, voire la totalité. Que personne ne fait exception. Personne n'occupe une place spéciale. Comprenez donc !

Ils ne comprennent pas.

Un seul petit coup de fil et ma mère ferait un saut spontanément, elle m'emmènerait là où je pourrais bénéficier de ce qu'elle pense être de meilleurs soins, les meilleurs de tous : autrement dit, chez elle. Congélateurs, caves, frigos seraient là, tout pleins, à attendre que je vienne y fouiller. Ma mère serait heureuse de faire plaisir à sa fille.

Je me blottis dans un coin du lit autour de ma larve de plâtre et j'attends que mon petit troll rentre à la maison.

Oui, maman, je gaspille tout ce que tu n'avais pas, sans exception. Je laisse tomber tout le reste et je me concentre sur l'essentiel : manger. J'ai régurgité tout ce que tu as bien pu me faire manger. J'ai régurgité tout le reste, car je ne sais rien recevoir qui entre en moi, je sais seulement recevoir ce qui demeure à la surface, comme les regards. Les regards forment à la surface de mon corps un bouclier scintillant d'où ils rebondissent sur les corps des autres femmes, au cul de poire tombant et aux grosses chevilles rebondies, et ils pénètrent en elles, procurant à celles-ci de la honte, et à moi la plus fondamentale des jouissances.

Actuellement, je ne peux pas vomir, je ne peux que me blottir au fond du lit autour de mon plâtre, attendre le retour de mon petit troll, et laisser tout le reste couler de son propre flux par-dessus par-dessous à côté loin de moi, laisser le courant tout emporter et ciseler mes os en une dentelle encore plus fine, un chemisier qui se désagrège entre les doigts, sous lequel les seins n'ont plus besoin de soutien-gorge.

JE
SUIS
DEVENUE si courageuse que j'ai tout raconté sur moi à mon petit troll. Pour la première fois de ma vie, je ne mens pas et je ne passe rien sous silence. Je raconte tout en entier. Je suis à moitié estonienne et sujette à des troubles alimentaires quasiment depuis toujours. Je ne sais pas manger.

Pour lui, cela n'a rien d'épouvantable.

Pour moi c'est épouvantable, que pour lui ce ne soit pas épouvantable.

Je lui demande s'il voudrait partir à Tallinn un de ces jours, et il dit oui, mais je ne parle pas des tulipes, ni de la voiture, pas encore, et je ne suis même pas sûre d'avoir encore envie de partir là-bas.

Je lui demande s'ils voudrait sortir avec moi manger dehors un de ces jours, et il dit oui.

Il dit oui à tout, et rien ne lui semble épouvantable.

Je lui dis aussi franchement que je ne sais pas ce que je veux au lit.

Il dit d'accord.

Et il n'est pas épouvanté.

Je dis que j'ai simulé des orgasmes.

Il ne demande pas pourquoi.

Je dis que j'en ai simulé beaucoup.

Il ne s'en étonne pas non plus.

J'ai trompé beaucoup et de nombreuses façons.

J'ai ordonné à un d'aller en baiser d'autres.

Je trouvais que c'était sans importance.

Je pense que la monogamie est une blague, la fidélité aussi réelle que le père Noël, et la confiance, la dernière trouvaille du baron de Münchhausen.

Je ne sais pas baiser ceux que j'aime, ni aimer ceux que je baise.

Et j'ai frappé ma mère. Beaucoup de fois.

Je ne trouve plus rien qui pourrait l'étonner.

Quand j'étais déjà majeure, j'ai laissé un petit gosse de dix ans me tripoter les seins et mettre sa main sous ma jupe en plein bus. J'espérais seulement que personne ne remarquerait. La terreur me paralysait sur place.

J'ai volé et menti, beaucoup.

J'ai abandonné mes études.

Je les ai abandonnées pour…

Je vomis ce que je mange.

… parce que cinquante kilos, pour moi, c'est un boulot à plein temps.

Je vomirai aussi la nourriture que tu me prépares, même si tu l'as faite pour moi avec ton cœur et qu'on n'a rien d'autre à manger pour une semaine. Je mangerai sûrement ta part, aussi, quand tu auras le dos tourné. Je mangerai tous les chocolats de Noël de mon enfant et je lui laisserai en cadeau les boîtes vides, parce que de toute façon personne n'osera le faire remarquer.

Je ne sais pas manger, ni baiser, ni boire avec modération ou d'aucune façon humaine, ni chier doucement à cause de mon métabolisme, ni dormir deux heures comme une anorexique ou d'un sommeil profond comme une boulimique. Tu te rends compte !

Je cacherai de la nourriture sous le tapis chez ta mère, pendant le café, et chez les amis je volerai à manger dans le frigo. Cacher dans ma main le bonbon au chocolat qu'on me tend, ça ne marche pas, car il fond ; d'un autre côté, si je le mange, ça veut dire que le frigo de ton collègue sera à moitié vide après mon passage. Comment tu leur expliqueras cela, au boulot ? Ils ne comprendront pas. Ils me prendront pour une folle, ou toi pour un tortionnaire qui laisse sa femme crever de faim. J'aurai beau te confier tout l'argent et le soin de faire les courses, et t'interdire de m'acheter de la nourriture dangereuse, je pourrai aller au magasin juste pour regarder, soi-disant, et quoi de plus facile que de laisser tomber un produit convoité dans une poche ? Imagine un peu. Toi qui pousses le chariot, quelqu'un d'autre avec nous peut-être, des enfants ou des amis, et puis le vigile vient fouiller mes poches, où il trouve une saucisse de foie, comme sur un clochard alcoolique. Comment tu l'expliqueras à ta filleule de cinq ans : que tata Anna essaye de voler de la saucisse, alors qu'on était venus acheter seulement de la glace pour la filleule ? Certes, je ne suis pas assez maladroite pour me faire prendre, mais ça pourrait arriver. Tôt ou tard.

Et si tu voulais des enfants ? Si j'étais enceinte ? Tu crois que mon alimentation se normaliserait comme ça, ou bien je continuerais à vomir par-dessus la tête de la petite larve ? Et est-ce que ce serait sain pour la larve, hein ? Tu te rends compte comme il serait facile de mettre le vomissement sur le compte des nausées de la grossesse, et de camoufler les crises alimentaires et désirs compulsifs en simples symptômes de « cet état-là » ? Tu n'imagines sans doute pas réellement que je pourrais passer une journée sans mes pilules, cigarettes, alcools ou boulimarexie ? Je suis obligée d'avoir l'une de ces drogues, et j'ai bien peur qu'aucune ne convienne à la petite larve.

Et si je faisais une fausse couche ? Et s'il était mort-né ? Il serait prématuré, de toute façon. En supposant qu'il n'y ait pas eu de problème pendant la grossesse, alors pour l'accouchement il faudrait au moins une césarienne. S'il n'avait pas de jambes ? D'oreilles ? S'il avait des doigts en moins, ou en trop ? Ce serait la faute à qui ? Qui accuserait qui ? Tu es prêt à vivre avec ça ? Tu es prêt à ce que ma larve prématurée ne puisse peut-être pas vivre du tout, qu'elle soit mentalement attardée ou lente à se développer ? Tu es prêt à ce qu'à cause de ma maladie ton enfant se fasse pousser dans la cour sur un tas de neige et sous une pluie de coups de pied, qu'il soit handicapé parce que sa mère ne sait pas manger ? Si ton enfant n'apprenait pas à lire ? Tu regarderais ailleurs, et tu serais content et heureux ? Et si ton enfant ne pouvait pas avoir d'enfants, parce que sa mère ne savait pas manger ? À ton avis, combien il resterait de calcium dans mes os après un enfant ?

Et si je me fais interner ? La dépression post-partum est une maladie à laquelle je n'échapperai pas, et plus tard, si mon alimentation en arrive à un point où il faut m'hospitaliser ? Tu viendras me voir ? Qu'est-ce que tu diras aux autres ? Que ta femme est à l'hôpital psychiatrique, c'est ça ? Qu'est-ce que tu diras à ta fille ? Ta mère est à l'asile de fous pour apprendre à manger. Pourquoi maman vomit dans les

WC ? Pourquoi maman a vidé la tirelire ? Pourquoi maman ne nous a rien laissé ?

Tu es prêt à ce que mon cœur ne tienne pas le coup ? À ce que n'importe quelle partie de mon corps puisse flancher ? À ce qu'un beau jour je prenne peut-être trop de pams, trop de pétards, trop de n'importe quoi ? Tu ne vois pas qu'on ne peut pas vivre, être, ni faire de projets avec moi ? Tu ne vois pas que je n'ai pas d'avenir, ni de place à la table où tu manges ? Je suis incapable de mener la même vie dans la même maison à la même table que toi. On ne peut pas construire un avenir avec quelqu'un qui vomit du sang. Je suis incapable d'aller travailler, à cause des pauses-café et des gâteaux des rois. Ton salaire partira dans mes nouvelles dents et dans les bouteilles qui s'amoncelleront au fond de la cuisine. Je ne tarderai pas à devenir dépendante de l'alcool et des pilules, je le suis déjà. Il n'y a pas d'alternative aux séances alimentaires : si un jour je ne fais que boire, alors ce jour-là je ne vomis pas. Ou bien je prends des pams, alors ce jour-là non plus je ne vomis pas. Mais si tu t'imagines que tu peux me retirer mon Seigneur tout entier, tu te fourres le doigt dans l'œil. Et si tu insistes trop, je te battrai, je te tuerai, je n'aurai pas le choix. Ou si tu t'approches trop. Si tu ne me laisses pas aller dans la salle de bains après manger, je te haïrai. Tu comprends ? Laisse-moi passer. Laisse-moi !

Tu n'es pas prêt à ce que je transmette ma maladie à tes enfants, que je ne sache pas les nourrir et que je les fasse grossir pour montrer que mes enfants mangent, eux, ou que je les fasse maigrir de peur qu'ils grossissent trop. Tu n'es pas capable de regarder cela, personne ne peut !

Trouillarde, dit mon petit troll. Une trouillarde, qui n'ose même pas essayer, qui ne veut pas essayer, tellement elle a peur d'échouer. Un ancien enfant prodige comme moi n'échouera jamais.

PUIS
JE
DIS à ma mère que j'ai tout raconté à mon nouveau chéri.

Ma mère dit « tu n'es pas si forte ».

Mais si.

Je lui ai tout raconté et à chaque instant j'ai peur qu'il s'en aille, dès que j'entends la porte. Ma peur ne diminue qu'en sa présence, au lit, quand on dort peau contre peau. Mais il ne part pas. Je ne sais rien faire d'autre, pour ma peur, qu'essayer de la vomir. Mais elle ne part pas. La honte, j'ai réussi à la vomir ; mais qu'est-ce qui s'est passé ? Elle a été remplacée par une nouvelle chose à vomir. J'ai tellement peur que ça me fait bouffer tout le temps. Bouffer tout le temps me fait dormir. J'ai tout le temps envie de dormir. Parler me dessèche la bouche encore plus que la boulimie.

Je ne le connais toujours pas.

Nous sommes ensemble depuis trois mois, et je n'ai couché avec personne d'autre.

LES SÉMINAIRES DE boulimie à Lapinlahti ne sont pas aussi débiles que je le croyais, et je ne suis même pas la plus âgée, alors que j'étais persuadée que ce serait le cas. Ils sont vraiment malins, ils savent présenter des arguments qui nous encouragent à réaliser de véritables exploits, comme manger à heures fixes ou avoir une activité physique régulière. On me raconte qu'après un repas, la production de chaleur représente jusqu'à dix pour cent de la dépense énergétique quotidienne. Du coup, pour la première fois, je me demande sérieusement s'il ne faudrait pas manger plus d'une fois par jour. Une bonne astuce. Ils ne sont peut-être pas aussi nuls que je le pensais, ou que le sont en général les professionnels de la santé publique vis-à-vis des troubles alimentaires. Peut-être qu'ils y comprennent quand même quelque chose.

Pour la première fois de ma vie, j'achète un seul cornet de glace, un tofu à la mûre, et je ne retourne pas en acheter d'autres. La glace n'a jamais été de ces nourritures qu'il vaille la peine d'acheter en quantité si dérisoire. Les litres et les emballages familiaux sont moins chers, et dans mon enfance j'ai toujours appris à faire des économies. Mon cornet ne contient que soixante-cinq calories, et pourtant c'est de la glace. Je suis fière de moi.

IL
FAIT
BON vivre à Helsinki.

Le vent fait ondoyer les rideaux de la fenêtre.

Je me vernis les ongles des pieds en rouge foncé et je bois quelques cafés arrosés de liqueur de crème. Je lave les WC avec soin et je vaporise du désodorisant. Je ramasse les paquets de biscuits vides de la veille et les papiers de bonbons dans un sac-poubelle et je fais un nœud. Aujourd'hui, je n'ai pris la peine de manger qu'un kilo de marshmallows et de les vomir, ils sont si faciles à vomir, c'est sympa et c'est beau. Allégée par le vomissement et alanguie, je fume une cigarette en attendant que mon chéri, mon petit troll, rentre du travail.

Je ne cours plus.

Ni pour fuir ni autrement.

Je ne saute plus.

Ni de joie ni autrement.

Le corset, la position du lotus ou les cinquante kilos. Tout pareil.

C'est le prix à payer, et je le paye facilement.

Mon travail m'a vieillie et fatiguée. Mais c'est ce que fait toujours une carrière pleine de succès. Les jambes de la serveuse se fatiguent, les vêtements de la vachère se salissent, la prostituée risque d'attraper la syphilis et la belle femme l'ostéoporose. Et après ? À présent, le boulot c'est la beauté c'est le corps c'est la minceur.

En outre, ma boulimie s'est stabilisée. Elle n'a pas évolué depuis longtemps. Une séance par jour, et je ne mange pas autrement. Ou bien je bois du café au lait et des jus de fruits Gefilus, un litre par jour. C'est tout. C'est ainsi que ça se poursuit depuis longtemps, maintenant que Vilen et Hukka ne sont plus avec moi. Peut-être que cela n'a rien à voir avec mon petit troll, peut-être que ça aurait pu recommencer avec n'importe qui, peut-être seulement que j'étais prête. Mais c'est sans importance.

Le voyage est fini. Je suis arrivée à destination. Je suis chez moi. Je peux aimer une personne, et coucher et parler avec cette même personne. Et c'est le mieux que je puisse faire, une pure boulimarexie sans hauts et bas.

Mes fragiles os de dentelle se reposent entre des draps noirs, pour avoir la force de maigrir de nouveau le lendemain. Il faut être, s'habituer et s'en sortir. Avec cinquante kilos, il faut s'en sortir. Selon mon médecin, je suis un miracle biologique. Mon équilibre hormonal n'est pas altéré. Je peux avoir des enfants. La bonne blague. Je me marre.

Sofi Oksanen
dans Le Livre de Poche

Purge n° 32453

1992, fin de l'été en Estonie. L'Union soviétique s'effondre et la population fête le départ des Russes. Sauf la vieille Aliide, qui redoute les pillages et vit terrée dans sa ferme. Lorsqu'elle trouve dans son jardin Zara, une jeune femme meurtrie, en fuite, que des mafieux russes ont obligée à se prostituer à Berlin, elle hésite à l'accueillir. Pourtant, une amitié finit par naître entre elles. Aliide aussi a connu la violence et l'humiliation… À travers ces destins croisés pleins de bruit et de fureur, c'est cinquante ans d'histoire de l'Estonie que fait défiler Sofi Oksanen.

Du même auteur
aux éditions Stock :

PURGE, Prix Femina 2010

Le Livre de Poche s'engage pour
l'environnement en réduisant
l'empreinte carbone de ses livres.
Celle de cet exemplaire est de :
550 g éq. CO_2
Rendez-vous sur
www.livredepoche-durable.fr

Composition réalisée par PCA

Achevé d'imprimer en avril 2013 en France par
CPI BRODARD ET TAUPIN
La Flèche (Sarthe)
N° d'impression : 72642
Dépôt légal 1re publication : avril 2013
Librairie Générale Française
31, rue de Fleurus – 75278 Paris Cedex 06

31/6736/8